地缘政治

THE COLLECTED
WORKS
OF LUXUN

ESSAYS

鲁迅文集

下 杂文

鲁迅 著　黄乔生 编

河北人民出版社
石家庄

图书在版编目（CIP）数据

鲁迅文集．杂文．下 / 鲁迅著；黄乔生编．-- 石家庄：河北人民出版社，2019.11

ISBN 978-7-202-14287-5

Ⅰ．①鲁… Ⅱ．①鲁… ②黄… Ⅲ．①鲁迅著作－选集②鲁迅杂文－杂文集 Ⅳ．① I210.2

中国版本图书馆CIP数据核字（2019）第 209885 号

鲁迅53岁生辰，1933年9月13日摄于上海

徐懋庸作「打雜集」序

我覺得中國有時是極愛平等的國度。有什麼稍稍顯得特出，就有人拿了長刀來削平牠。以人而論，紹興實是賽會的好手，一到上海，也如其就變扁了塌，待到削得歸本，又較扁了；假如三算是比較的有成績的明星，但只須一表揚，就變扁了，到底州一口氣吞下三敬安眠藥片不可。自然，也有例外，是捧了起來，卻不。還為～接著捧得較凶。大約還有人記得「美人魚」罷，簡直捧得連看見好在也會覺得有些滿禮。然而天還塌：日就會愛而褒獎，不如戰扁在心字裏。

真是傷心而且措遺之言。但中國是極愛中庸的國度，而凡捧得太高，就有跌下來的危險，不和紅未戰，可以決不會變快快的戰死，如果愛之，好且自己要安眠藥片。

在所謂又壇上實無出，翻譯較多的時候，就有人來剛剛譯律，說北窗了創作：近一兩年，作譯文的較了，就又有人來剛。雜文也。說這是作者的

《徐懋庸作〈打杂集〉序》手稿1

三百首以裏以第一首，是「之子于征」這歌们裏的两首诗。但不是我们以相干，那里

勃勃的又得这堂雅之以九次在切帖，而此生活。國裏八月亦盖，而且也纲却人情。似杨得

人情，勤之起得很。此之元妄提乱们们的文充，至于，是的不是東西之底得味向雅

之的许多妄味，一咿刻瑞得虽浑盆新，只购下一牒浊汁最青亢青的嗒哈。

了。但是，文才正崇的松牌哈？文艺的永久性以哈？

我是爱读雅文的一個人，而且知道爱读雅文之必以一個，因为把亡可算有物。

我这更要敬于雅文的同宠，且見其趣调。第一是使中國的著作要越闻，在相机之下，第二

是後之是更而之流偏泛；第三，是使两惯。为艺術而艺術的作品，孟旦侪以甚失意见，厥我们

立动默于北之活捆，我而以极高典为这本集子作序，用最末的稿曼要安四药片去。

的雅文洋蒌，勿为虎俣而逗，以为。人喜万界。

一九三五年三月三十一日，夏丏尊于上海之卑南书偏。

—67—

《徐懋庸作〈打杂集〉序》手稿2

目录　Contents

肆

·

杂

感

　　杂感是记述作者多方面零星感想的一种文体，本书专指鲁迅创作的社会性短评。本章共收录鲁迅发表于1918年至1936年的杂感59篇，其中"随感录"系列的26篇均发表于1918年至1919年的《新青年》"随感录"栏目。

随感录

　　近日看到几篇某国[1]志士做的说被异族虐待的文章，突然记起了自己从前的事情。

　　那时候不知道因为境遇和时势或年龄的关系呢，还是别的原因，总最愿听世上爱国者的声音，以及探究他们国里的情状。波兰印度，文籍较多；中国人说起他的也最多；我也留心最早，却很替他们抱着希望。其时中国才征新军，在路上时常遇着几个军士，一面走，一面唱道："印度波兰马牛奴隶性，……"我便觉得脸上和耳轮同时发热，背上渗出了许多汗。

　　那时候又有一种偏见，只要皮肤黄色的，便又特别关心：现在的某国，当时还没有亡；所以我最注意的是芬阑[2]斐律宾越南的事，以及匈牙利的旧事。匈牙利和芬阑文人最多，声音也最大；斐律宾只得了一本烈赛尔[3]的小说；越南搜不到文学上的作品，单见过一种他们自己做的亡国史。

　　听这几国人的声音，自然都是真挚壮烈悲凉的；但又有一些区别：一种是希望着光明的将来，讴歌那簇新的复活，真如时雨灌在新苗上一般，可以兴起人无限清新的生意。一种是絮絮叨叨叙述些过去

1　某国：指朝鲜。1910年日本吞并朝鲜半岛，朝鲜王朝灭亡。

2　芬阑：即芬兰，北欧国家。

3　烈赛尔（Rizal，1861—1896）：通译黎刹，菲律宾文学家、革命家，被誉为"菲律宾国父"。

的荣华，皇帝百官如何安富尊贵，小民如何不识不知；末后便痛斥那征服者不行仁政。譬如两个病人，一个是热望那将来的健康，一个是梦想着从前的耽乐，而这些耽乐又大抵便是他致病的原因。

我因此以为世上固多爱国者，但也羼[1]着些爱亡国者。爱国者虽偶然怀旧，却专重在现世以及将来。爱亡国者便只是悲叹那过去，而且称赞着所以亡的病根。其实被征服的苦痛，何止在征服者的不行仁政，和旧制度的不能保存呢？倘以为这是大苦，便未必是真心领得；不能真心领得苦痛，也便难有新生的希望。

本篇据手稿，约作于一九一八年四月至一九一九年四月间。
收入杂文集《集外集拾遗补编》。

1 羼（chàn）：混杂、掺杂。

随感录二十五

我一直从前曾见严又陵[1]在一本什么书上发过议论，书名和原文都忘记了。大意是："在北京道上，看见许多孩子，辗转于车轮马足之间，很怕把他们碰死了，又想起他们将来怎样得了，很是害怕。"其实别的地方，也都如此，不过车马多少不同罢了。现在到了北京，这情形还未改变，我也时时发起这样的忧虑；一面又佩服严又陵究竟是"做"过赫胥黎[2]《天演论》的，的确与众不同：是一个十九世纪末年中国感觉锐敏的人。

穷人的孩子蓬头垢面的在街上转，阔人的孩子妖形妖势娇声娇气的在家里转。转得大了，都昏天黑地的在社会上转，同他们的父亲一样，或者还不如。

所以看十来岁的孩子，便可以逆料二十年后中国的情形；看二十多岁的青年，——他们大抵有了孩子，尊为爹爹了，—— 便可以推测他儿子孙子，晓得五十年后七十年后中国的情形。

中国的孩子，只要生，不管他好不好，只要多，不管他才不才。生他的人，不负教他的责任。虽然"人口众多"这一句话，很可以闭了眼睛自负，然而这许多人口，便只在尘土中辗转，小的时候，不把

1　严又陵：严复（1854—1921），原名宗光，字又陵，后改名复，字几道，福建闽侯（今属福州）人，思想家、翻译家、教育家。
2　赫胥黎（T. H. Huxley, 1825—1895）：英国博物学家、教育家。《天演论》译自赫胥黎的《进化论和伦理学》。

他当人，大了以后，也做不了人。

中国娶妻早是福气，儿子多也是福气。所有小孩，只是他父母福气的材料，并非将来的"人"的萌芽，所以随便辗转，没人管他，因为无论如何，数目和材料的资格，总还存在。即使偶尔送进学堂，然而社会和家庭的习惯，尊长和伴侣的脾气，却多与教育反背，仍然使他与新时代不合。大了以后，幸而生存，也不过"仍旧贯如之何"，照例是制造孩子的家伙，不是"人"的父亲，他生了孩子，便仍然不是"人"的萌芽。

最看不起女人的奥国人华宁该尔[1]（Otto Weininger）曾把女人分成两大类：一是"母妇"，一是"娼妇"。照这分法，男人便也可以分作"父男"和"嫖男"两类了。但这父男一类，却又可以分成两种：其一是孩子之父，其一是"人"之父。第一种只会生，不会教，还带点嫖男的气息。第二种是生了孩子，还要想怎样教育，才能使这生下来的孩子，将来成一个完全的人。

前清末年，某省初开师范学堂的时候，有一位老先生听了，很为诧异，便发愤说："师何以还须受教，如此看来，还该有父范学堂了！"这位老先生，便以为父的资格，只要能生。能生这件事，自然便会，何须受教呢。却不知中国现在，正须父范学堂；这位先生便须编入初等第一年级。

因为我们中国所多的是孩子之父；所以以后是只要"人"之父！

本篇最初发表于一九一八年九月十五日《新青年》第五卷第三号，署名唐俟。
后收入杂文集《热风》。

1　华宁该尔：通译魏宁格（1880—1903），奥地利哲学家、作家。

随感录三十三

　　现在有一班好讲鬼话的人，最恨科学，因为科学能教道理明白，能教人思路清楚，不许鬼混，所以自然而然的成了讲鬼话的人的对头。于是讲鬼话的人，便须想一个方法排除他。

　　其中最巧妙的是捣乱。先把科学东扯西拉，羼进鬼话，弄得是非不明，连科学也带了妖气：例如一位大官[1]做的卫生哲学，里面说——

　　　　吾人初生之一点，实自脐始，故人之根本在脐。……故脐下腹部最为重要，道书所以称之曰丹田。[2]

用植物来比人，根须是胃，脐却只是一个蒂，离了便罢，有什么重要。但这还不过比喻奇怪罢了，尤其可怕的是——

　　　　精神能影响于血液，昔日德国科布博士发明霍乱（虎列拉）病菌，有某某二博士反对之，取其所培养之病菌，一口吞入，而竟不病。[3]

1　大官：指蒋维乔（1873—1958），字竹庄，号因是子，江苏武进（今常州）人，教育家、哲学家。
2　出自蒋维乔所著《因是子静坐法》一书《原理篇》。
3　出自蒋维乔所译日本铃木美山著《长寿哲学》的《病之原因》一节。

据我所晓得的，是Koch[1]博士发见（查出了前人未知的事物叫发见，创出了前人未知的器具和方法才叫发明）了真虎列拉菌；别人也发见了一种，Koch说他不是，把他的菌吞了，后来没有病，便证明了那人所发见的，的确不是病菌。如今颠倒转来，当作"精神能改造肉体"的例证，岂不危险已极么？

搅乱得更凶的，是一位神童[2]做的《三千大千世界图说》。他拿了儒，道士，和尚，耶教的糟粕，乱作一团，又密密的插入鬼话。他说能看见天上地下的情形，他看见的"地球星"，虽与我们所晓得的无甚出入，一到别的星系，可是五花八门了。因为他有天眼通，所以本领在科学家之上。他先说道——

> 今科学家之发明，欲观天文则用天文镜……然犹不能持此以观天堂地狱也。究之学问之道如大海然，万不可入海饮一滴水，即自足也。

他虽然也分不出发见和发明的不同，论学问却颇有理。但学问的大海，究竟怎样情形呢？他说——

> 赤精天……有毒火坑，以水晶盖压之。若遇某星球将坏之时，即去某星球之水晶盖，则毒火大发，焚毁民物。
>
> 众星……大约分为三种，曰恒星，行星，流星。……据西学家言，恒星有三十五千万，以小子视之，不下七千万万也。……

1　Koch：科荷（1843—1910），德国病菌学家。
2　神童：指江希张（1907—2004），字慕渠，山东历城县人。

行星共计一百千万大系。……流星之多，倍于行星。……其绕日者，约三十三年一周，每秒能行六十五里。

日面纯为大火。……因其热力极大，人不能生，故太阳星君居焉。

其余怪话还多；但讲天堂的远不及六朝方士的《十洲记》[1]，讲地狱的也不过钞袭《玉历钞传》[2]。这神童算是糟了！另外还有感慨的话，说科学害了人。上面一篇"嗣汉六十二代天师正一真人张元旭"的序文，尤为单刀直入，明明白白道出——

自拳匪假托鬼神，致招联军之祸，几至国亡种灭，识者痛心疾首，固已极矣。又适值欧化东渐，专讲物质文明之秋，遂本科学家世界无帝神管辖，人身无魂魄轮回之说，奉为国是，俾播印于人人脑髓中，自是而人心之敬畏绝矣。敬畏绝，而道德无根柢以发生矣！放僻邪侈，肆无忌惮，争权夺利，日相战杀，其祸将有甚于拳匪者！……

这简直说是万恶都由科学，道德全靠鬼话；而且与其科学，不如拳匪了。从前的排斥外来学术和思想，大抵专靠皇帝；自六朝至唐宋，凡攻击佛教的人，往往说他不拜君父，近乎造反。现在没有皇帝了，却寻出一个"道德"的大帽子，看他何等利害。不提防想不到的一本绍兴《教育杂志》里面，也有一篇仿古先生的《教育偏重科学无甯偏重

1　《十洲记》：古代志怪小说集，全称《海内十洲记》，约成书于东汉六朝时期，假托东方朔著，真实作者不详。

2　《玉历钞传》：一本宣扬"阴律"的书，成书于清雍正时期，内容是一名法号"淡痴"的修行者游历地府的所见所闻，配有插图。

道德》(甯字原文如此，疑是避讳)的论文，他说——

> 西人以数百年科学之心力，仅酿成此次之大战争。……科学
> 云乎哉？多见其为残贼人道矣！
>
> 偏重于科学，则相尚于知能；偏重于道德，则相尚于欺伪。
> 相尚于欺伪，则祸止于欺伪，相尚于知能，则欺伪莫由得而明矣！

虽然不说鬼神为道德根本，至于向科学宣告死刑，却居然两教同心
了。所以拳匪的传单上，明白写着——

> 孔圣人
> 张天师 傅言由山东来，赶紧急傅，并无虚言！（傅字原文如此，
> 疑傅字之误。）

照他们看来，这般可恨可恶的科学世界，怎样挽救呢？《灵学杂
志》[1]内俞复[2]先生答吴稚晖先生书里说过："鬼神之说不张，国家之命
遂促！"可知最好是张鬼神之说了。鬼神为道德根本，也与张天师和
仿古先生的意见毫不冲突。可惜近来北京乩坛，又印出一本《感显利
冥录》[3]，内有前任北京城隍白知和谛闲法师的问答——

> 师云：发愿一事，的确要紧。……此次由南方来，闻某处有
> 济公临坛，所说之话，殊难相信。济祖是阿罗汉，见思惑已尽，

1 《灵学杂志》：应为《灵学丛志》，是宣传鬼神之说的刊物。

2 俞复（1866—1931）：字仲还，无锡人，当时"灵学派"的重要人物之一。

3 《感显利冥录》：应为《显感利冥录》。

断不为此。……不知某会临坛者，是济祖否？请示。

　　乩云：承谕发愿，……谨记斯言。某处坛，灵鬼附之耳。须知灵鬼，即魔道也。知此后当发愿驱除此等之鬼。

"师云"的发愿，城隍竟不能懂；却先与某会力争正统。照此看来，国家之命未延，鬼兵先要打仗；道德仍无根柢，科学也还该活命了。

　　其实中国自所谓维新以来，何尝真有科学。现在儒道诸公，却径把历史上一味捣鬼不治人事的恶果，都移到科学身上，也不问什么叫道德，怎样是科学，只是信口开河，造谣生事；使国人格外惑乱，社会上罩满了妖气。以上所引的话，不过随手拈出的几点黑影；此外自大埠以至僻地，还不知有多少奇谈。但即此几条，已足可推测我们周围的空气，以及将来的情形，如何黑暗可怕了。

　　据我看来，要救治这"几至国亡种灭"的中国，那种"孔圣人张天师传言由山东来"的方法，是全不对症的，只有这鬼话的对头的科学！——不是皮毛的真正科学！——这是什么缘故呢？陈正敏《遯斋闲览》[1]有一段故事（未见原书，据《本草纲目》所引写出，但这也全是道士所编造的谣言，并非事实，现在只当他比喻用）说得好——

　　杨勔中年得异疾；每发语，腹中有小声应之，久渐声大。有道士见之，曰：此应声虫也！但读《本草》取不应者治之。读至雷丸，不应，遂顿服数粒而愈。

1　《遯斋闲览》：宋代陈正敏（生卒年不详，字遯斋）所撰文言轶事小说，共14卷。

关于吞食病菌的事，我上文所说的大概也是错的，但现在手头无书可查。也许是Koch博士发见了虎列拉菌时，Pfeffer[1]博士以为不是真病菌，当面吞下去了，后来病得几乎要死。总之，无论如何，这一案决不能作"精神能改造肉体"的例证。一九二五年九月二十四日补记。

本篇最初发表于一九一八年十月十五日《新青年》第五卷第四号，署名唐俟。后收入杂文集《热风》。

1　Pfeffer：应为沛登柯弗（M. von Pettenkofer, 1818—1901），他认为疾病是由于体液变坏，和细菌无关。

随感录三十五

从清朝末年，直到现在，常常听人说"保存国粹"这一句话。

前清末年说这话的人，大约有两种：一是爱国志士，一是出洋游历的大官。他们在这题目的背后，各各藏着别的意思。志士说保存国粹，是光复旧物的意思；大官说保存国粹，是教留学生不要去剪辫子的意思。

现在成了民国了。以上所说的两个问题，已经完全消灭。所以我不能知道现在说这话的是那一流人，这话的背后藏着什么意思了。

可是保存国粹的正面意思，我也不懂。

什么叫"国粹"？照字面看来，必是一国独有，他国所无的事物了。换一句话，便是特别的东西。但特别未必定是好，何以应该保存？

譬如一个人，脸上长了一个瘤，额上肿出一颗疮，的确是与众不同，显出他特别的样子，可以算他的"粹"。然而据我看来，还不如将这"粹"割去了，同别人一样的好。

倘说：中国的国粹，特别而且好；又何以现在糟到如此情形，新派摇头，旧派也叹气。

倘说：这便是不能保存国粹的缘故，开了海禁的缘故，所以必须保存。但海禁未开以前，全国都是"国粹"，理应好了；何以春秋战国五胡十六国闹个不休，古人也都叹气。

倘说：这是不学成汤文武周公的缘故；何以真正成汤文武周公

时代，也先有桀纣[1]暴虐，后有殷顽作乱；后来仍旧弄出春秋战国五胡十六国闹个不休，古人也都叹气。

我有一位朋友说得好："要我们保存国粹，也须国粹能保存我们。"

保存我们，的确是第一义。只要问他有无保存我们的力量，不管他是否国粹。

本篇最初发表于一九一八年十一月十五日《新青年》第五卷第五号，署名唐俟。后收入杂文集《热风》。

1 桀：夏朝最后一位君主。纣：商朝最后一位君主。

随感录三十六

现在许多人有大恐惧；我也有大恐惧。

许多人所怕的，是"中国人"这名目要消灭；我所怕的，是中国人要从"世界人"中挤出。

我以为"中国人"这名目，决不会消灭；只要人种还在，总是中国人。譬如埃及犹太人，无论他们还有"国粹"没有，现在总叫他埃及犹太人，未尝改了称呼。可见保存名目，全不必劳力费心。

但是想在现今的世界上，协同生长，挣一地位，即须有相当的进步的智识，道德，品格，思想，才能够站得住脚：这事极须劳力费心。而"国粹"多的国民，尤为劳力费心，因为他的"粹"太多。粹太多，便太特别。太特别，便难与种种人协同生长，挣得地位。

有人说："我们要特别生长；不然，何以为中国人！"

于是乎要从"世界人"中挤出。

于是乎中国人失了世界，却暂时仍要在这世界上住！——这便是我的大恐惧。

本篇最初发表于一九一八年十一月十五日《新青年》第五卷第五号，署名俟。后收入杂文集《热风》。

随感录三十七

近来很有许多人，在那里竭力提倡打拳。记得先前也曾有过一回，但那时提倡的，是满清王公大臣，现在却是民国的教育家，位分略有不同。至于他们的宗旨，是一是二，局外人便不得而知。

现在那班教育家，把"九天玄女传与轩辕黄帝，轩辕黄帝传与尼姑"的老方法，改称"新武术"，又是"中国式体操"，叫青年去练习。听说其中好处甚多，重要的举出两种来，是：

一，用在体育上。据说中国人学了外国体操，不见效验；所以须改习本国式体操（即打拳）才行。依我想来：两手拿着外国铜锤或木棍，把手脚左伸右伸的，大约于筋肉发达上，也该有点"效验"。无如竟不见效验！那自然只好改途去练"武松脱铐"那些把戏了。这或者因为中国人生理上与外国人不同的缘故。

二，用在军事上。中国人会打拳，外国人不会打拳：有一天见面对打，中国人得胜，是不消说的了。即使不把外国人"板油扯下"，只消一阵"乌龙扫地"，也便一齐扫倒，从此不能爬起。无如现在打仗，总用枪炮。枪炮这件东西，中国虽然"古时也已有过"，可是此刻没有了。藤牌操法，又不练习，怎能御得枪炮？我想（他们不曾说明，这是我的"管窥蠡测"）：打拳打下去，总可达到"枪炮打不进"的程度（即内功？）。这件事从前已经试过一次，在一千九百年。可惜那一回真是名誉的完全失败了。且看这一回如何。

　　　　本篇最初发表于一九一八年十一月十五日《新青年》第五卷第五号，
　　　　　　　　　　　　署名唐俟。后收入杂文集《热风》。

随感录三十九

　　《新青年》的五卷四号，隐然是一本戏剧改良号，我是门外汉，开口不得；但见《再论戏剧改良》这一篇中，有"中国人说到理想，便含着轻薄的意味，觉得理想即是妄想，理想家即是妄人"一段话，却令我发生了追忆，不免又要说几句空谈。

　　据我的经验，这理想价值的跌落，只是近五年以来的事。民国以前，还未如此，许多国民，也肯认理想家是引路的人。到了民国元年前后，理论上的事情，著著实现，于是理想派——深浅真伪现在姑且弗论——也格外举起头来。一方面却有旧官僚的攘夺政权，以及遗老受冷不过，豫备下山，都痛恨这一类理想派，说什么闻所未闻的学理法理，横亘在前，不能大踏步摇摆。于是沉思三日三夜，竟想出了一种兵器，有了这利器，才将"理"字排行的元恶大憝，一律肃清。这利器的大名，便叫"经验"。现在又添上一个雅号，便是高雅之至的"事实"。

　　经验从那里得来，便是从清朝得来的。经验提高了他的喉咙含含糊糊说，"狗有狗道理，鬼有鬼道理，中国与众不同，也自有中国道理。道理各各不同，一味理想，殊堪痛恨。"这时候，正是上下一心理财强种的时候，而且带着理字的，又大半是洋货，爱国之士，义当排斥。所以一转眼便跌了价值；一转眼便遭了嘲骂；又一转眼，便连他的影子，也同拳民时代的教民一般，竟犯了与众共弃的大罪了。

但我们应该明白，人格的平等，也是一种外来的旧理想；现在"经验"既已登坛，自然株连着化为妄想，理合不分首从，全踏在朝靴底下，以符列祖列宗的成规。这一踏不觉过了四五年，经验家虽然也增加了四五岁，与素未经验的生物学学理——死——渐渐接近，但这与众不同的中国，却依然不是理想的住家。一大批踏在朝靴底下的学习诸公，早经竭力大叫，说他也得了经验了。

但我们应该明白，从前的经验，是从皇帝脚底下学得；现在与将来的经验，是从皇帝的奴才的脚底下学得。奴才的数目多，心传的经验家也愈多。待到经验家二世的全盛时代，那便是理想单被轻薄，理想家单当妄人，还要算是幸福侥幸了。

现在的社会，分不清理想与妄想的区别。再过几时，还要分不清"做不到"与"不肯做到"的区别，要将扫除庭园与劈开地球混作一谈。理想家说，这花园有秽气，须得扫除，——到那时候，说这宗话的人，也要算在理想党里，——他却说道，他们从来在此小便，如何扫除？万万不能，也断乎不可！

那时候，只要从来如此，便是宝贝。即使无名肿毒，倘若生在中国人身上，也便"红肿之处，艳若桃花；溃烂之时，美如乳酪"。国粹所在，妙不可言。那些理想学理法理，既是洋货，自然完全不在话下了。

但最奇怪的，是七年十月下半，忽有许多经验家，理想经验双全家，经验理想未定家，都说公理战胜了强权；还向公理颂扬了一番，客气了一顿。这事不但溢出了经验的范围，而且又添上一个理字排行的厌物。将来如何收场，我是毫无经验，不敢妄谈。经验诸公，想也未曾经验，开口不得。

没有法，只好在此提出，请教受人轻薄的理想家了。

本篇最初发表于一九一九年一月十五日《新青年》第六卷第一号，署名唐俟。后收入杂文集《热风》。

4-7

随感录四十

终日在家里坐，至多也不过看见窗外四角形惨黄色的天，还有什么感？只有几封信，说道，"久违芝宇，时切葭思；"[1]有几个客，说道，"今天天气很好"：都是祖传老店的文字语言。写的说的，既然有口无心，看的听的，也便毫无所感了。

有一首诗，从一位不相识的少年寄来，却对于我有意义。——

爱　情

我是一个可怜的中国人。爱情！我不知道你是什么。

我有父母，教我育我，待我很好；我待他们，也还不差。我有兄弟姊妹，幼时共我玩耍，长来同我切磋，待我很好；我待他们，也还不差。但是没有人曾经"爱"过我，我也不曾"爱"过他。

我年十九，父母给我讨老婆。于今数年，我们两个，也还和睦。可是这婚姻，是全凭别人主张，别人撮合：把他们一日戏言，当我们百年的盟约。仿佛两个牲口听着主人的命令："咄，你们好好的住在一块儿罢！"

爱情！可怜我不知道你是什么！

1　旧时书信中常用的客套语，意思是久不见面，时刻想念。芝宇，对他人容貌的美称。葭思，怀念对方。

　　诗的好歹，意思的深浅，姑且勿论；但我说，这是血的蒸气，醒过来的人的真声音。

　　爱情是什么东西？我也不知道。中国的男女大抵一对或一群——一男多女——的住着，不知道有谁知道。

　　但从前没有听到苦闷的叫声。即使苦闷，一叫便错；少的老的，一齐摇头，一齐痛骂。

　　然而无爱情结婚的恶结果，却连续不断的进行。形式上的夫妇，既然都全不相关，少的另去姘人宿娼，老的再来买妾：麻痹了良心，各有妙法。所以直到现在，不成问题。但也曾造出一个"妒"字，略表他们曾经苦心经营的痕迹。

　　可是东方发白，人类向各民族所要的是"人"，——自然也是"人之子"——我们所有的是单是人之子，是儿媳妇与儿媳之夫，不能献出于人类之前。

　　可是魔鬼手上，终有漏光的处所，掩不住光明：人之子醒了；他知道了人类间应有爱情；知道了从前一班少的老的所犯的罪恶；于是起了苦闷，张口发出这叫声。

　　但在女性一方面，本来也没有罪，现在是做了旧习惯的牺牲。我们既然自觉着人类的道德，良心上不肯犯他们少的老的的罪，又不能责备异性，也只好陪着做一世牺牲，完结了四千年的旧账。

　　做一世牺牲，是万分可怕的事；但血液究竟干净，声音究竟醒而且真。

　　我们能够大叫，是黄莺便黄莺般叫；是鸱鸮便鸱鸮般叫。我们不必学那才从私窝子[1]里跨出脚，便说"中国道德第一"的人的声音。

我们还要叫出没有爱的悲哀，叫出无所可爱的悲哀。……我们要叫到旧账勾消的时候。

旧账如何勾消？我说，"完全解放了我们的孩子！"

本篇最初发表于一九一九年一月十五日《新青年》第六卷第一号，署名唐俟。后收入杂文集《热风》。

4-8

随感录四十

---

1 私窝子：私娼住的地方。

随感录四十一

　　从一封匿名信里看见一句话，是"数麻石片"（原注江苏方言），大约是没有本领便不必提倡改革，不如去数石片的好的意思。因此又记起了本志通信栏内所载四川方言的"洗煤炭"。想来别省方言中，相类的话还多；守着这专劝人自暴自弃的格言的人，也怕并不少。

　　凡中国人说一句话，做一件事，倘与传来的积习有若干抵触，须一个斤斗便告成功，才有立足的处所；而且被恭维得烙铁一般热。否则免不了标新立异的罪名，不许说话；或者竟成了大逆不道，为天地所不容。这一种人，从前本可以夷到九族，连累邻居；现在却不过是几封匿名信罢了。但意志略略薄弱的人便不免因此萎缩，不知不觉的也入了"数麻石片"党。

　　所以现在的中国，社会上毫无改革，学术上没有发明，美术上也没有创作；至于多人继续的研究，前仆后继的探险，那更不必提了。国人的事业，大抵是专谋时式的成功的经营，以及对于一切的冷笑。

　　但冷笑的人，虽然反对改革，却又未必有保守的能力：即如文字一面，白话固然看不上眼，古文也不甚提得起笔。照他的学说，本该去"数麻石片"了；他却又不然，只是莫名其妙的冷笑。

　　中国的人，大抵在如此空气里成功，在如此空气里萎缩腐败，以至老死。

　　我想，人猿同源的学说，大约可以毫无疑义了。但我不懂，何以从前的古猴子，不都努力变人，却到现在还留着子孙，变把戏给人看。还是那时竟没有一匹想站起来学说人话呢？还是虽然有了几匹，却终被猴子社会攻击他标新立异，都咬死了；所以终于不能进化呢？

尼采式的超人，虽然太觉渺茫，但就世界现有人种的事实看来，却可以确信将来总有尤为高尚尤近圆满的人类出现。到那时候，类人猿上面，怕要添出"类猿人"这一个名词。

所以我时常害怕，愿中国青年都摆脱冷气，只是向上走，不必听自暴自弃者流的话。能做事的做事，能发声的发声。有一分热，发一分光，就令萤火一般，也可以在黑暗里发一点光，不必等候炬火。

此后如竟没有炬火：我便是唯一的光。倘若有了炬火，出了太阳，我们自然心悦诚服的消失，不但毫无不平，而且还要随喜赞美这炬火或太阳；因为他照了人类，连我都在内。

我又愿中国青年都只是向上走，不必理会这冷笑和暗箭。尼采说：

真的，人是一个浊流。应该是海了，能容这浊流使他干净。

咄，我教你们超人：这便是海，在他这里，能容下你们的大侮蔑。（《札拉图如是说》的《序言》第三节）

纵令不过一洼浅水，也可以学学大海；横竖都是水，可以相通。几粒石子，任他们暗地里掷来；几滴秽水，任他们从背后泼来就是了。

这还算不到"大侮蔑"——因为大侮蔑也须有胆力。

本篇最初发表于一九一九年一月十五日《新青年》第六卷第一号，署名唐俟。后收入杂文集《热风》。

随感录四十二

　　听得朋友说，杭州英国教会里的一个医生，在一本医书上做一篇序，称中国人为土人；我当初颇不舒服，子细再想，现在也只好忍受了。土人一字，本来只说生在本地的人，没有什么恶意。后来因其所指，多系野蛮民族，所以加添了一种新意义，仿佛成了野蛮人的代名词。他们以此称中国人，原不免有侮辱的意思；但我们现在，却除承受这个名号以外，实是别无方法。因为这类是非，都凭事实，并非单用口舌可以争得的。试看中国的社会里，吃人，劫掠，残杀，人身卖买，生殖器崇拜，灵学，一夫多妻，凡有所谓国粹，没一件不与蛮人的文化（？）恰合。拖大辫，吸鸦片，也正与土人的奇形怪状的编发及吃印度麻[1]一样。至于缠足，更要算在土人的装饰法中，第一等的新发明了。他们也喜欢在肉体上做出种种装饰：剜空了耳朵嵌上木塞；下唇剜开一个大孔，插上一支兽骨，像鸟嘴一般；面上雕出兰花；背上刺出燕子；女人胸前做许多圆的长的疙瘩。可是他们还能走路，还能做事；他们终是未达一间[2]，想不到缠足这好法子。……世上有如此不知肉体上的苦痛的女人，以及如此以残酷为乐，丑恶为美的男子，真是奇事怪事。

1　印度麻：菽麻，豆科植物，原产于印度。
2　未达一间：指未能通达，只差一点。出自西汉扬雄《法言·问神》："颜渊亦潜心于仲尼矣，未达一间耳。"

自大与好古，也是土人的一个特性。英国人乔治葛来[1]任纽西兰总督的时候，做了一部《多岛海神话》，序里说他著书的目的，并非全为学术，大半是政治上的手段。他说，纽西兰土人是不能同他说理的。只要从他们的神话的历史里，抽出一条相类的事来做一个例，讲给酋长祭师们听，一说便成了。譬如要造一条铁路，倘若对他们说这事如何有益，他们决不肯听；我们如果根据神话，说从前某某大仙，曾推着独轮车在虹霓上走，现在要仿他造一条路，那便无所不可了。（原文已经忘却，以上所说只是大意）中国十三经二十五史，正是酋长祭师们一心崇奉的治国平天下的谱，此后凡与土人有交涉的"西哲"，倘能人手一编，便助成了我们的"东学西渐"，很使土人高兴；但不知那译本的序上写些什么呢？

本篇最初发表于一九一九年一月十五日《新青年》第六卷第一号，署名唐俟。后收入杂文集《热风》。

随感录四十二

---

1 乔治葛来（George Grey, 1812—1898）：曾任英国驻澳大利亚、新西兰（即文中纽西兰）和南非殖民地总督。

随感录四十三

进步的美术家，——这是我对于中国美术界的要求。

美术家固然须有精熟的技工，但尤须有进步的思想与高尚的人格。他的制作，表面上是一张画或一个雕像，其实是他的思想与人格的表现。令我们看了，不但欢喜赏玩，尤能发生感动，造成精神上的影响。

我们所要求的美术家，是能引路的先觉，不是"公民团"[1]的首领。我们所要求的美术品，是表记中国民族知能最高点的标本，不是水平线以下的思想的平均分数。

近来看见上海什么报的增刊《泼克》[2]上，有几张讽刺画。他的画法，倒也模仿西洋；可是我很疑惑，何以思想如此顽固，人格如此卑劣，竟同没有教育的孩子只会在好好的白粉墙上写几个"某某是我而子"一样。可怜外国事物，一到中国，便如落在黑色染缸里似的，无不失了颜色。美术也是其一：学了体格还未匀称的裸体画，便画猥亵画；学了明暗还未分明的静物画，只能画招牌。皮毛改新，心思仍旧，结果便是如此。至于讽刺画之变为人身攻击的器具，更是无足深怪了。

1　"公民团"：1913年民国首任正式大总统选举期间，数千自称"公民团"的便衣军警受袁世凯指使，大闹选举会场，干扰选举。这里比喻统治者的御用工具。

2　《泼克》：上海《时事新报》增刊。"泼克"是英语Puck的音译，指英国民间传说中喜欢恶作剧的小妖精。

　　说起讽刺画，不禁想到美国画家勃拉特来（L. D. Bradley 1853—1917）了。他专画讽刺画，关于欧战的画，尤为有名；只可惜前年死掉了。我见过他一张《秋收时之月》（*The Harvest Moon*）的画。上面是一个形如骷髅的月亮，照着荒田；田里一排一排的都是兵的死尸。唉唉，这才算得真的进步的美术家的讽刺画。我希望将来中国也能有一日，出这样一个进步的讽刺画家。

　　本篇最初发表于一九一九年一月十五日北京《新青年》第六卷第一号，署名唐俟。后收入杂文集《热风》。

随感录四十六

民国八年正月间，我在朋友家里见到上海一种什么报的星期增刊讽刺画，正是开宗明义第一回；画着几方小图，大意是骂主张废汉文的人的；说是给外国医生换上外国狗的心了，所以读罗马字时，全是外国狗叫。但在小图的上面，又有两个双钩大字"泼克"，似乎便是这增刊的名目；可是全不像中国话。我因此很觉这美术家可怜：他——对于个人的人身攻击姑且不论——学了外国画，来骂外国话，然而所用的名目又仍然是外国话。讽刺画本可以针砭社会的锢疾；现在施针砭的人的眼光，在一方尺大的纸片上，尚且看不分明，怎能指出确当的方向，引导社会呢？

这几天又见到一张所谓《泼克》，是骂提倡新文艺的人了。大旨是说凡所崇拜的，都是外国的偶像。我因此愈觉这美术家可怜：他学了画，而且画了"泼克"，竟还未知道外国画也是文艺之一。他对于自己的本业，尚且罩在黑坛子里，摸不清楚，怎能有优美的创作，贡献于社会呢？

但"外国偶像"四个字，却亏他想了出来。

不论中外，诚然都有偶像。但外国是破坏偶像的人多；那影响所及，便成功了宗教改革，法国革命。旧像愈摧破，人类便愈进步；所以现在才有比利时的义战，与人道的光明。那达尔文易卜生托尔斯泰尼采诸人，便都是近来偶像破坏的大人物。

在这一流偶像破坏者,《泼克》却完全无用;因为他们都有确固不拔的自信,所以决不理会偶像保护者的嘲骂。易卜生说:

> 我告诉你们,是这个——世界上最强壮有力的人,就是那孤立的人。(见《国民之敌》)

但也不理会偶像保护者的恭维。尼采说:

> 他们又拿着称赞,围住你嗡嗡的叫:他们的称赞是厚脸皮。他们要接近你的皮肤和你的血。(《札拉图如是说》第二卷《市场之蝇》)

这样,才是创作者。——我辈即使才力不及,不能创作,也该当学习;即使所崇拜的仍然是新偶像,也总比中国陈旧的好。与其崇拜孔丘关羽,还不如崇拜达尔文易卜生;与其牺牲于瘟将军[1]五道神[2],还不如牺牲于Apollo[3]。

　　　　　　本篇最初发表于一九一九年二月十五日《新青年》第六卷第二号,
　　　　　　　　　　　　　　　署名唐俟。后收入杂文集《热风》。

4-12

1　瘟将军:指中国民间信仰中的瘟神。

2　五道神:即五道将军,中国民间信仰中东岳的属神,掌管人的生死。

3　Apollo:即阿波罗,古希腊神话中的光明与预言之神。

随感录四十七

　　有人做了一块象牙片，半寸方，看去也没有什么；用显微镜一照，却看见刻着一篇行书的《兰亭序》。我想：显微镜的所以制造，本为看那些极细微的自然物的；现在既用人工，何妨便刻在一块半尺方的象牙板上，一目了然，省却用显微镜的工夫呢？

　　张三李四是同时人。张三记了古典来做古文；李四又记了古典，去读张三做的古文。我想：古典是古人的时事，要晓得那时的事，所以免不了翻着古典；现在两位既然同时，何妨老实说出，一目了然，省却你也记古典，我也记古典的工夫呢？

　　内行的人说：什么话！这是本领，是学问！

　　我想，幸而中国人中，有这一类本领学问的人还不多。倘若谁也弄这玄虚：农夫送来了一粒粉，用显微镜照了，却是一碗饭；水夫挑来用水湿过的土，想喝茶的又须挤出湿土里的水：那可真要支撑不住了。

本篇最初发表于一九一九年二月十五日《新青年》第六卷第二号，署名俟。后收入杂文集《热风》。

随感录四十八

中国人对于异族，历来只有两样称呼：一样是禽兽，一样是圣上。从没有称他朋友，说他也同我们一样的。

古书里的弱水，竟是骗了我们：闻所未闻的外国人到了；交手几回，渐知道"子曰诗云"似乎无用，于是乎要维新。

维新以后，中国富强了，用这学来的新，打出外来的新，关上大门，再来守旧。

可惜维新单是皮毛，关门也不过一梦。外国的新事理，却愈来愈多，愈优胜，"子曰诗云"也愈挤愈苦，愈看愈无用。于是从那两样旧称呼以外，别想了一样新号："西哲"，或曰"西儒"。

他们的称号虽然新了，我们的意见却照旧。因为"西哲"的本领虽然要学，"子曰诗云"也更要昌明。换几句话，便是学了外国本领，保存中国旧习。本领要新，思想要旧。要新本领旧思想的新人物，驼了旧本领旧思想的旧人物，请他发挥多年经验的老本领。一言以蔽之：前几年谓之"中学为体，西学为用"，这几年谓之"因时制宜，折衷至当"。

其实世界上决没有这样如意的事。即使一头牛，连生命都牺牲了，尚且祀了孔便不能耕田，吃了肉便不能搾乳。何况一个人先须自己活着，又要驼了前辈先生活着；活着的时候，又须恭听前辈先生的折衷：早上打拱，晚上握手；上午"声光化电"，下午"子曰诗云"呢？

　　社会上最迷信鬼神的人，尚且只能在赛会这一日抬一回神舆。不知那些学"声光化电"的"新进英贤"，能否驼着山野隐逸，海滨遗老，折衷一世？

　　"西哲"易卜生盖以为不能，以为不可。所以借了Brand[1]的嘴说："All or nothing！"[2]

　　　　　　　　　本篇最初发表于一九一九年二月十五日《新青年》第六卷第二号，
　　　　　　　　　　　　　　　　　　署名俟。后收入杂文集《热风》。

1　Brand：勃兰特，易卜生所作诗剧《勃兰特》中的人物。

2　"All or nothing！"：英语，意为"全部或一无所有！"

随感录四十九

凡有高等动物，倘没有遇着意外的变故，总是从幼到壮，从壮到老，从老到死。

我们从幼到壮，既然毫不为奇的过去了；自此以后，自然也该毫不为奇的过去。

可惜有一种人，从幼到壮，居然也毫不为奇的过去了；从壮到老，便有点古怪；从老到死，却更奇想天开，要占尽了少年的道路，吸尽了少年的空气。

少年在这时候，只能先行萎黄，且待将来老了，神经血管一切变质以后，再来活动。所以社会上的状态，先是"少年老成"；直待弯腰曲背时期，才更加"逸兴遄飞"[1]，似乎从此以后，才上了做人的路。

可是究竟也不能自忘其老；所以想求神仙。大约别的都可以老，只有自己不肯老的人物，总该推中国老先生算一甲一名。

万一当真成了神仙，那便永远请他主持，不必再有后进，原也是极好的事。可惜他又究竟不成，终于个个死去，只留下造成的老天地，教少年驼着吃苦。

这真是生物界的怪现象！

我想种族的延长，——便是生命的连续，——的确是生物界事业

---

1 "逸兴遄飞"：指超逸豪放的意兴勃发飞扬。出自唐代王勃的《滕王阁序》。

里的一大部分。何以要延长呢？不消说是想进化了。但进化的途中总须新陈代谢。所以新的应该欢天喜地的向前走去，这便是壮，旧的也应该欢天喜地的向前走去，这便是死；各各如此走去，便是进化的路。

老的让开道，催促着，奖励着，让他们走去。路上有深渊，便用那个死填平了，让他们走去。

少的感谢他们填了深渊，给自己走去；老的也感谢他们从我填平的深渊上走去。——远了远了。

明白这事，便从幼到壮到老到死，都欢欢喜喜的过去；而且一步一步，多是超过祖先的新人。

这是生物界正当开阔的路！人类的祖先，都已这样做了。

本篇最初发表于一九一九年二月十五日《新青年》第六卷第二号，署名俟。后收入杂文集《热风》。

随感录五十三

上海盛德坛扶乩[1]，由"孟圣"主坛；在北京便有城隍白知降坛，说他是"邪鬼"。盛德坛后来却又有什么真人下降，谕别人不得擅自扶乩。

北京议员王讷[2]提议推行新武术，以"强国强种"；中华武士会便率领了一班天罡拳阴截腿之流，大分冤单，说他"抑制暴弃祖性相传之国粹"。

绿帜社[3]提倡"爱世语"，专门崇拜"柴圣"[4]，说别种国际语（如Ido等）是冒牌的。

上海有一种单行的《泼克》，又有一种报上增刊的《泼克》；后来增刊《泼克》登广告声明要将送错的单行《泼克》的信件撕破。

上海有许多"美术家"；其中的一个美术家，不知如何散了伙，便在《泼克》上大骂别的美术家"盲目盲心"，不知道新艺术真艺术。

以上五种同业的内讧，究竟是什么原因，局外人本来不得而知。但总觉现在时势不很太平，无论新的旧的，都各各起哄：扶乩打拳那些鬼画符的东西，倒也罢了；学几句世界语，画几笔花，也是高雅的

1　扶乩：中国民间信仰的一种占卜方法。在扶乩中，需要有人扮演被神明附身的角色，写出一些字迹，以传达神明的想法。

2　王讷（1880—1960）：字墨仙、默轩，山东安丘人，曾任山东省教育会会长、众议院议员。

3　绿帜社：当时以传播世界语（即"爱世语"）为宗旨的团体。

4　"柴圣"：当时世界语爱好者对世界语创立者柴门霍夫的尊称。

事，难道也要同行嫉妒，必须声明鱼目混珠，雷击火焚么？

我对于那"美术家"的内讧又格外失望。我于美术虽然全是门外汉，但很望中国有新兴美术出现。现在上海那班美术家所做的，是否算得美术，原是难说；但他们既然自称美术家，即使幼稚，也可以希望长成：所以我期望有个美术家的幼虫，不要是似是而非的木叶蝶。如今见了他们两方面的成绩，不免令我对于中国美术前途发生一种怀疑。

画《泼克》的美术家说他们盲目盲心，所研究的只是十九世纪的美术，不晓得有新艺术真艺术。我看这些美术家的作品，不是剥制的鹿，便是畸形的美人，的确不甚高明，恐怕连十"八"世纪，也未必有这类绘画：说到底，只好算是中国的所谓美术罢了。但那一位画《泼克》的美术家的批评，却又不甚可解：研究十九世纪的美术，何以便是盲目盲心？十九世纪以后的新艺术真艺术，又是怎样？我听人说：后期印象派（Post-impressionism）的绘画，在今日总还不算十分陈旧；其中的大人物如Cézanne[1]与Van Gogh[2]等，也是十九世纪后半的人，最迟的到一九〇六年也故去了。二十世纪才是十九年初头，好像还没有新派兴起。立方派（Cubism），未来派（Futurism）的主张，虽然新奇，却尚未能确立基础；而且在中国，又怕未必能够理解。在那《泼克》上面，也未见有这一派的绘画；不知那《泼克》美术家的所谓新艺术真艺术，究竟是指着什么？现在的中国美术家诚然心盲目盲，但其弊却不在单研究十九世纪的美术，——因为据我看来，他们并不研究什么世纪的美术，——所以那《泼克》美术家的话，实在

1　Cézanne：塞尚（1839—1906），法国画家。

2　Van Gogh：梵高（1853—1890），荷兰画家。

令人难解。

　　《泼克》美术家满口说新艺术真艺术，想必自己懂得这新艺术真艺术的了。但我看他所画的讽刺画，多是攻击新文艺新思想的。——这是二十世纪的美术么？这是新艺术真艺术么？

> 本篇最初发表于一九一九年三月十五日《新青年》第六卷第三号，
> 署名唐俟。后收入杂文集《热风》。

随感录五十四

　　中国社会上的状态，简直是将几十世纪缩在一时：自油松片以至电灯，自独轮车以至飞机，自镖枪以至机关炮，自不许"妄谈法理"以至护法，自"食肉寝皮"的吃人思想以至人道主义，自迎尸拜蛇以至美育代宗教，都摩肩挨背的存在。

　　这许多事物挤在一处，正如我辈约了燧人氏以前的古人，拼开饭店一般，即使竭力调和，也只能煮个半熟；伙计们既不会同心，生意也自然不能兴旺，——店铺总要倒闭。

　　黄郛[1]氏做的《欧战之教训与中国之将来》中，有一段话，说得很透澈：

　　　　七年以来，朝野有识之士，每腐心于政教之改良，不注意于习俗之转移；庸讵知旧染不去，新运不生：事理如此，无可勉强者也。外人之评我者，谓中国人有一种先天的保守性，即或迫于时势，各种制度有改革之必要时，而彼之所谓改革者，决不将旧日制度完全废止，乃在旧制度之上，更添加一层新制度。试览前清之兵制变迁史，可以知吾言之不谬焉。最初命八旗兵驻防各地，以充守备之任；及年月既久，旗兵已腐败不堪用，洪秀全起，

1　黄郛（1880—1936）：字膺白，号昭甫，浙江绍兴人。曾任北洋政府外交总长、代理国务总理，国民政府外交部长、行政院驻北平政务整理委员会委员长等职。

不得已，征募湘淮两军以应急：从此旗兵绿营，并肩存在，遂变成二重兵制。甲午战后，知绿营兵力又不可恃，乃复编练新式军队：于是并前二者而变成三重兵制矣。今旗兵虽已消灭，而变面换形之绿营，依然存在，总是二重兵制也。从可知吾国人之无澈底改革能力，实属不可掩之事实。他若贺阳历新年者，复贺阴历新年；奉民国正朔者，仍存宣统年号。一察社会各方面，盖无往而非二重。即今日政局之所以不宁，是非之所以无定者，简括言之，实亦不过一种"二重思想"在其间作祟而已。

此外如既许信仰自由，却又特别尊孔；既自命"胜朝遗老"，却又在民国拿钱；既说是应该革新，却又主张复古：四面八方几乎都是二三重以至多重的事物，每重又各各自相矛盾。一切人便都在这矛盾中间，互相抱怨着过活，谁也没有好处。

要想进步，要想太平，总得连根的拔去了"二重思想"。因为世界虽然不小，但彷徨的人种，是终竟寻不出位置的。

本篇最初发表于一九一九年三月十五日《新青年》第六卷第三号，署名唐俟。后收入杂文集《热风》。

随感录五十六 "来了"

近来时常听得人说,"过激主义来了";报纸上也时常写着,"过激主义来了"。

于是有几文钱的人,很不高兴。官员也着忙,要防华工,要留心俄国人;连警察厅也向所属发出了严查"有无过激党设立机关"的公事。

着忙是无怪的,严查也无怪的;但先要问:什么是过激主义呢?

这是他们没有说明,我也无从知道,我虽然不知道,却敢说一句话:"过激主义"不会来,不必怕他;只有"来了"是要来的,应该怕的。

我们中国人,决不能被洋货的什么主义引动,有抹杀他扑灭他的力量。军国民主义么,我们何尝会同别人打仗;无抵抗主义么,我们却是主战参战的;自由主义么,我们连发表思想都要犯罪,讲几句话也为难;人道主义么,我们人身还可以买卖呢。

所以无论什么主义,全扰乱不了中国;从古到今的扰乱,也不听说因为什么主义。试举目前的例,便如陕西学界的布告,湖南灾民的布告,何等可怕,与比利时公布的德兵苛酷情形,俄国别党宣布的列宁政府残暴情形,比较起来,他们简直是太平天下了。德国还说是军国主义,列宁不消说还是过激主义哩!

这便是"来了"来了。来的如果是主义,主义达了还会罢;倘若

4-18

随感录五十六

「来了」

单是"来了"，他便来不完，来不尽，来的怎样也不可知。

民国成立的时候，我住在一个小县城里，早已挂过白旗。有一日，忽然见许多男女，纷纷乱逃：城里的逃到乡下，乡下的逃进城里。问他们什么事，他们答道，"他们说要来了。"

可见大家都单怕"来了"，同我一样。那时还只有"多数主义"，没有"过激主义"哩。

本篇最初发表于一九一九年五月《新青年》第六卷第五号，署名唐俟。后收入杂文集《热风》。

随感录五十七　现在的屠杀者

高雅的人说，"白话鄙俚浅陋，不值识者一哂之者也。"

中国不识字的人，单会讲话，"鄙俚浅陋"，不必说了。"因为自己不通，所以提倡白话，以自文其陋"如我辈的人，正是"鄙俚浅陋"，也不在话下了。最可叹的是几位雅人，也还不能如《镜花缘》[1]里说的君子国的酒保一般，满口"酒要一壶乎，两壶乎，菜要一碟乎，两碟乎"的终日高雅，却只能在呻吟古文时，显出高古品格；一到讲话，便依然是"鄙俚浅陋"的白话了。四万万中国人嘴里发出来的声音，竟至总共"不值一哂"，真是可怜煞人。

做了人类想成仙；生在地上要上天；明明是现代人，吸着现在的空气，却偏要勒派朽腐的名教，僵死的语言，侮蔑尽现在，这都是"现在的屠杀者"。杀了"现在"，也便杀了"将来"。——将来是子孙的时代。

　　　　　　本篇最初发表于一九一九年五月北京《新青年》第六卷第五号，
　　　　　　署名唐俟。后收入杂文集《热风》。

1　《镜花缘》：李汝珍著长篇小说。前半部分写唐敖、多九公等人乘船在海外游历的故事；后半部写武则天开科选才女，100位由花仙托生的才女考中及她们在朝中的故事。李汝珍（约1763—1830），字松石，号松石道人，直隶大兴（今属北京）人，清代小说家、文学家。

随感录五十八　人心很古

慷慨激昂的人说，"世道浇漓，人心不古，国粹将亡，此吾所为仰天扼腕切齿三叹息者也！"

我初听这话，也曾大吃一惊；后来翻翻旧书，偶然看见《史记》《赵世家》里面记着公子成反对主父改胡服的一段话：

> 臣闻中国者，盖聪明徇智之所居也，万物财用之所聚也，贤圣之所教也，仁义之所施也，《诗》《书》礼乐之所用也，异敏技能之所试也，远方之所观赴也，蛮夷之所义行也；今王舍此而袭远方之服，变古之教，易古之道，逆人之心，而怫学者，离中国，故臣愿王图之也。

这不是与现在阻抑革新的人的话，丝毫无异么？后来又在《北史》里看见记周静帝[1]的司马后的话：

> 后性尤妒忌，后宫莫敢进御。尉迟迥女孙有美色，先在宫中，帝于仁寿宫见而悦之，因得幸。后伺帝听朝，阴杀之。上大怒，单骑从苑中出，不由径路，入山谷间三十余里；高颎杨素等

1　周静帝：宇文阐（573—581），原名宇文衍，鲜卑人，北周最后一位皇帝。

追及，扣马谏，帝太息曰，"吾贵为天子，不得自由。"

这又不是与现在信口主张自由和反对自由的人，对于自由所下的解释，丝毫无异么？别的例证，想必还多，我见闻狭隘，不能多举了。但即此看来，已可见虽然经过了这许多年，意见还是一样。现在的人心，实在古得很呢。

中国人倘能努力再古一点，也未必不能有古到三皇五帝以前的希望，可惜时时遇着新潮流新空气激荡着，没有工夫了。

在现存的旧民族中，最合中国式理想的，总要推锡兰岛的Vedda族[1]。他们和外界毫无交涉，也不受别民族的影响，还是原始的状态，真不愧所谓"羲皇上人"。

但听说他们人口年年减少，现在快要没有了：这实在是一件万分可惜的事。

本篇最初发表于一九一九年五月《新青年》第六卷第五号，署名唐俟。后收入杂文集《热风》。

1　Vedda族：即维达人，南亚斯里兰卡的少数民族。

随感录五十九　"圣武"

　　我前回已经说过"什么主义都与中国无干"的话了；今天忽然又有些意见，便再写在下面：

　　我想，我们中国本不是发生新主义的地方，也没有容纳新主义的处所，即使偶然有些外来思想，也立刻变了颜色，而且许多论者反要以此自豪。我们只要留心译本上的序跋，以及各样对于外国事情的批评议论，便能发见我们和别人的思想中间，的确还隔着几重铁壁。他们是说家庭问题的，我们却以为他鼓吹打仗；他们是写社会缺点的，我们却说他讲笑话；他们以为好的，我们说来却是坏的。若再留心看看别国的国民性格，国民文学，再翻一本文人的评传，便更能明白别国著作里写出的性情，作者的思想，几乎全不是中国所有。所以不会了解，不会同情，不会感应；甚至彼我间的是非爱憎，也免不了得到一个相反的结果。

　　新主义宣传者是放火人么，也须别人有精神的燃料，才会着火；是弹琴人么，别人的心上也须有弦索，才会出声；是发声器么，别人也必须是发声器，才会共鸣。中国人都有些不很像，所以不会相干。

　　几位读者怕要生气，说，"中国时常有将性命去殉他主义的人，中华民国以来，也因为主义上死了多少烈士，你何以一笔抹杀？吓！"这话也是真的。我们从旧的外来思想说罢，六朝的确有许多焚身的和尚，唐朝也有过砍下臂膊布施无赖的和尚；从新的说罢，自然也有过几个人的。然而与中国历史，仍不相干。因为历史结帐，不能像数学一般精密，写下许多小数，却只能学粗人算帐的四舍五入法门，记一笔整数。

　　中国历史的整数里面，实在没有什么思想主义在内。这整数只是两种物质，——是刀与火，"来了"便是他的总名。

　　火从北来便逃向南，刀从前来便退向后，一大堆流水帐簿，只有这一个模型。倘嫌"来了"的名称不很庄严，"刀与火"也触目，我们也可以别想花样，奉献一个谥法，称作"圣武"，便好看了。

　　古时候，秦始皇帝很阔气，刘邦和项羽都看见了；邦说，"嗟乎！大丈夫当如此也！"羽说，"彼可取而代也！"羽要"取"什么呢？便是取邦所说的"如此"。"如此"的程度，虽有不同，可是谁也想取；被取的是"彼"，取的是"丈夫"。所有"彼"与"丈夫"的心中，便都是这"圣武"的产生所，受纳所。

　　何谓"如此"？说起来话长；简单地说，便只是纯粹兽性方面的欲望的满足——威福，子女，玉帛，——罢了。然而在一切大小丈夫，却要算最高理想（？）了。我怕现在的人，还被这理想支配着。

　　大丈夫"如此"之后，欲望没有衰，身体却疲敝了；而且觉得暗中有一个黑影——死——到了身边。于是无法，只好求神仙。这在中国，也要算最高理想了。我怕现在的人，也还被这理想支配着。

　　求了一通神仙，终于没有见，忽然有些疑惑了。于是要造坟，来保存死尸，想用自己的尸体，永远占据着一块地面。这在中国，也要算一种没奈何的最高理想了。我怕现在的人，也还被这理想支配着。

　　现在的外来思想，无论如何，总不免有些自由平等的气息，互助共存的气息，在我们这单有"我"，单想"取彼"，单要由我喝尽了一切空间时间的酒的思想界上，实没有插足的余地。

因此，只须防那"来了"便够了。看看别国，抗拒这"来了"的便是有主义的人民。他们因为所信的主义，牺牲了别的一切，用骨肉碰钝了锋刃，血液浇灭了烟焰。在刀光火色衰微中，看出一种薄明的天色，便是新世纪的曙光。

曙光在头上，不抬起头，便永远只能看见物质的闪光。

本篇最初发表于一九一九年五月《新青年》第六卷第五号，

署名唐俟。后收入杂文集《热风》。

随感录六十一　不满

欧战才了的时候，中国很抱着许多希望，因此现在也发出许多悲观绝望的声音，说"世界上没有人道"，"人道这句话是骗人的"。有几位评论家，还引用了他们外国论者自己责备自己的文字，来证明所谓文明人者，比野蛮尤其野蛮。

这诚然是痛快淋漓的话，但要问：照我们的意见，怎样才算有人道呢？那答话，想来大约是"收回治外法权，收回租界，退还庚子赔款……"现在都很渺茫，实在不合人道。

但又要问：我们中国的人道怎么样？那答话，想来只能"……"。对于人道只能"……"的人的头上，决不会掉下人道来。因为人道是要各人竭力挣来，培植，保养的，不是别人布施，捐助的。

其实近于真正的人道，说的人还不很多，并且说了还要犯罪。若论皮毛，却总算略有进步了。这回虽然是一场恶战，也居然没有"食肉寝皮"，没有"夷其社稷"，而且新兴了十八个小国。就是德国对待比国，都说残暴绝伦，但看比国的公布，也只是囚徒不给饮食，村长挨了打骂，平民送上战线之类。这些事情，在我们中国自己对自己也常有，算得什么希奇？

人类尚未长成，人道自然也尚未长成，但总在那里发荣滋长。我们如果问问良心，觉得一样滋长，便什么都不必忧愁；将来总要走同一的路。看罢，他们是战胜军国主义的，他们的评论家还是自己责备自己，有许多不满。不满是向上的车轮，能够载着不自满的人类，向人道前进。

　　多有不自满的人的种族，永远前进，永远有希望。

　　多有只知责人不知反省的人的种族，祸哉祸哉！

本篇最初发表于一九一九年十一月一日《新青年》第六卷第六号，署名唐俟。后收入杂文集《热风》。

随感录六十二　恨恨而死

　　古来很有几位恨恨而死的人物。他们一面说些"怀才不遇""天道宁论"[1]的话，一面有钱的便狂嫖滥赌，没钱的便喝几十碗酒，——因为不平的缘故，于是后来就恨恨而死了。

　　我们应该趁他们活着的时候问他：诸公！您知道北京离昆仑山几里，弱水去黄河几丈么？火药除了做鞭爆，罗盘除了看风水，还有什么用处么？棉花是红的还是白的？谷子是长在树上，还是长在草上？桑间濮上如何情形，自由恋爱怎样态度？您在半夜里可忽然觉得有些羞，清早上可居然有点悔么？四斤的担，您能挑么？三里的道，您能跑么？

　　他们如果细细的想，慢慢的悔了，这便很有些希望。万一越发不平，越发愤怒，那便"爱莫能助"。——于是他们终于恨恨而死了。

　　中国现在的人心中，不平和愤恨的分子太多了。不平还是改造的引线，但必须先改造了自己，再改造社会，改造世界；万不可单是不平。至于愤恨，却几乎全无用处。

　　愤恨只是恨恨而死的根苗，古人有过许多，我们不要蹈他们的覆辙。

1　"天道宁论"：指天道福善惩恶之说难以凭信。

　　我们更不要借了"天下无公理，无人道"这些话，遮盖自暴自弃的行为，自称"恨人"，一副恨恨而死的脸孔，其实并不恨恨而死。

　　　　　本篇最初发表于一九一九年十一月一日北京《新青年》第六卷第六号，
　　　　　　　　　　　　　　　署名唐俟。后收入杂文集《热风》。

随感录六十三 "与幼者"

做了《我们现在怎样做父亲》的后两日，在有岛武郎[1]《著作集》里看到《与幼者》这一篇小说，觉得很有许多好的话。

时间不住的移过去。你们的父亲的我，到那时候，怎样映在你们（眼）里，那是不能想像的了。大约像我在现在，嗤笑可怜那过去的时代一般，你们也要嗤笑可怜我的古老的心思，也未可知的。我为你们计，但愿这样子。你们若不是毫不客气的拿我做一个踏脚，超越了我，向着高的远的地方进去，那便是错的。

人间很寂寞。我单能这样说了就算么？你们和我，像尝过血的兽一样，尝过爱了。去罢，为要将我的周围从寂寞中救出，竭力做事罢。我爱过你们，而且永远爱着。这并不是说，要从你们受父亲的报酬，我对于"教我学会了爱你们的你们"的要求，只是受取我的感谢罢了……像吃尽了亲的死尸，贮着力量的小狮子一样，刚强勇猛，舍了我，踏到人生上去就是了。

我的一生就令怎样失败，怎样胜不了诱惑；但无论如何，使你们从我的足迹上寻不出不纯的东西的事，是要做的，是一定做的。你们该从我的倒毙的所在，跨出新的脚步去。但那里走，怎

1　有岛武郎（1878—1923）：日本作家。

么走的事，你们也可以从我的足迹上探索出来。

幼者呵！将又不幸又幸福的你们的父母的祝福，浸在胸中，上人生的旅路罢。前途很远，也很暗。然而不要怕。不怕的人的面前才有路。

走罢！勇猛着！幼者呵！

有岛氏是白桦派[1]，是一个觉醒的，所以有这等话；但里面也免不了带些眷恋凄怆的气息。

这也是时代的关系。将来便不特没有解放的话，并且不起解放的心，更没有什么眷恋和凄怆；只有爱依然存在。——但是对于一切幼者的爱。

本篇最初发表于一九一九年十一月一日北京《新青年》第六卷第六号，署名唐俟。后收入杂文集《热风》。

1　白桦派：日本现代文学中一个重要的流派，以创刊于1910年的文艺刊物《白桦》为中心，主张新理想主义为文艺思想的主流，因此也被称为"新理想派"。

随感录六十四　有无相通

　　南北的官僚虽然打仗，南北的人民却很要好，一心一意的在那里"有无相通"。

　　北方人可怜南方人太文弱，便教给他们许多拳脚：什么"八卦拳""太极拳"，什么"洪家""侠家"，什么"阴截腿""抱桩腿""谭腿""戳脚"，什么"新武术""旧武术"，什么"实为尽美尽善之体育"，"强国保种尽在于斯"。

　　南方人也可怜北方人太简单了，便送上许多文章：什么"……梦""……魂""……痕""……影""……泪"，什么"外史""趣史""秽史""秘史"，什么"黑幕""现形"，什么"淌牌""吊膀""拆白"，什么"嘻嘻卿卿我我""呜呼燕燕莺莺""吁嗟风风雨雨"，"耐阿是勒浪戤面孔哉！"[1]

　　直隶山东的侠客们，勇士们呵！诸公有这许多筋力，大可以做一点神圣的劳作；江苏浙江湖南的才子们，名士们呵！诸公有这许多文才，大可以译几叶有用的新书。我们改良点自己，保全些别人；想些互助的方法，收了互害的局面罢！

本篇最初发表于一九一九年十一月一日《新青年》第六卷第六号，
署名唐俟。后收入杂文集《热风》。

1　"淌牌"：亦称"淌白"，旧时上海对女流氓或私娼的称呼。"吊膀"：指不正当的男女勾引。"拆白"：用流氓手段进行诈骗。"耐阿是勒浪戤面孔哉！"：吴语，意为"你是不是不要脸呢！"

随感录六十五　暴君的臣民

　　从前看见清朝几件重案的记载，"臣工"拟罪很严重，"圣上"常常减轻，便心里想：大约因为要博仁厚的美名，所以玩这些花样罢了。后来细想，殊不尽然。

　　暴君治下的臣民，大抵比暴君更暴；暴君的暴政，时常还不能餍足暴君治下的臣民的欲望。

　　中国不要提了罢。在外国举一个例：小事件则如Gogol的剧本《按察使》[1]，众人都禁止他，俄皇却准开演；大事件则如巡抚想放耶稣，众人却要求将他钉上十字架。

　　暴君的臣民，只愿暴政暴在他人的头上，他却看着高兴，拿"残酷"做娱乐，拿"他人的苦"做赏玩，做慰安。

　　自己的本领只是"幸免"。

　　从"幸免"里又选出牺牲，供给暴君治下的臣民的渴血的欲望，但谁也不明白。死的说"阿呀"，活的高兴着。

　　　　　　　　本篇最初发表于一九一九年十一月一日《新青年》第六卷第六号，
　　　　　　　　　　　　　　　　署名唐俟。后收入杂文集《热风》。

4-26

1　《按察使》：即俄国作家果戈里的讽刺剧《钦差大臣》。

随感录六十六　生命的路

想到人类的灭亡是一件大寂寞大悲哀的事，然而若干人们的灭亡，却并非寂寞悲哀的事。

生命的路是进步的，总是沿着无限的精神三角形的斜面向上走，什么都阻止他不得。

自然赋与人们的不调和还很多，人们自己萎缩堕落退步的也还很多，然而生命决不因此回头。无论什么黑暗来防范思潮，什么悲惨来袭击社会，什么罪恶来亵渎人道，人类的渴仰完全的潜力，总是踏了这些铁蒺藜向前进。

生命不怕死，在死的面前笑着跳着，跨过了灭亡的人们向前进。

什么是路？就是从没路的地方践踏出来的，从只有荆棘的地方开辟出来的。

以前早有路了，以后也该永远有路。

人类总不会寂寞，因为生命是进步的，是乐天的。

昨天，我对我的朋友L说，"一个人死了，在死者自身和他的眷属是悲惨的事，但在一村一镇的人看起来不算什么；就是一省一国一种……"

L很不高兴，说，"这是Natur(自然)的话，不是人们的话。你应该小心些。"

我想，他的话也不错。

本篇最初发表于一九一九年十一月一日《新青年》第六卷第六号，署名唐俟。后收入杂文集《热风》。

即小见大

北京大学的反对讲义收费风潮，芒硝火焰似的起来，又芒硝火焰似的消灭了，其间就是开除了一个学生冯省三。

这事很奇特，一回风潮的起灭，竟只关于一个人。倘使诚然如此，则一个人的魄力何其太大，而许多人的魄力又何其太无呢。

现在讲义费已经取消，学生是得胜了，然而并没有听得有谁为那做了这次的牺牲者祝福。

即小见大，我于是竟悟出一件长久不解的事来，就是：三贝子花园里面，有谋刺良弼[1]和袁世凯而死的四烈士坟[2]，其中有三块墓碑，何以直到民国十一年还没有人去刻一个字。

凡有牺牲在祭坛前沥血之后，所留给大家的，实在只有"散胙"[3]这一件事了。

十一月十八日

本篇最初发表于一九二二年十一月十八日北京《晨报副刊》。

后收入杂文集《热风》。

1　良弼：爱新觉罗·良弼（1877—1912），字赉臣，满洲镶黄旗人，清末大臣。

2　四烈士坟：1912年1月16日，同盟会人杨禹昌、张先培、黄之萌三人用炸弹暗杀袁世凯，事败被捕，不久惨遭杀害。1912年1月26日深夜，彭家珍暗藏炸弹于良弼府前，将良弼炸死，自己当场牺牲。后来民国政府将他们合葬于北京三贝子花园，称"四烈士墓"。其中杨禹昌、张先培、黄之萌三人墓前均立无字碑。

3　"散胙"：指旧时祭祀以后分发祭肉。

所谓"国学"

现在暴发的"国学家"之所谓"国学"是什么？

一是商人遗老们翻印了几十部旧书赚钱，二是洋场上的文豪又做了几篇鸳鸯蝴蝶体小说出版。

商人遗老们的印书是书籍的古董化，其置重不在书籍而在古董。遗老有钱，或者也不过聊以自娱罢了，而商人便大吹大擂的借此获利。还有茶商盐贩，本来是不齿于"士类"的，现在也趁着新旧纷扰的时候，借刻书为名，想挨进遗老遗少的"士林"里去。他们所刻的书都无民国年月，辨不出是元版是清版，都是古董性质，至少每本两三元，绵连[1]，锦帙[2]，古色古香，学生们是买不起的。这就是他们之所谓"国学"。

然而巧妙的商人可也决不肯放过学生们的钱的，便用坏纸恶墨别印什么"菁华"什么"大全"之类来搜括。定价并不大，但和纸墨一比较却是大价了。至于这些"国学"书的校勘，新学家不行，当然是出于上海的所谓"国学家"的了，然而错字叠出，破句连篇（用的并不是新式圈点），简直是拿少年来开玩笑。这是他们之所谓"国学"。

洋场上的往古所谓文豪，"卿卿我我""蝴蝶鸳鸯"诚然做过一小

1　绵连：即连史纸，质坚色白，宜于印刷贵重书籍。

2　锦帙：用锦绸裱制的精美书函。

堆，可是自有洋场以来，从没有人称这些文章（？）为国学，他们自己也并不以"国学家"自命的。现在不知何以，忽而奇想天开，也学了盐贩茶商，要凭空挨进"国学家"队里去了。然而事实很可惨，他们之所谓国学，是"拆白之事各处皆有而以上海一隅为最甚（中略）余于课余之暇不惜浪费笔墨编纂事实作一篇小说以饷阅者想亦阅者所乐闻也"。（原本每句都密圈，今从略，以省排工，阅者谅之。）

"国学"乃如此而已乎？

试去翻一翻历史里的儒林和文苑传罢，可有一个将旧书当古董的鸿儒，可有一个以拆白饷阅者的文士？

倘说，从今年起，这些就是"国学"，那又是"新"例了。你们不是讲"国学"的么？

本篇最初发表于一九二三年十月四日北京《晨报副刊》，署名某生者。

后收入杂文集《热风》。

青年必读书
—— 应《京报副刊》的征求

青年必读书	从来没有留心过， 所以现在说不出。
附　　注	但我要趁这机会，略说自己的经验，以供若干读者的参考—— 　　我看中国书时，总觉得就沉静下去，与实人生离开；读外国书——但除了印度——时，往往就与人生接触，想做点事。 　　中国书虽有劝人入世的话，也多是僵尸的乐观；外国书即使是颓唐和厌世的，但却是活人的颓唐和厌世。 　　我以为要少——或者竟不——看中国书，多看外国书。 　　少看中国书，其结果不过不能作文而已。但现在的青年最要紧的是"行"，不是"言"。只要是活人，不能作文算什么大不了的事。 　　　　　　　　　　（二月十日。）

本篇最初发表于一九二五年二月二十一日北京《京报副刊》。
后收入杂文集《华盖集》。

论辩的魂灵

　　二十年前到黑市，买得一张符，名叫"鬼画符"。虽然不过一团糟，但帖在壁上看起来，却随时显出各样的文字，是处世的宝训，立身的金箴。今年又到黑市去，又买得一张符，也是"鬼画符"。但帖了起来看，也还是那一张，并不见什么增补和修改。今夜看出来的大题目是"论辩的魂灵"；细注道："祖传老年中年青年'逻辑'扶乩灭洋必胜妙法太上老君急急如律令敕"。今谨摘录数条，以公同好——

　　"洋奴会说洋话。你主张读洋书，就是洋奴，人格破产了！受人格破产的洋奴崇拜的洋书，其价值从可知矣！但我读洋文是学校的课程，是政府的功令，反对者，即反对政府也。无父无君之无政府党，人人得而诛之。"

　　"你说中国不好。你是外国人么？为什么不到外国去？可惜外国人看你不起……。"

　　"你说甲生疮。甲是中国人，你就是说中国人生疮了。既然中国人生疮，你是中国人，就是你也生疮了。你既然也生疮，你就和甲一样。而你只说甲生疮，则竟无自知之明，你的话还有什么价值？倘你没有生疮，是说诳也。卖国贼是说诳的，所以你是卖国贼。我骂卖国贼，所以我是爱国者。爱国者的话是最有价值的，所以我的话是不错的，我的话既然不错，你就是卖国贼无疑了！"

"自由结婚未免太过激了。其实，我也并非老顽固，中国提倡女学的还是我第一个。但他们却太趋极端了，太趋极端，即有亡国之祸，所以气得我偏要说'男女授受不亲'。况且，凡事不可过激；过激派都主张共妻主义的。乙赞成自由结婚，不就是主张共妻主义么？他既然主张共妻主义，就应该先将他的妻拿出来给我们'共'。"

"丙讲革命是为的要图利：不为图利，为什么要讲革命？我亲眼看见他三千七百九十一箱半的现金抬进门。你说不然，反对我么？那么，你就是他的同党。呜呼，党同伐异之风，于今为烈，提倡欧化者不得辞其咎矣！"

"丁牺牲了性命，乃是闹得一塌糊涂，活不下去了的缘故。现在妄称志士，诸君切勿为其所愚。况且，中国不是更坏了么？"

"戊能算什么英雄呢？听说，一声爆竹，他也会吃惊。还怕爆竹，能听枪炮声么？怕听枪炮声，打起仗来不要逃跑么？打起仗来就逃跑的反称英雄，所以中国糟透了。"

"你自以为是'人'，我却以为非也。我是畜类，现在我就叫你爹爹。你既然是畜类的爹爹，当然也就是畜类了。"

"勿用惊叹符号，这是足以亡国的。但我所用的几个在例外。

中庸太太提起笔来，取精神文明精髓，作明哲保身大吉大利格言二句云：

中学为体西学用，

不薄今人爱古人。"

本篇最初发表于一九二五年三月九日北京《语丝》周刊第十七期。
后收入杂文集《华盖集》。

杂感

　　人们有泪，比动物进化，但即此有泪，也就是不进化，正如已经只有盲肠，比鸟类进化，而究竟还有盲肠，终不能很算进化一样。凡这些，不但是无用的赘物，还要使其人达到无谓的灭亡。

　　现今的人们还以眼泪赠答，并且以这为最上的赠品，因为他此外一无所有。无泪的人则以血赠答，但又各各拒绝别人的血。

　　人大抵不愿意爱人下泪。但临死之际，可能也不愿意爱人为你下泪么？无泪的人无论何时，都不愿意爱人下泪，并且连血也不要：他拒绝一切为他的哭泣和灭亡。

　　人被杀于万众聚观之中，比被杀在"人不知鬼不觉"的地方快活，因为他可以妄想，博得观众中的或人的眼泪。但是，无泪的人无论被杀在什么所在，于他并无不同。

　　杀了无泪的人，一定连血也不见。爱人不觉他被杀之惨，仇人也终于得不到杀他之乐：这是他的报恩和复仇。

　　死于敌手的锋刃，不足悲苦；死于不知何来的暗器，却是悲苦。但最悲苦的是死于慈母或爱人误进的毒药，战友乱发的流弹，病菌的并无恶意的侵入，不是我自己制定的死刑。

　　仰慕往古的，回往古去罢！想出世的，快出世罢！想上天的，快上天罢！灵魂要离开肉体的，赶快离开罢！现在的地上，应该是执着现在，执着地上的人们居住的。

但厌恶现世的人们还住着。这都是现世的仇仇，他们一日存在，现世即一日不能得救。

先前，也曾有些愿意活在现世而不得的人们，沉默过了，呻吟过了，叹息过了，哭泣过了，哀求过了，但仍然愿意活在现世而不得，因为他们忘却了愤怒。

勇者愤怒，抽刃向更强者；怯者愤怒，却抽刃向更弱者。不可救药的民族中，一定有许多英雄，专向孩子们瞪眼。这些孱头[1]们！

孩子们在瞪眼中长大了，又向别的孩子们瞪眼，并且想：他们一生都过在愤怒中。因为愤怒只是如此，所以他们要愤怒一生，——而且还要愤怒二世，三世，四世，以至末世。

无论爱什么，——饭，异性，国，民族，人类等等，——只有纠缠如毒蛇，执着如怨鬼，二六时[2]中，没有已时者有望。但太觉疲劳时，也无妨休息一会罢；但休息之后，就再来一回罢，而且两回，三回……。血书，章程，请愿，讲学，哭，电报，开会，挽联，演说，神经衰弱，则一切无用。

血书所能挣来的是什么？不过就是你的一张血书，况且并不好看。至于神经衰弱，其实倒是自己生了病，你不要再当作宝贝了，我的可敬爱而讨厌的朋友呀！

我们听到呻吟，叹息，哭泣，哀求，无须吃惊。见了酷烈的沉默，

1 孱（càn）头：软弱无能的人。
2 二六时：即十二时辰，整日整夜。

就应该留心了；见有什么像毒蛇似的在尸林中蜿蜒，怨鬼似的在黑暗中奔驰，就更应该留心了：这在豫告"真的愤怒"将要到来。那时候，仰慕往古的就要回往古去了，想出世的要出世去了，想上天的要上天了，灵魂要离开肉体的就要离开了！……

五月五日

本篇最初发表于一九二五年五月八日《莽原》周刊第三期。
后收入杂文集《华盖集》。

补白

一

　　"公理战胜"的牌坊[1]，立在法国巴黎的公园里不知怎样，立在中国北京的中央公园里可实在有些希奇，——但这是现在的话。当时，市民和学生也曾游行欢呼过。

　　我们那时的所以入战胜之林者，因为曾经送去过很多的工人；大家也常常自夸工人在欧战的劳绩。现在不大有人提起了，战胜也忘却了，而且实际上是战败了。

　　现在的强弱之分固然在有无枪炮，但尤其是在拿枪炮的人。假使这国民是卑怯的，即纵有枪炮，也只能杀戮无枪炮者，倘敌手也有，胜败便在不可知之数了。这时候才见真强弱。

　　我们弓箭是能自己制造的，然而败于金，败于元，败于清。记得宋人的一部杂记里记有市井间的谐谑，将金人和宋人的事物来比较。譬如问金人有箭，宋有什么？则答道，"有锁子甲"。又问金有四太子，宋有何人？则答道，"有岳少保[2]"。临末问，金人有狼牙棒（打人

1　"公理战胜"的牌坊：1918年第一次世界大战结束后，以英法为首的协约国宣扬他们是"公理战胜强权"，
　　纷纷立碑纪念。北洋政府因曾参加协约国一方，故也在北京中央公园（今中山公园）立"公理战胜"牌坊。
2　岳少保：即南宋抗金名将岳飞，他曾被封为检校少保。

脑袋的武器），宋有什么？却答道，"有天灵盖"！

自宋以来，我们终于只有天灵盖而已，现在又发现了一种"民气"，更加玄虚飘渺了。

但不以实力为根本的民气，结果也只能以固有而不假外求的天灵盖自豪，也就是以自暴自弃当作得胜。我近来也颇觉"心上有杞天之虑"，怕中国更要复古了。瓜皮帽，长衫，双梁鞋，打拱作揖，大红名片，水烟筒，或者都要成为爱国的标征，因为这些都可以不费力气而拿出来，和天灵盖不相上下的。（但大红名片也许不用，以避"赤化"之嫌。）

然而我并不说中国人顽固，因为我相信，鸦片和扑克是不会在排斥之列的。况且爱国之士不是已经说过，马将牌[1]已在西洋盛行，给我们复了仇么？

爱国之士又说，中国人是爱和平的。但我殊不解既爱和平，何以国内连年打仗？或者这话应该修正：中国人对外国人是爱和平的。

我们仔细查察自己，不再说谎的时候应该到来了，一到不再自欺欺人的时候，也就是到了看见希望的萌芽的时候。

我不以为自承无力，是比自夸爱和平更其耻辱。

六月二十三日

1　马将牌：即麻将牌。

二

先前以"士人""上等人"自居的,现在大可以改称"平民"了罢;在实际上,也确有许多人已经如此。彼一时,此一时,清朝该去考秀才,捐监生,现在就只得进学校。"平民"这一个徽号现已日见其时式,地位也高起来了,以此自居,大概总可以从别人得到和先前对于"上等人"一样的尊敬,时势虽然变迁,老地位是不会失掉的。倘遇见这样的平民,必须恭维他,至少也得点头拱手陪笑唯诺,像先前下等人的对于贵人一般。否则,你就会得到罪名,曰:"骄傲",或"贵族的"。因为他已经是平民了。见平民而不格外趋奉,非骄傲而何?

清的末年,社会上大抵恶革命党如蛇蝎,南京政府一成立,漂亮的士绅和商人看见似乎革命党的人,便亲密的说道:"我们本来都是'草字头',一路的呵。"

徐锡麟[1]刺杀恩铭之后,大捕党人,陶成章[2]君是其中之一,罪状曰:"著《中国权力史》,学日本催眠术。"(何以学催眠术就有罪,殊觉费解。)于是连他在家的父亲也大受痛苦;待到革命兴旺,这才被尊称为"老太爷";有人给"孙少爷"去说媒。可惜陶君不久就遭人暗杀了,神主入祠的时候,捧香恭送的士绅和商人尚有五六百。直到袁世凯打倒二次革命之后,这才冷落起来。

谁说中国人不善于改变呢? 每一新的事物进来,起初虽然排斥,

1　徐锡麟(1873—1907):字伯荪,号光汉子,浙江绍兴人,民主革命家。1907年7月6日,徐锡麟在安庆刺杀安徽巡抚恩铭,率学生军起义,后失败被捕,次日慷慨就义。

2　陶成章(1878—1912):字焕卿,号陶耳山人,浙江绍兴人,民主革命家,光复会创始人之一。

但看到有些可靠，就自然会改变。不过并非将自己变得合于新事物，乃是将新事物变得合于自己而已。

佛教初来时便大被排斥，一到理学先生谈禅，和尚做诗的时候，"三教同源"的机运就成熟了。听说现在悟善社[1]里的神主已经有了五块：孔子，老子，释迦牟尼，耶稣基督，谟哈默德。

中国老例，凡要排斥异己的时候，常给对手起一个诨名，——或谓之"绰号"。这也是明清以来讼师的老手段；假如要控告张三李四，倘只说姓名，本很平常，现在却道"六臂太岁张三"，"白额虎李四"，则先不问事迹，县官只见绰号，就觉得他们是恶棍了。

月球只一面对着太阳，那一面我们永远不得见。歌颂中国文明的也惟以光明的示人，隐匿了黑的一面。譬如说到家族亲旧，书上就有许多好看的形容词：慈呀，爱呀，悌呀，……又有许多好看的古典：五世同堂呀，礼门呀，义宗呀，……至于诨名，却藏在活人的心中，隐僻的书上。最简单的打官司教科书《萧曹遗笔》[2]里就有着不少惯用的恶谥，现在钞一点在这里，省得自己做文章——

    亲戚类

        孽亲　枭亲　兽亲　鳄亲　虎亲　歪亲

    尊长类

        鳄伯　虎伯（叔同）　孽兄　毒兄　虎兄

1　悟善社：民国初年出现的带有宗教色彩的秘密结社，自称融儒家、佛教、道教、天主教、基督教与伊斯兰教为一体。

2　《萧曹遗笔》：明代金陵刻本，作者真实姓名不详，署"锦水竹林浪叟辑"。

　　　　卑幼类

　　　　　悖男　恶侄　孽侄　悖孙　虎孙　枭甥

　　　　孽甥　悖妾　泼媳　枭弟　恶婿　凶奴

其中没有父母，那是例不能控告的，因为历朝大抵"以孝治天下"。

　　这一种手段也不独讼师有。民国元年章太炎先生在北京，好发议论，而且毫无顾忌地褒贬。常常被贬的一群人于是给他起了一个绰号，曰"章疯子"。其人既是疯子，议论当然是疯话，没有价值的了，但每有言论，也仍在他们的报章上登出来，不过题目特别，道：《章疯子大发其疯》。有一回，他可是骂到他们的反对党头上去了。那怎么办呢？第二天报上登出来的时候，那题目是：《章疯子居然不疯》。

　　往日看《鬼谷子》[1]，觉得其中的谋略也没有什么出奇，独有《飞箝》中的"可箝而从，可箝而横，……可引而反，可引而覆。虽覆能复，不失其度"这一段里的一句"虽覆能复"很有些可怕。但这一种手段，我们在社会上是时常遇见的。

　　《鬼谷子》自然是伪书，决非苏秦[2]张仪[3]的老师所作；但作者也决不是"小人"，倒是一个老实人。宋的来鹄[4]已经说，"捭阖飞箝，今之常态，不读鬼谷子书者，皆得自然符契也。"[5]人们常用，不以为奇，作者知道了一点，便笔之于书，当作秘诀，可见禀性纯厚，不但手段，

1　《鬼谷子》：据传是战国时期纵横家鼻祖"鬼谷子"王诩（约前400—约前270）著，侧重权谋策略及言谈辩论技巧。

2　苏秦（？—前284）：己姓，苏氏，名秦，字季子，雒阳（今河南洛阳市）人，战国时期著名纵横家。

3　张仪（？—前309）：姬姓，张氏，名仪，魏国安邑（今山西万荣）人，战国时期著名纵横家。

4　来鹄（？—883）：即来鹏（《全唐诗》作来鹄），唐朝诗人，豫章（今江西南昌）人。

5　引文出自南宋晁公武《郡斋读书志》的《鬼谷子》条。晁公武（1105—1180），字子止，人称"昭德先生"，济州钜野（今山东巨野）人，南宋目录学家、藏书家。

便是心里的机诈也并不多。如果是大富翁，他肯将十元钞票嵌在镜屏里当宝贝么？

鬼谷子所以究竟不是阴谋家，否则，他还该说得吞吞吐吐些；或者自己不说，而钩出别人来说；或者并不必钩出别人来说，而自己永远阔不可言。这末后的妙法，知者不言，书上也未见，所以我不知道，倘若知道，就不至于老在灯下编《莽原》，做《补白》了。

但各种小纵横，我们总常要身受，或者目睹。夏天的忽而甲乙相打；忽而甲乙相亲，同去打丙；忽而甲丙相合，又同去打乙，忽而甲丙又互打起来，就都是这"覆""复"作用；化数百元钱，请一回酒，许多人立刻变了色彩，也还是这顽意儿。然而真如来鹄所说，现在的人们是已经"是乃天授，非人力也"的；倘使要看了《鬼谷子》才能，就如拿着文法书去和外国人谈天一样，一定要碰壁。

七月一日

三

离五卅事件[1]的发生已有四十天，北京的情形就像五月二十九日一样。聪明的批评家大概快要提出照例的"五分钟热度"说来了罢，虽然也有过例外：曾将汤尔和[2]先生的大门"打得擂鼓一般，足有十五分钟之久"。（见六月二十三日《晨报》）有些学生们也常常引这

1　五卅事件：即"五卅惨案"。1925年5月30日，上海学生在租界散发传单，发表演说，抗议日本纱厂镇压工人大罢工、打死工人的事件，并号召收回租界，被英国巡捕逮捕100余人。当天下午，万余群众聚集，要求释放被捕学生，呼喊反帝口号。英国巡捕开枪射击，当场打死13人，重伤数十人，逮捕150余人。

2　汤尔和（1878—1940）：杭州人，时任北洋政府教育总长。

"五分热"说自诚，仿佛早经觉到了似的。

但是，中国的老先生们——连二十岁上下的老先生们都算在内——不知怎的总有一种矛盾的意见，就是将女人孩子看得太低，同时又看得太高。妇孺是上不了场面的；然而一面又拜才女，捧神童，甚至于还想借此结识一个阔亲家，使自己也连类飞黄腾达。什么木兰从军，缇萦救父[1]，更其津津乐道，以显示自己倒是一个死不挣气的瘟虫。对于学生也是一样，既要他们"莫谈国事"，又要他们独退番兵，退不了，就冷笑他们无用。

倘在教育普及的国度里，国民十之九是学生；但在中国，自然还是一个特别种类。虽是特别种类，却究竟是"束发小生"，所以当然不会有三头六臂的大神力。他们所能做的，也无非是演讲，游行，宣传之类，正如火花一样，在民众的心头点火，引起他们的光焰来，使国势有一点转机。倘若民众并没有可燃性，则火花只能将自身烧完，正如在马路上焚纸人轿马，暂时引得几个人闲看，而终于毫不相干，那热闹至多也不过如"打门"之久。谁也不动，难道"小生"们真能自己来打枪铸炮，造兵舰，糊飞机，活擒番将，平定番邦么？所以这"五分热"是地方病，不是学生病。这已不是学生的耻辱，而是全国民的耻辱了；倘在别的有活力，有生气的国度里，现象该不至于如此的。外人不足责，而本国的别的灰冷的民众，有权者，袖手旁观者，也都于事后来嘲笑，实在是无耻而且昏庸！

但是，别有所图的聪明人又作别论，便是真诚的学生们，我以为自身却有一个颇大的错误，就是正如旁观者所希望或冷笑的一样：开

1　缇萦救父：缇萦，西汉医学家淳于意(约前215—约前140)之女，她为救父亲免于刑罚，上书汉文帝称自己愿意身充官婢，代父受刑。

首太自以为有非常的神力，有如意的成功。幻想飞得太高，堕在现实上的时候，伤就格外沉重了；力气用得太骤，歇下来的时候，身体就难于动弹了。为一般计；或者不如知道自己所有的不过是"人力"，倒较为切实可靠罢。

现在，从读书以至"寻异性朋友讲情话"，似乎都为有些有志者所诟病了。但我想，责人太严，也正是"五分热"的一个病源。譬如自己要择定一种口号——例如不买英日货——来履行，与其不饮不食的履行七日或痛哭流涕的履行一月，倒不如也看书也履行至五年，或者也看戏也履行至十年，或者也寻异性朋友也履行至五十年，或者也讲情话也履行至一百年。记得韩非子曾经教人以竞马的要妙，其一是"不耻最后"。[1]即使慢，驰而不息，纵令落后，纵令失败，但一定可以达到他所向的目标。

七月八日

本篇最初分三次发表于一九二五年六月二十六日出版的《莽原》周刊第十期、七月三日出版的第十一期及七月十日出版的第十二期。后收入杂文集《华盖集》。

1　《韩非子》中并无此内容，应当是指《淮南子·诠言训》中的"驰者不贪最先，不恐独后，缓急调乎手，御心调乎马，虽不能必先载，马力必尽矣。"

补白

我观北大

　　因为北大学生会的紧急征发，我于是总得对于本校的二十七周年纪念来说几句话。

　　据一位教授的名论，则"教一两点钟的讲师"是不配与闻校事的，而我正是教一点钟的讲师。但这些名论，只好请恕我置之不理；——如其不恕，那么，也就算了，人那里顾得这些事。

　　我向来也不专以北大教员自居，因为另外还与几个学校有关系。然而不知怎的，——也许是含有神妙的用意的罢，今年忽而颇有些人指我为北大派。我虽然不知道北大可真有特别的派，但也就以此自居了。北大派么？就是北大派！怎么样呢？

　　但是，有些流言家幸勿误会我的意思，以为谣我怎样，我便怎样的。我的办法也并不一律。譬如前次的游行，报上谣我被打落了两个门牙，我可决不肯具呈警厅，吁请补派军警，来将我的门牙从新打落。我之照着谣言做去，是以专检自己所愿意者为限的。

　　我觉得北大也并不坏。如果真有所谓派，那么，被派进这派里去，也还是也就算了。理由在下面：

　　既然是二十七周年，则本校的萌芽，自然是发于前清的，但我并民国初年的情形也不知道。惟据近七八年的事实看来，第一，北大是常为新的，改进的运动的先锋，要使中国向着好的，往上的道路走。虽然很中了许多暗箭，背了许多谣言；教授和学生也都逐年地有些改换了，而那向上的精神还是始终一贯，不见得弛懈。自然，偶尔也免不了有些很想勒转马头的，可是这也无伤大体，"万众一心"，原不过是书本子上的冠冕话。

第二，北大是常与黑暗势力抗战的，即使只有自己。自从章士钊提了"整顿学风"的招牌来"作之师"，并且分送金款以来，北大却还是给他一个依照彭允彝[1]的待遇。现在章士钊虽然还伏在暗地里做总长，本相却已显露了；而北大的校格也就愈明白。那时固然也曾显出一角灰色，但其无伤大体，也和第一条所说相同。

我不是公论家，有上帝一般决算功过的能力。仅据我所感得的说，则北大究竟还是活的，而且还在生长的。凡活的而且在生长者，总有着希望的前途。

今天所想到的就是这一点。但如果北大到二十八周年而仍不为章士钊者流所谋害，又要出纪念刊，我却要预先声明：不来多话了。一则，命题作文，实在苦不过；二则，说起来大约还是这些话。

十二月十三日

本篇最初发表于一九二五年十二月十七日《北大学生会周刊》创刊号。
后收入杂文集《华盖集》。

1　彭允彝（1878—1943）：1922年任北京政府教育总长，1923年附和政府逮捕北京大学教授，北大全体教职员工上书总统，恳请罢免其教育总长的职务。

黄花节的杂感

黄花节将近了，必须做一点所谓文章。但对于这一个题目的文章，教我做起来，实在近于先前的在考场里"对空策"。因为，——说出来自己也惭愧，——黄花节这三个字，我自然明白它是什么意思的；然而战死在黄花冈头的战士们呢，不但姓名，连人数也不知道。

为寻些材料，好发议论起见，只得查《辞源》。书里面有是有的，可不过是：

> 黄花冈。地名，在广东省城北门外白云山之麓。清宣统三年三月二十九日，革命党数十人，攻袭督署，不成而死，丛葬于此。

轻描淡写，和我所知道的差不多，于我并不能有所裨益。

我又愿意知道一点十七年前的三月二十九日的情形，但一时也找不到目击耳闻的耆老。从别的地方——如北京，南京，我的故乡——的例子推想起来，当时大概有若干人痛惜，若干人快意，若干人没有什么意见，若干人当作酒后茶余的谈助的罢。接着便将被人们忘却。久受压制的人们，被压制时只能忍苦，幸而解放了便只知道作乐，悲壮剧是不能久留在记忆里的。

但是三月二十九日的事却特别，当时虽然失败，十月就是武昌起义，第二年，中华民国便出现了。于是这些失败的战士，当时也就成为革命成功的先驱，悲壮剧刚要收场，又添上一个团圆剧的结束。这于我们是很可庆幸的，我想，在纪念黄花节的时候便可以看出。

我还没有亲自遇见过黄花节的纪念，因为久在北方。不过，中山先生的纪念日却遇见过了：在学校里，晚上来看演剧的特别多，连凳子也踏破了几条，非常热闹。用这例子来推断，那么，黄花节也一定该是极其热闹的罢。

当三月十二日那天的晚上，我在热闹场中，便深深地更感得革命家的伟大。我想，恋爱成功的时候，一个爱人死掉了，只能给生存的那一个以悲哀。然而革命成功的时候，革命家死掉了，却能每年给生存的大家以热闹，甚而至于欢欣鼓舞。惟独革命家，无论他生或死，都能给大家以幸福。同是爱，结果却有这样地不同，正无怪现在的青年，很有许多感到恋爱和革命的冲突的苦闷。

以上的所谓"革命成功"，是指暂时的事而言；其实是"革命尚未成功"的。革命无止境，倘使世上真有什么"止于至善"，这人间世便同时变了凝固的东西了。不过，中国经了许多战士的精神和血肉的培养，却的确长出了一点先前所没有的幸福的花果来，也还有逐渐生长的希望。倘若不像有，那是因为继续培养的人们少，而赏玩，攀折这花，摘食这果实的人们倒是太多的缘故。

我并非说，大家都须天天去痛哭流涕，以凭吊先烈的"在天之灵"，一年中有一天记起他们也就可以了。但就广东的现在而论，我却觉得大家对于节日的办法，还须改良一点。黄花节很热闹，热闹一天自然也好；热闹得疲劳了，回去就好好地睡一觉。然而第二天，元气恢复了，就该加工做一天自己该做的工作。这当然是劳苦的，但总比枪弹从致命的地方穿过去要好得远；何况这也算是在培养幸福的花果，为着后来的人们呢。

三月二十四日夜

　　本篇最初发表于一九二七年三月二十九日广州中山大学政治训育部编印的《政治训育》第七期"黄花节特号"。后收入杂文集《而已集》。

扣丝杂感

　　以下这些话，是因为见了《语丝》（一四七期）的《随感录》（二八）而写的。

　　这半年来，凡我所看的期刊，除《北新》外，没有一种完全的：《莽原》，《新生》，《沉钟》。甚至于日本文的《斯文》，里面所讲的都是汉学，末尾附有《西游记传奇》，我想和演义来比较一下，所以很切用，但第二本即缺少，第四本起便杳然了。至于《语丝》，我所没有收到的统共有六期，后来多从市上的书铺里补得，惟有一二六和一四三终于买不到，至今还不知道内容究竟是怎样。

　　这些收不到的期刊，是遗失，还是没收的呢？我以为两者都有。没收的地方，是北京，天津，还是上海，广州呢？我以为大约也各处都有。至于没收的缘故，那可是不得而知了。

　　我所确切知道的，有这样几件事。是《莽原》也被扣留过一期，不过这还可以说，因为里面有俄国作品的翻译。那时只要一个"俄"字，已够惊心动魄，自然无暇顾及时代和内容。但韦丛芜[1]的《君山》，也被扣留。这一本诗，不但说不到"赤"，并且也说不到"白"，正和作者的年纪一样，是"青"的，而竟被禁锢在邮局里。黎锦明[2]先生早

1　韦丛芜（1905—1978）：原名韦崇武，又名韦立人、韦若愚，安徽六安人，作家、翻译家，未名社成员，《莽原》撰稿人之一。《君山》是韦丛芜所作的长诗。

2　黎锦明（1905—1999）：湖南湘潭人，作家。《烈火集》即他的短篇小说集《烈火》。

有来信，说送我《烈火集》，一本是托书局寄的，怕他们忘记，自己又寄了一本。但至今已将半年，一本也没有到。我想，十之九都被没收了，因为火色既"赤"，而况又"烈"乎，当然通不过的。

《语丝》一三二期寄到我这里的时候是出版后约六星期，封皮上写着两个绿色大字道："扣留"，另外还有检查机关的印记和封条。打开看时，里面是《猓猓人的创世记》，《无题》，《寂寞札记》，《撒园荽》，《苏曼殊及其友人》，都不像会犯禁。我便看《来函照登》，是讲"情死""情杀"的，不要紧，目下还不管这些事。只有《闲话拾遗》了。这一期特别少，共只两条。一是讲日本的，大约也还不至于犯禁。一是说来信告诉"清党"的残暴手段的，《语丝》此刻不想登。莫非因为这一条么？但不登何以又不行呢？莫明其妙。然而何以"扣留"而又放行了呢？也莫明其妙。

这莫明其妙的根源，我以为在于检查的人员。

中国近来一有事，首先就检查邮电。这检查的人员，有的是团长或区长，关于论文诗歌之类，我觉得我们不必和他多谈。但即使是读书人，其实还是一样的说不明白，尤其是在所谓革命的地方。直截痛快的革命训练弄惯了，将所有革命精神提起，如油的浮在水面一般，然而顾不及增加营养。所以，先前是刊物的封面上画一个工人，手捏铁铲或鹤嘴锹，文中有"革命！革命！""打倒！打倒！"者，一帆风顺，算是好的。现在是要画一个少年军人拿旗骑在马上，里面"严办！严办！"这才庶几免于罪戾。至于什么"讽刺"，"幽默"，"反语"，"闲谈"等类，实在还是格不相入。从格不相入，而成为视之憎然，结果即不免有些弄得乱七八糟，谁也莫明其妙。

还有一层，是终日检查刊物，不久就会头昏眼花，于是讨厌，于是生气，于是觉得刊物大抵可恶——尤其是不容易了然的——而非严办不可。我记得书籍不切边，我也是作俑者之一，当时实在是没有什么恶意的。后来看见方传宗先生的通信（见本《丝》一二九），竟说得要毛边装订的人有如此可恶，不觉满肚子冤屈。但仔细一想，方先生似乎是图书馆员，那么，要他老是裁那并不感到兴趣的毛边书，终于不免生气而大骂毛边党，正是毫不足怪的事。检查员也同此例，久而久之，就要发火，开初或者看得详细点，但后来总不免《烈火集》也可怕，《君山》也可疑，——只剩了一条最稳当的路：扣留。

　　两个月前罢，看见报上记着某邮局因为扣下的刊物太多，无处存放了，一律焚毁。我那时实在感到心痛，仿佛内中很有几本是我的东西似的。呜呼哀哉！我的《烈火集》呵。我的《西游记传奇》呵。我的……。

　　附带还要说几句关于毛边的牢骚。我先前在北京参与印书的时候，自己暗暗地定下了三样无关紧要的小改革，来试一试。一，是首页的书名和著者的题字，打破对称式；二，是每篇的第一行之前，留下几行空白；三，就是毛边。现在的结果，第一件已经有恢复香炉烛台式的了；第二件有时无论怎样叮嘱，而临印的时候，工人终于将第一行的字移到纸边，用"迅雷不及掩耳的手段"，使你无可挽救；第三件被攻击最早，不久我便有条件的降伏了。与李老板[1]约：别的不管，只是我的译著，必须坚持毛边到底！但是，今竟如何？老板送给我的五部或十部，至今还确是毛边。不过在书铺里，我却发见了毫无"毛"气，四面光滑的《彷徨》之类。归根结蒂，他们都将彻底的胜利。

1　李老板：指李小峰（1897—1971），字荣弟，江苏江阴人，翻译家，北新书局主持人。

所以说我想改革社会，或者和改革社会有关，那是完全冤枉的，我早已瘟头瘟脑，躺在板床上吸烟卷——彩凤牌——了。

言归正传。刊物的暂时要碰钉子，也不但遇到检查员，我恐怕便是读书的青年，也还是一样。先已说过，革命地方的文字，是要直截痛快，"革命！革命！"的，这才是"革命文学"。我曾经看见一种期刊上登载一篇文章，后有作者的附白，说这一篇没有谈及革命，对不起读者，对不起对不起。但自从"清党"以后，这"直截痛快"以外，却又增添了一种神经过敏。"命"自然还是要革的，然而又不宜太革，太革便近于过激，过激便近于共产党，变了"反革命"了。所以现在的"革命文学"，是在顽固这一种反革命和共产党这一种反革命之间。

于是又发生了问题，便是"革命文学"站在这两种危险物之间，如何保持她的纯正——正宗。这势必至于必须防止近于赤化的思想和文字，以及将来有趋于赤化之虑的思想和文字。例如，攻击礼教和白话，即有趋于赤化之忧。因为共产派无视一切旧物，而白话则始于《新青年》，而《新青年》乃独秀所办。今天看见北京教育部禁止白话的消息，我逆料《语丝》必将有几句感慨，但我实在是无动于中。我觉得连思想文字，也到处都将窒息，几句白话黑话，已经没有什么大关系了。

那么，谈谈风月，讲讲女人，怎样呢？也不行。这是"不革命"。"不革命"虽然无罪，然而是不对的！

现在在南边，只剩了一条"革命文学"的独木小桥，所以外来的许多刊物，便通不过，扑通！扑通！都掉下去了。

但这直捷痛快和神经过敏的状态，其实大半也还是视指挥刀的指挥而转移的。而此时刀尖的挥动，还是横七竖八。方向有个一定之后，或者可以好些罢。然而也不过是"好些"，内中的骨子，恐怕还不外乎窒息，因为这是先天性的遗传。

先前偶然看见一种报上骂郁达夫[1]先生，说他《洪水》上的一篇文章，是不怀好意，恭维汉口。我就去买《洪水》来看，则无非说旧式的崇拜一个英雄，已和现代潮流不合，倒也看不出什么恶意来。这就证明着眼光的钝锐，我和现在的青年文学家已很不同了。所以《语丝》的莫明其妙的失踪，大约也许只是我们自己莫明其妙，而上面的检查员云云，倒是假设的恕词。

至于一四五期以后，这里是全都收到的，大约惟在上海者被押。假如真的被押，我却以为大约也与吴老先生无关。"打倒……打倒……严办……严办……"，固然是他老先生亲笔的话，未免有些责任，但有许多动作却并非他的手脚了。在中国，凡是猛人（这是广州常用的话，其中可以包括名人，能人，阔人三种），都有这种的运命。

无论是何等样人，一成为猛人，则不问其"猛"之大小，我觉得他的身边便总有几个包围的人们，围得水泄不透。那结果，在内，是使该猛人逐渐变成昏庸，有近乎傀儡的趋势。在外，是使别人所看见的并非该猛人的本相，而是经过了包围者的曲折而显现的幻形。至于幻得怎样，则当视包围者是三棱镜呢，还是凸面或凹面而异。假如我们能有一种机会，偶然走到一个猛人的近旁，便可以看见这时包围者的脸面和言动，和对付别的人们的时候有怎样地不同。我们在外面看见一个猛人的亲信，谬妄骄恣，很容易以为该猛人所爱的是这样的人物。殊不知其实是大谬不然的。猛人所看见的他是娇嫩老实，非常可

1　郁达夫（1896—1945）：原名文，字达夫，浙江富阳人，作家。

爱，简直说话会口吃，谈天要脸红。老实说一句罢，虽是"世故的老人"如不佞者，有时从旁看来也觉得倒也并不坏。

但同时也就发生了胡乱的矫诏和过度的巴结，而晦气的人物呀，刊物呀，植物呀，矿物呀，则于是乎遭灾。但猛人大抵是不知道的。凡知道一点北京掌故的，该还记得袁世凯做皇帝时候的事罢。要看日报，包围者连报纸都会特印了给他看，民意全部拥戴，舆论一致赞成。直要待到蔡松坡[1]云南起义，这才阿呀一声，连一连吃了二十多个馒头都自己不知道。但这一出戏也就闭幕，袁公的龙驭上宾于天[2]了。

包围者便离开了这一株已倒的大树，去寻求别一个新猛人。

我曾经想做过一篇《包围新论》，先述包围之方法，次论中国之所以永是走老路，原因即在包围，因为猛人虽有起仆兴亡，而包围者永是这一伙。次更论猛人倘能脱离包围，中国就有五成得救。结末是包围脱离法。——然而终于想不出好的方法来，所以这新论也还没有敢动笔。

爱国志士和革命青年幸勿以我为懒于筹画，只开目录而没有文章。我思索是也在思索的，曾经想到了两样法子，但反复一想，都无用。一，是猛人自己出去看看外面的情形，不要先"清道"。然而虽不"清道"，大家一遇猛人，大抵也会先就改变了本然的情形，再也看不出真模样。二，是广接各样的人物，不为一定的若干人所包围。然而久而久之，也终于有一群制胜，而这最后胜利者的包围力则最强大，归根结蒂，也还是古已有之的运命：龙驭上宾于天。

---

1 蔡松坡：蔡锷（1882—1916），原名艮寅，字松坡，湖南邵阳人，著名政治家、军事家。1915年袁世凯称帝，蔡锷潜回云南，与唐继尧等人组织护国军，讨伐袁世凯。

2 龙驭上宾于天：皇帝之死的讳饰语。意为乘龙升天，为天帝之宾。

世事也还是像螺旋。但《语丝》今年特别碰钉子于南方，仿佛得了新境遇，这又是什么缘故呢？这一点，我自以为是容易解答的。

"革命尚未成功"，是这里常见的标语。但由我看来，这仿佛已经成了一句谦虚话，在后方的一大部分的人们的心里，是"革命已经成功"或"将近成功"了。既然已经成功或将近成功，自己又是革命家，也就是中国的主人翁，则对于一切，当然有管理的权利和义务。刊物虽小事，自然也在看管之列。有近于赤化之虑者无论矣，而要说不吉利语，即可以说是颇有近于"反革命"的气息了，至少，也很令人不欢。而《语丝》，是每有不肯凑趣的坏脾气的，则其不免于有时失踪也，盖犹其小焉者耳。

九月十五日

本篇最初发表于一九二七年十月二十二日《语丝》周刊第一五四期。

后收入杂文集《而已集》。

扣丝杂感

可恶罪

这是一种新的"世故"。

我以为法律上的许多罪名，都是花言巧语，只消以一语包括之，曰：可恶罪。

譬如，有人觉得一个人可恶，要给他吃点苦罢，就有这样的法子。倘在广州而又是"清党"之前，则可以暗暗地宣传他是无政府主义者。那么，共产青年自然会说他"反革命"，有罪。若在"清党"之后呢，要说他是CP或CY[1]，没有证据，则可以指为"亲共派"。那么，清党委员会自然会说他"反革命"，有罪。再不得已，则只好寻些别的事由，诉诸法律了。但这比较地麻烦。

我先前总以为人是有罪，所以枪毙或坐监的。现在才知道其中的许多，是先因为被人认为"可恶"，这才终于犯了罪。

许多罪人，应该称为"可恶的人"。

九，十四

本篇最初发表于一九二七年十月二十二日《语丝》周刊第一五四期。后收入杂文集《而已集》。

1 CP：英文Communist Party的缩写，即共产党。CY：英文Communist Youth的缩写，即共产主义青年团。

小杂感

蜜蜂的刺，一用即丧失了它自己的生命；犬儒的刺，一用则苟延了他自己的生命。

他们就是如此不同。

约翰穆勒[1]说：专制使人们变成冷嘲。

而他竟不知道共和使人们变成沉默。

要上战场，莫如做军医；要革命，莫如走后方；要杀人，莫如做刽子手。既英雄，又稳当。

与名流学者谈，对于他之所讲，当装作偶有不懂之处。太不懂被看轻，太懂了被厌恶。偶有不懂之处，彼此最为合宜。

世间大抵只知道指挥刀所以指挥武士，而不想到也可以指挥文人。

又是演讲录，又是演讲录。

但可惜都没有讲明他何以和先前大两样了；也没有讲明他演讲

1　约翰穆勒（John Mill，1806—1873）：英国哲学家、经济学家，代表作《论自由》。

时，自己是否真相信自己的话。

阔的聪明人种种譬如昨日死。
不阔的傻子种种实在昨日死。

曾经阔气的要复古，正在阔气的要保持现状，未曾阔气的要革新。大抵如是。大抵！

他们之所谓复古，是回到他们所记得的若干年前，并非虞夏商周。

女人的天性中有母性，有女儿性；无妻性。
妻性是逼成的，只是母性和女儿性的混合。

防被欺。
自称盗贼的无须防，得其反倒是好人；自称正人君子的必须防，得其反则是盗贼。

楼下一个男人病得要死，那间壁的一家唱着留声机；对面是弄孩子。楼上有两人狂笑；还有打牌声。河中的船上有女人哭着她死去的母亲。
人类的悲欢并不相通，我只觉得他们吵闹。

每一个破衣服人走过，叭儿狗就叫起来，其实并非都是狗主人的意旨或使嗾。
叭儿狗往往比它的主人更严厉。

恐怕有一天总要不准穿破布衫，否则便是共产党。

革命，反革命，不革命。

革命的被杀于反革命的。反革命的被杀于革命的。不革命的或当作革命的而被杀于反革命的，或当作反革命的而被杀于革命的，或并不当作什么而被杀于革命的或反革命的。

革命，革革命，革革革命，革革……。

人感到寂寞时，会创作；一感到干净时，即无创作，他已经一无所爱。

创作总根于爱。

杨朱无书。

创作虽说抒写自己的心，但总愿意有人看。

创作是有社会性的。

但有时只要有一个人看便满足：好友，爱人。

人往往憎和尚，憎尼姑，憎回教徒，憎耶教徒，而不憎道士。

懂得此理者，懂得中国大半。

要自杀的人，也会怕大海的汪洋，怕夏天死尸的易烂。

但遇到澄静的清池，凉爽的秋夜，他往往也自杀了。

凡为当局所"诛"者皆有"罪"。

刘邦除秦苛暴，"与父老约，法三章耳。"

而后来仍有族诛，仍禁挟书，还是秦法。

法三章者，话一句耳。

一见短袖子，立刻想到白臂膊，立刻想到全裸体，立刻想到生殖器，立刻想到性交，立刻想到杂交，立刻想到私生子。

中国人的想像惟在这一层能够如此跃进。

九月二十四日

本篇最初发表于一九二七年十二月十七日《语丝》周刊第四卷第一期。

后收入杂文集《而已集》。

扁

中国文艺界上可怕的现象，是在尽先输入名词，而并不绍介这名词的函义。

于是各各以意为之。看见作品上多讲自己，便称之为表现主义；多讲别人，是写实主义；见女郎小腿肚作诗，是浪漫主义；见女郎小腿肚不准作诗，是古典主义；天上掉下一颗头，头上站着一头牛，爱呀，海中央的青霹雳呀……是未来主义……等等。

还要由此生出议论来。这个主义好，那个主义坏……等等。

乡间一向有一个笑谈：两位近视眼要比眼力，无可质证，便约定到关帝庙去看这一天新挂的扁额。他们都先从漆匠探得字句。但因为探来的详略不同，只知道大字的那一个便不服，争执起来了，说看见小字的人是说谎的。又无可质证，只好一同探问一个过路的人。那人望了一望，回答道："什么也没有。扁还没有挂哩。"

我想，在文艺批评上要比眼力，也总得先有那块扁额挂起来才行。空空洞洞的争，实在只有两面自己心里明白。

四月十日

本篇最初发表于一九二八年四月二十三日《语丝》第四卷第十七期"随感录"栏。后收入杂文集《三闲集》。

烽话五则

父子们冲突着。但倘用神通将他们的年纪变成约略相同，便立刻可以像一对志同道合的好朋友。

伶俐人叹"人心不古"时，大抵是他的巧计失败了；但老太爷叹"人心不古"时，则无非因为受了儿子或姨太太的气。

电报曰：天祸中国。天曰：委实冤枉！

精神文明人作飞机论曰：较之灵魂之自在游行，一钱不值矣。写完，遂率家眷移入东交民巷使馆界。

倘诗人睡在烽火旁边，听得烘烘地响时，则烽火就是听觉。但此说近于味觉，因为太无味。然而无为即无不为，则无味自然就是至味了。对不对？

本篇最初发表于一九二四年十一月二十四日《语丝》周刊第二期。
后收入杂文集《集外集》。

拿破仑与隋那

我认识一个医生，忙的，但也常受病家的攻击，有一回，自解自叹道：要得称赞，最好是杀人，你把拿破仑和隋那[1]（Edward Jenner，1749—1823）去比比看⋯⋯

我想，这是真的。拿破仑的战绩，和我们什么相干呢，我们却总敬服他的英雄。甚而至于自己的祖宗做了蒙古人的奴隶，我们却还恭维成吉思；从现在的卍字眼睛看来，黄人已经是劣种了，我们却还夸耀希特拉。

因为他们三个，都是杀人不眨眼的大灾星。

但我们看看自己的臂膊，大抵总有几个疤，这就是种过牛痘的痕迹，是使我们脱离了天花的危症的。自从有这种牛痘法以来，在世界上真不知救活了多少孩子，——虽然有些人大起来也还是去给英雄们做炮灰，但我们有谁记得这发明者隋那的名字呢？

杀人者在毁坏世界，救人者在修补它，而炮灰资格的诸公，却总在恭维杀人者。

这看法倘不改变，我想，世界是还要毁坏，人们也还要吃苦的。

十一月六日

本篇最初印入上海生活书店编辑出版的一九三五年《文艺日记》。
后收入杂文集《且介亭杂文》。

1 隋那：通译琴纳、金纳，英国医生、医学家、科学家，以研究及推广牛痘接种、防治天花而闻名。

革命咖啡店

革命咖啡店的革命底广告式文字，昨天在报章上看到了，仗着第四个"有闲"，先抄一段在下面：

> ……但是读者们，我却发现了这样一家我们所理想的乐园，我一共去了两次，我在那里遇见了我们今日文艺界上的名人，龚冰庐[1]，鲁迅，郁达夫等。并且认识了孟超[2]，潘汉年[3]，叶灵凤[4]等，他们有的在那里高谈着他们的主张，有的在那里默默沉思，我在那里领会到不少教益呢。……

遥想洋楼高耸，前临阔街，门口是晶光闪灼的玻璃招牌，楼上是"我们今日文艺界上的名人"，或则高谈，或则沉思，面前是一大杯热气蒸腾的无产阶级咖啡，远处是许许多多"龌龊的农工大众"，他们喝着，想着，谈着，指导着，获得着，那是，倒也实在是"理想的乐园"。

何况既喝咖啡，又领"教益"呢？上海滩上，一举两得的买卖本来多。大如弄几本杂志，便算革命；小如买多少钱书籍，即赠送真丝光袜或请吃冰淇淋——虽然我至今还猜不透那些惠顾的人们，究竟是

1　龚冰庐（1908—1955）：笔名影樱，江苏崇明（今属上海）人，作家。

2　孟超（1902—1976）：原名宪启，又名公韬，字励吾，山东诸城人，作家、编辑。

3　潘汉年（1906—1977）：江苏宜兴人，时任中共江苏省委宣传部文化工作党团书记。

4　叶灵凤（1905—1975）：原名蕴璞，江苏南京人，作家、翻译家。

意在看书呢，还是要穿丝光袜。至于咖啡店，先前只听说不过可以兼看舞女，使女，"以饱眼福"罢了。谁料这回竟是"名人"，给人"教益"，还演"高谈""沉思"种种好玩的把戏，那简直是现实的乐园了。

但我又有几句声明——

就是：这样的咖啡店里，我没有上去过，那一位作者所"遇见"的，又是别一人。因为：一，我是不喝咖啡的，我总觉得这是洋大人所喝的东西（但这也许是我的"时代错误"），不喜欢，还是绿茶好。二，我要抄"小说旧闻"之类，无暇享受这样乐园的清福。三，这样的乐园，我是不敢上去的，革命文学家，要年青貌美，齿白唇红，如潘汉年叶灵凤辈，这才是天生的文豪，乐园的材料；如我者，在《战线》上就宣布过一条"满口黄牙"的罪状，到那里去高谈，岂不亵渎了"无产阶级文学"么？还有四，则即使我要上去，也怕走不到，至多，只能在店后门远处彷徨彷徨，嗅嗅咖啡渣的气息罢了。你看这里面不很有些在前线的文豪么，我却是"落伍者"，决不会坐在一屋子里的。

以上都是真话。叶灵凤革命艺术家曾经画过我的像，说是躲在酒坛的后面。这事的然否我不谈。现在所要声明的，只是这乐园中我没有去，也不想去，并非躲在咖啡杯后面在骗人。

杭州另外有一个鲁迅时，我登了一篇启事，"革命文学家"就挖苦了。但现在仍要自己出手来做一回，一者因为我不是咖啡，不愿意在革命店里做装点；二是我没有创造社那么阔，有一点事就一个律师，两个律师。

八月十日

本篇最初发表于一九二八年八月十三日《语丝》第四卷第三十三期郁达夫的《革命广告》之后，题作《鲁迅附记》。后收入杂文集《三闲集》，收入时改为现题。

"革命军马前卒"和"落伍者"

西湖博览会上要设先烈博物馆了，在征求遗物。这是不可少的盛举，没有先烈，现在还拖着辫子也说不定的，更那能如此自在。

但所求的，末后又有"落伍者的丑史"，却有些古怪了。仿佛要令人于饮水思源以后，再喝一口脏水，历亲芳烈之余，添嗅一下臭气似的。

而所征求的"落伍者的丑史"的目录中，又有"邹容[1]的事实"，那可更加有些古怪了。如果印本没有错而邹容不是别一人，那么，据我所知道，大概是这样的——

他在满清时，做了一本《革命军》，鼓吹排满，所以自署曰"革命军马前卒邹容"。后来从日本回国，在上海被捕，死在西牢里了，其时盖在一九〇二年。自然，他所主张的不过是民族革命，未曾想到共和，自然更不知道三民主义，当然也不知道共产主义。但这是大家应该原谅他的，因为他死得太早了，他死了的明年，同盟会才成立。

听说中山先生的自叙上就提起他的，开目录的诸公，何妨于公余之暇，去查一查呢？

后烈实在前进得快，二十五年前的事，就已经茫然了，可谓美史也已。

二月十七

本篇最初发表于一九二九年三月十八日《语丝》第五卷第二期。

后收入杂文集《三闲集》。

1 邹容（1885—1905）：原名桂文，四川巴县（今重庆）人，清末民主革命家。1902年留学日本时改名邹容，1903年4月回国，7月被捕，1905年4月死于狱中。

书籍和财色

今年在上海所见，专以小孩子为对手的糖担，十有九带了赌博性了，用一个铜元，经一种手续，可有得到一个铜元以上的糖的希望。但专以学生为对手的书店，所给的希望却更其大，更其多——因为那对手是学生的缘故。

书籍用实价，废去"码洋"的陋习，是始于北京的新潮社——北新书局的，后来上海也多仿行，盖那时改革潮流正盛，以为买卖两方面，都是志在改进的人（书店之以介绍文化者自居，至今还时见于广告上），正不必先定虚价，再打折扣，玩些互相欺骗的把戏。然而将麻雀牌送给世界，且以此自豪的人民，对于这样简捷了当，没有意外之利的办法，是终于耐不下去的。于是老病出现了，先是小试其技：送画片。继而打折扣，自九折以至对折，但自然又不是旧法，因为总有一个定期和原因，或者因为学校开学，或者因为本店开张一年半的纪念之类。花色一点的还有赠丝袜，请吃冰淇淋，附送一只锦盒，内藏十件宝贝，价值不资。更加见得切实，然而确是惊人的，是定一年报或买几本书，便有得到"劝学奖金"一百元或"留学经费"二千元的希望。洋场上的"轮盘赌"，付给赢家的钱，最多也不过每一元付了三十六元，真不如买书，那"希望"之大，远甚远甚。

我们的古人有言，"书中自有黄金屋"，现在渐在实现了。但后一句，"书中自有颜如玉"呢？

　　日报所附送的画报上，不知为了什么缘故而登载的什么"女校高材生"和什么"女士在树下读书"的照相之类，且作别论，则买书一元，赠送裸体画片的勾当，是应该举为带着"颜如玉"气味的一例的了。在医学上，"妇人科"虽然设有专科，但在文艺上，"女作家"分为一类却未免滥用了体质的差别，令人觉得有些特别的。但最露骨的是张竞生[1]博士所开的"美的书店"，曾经对面呆站着两个年青脸白的女店员，给买主可以问她《第三种水》出了没有？"[2]等类，一举两得，有玉有书。可惜"美的书店"竟遭禁止。张博士也改弦易辙，去译《卢骚忏悔录》[3]，此道遂有中衰之叹了。

　　书籍的销路如果再消沉下去，我想，最好是用女店员卖女作家的作品及照片，仍然抽彩，给买主又有得到"劝学"，"留学"的款子的希望。

　　　　　　本篇最初发表于一九三〇年二月一日《萌芽月刊》第一卷第二期。
　　　　　　　　　　　　　　　　　　　　　后收入杂文集《三闲集》。

4-44

书籍和财色

1　张竞生（1888—1970）：原名江流、公室，广东饶平人，哲学家、美学家、性学家。

2　张竞生在其创办的性教育杂志《新文化月刊》中称，有的女子在性高潮时会出现类似男子射精的现象，姑名之为"第三种水"，后出版单行本《第三种水》。于是有好事者问女店员《第三种水》出来没有。

3　《卢骚忏悔录》：即法国启蒙思想家卢梭（Rousseau, 1712—1778）在其晚年写成的自传《忏悔录》。

张资平氏的"小说学"

　　张资平氏据说是"最进步"的"无产阶级作家"，你们还在"萌芽"，还在"拓荒"，他却已在收获了。这就是进步，拔步飞跑，望尘莫及。然而你如果追踪而往呢，就看见他跑进"乐群书店"中。

　　张资平氏先前是三角恋爱小说作家，并且看见女的性欲，比男人还要熬不住，她来找男人，贱人呀贱人，该吃苦。这自然不是无产阶级小说。但作者一转方向，则一人得道，鸡犬飞升，何况神仙的遗蜕呢，《张资平全集》还应该看的。这是收获呀，你明白了没有？

　　还有收获哩。《申报》报告，今年的大夏[1]学生，敬请"为青年所崇拜的张资平先生"去教"小说学"了。中国老例，英文先生是一定会教外国史的，国文先生是一定会教伦理学的，何况小说先生，当然满肚子小说学。要不然，他做得出来吗？我们能保得定荷马没有"史诗作法"，沙士比亚[2]没有"戏剧学概论"吗？

　　呜呼，听讲的门徒是有福了，从此会知道如何三角，如何恋爱，你想女人吗，不料女人的性欲冲动比你还要强，自己跑来了。朋友，等着罢。但最可怜的是不在上海，只好遥遥"崇拜"，难以身列门墙[3]的青年，竟不能恭听这伟大的"小说学"。现在我将《张资平全集》和"小

1　大夏：指大夏大学。1924年因学潮从厦门大学脱离的300余师生在上海发起建立的综合性私立大学。

2　沙士比亚（W. Shakespeare, 1564—1616）：通译莎士比亚，文艺复兴时期英国戏剧家、诗人。

3　门墙：指师长之门。出自《论语·子张》："夫子之墙数仞，不得其门而入，不见宗庙之美，百官之富。"

说学"的精华，提炼在下面，遥献这些崇拜家，算是"望梅止渴"云。

那就是——△

二月二十二日

本篇最初发表于一九三○年四月一日《萌芽月刊》第一卷第四期，署名黄棘。

后收入杂文集《二心集》。

以脚报国

今年八月三十一日《申报》的《自由谈》里，又看见了署名"寄萍"的《杨缦华女士游欧杂感》，其中的一段，我觉得很有趣，就照抄在下面：

> ……有一天我们到比利时一个乡村里去。许多女人争着来看我的脚。我伸起脚来给伊们看。才平服伊们好奇的疑窦。一位女人说。"我们也向来不曾见过中国人。但从小就听说中国人是有尾巴的（即辫发）。都要讨姨太太的。女人都是小脚。跑起路来一摇一摆的。如今才明白这话不确实。请原谅我们的错念。"还有一人自以为熟悉东亚情形的。带着讥笑的态度说。"中国的军阀如何专横。到处闹的是兵匪。人民过着地狱的生活。"这种似是而非的话。说了一大堆。我说"此种传说。全无根据。"同行的某君。也报以很滑稽的话。"我看你们那里会知道立国数千年的大中华民国。等我们革命成功之后。简直要把显微镜来照你们比利时呢。"就此一笑而散。

我们的杨女士虽然用她的尊脚征服了比利时女人，为国增光，但也有两点"错念"。其一，是我们中国人的确有过尾巴（即辫发）的，缠过小脚的，讨过姨太太的，虽现在也在讨。其二，是杨女士的脚不能代表一切中国女人的脚, 正如留学的女生不能代表一切中国的女性一般。留学生大多数是家里有钱, 或由政府派遣, 为的是将来给家族或国家增光, 贫穷和受不到教育的女人怎么能同日而语。所以, 虽在现在, 其实是缠着小脚, "跑起路来一摇一摆的"女人还不少。

至于困苦, 那是用不着多谈, 只要看同一的《申报》上, 记载着多少"呼吁和平"的文电, 多少募集急赈的广告, 多少兵变和绑票的记事, 留学外国的少爷小姐们虽然相隔太远, 可以说不知道, 但既然能想到用显微镜, 难道就不能想到用望远镜吗? 况且又何必用望远镜呢, 同一的《杨缦华女士游欧杂感》里就又说:

> ……据说使领馆的穷困。不自今日始。不过近几年来。有每况愈下之势。譬如逢到我国国庆或是重大纪念日。照例须招待外宾。举行盛典。意思是庆祝国运方兴。兼之联络各友邦的感情。以前使领馆必备盛宴。款待上宾。到了去年。为馆费支绌。改行茶会。以目前的形势推测。将后恐怕连茶会都开不成呢。在国际上最讲体面的。要算日本国。他们政府行政费的预算。宁可特别节省。惟独于驻外使领馆的经费。十分充足。单就这一点来比较。我们已相形见拙了。

使馆和领事馆是代表本国, 如杨女士所说, 要"庆祝国运方兴"的, 而竟有"每况愈下之势", 孟子曰, "百姓不足, 君孰与足?"则人民的过着什么生活, 也就可想而知了。然而小国比利时的女人们究竟是单纯的, 终于请求了原谅, 假使她们真"知道立国数千年的大中华民国"的国民，往往有自欺欺人的不治之症，那可真是没有面子了。

假如这样，又怎么办呢？我想，也还是"就此一笑而散"罢。

本篇最初发表于一九三一年十月二十日上海《北斗》第一卷第二期，署名冬华。

后收入杂文集《二心集》。

唐朝的钉梢

　　上海的摩登少爷要勾搭摩登小姐，首先第一步，是追随不舍，术语谓之"钉梢"。"钉"者，坚附而不可拔也，"梢"者，末也，后也，译成文言，大约可以说是"追蹤"。据钉梢专家说，那第二步便是"扳谈"；即使骂，也就大有希望，因为一骂便可有言语来往，所以也就是"扳谈"的开头。我一向以为这是现在的洋场上才有的，今看《花间集》[1]，乃知道唐朝就已经有了这样的事，那里面有张泌[2]的《浣溪纱》调十首，其九云：

　　　　晚逐香车入凤城，东风斜揭绣帘轻，慢回娇眼笑盈盈。
　　　　消息未通何计是，便须佯醉且随行，依稀闻道"太狂生"。

　　这分明和现代的钉梢法是一致的。倘要译成白话诗，大概可以是这样：

　　　　夜赶洋车路上飞，
　　　　东风吹起印度绸衫子，显出腿儿肥，

唐
朝
的
钉
梢

1　《花间集》：五代十国时期的一部词集，后蜀赵崇祚编，收录温庭筠、韦庄等十八位唐末五代词人的经典作品。赵崇祚，生卒年不详，字弘基，甘肃天水人。
2　张泌：生卒年不详，字子澄，安徽淮南人，唐末五代词人。

乱丢俏眼笑迷迷。

　　难以扳谈有什么法子呢？
只能带着油腔滑调且钉梢，
好像听得骂道"杀千刀！"

　　但恐怕在古书上，更早的也还能够发见，我极希望博学者见教，
因为这是对于研究"钉梢史"的人，极有用处的。

　　　　　　本篇最初发表于一九三一年十月二十日上海《北斗》第一卷第二期，
　　　　　　　　　　　　　署名长庚。后收入杂文集《二心集》。

宣传与做戏

就是那刚刚说过的日本人，他们做文章论及中国的国民性的时候，内中往往有一条叫作"善于宣传"。看他的说明，这"宣传"两字却又不像是平常的"Propaganda"[1]，而是"对外说谎"的意思。

这宗话，影子是有一点的。譬如罢，教育经费用光了，却还要开几个学堂，装装门面；全国的人们十之九不识字，然而总得请几位博士，使他对西洋人去讲中国的精神文明；至今还是随便拷问，随便杀头，一面却总支撑维持着几个洋式的"模范监狱"，给外国人看看。还有，离前敌很远的将军，他偏要大打电报，说要"为国前驱"。连体操班也不愿意上的学生少爷，他偏要穿上军装，说是"灭此朝食"[2]。

不过，这些究竟还有一点影子；究竟还有几个学堂，几个博士，几个模范监狱，几个通电，几套军装。所以说是"说谎"，是不对的。这就是我之所谓"做戏"。

但这普遍的做戏，却比真的做戏还要坏。真的做戏，是只有一时；戏子做完戏，也就恢复为平常状态的。杨小楼[3]做《单刀赴会》，梅兰芳做《黛玉葬花》，只有在戏台上的时候是关云长，是林黛玉，下台就成了普通人，所以并没有大弊。倘使他们扮演一回之后，就永远

1　"Propaganda"：英语，意为宣传。

2　"灭此朝食"：消灭敌人后再吃早饭。出自《左传·成公二年》："齐侯曰：'余姑翦灭此而朝食。'"

3　杨小楼（1878—1938）：名三元，安徽怀宁人，京剧武生演员。

提着青龙偃月刀或锄头，以关老爷，林妹妹自命，怪声怪气，唱来唱去，那就实在只好算是发热昏了。

　　不幸因为是"天地大戏场"，可以普遍的做戏者，就很难有下台的时候，例如杨缦华女士用自己的天足，踢破小国比利时女人的"中国女人缠足说"，为面子起见，用权术来解围，这还可以说是很该原谅的。但我以为应该这样就拉倒。现在回到寓里，做成文章，这就是进了后台还不肯放下青龙偃月刀；而且又将那文章送到中国的《申报》上来发表，则简直是提着青龙偃月刀一路唱回自己的家里来了。难道作者真已忘记了中国女人曾经缠脚，至今也还有正在缠脚的么？还是以为中国人都已经自己催眠，觉得全国女人都已穿了高跟皮鞋了呢？

　　这不过是一个例子罢了，相像的还多得很，但恐怕不久天也就要亮了。

　　　　　本篇最初发表于一九三一年十一月二十日上海《北斗》第一卷第三期，
　　　　　　　　　　署名冬华。后收入杂文集《二心集》。

宣传与做戏

经验

　　古人所传授下来的经验，有些实在是极可宝贵的，因为它曾经费去许多牺牲，而留给后人很大的益处。

　　偶然翻翻《本草纲目》，不禁想起了这一点。这一部书，是很普通的书，但里面却含有丰富的宝藏。自然，捕风捉影的记载，也是在所不免的，然而大部分的药品的功用，却由历久的经验，这才能够知道到这程度，而尤其惊人的是关于毒药的叙述。我们一向喜欢恭维古圣人，以为药物是由一个神农皇帝独自尝出来的，他曾经一天遇到过七十二毒，但都有解法，没有毒死。这种传说，现在不能主宰人心了。人们大抵已经知道一切文物，都是历来的无名氏所逐渐的造成。建筑，烹饪，渔猎，耕种，无不如此；医药也如此。这么一想，这事情可就大起来了：大约古人一有病，最初只好这样尝一点，那样尝一点，吃了毒的就死，吃了不相干的就无效，有的竟吃到了对证的就好起来，于是知道这是对于某一种病痛的药。这样地累积下去，乃有草创的纪录，后来渐成为庞大的书，如《本草纲目》就是。而且这书中的所记，又不独是中国的，还有阿剌伯人的经验，有印度人的经验，则先前所用的牺牲之大，更可想而知了。

　　然而也有经过许多人经验之后，倒给了后人坏影响的，如俗语说"各人自扫门前雪，莫管他家瓦上霜"的便是其一。救急扶伤，一不小心，向来就很容易被人所诬陷，而还有一种坏经验的结果的歌诀，是

"衙门八字开，有理无钱莫进来"，于是人们就只要事不干己，还是远远的站开干净。我想，人们在社会里，当初是并不这样彼此漠不相关的，但因豺狼当道，事实上因此出过许多牺牲，后来就自然的都走到这条道路上去了。所以，在中国，尤其是在都市里，倘使路上有暴病倒地，或翻车摔伤的人，路人围观或甚至于高兴的人尽有，肯伸手来扶助一下的人却是极少的。这便是牺牲所换来的坏处。

　　总之，经验的所得的结果无论好坏，都要很大的牺牲，虽是小事情，也免不掉要付惊人的代价。例如近来有些看报的人，对于什么宣言，通电，讲演，谈话之类，无论它怎样骈四俪六，崇论宏议，也不去注意了，甚而还至于不但不注意，看了倒不过做做嘻笑的资料。这那里有"始制文字，乃服衣裳"一样重要呢，然而这一点点结果，却是牺牲了一大片地面，和许多人的生命财产换来的。生命，那当然是别人的生命，倘是自己，就得不着这经验了。所以一切经验，是只有活人才能有的，我的决不上别人讥刺我怕死，就去自杀或拚命的当，而必须写出这一点来，就为此。而且这也是小小的经验的结果。

六月十二日

　　　　本篇最初发表于一九三三年七月十五日上海《申报月刊》第二卷第七号，署名洛文。后收入杂文集《南腔北调集》。

经
验

谚语

粗略的一想，谚语固然好像一时代一国民的意思的结晶，但其实，却不过是一部分的人们的意思。现在就以"各人自扫门前雪，莫管他家瓦上霜"来做例子罢，这乃是被压迫者们的格言，教人要奉公，纳税，输捐，安分，不可怠慢，不可不平，尤其是不要管闲事；而压迫者是不算在内的。

专制者的反面就是奴才，有权时无所不为，失势时即奴性十足。孙皓是特等的暴君，但降晋之后，简直像一个帮闲；宋徽宗在位时，不可一世，而被掳后偏会含垢忍辱。做主子时以一切别人为奴才，则有了主子，一定以奴才自命：这是天经地义，无可动摇的。

所以被压制时，信奉着"各人自扫门前雪，莫管他家瓦上霜"的格言的人物，一旦得势，足以凌人的时候，他的行为就截然不同，变为"各人不扫门前雪，却管他家瓦上霜"了。

二十年来，我们常常看见：武将原是练兵打仗的，且不问他这兵是用以安内或攘外，总之他的"门前雪"是治军，然而他偏来干涉教育，主持道德；教育家原是办学的，无论他成绩如何，总之他的"门前雪"是学务，然而他偏去膜拜"活佛"，绍介国医。小百姓随军充伏，童子军沿门募款。头儿胡行于上，蚁民乱碰于下，结果是各人的门前都不成样，各家的瓦上也一团糟。

女人露出了臂膊和小腿，好像竟打动了贤人们的心，我记得曾有许多人絮絮叨叨，主张禁止过，后来也确有明文禁止了。不料到得今年，却又"衣服蔽体已足，何必前拖后曳，消耗布匹，……顾念时艰，后患何堪设想"起来，四川的营山县长于是就令公安局派队一一剪掉行人的长衣的下截。长衣原是累赘的东西，但以为不穿长衣，或剪去下截，即于"时艰"有补，却是一种特别的经济学。《汉书》上有一句云，"口含天宪"[1]，此之谓也。

某一种人，一定只有这某一种人的思想和眼光，不能越出他本阶级之外。说起来，好像又在提倡什么犯讳的阶级了，然而事实是如此的。谣谚并非全国民的意思，就为了这缘故。古之秀才，自以为无所不晓，于是有"秀才不出门，而知天下事"这自负的漫天大谎，小百姓信以为真，也就渐渐的成了谚语，流行开来。其实是"秀才虽出门，不知天下事"的。秀才只有秀才头脑和秀才眼睛，对于天下事，那里看得分明，想得清楚。清末，因为想"维新"，常派些"人才"出洋去考察，我们现在看看他们的笔记罢，他们最以为奇的是什么馆里的蜡人能够和活人对面下棋。南海圣人康有为，佼佼者也，他周游十一国，一直到得巴尔干，这才悟出外国之所以常有"弑君"之故来了，曰：因为宫墙太矮的缘故。

六月十三日

　　本篇最初发表于一九三三年七月十五日上海《申报月刊》第二卷第七号，署名洛文。后收入杂文集《南腔北调集》。

1　"口含天宪"：比喻说话就是法律，可以决定人的生死。出自《后汉书·宦者传论》，作者误记为《汉书》。

沙

　　近来的读书人，常常叹中国人好像一盘散沙，无法可想，将倒楣的责任，归之于大家。其实这是冤枉了大部分中国人的。小民虽然不学，见事也许不明，但知道关于本身利害时，何尝不会团结。先前有跪香，民变，造反；现在也还有请愿之类。他们的像沙，是被统治者"治"成功的，用文言来说，就是"治绩"。

　　那么，中国就没有沙么？有是有的，但并非小民，而是大小统治者。

　　人们又常常说："升官发财。"其实这两件事是不并列的，其所以要升官，只因为要发财，升官不过是一种发财的门径。所以官僚虽然依靠朝廷，却并不忠于朝廷，吏役虽然依靠衙署，却并不爱护衙署，头领下一个清廉的命令，小喽罗是决不听的，对付的方法有"蒙蔽"。他们都是自私自利的沙，可以肥己时就肥己，而且每一粒都是皇帝，可以称尊处就称尊。有些人译俄皇为"沙皇"，移赠此辈，倒是极确切的尊号。财何从来？是从小民身上刮下来的。小民倘能团结，发财就烦难，那么，当然应该想尽方法，使他们变成散沙才好。以沙皇治小民，于是全中国就成为"一盘散沙"了。

　　然而沙漠以外，还有团结的人们在，他们"如入无人之境"的走进来了。

　　这就是沙漠上的大事变。当这时候，古人曾有两句极切贴的比喻，叫作"君子为猿鹤，小人为虫沙"。那些君子们，不是象白鹤的腾空，就如猢狲的上树，"树倒猢狲散"，另外还有树，他们决不会吃苦。剩在地下的，便是小民的蝼蚁和泥沙，要践踏杀戮都可以，他们对沙皇尚且不敌，怎能敌得过沙皇的胜者呢？

然而当这时候，偏又有人摇笔鼓舌，向着小民提出严重的质问道："国民将何以自处"呢，"问国民将何以善其后"呢？忽然记得了"国民"，别的什么都不说，只又要他们来填亏空，不是等于向着缚了手脚的人，要求他去捕盗么？

但这正是沙皇治绩的后盾，是猿鸣鹤唳的尾声，称尊肥己之余，必然到来的末一着。

七月十二日

本篇最初发表于一九三三年八月十五日上海《申报月刊》第二卷第八号，署名洛文。后收入杂文集《南腔北调集》。

偶成

九月二十日的《申报》上，有一则嘉善地方的新闻，摘录起来，就是——

> 本县大窑乡沈和声与子林生，被著匪石塘小弟绑架而去，勒索三万元。沈姓家以中人之产，迁延未决。讵料该帮股匪乃将沈和声父子及苏境方面绑来肉票，在丁棚北，北荡滩地方，大施酷刑。法以布条遍贴背上，另用生漆涂敷，俟其稍干，将布之一端，连皮揭起，则痛彻心肺，哀号呼救，惨不忍闻。时为该处居民目睹，恻然心伤，尽将惨状报告沈姓，速即往赎，否则恐无生还。帮匪手段之酷，洵属骇闻。

“酷刑”的记载，在各地方的报纸上是时时可以看到的，但我们只在看见时觉得“酷”，不久就忘记了，而实在也真是记不胜记。然而酷刑的方法，却决不是突然就会发明，一定都有它的师承或祖传，例如这石塘小弟所采用的，便是一个古法，见于士大夫未必肯看，而下等人却大抵知道的《说岳全传》一名《精忠传》上，是秦桧要岳飞自认“汉奸”，逼供之际所用的方法，但使用的材料，却是麻条和鱼鳔。我以为生漆之说，是未必的确的，因为这东西很不容易干燥。

“酷刑”的发明和改良者，倒是虎吏和暴君，这是他们唯一的事业，而且也有工夫来考究。这是所以威民，也所以除奸的，然而《老子》说得好，"为之斗斛以量之，则并与斗斛而窃之，……"有被刑的资格的也就来玩一个"剪窃"[1]。张献忠的剥人皮，不是一种骇闻么？但他之前已有一位剥了"逆臣"景清[2]的皮的永乐皇帝在。

奴隶们受惯了"酷刑"的教育，他只知道对人应该用酷刑。

但是，对于酷刑的效果的意见，主人和奴隶们是不一样的。主人及其帮闲们，多是智识者，他能推测，知道酷刑施之于敌对，能够给与怎样的痛苦，所以他会精心结撰，进步起来。奴才们却一定是愚人，他不能"推己及人"，更不能推想一下，就"感同身受"。只要他有权，会采用成法自然也难说，然而他的主意，是没有智识者所测度的那么惨厉的。绥拉菲摩维支在《铁流》里，写农民杀掉了一个贵人的小女儿，那母亲哭得很凄惨，他却诧异道，哭什么呢，我们死掉多少小孩子，一点也没哭过。他不是残酷，他一向不知道人命会这么宝贵，他觉得奇怪了。

奴隶们受惯了猪狗的待遇，他只知道人们无异于猪狗。

用奴隶或半奴隶的幸福者，向来只怕"奴隶造反"，真是无怪的。

要防"奴隶造反"，就更加用"酷刑"，而"酷刑"却因此更到了末路。在现代，枪毙是早已不足为奇了，枭首陈尸，也只能博得民众暂时的鉴赏，而抢劫，绑架，作乱的还是不减少，并且连绑匪也对于别人用起酷刑来了。酷的教育，使人们见酷而不再觉其酷，例如无端杀死几个民众，先前是大家就会嚷起来的，现在却只如见了日常茶饭

1　"剪窃"：剽窃。

2　景清（约1362—1403）：陕西真宁（今甘肃正宁）人，明代御史大夫。明成祖朱棣（即永乐皇帝）篡位，景清欲于早朝时行刺朱棣，被抓后处以剥皮之刑而死。

事。人民真被治得好像厚皮的，没有感觉的癞象一样了，但正因为成了癞皮，所以又会踏着残酷前进，这也是虎吏和暴君所不及料，而即使料及，也还是毫无办法的。

九月二十日

本篇最初发表于一九三三年十月十五日上海《申报月刊》第二卷第十号，署名洛文。后收入杂文集《南腔北调集》。

偶
成

漫与

地质学上的古生代的秋天，我们不大明白了，至于现在，却总是相差无几。假使前年是肃杀的秋天，今年就成了凄凉的秋天，那么，地球的年龄，怕比天文学家所豫测的最短的数目还要短得多多罢。但人事却转变得真快，在这转变中的人，尤其是诗人，就感到了不同的秋，将这感觉，用悲壮的，或凄惋的句子，传给一切平常人，使彼此可以应付过去，而天地间也常有新诗存在。

前年实在好像是一个悲壮的秋天，市民捐钱，青年拚命，箛鼓的声音也从诗人的笔下涌出，仿佛真要"投笔从戎"似的。然而诗人的感觉是锐敏的，他未始不知道国民的赤手空拳，所以只好赞美大家的殉难，因此在悲壮里面，便埋伏着一点空虚。我所记得的，是邵冠华[1]先生的《醒起来罢同胞》（《民国日报》所载）里的一段——

> 同胞，醒起来罢，
>
> 踢开了弱者的心，
>
> 踢开了弱者的脑，
>
> 看，看，看，
>
> 看同胞们的血喷出来了，

1　邵冠华：生卒年不详，江苏宜兴人，"民族主义文学"追随者。

看同胞们的肉割开来了，

看同胞们的尸体挂起来了。

　　鼓鼙之声要在前线，当进军的时候，是"作气"的，但尚且要"再
而衰，三而竭"，倘在并无进军的准备的处所，那就完全是"散气"的灵
丹了，倒使别人的紧张的心情，由此转成弛缓。所以我曾比之于"噱
丧"，是送死的妙诀，是丧礼的收场，从此使生人又可以在别一境界中，
安心乐意的活下去。历来的文章中，化"敌"为"皇"，称"逆"为"我
朝"，这样的悲壮的文章就是其间的"蝴蝶铰"[1]，但自然，作手是不必
同出于一人的。然而从诗人看来，据说这些话乃是一种"狂吠"。

　　不过事实真也比评论更其不留情面，仅在这短短的两年中，昔之
义军，已名"匪徒"，而有些"抗日英雄"，却早已侨寓姑苏了，而且
连捐款也发生了问题。九一八的纪念日，则华界但有囚车随着武装巡
捕梭巡，这囚车并非"意图"拘禁敌人或汉奸，而是专为"意图乘机
捣乱"的"反动分子"所豫设的宝座。天气也真是阴惨，狂风骤雨，报
上说是"飓风"，是天地在为中国饮泣，然而在天地之间——人间，这
一日却"平安"的过去了。

　　于是就成了虽然有些惨淡，却很"平安"的秋天，正是一个丧家
届了除服之期的景象。但这景象，却又与诗人非常适合的，我在《醒
起来罢同胞》的同一作家的《秋的黄昏》（九月二十五日《时事新报》
所载）里，听到了幽咽而舒服的声调——

1　"蝴蝶铰"：门窗、屏风、橱柜等所设的铰链，开合状似蝴蝶翅膀。这里喻为连接物。

　　我到了秋天便会伤感；到了秋天的黄昏，便会流泪，我已很感觉到我的伤感是受着秋风的波动而兴奋地展开，同时自己又像会发现自己的环境是最适合于秋天，细细地抚摩着秋天在自然里发出的音波，我知道我的命运使我成为秋天的人。……

　　钉梢，现在中国所流行的，是无赖子对于摩登女郎，和侦探对于革命青年的钉梢，而对于文人学士们，却还很少见。假使追蹑几月或几年试试罢，就会看见许多怎样的情随事迁，到底头头是道的诗人。

　　一个活人，当然是总想活下去的，就是真正老牌的奴隶，也还在打熬着要活下去。然而自己明知道是奴隶，打熬着，并且不平着，挣扎着，一面"意图"挣脱以至实行挣脱的，即使暂时失败，还是套上了镣铐罢，他却不过是单单的奴隶。如果从奴隶生活中寻出"美"来，赞叹，抚摩，陶醉，那可简直是万劫不复的奴才了，他使自己和别人永远安住于这生活。就因为奴群中有这一点差别，所以使社会有平安和不安的差别，而在文学上，就分明的显现了麻醉的和战斗的的不同。

九月二十七日

　　本篇最初发表于一九三三年十月十五日上海《申报月刊》第二卷第十号，署名洛文。后收入杂文集《南腔北调集》。

漫与

推

　　两三月前，报上好像登过一条新闻，说有一个卖报的孩子，踏上电车的踏脚去取报钱，误揑住了一个下来的客人的衣角，那人大怒，用力一推，孩子跌入车下，电车又刚刚走动，一时停不住，把孩子碾死了。

　　推倒孩子的人，却早已不知所往。但衣角会被揑住，可见穿的是长衫，即使不是"高等华人"，总该是属于上等的。

　　我们在上海路上走，时常会遇见两种横冲直撞，对于对面或前面的行人，决不稍让的人物。一种是不用两手，却只将直直的长脚，如入无人之境似的踏过来，倘不让开，他就会踏在你的肚子或肩膀上。这是洋大人，都是"高等"的，没有华人那样上下的区别。一种就是弯上他两条臂膊，手掌向外，像蝎子的两个钳一样，一路推过去，不管被推的人是跌在泥塘或火坑里。这就是我们的同胞，然而"上等"的，他坐电车，要坐二等所改的三等车，他看报，要看专登黑幕的小报，他坐着看得咽唾沫，但一走动，又是推。

　　上车，进门，买票，寄信，他推；出门，下车，避祸，逃难，他又推。推得女人孩子都踉踉跄跄，跌倒了，他就从活人上踏过，跌死了，他就从死尸上踏过，走出外面，用舌头舔舔自己的厚嘴唇，什么也不觉得。旧历端午，在一家戏场里，因为一句失火的谣言，就又是推，把十多个力量未足的少年踏死了。死尸摆在空地上，据说去看的又有万余人，人山人海，又是推。

推了的结果，是嘻开嘴巴，说道："阿唷，好白相来希[1]呀！"

住在上海，想不遇到推与踏，是不能的，而且这推与踏也还要廓大开去。要推倒一切下等华人中的幼弱者，要踏倒一切下等华人。这时就只剩了高等华人颂祝着——

"阿唷，真好白相来希呀。为保全文化起见，是虽然牺牲任何物质，也不应该顾惜的——这些物质有什么重要性呢！"

六月八日

本篇最初发表于一九三三年六月十一日《申报·自由谈》，署名丰之余。后收入杂文集《准风月谈》。

1　好白相来希：上海话，好玩得很。

踢

两月以前，曾经说过"推"，这回却又来了"踢"。

本月九日《申报》载六日晚间，有漆匠刘明山，杨阿坤，顾洪生三人在法租界黄浦滩太古码头纳凉，适另有数人在左近聚赌，由巡逻警察上前驱逐，而刘，顾两人，竟被俄捕弄到水里去，刘明山竟淹死了。由俄捕说，自然是"自行失足落水"的。但据顾洪生供，却道："我与刘，杨三人，同至太古码头乘凉，刘坐铁凳下地板上，……我立在旁边，……俄捕来先踢刘一脚，刘已立起要避开，又被踢一脚，以致跌入浦中，我要拉救，已经不及，乃转身拉住俄捕，亦被用手一推，我亦跌下浦中，经人救起的。"推事问："为什么要踢他？"答曰："不知。"

"推"还要抬一抬手，对付下等人是犯不着如此费事的，于是乎有"踢"。而上海也真有"踢"的专家，有印度巡捕，有安南[1]巡捕，现在还添了白俄巡捕，他们将沙皇时代对犹太人的手段，到我们这里来施展了。我们也真是善于"忍辱负重"的人民，只要不"落浦"，就大抵用一句滑稽化的话道："吃了一只外国火腿"，一笑了之。

苗民大败之后，都往山里跑，这是我们的先帝轩辕氏赶他的。南宋败残之余，就往海边跑，这据说也是我们的先帝成吉思汗赶他的，

---

1 安南：越南的古称。

赶到临了，就是陆秀夫[1]背着小皇帝，跳进海里去。我们中国人，原是古来就要"自行失足落水"的。

有些慷慨家说，世界上只有水和空气给与穷人。此说其实是不确的，穷人在实际上，那里能够得到和大家一样的水和空气。即使在码头上乘乘凉，也会无端被"踢"，送掉性命的：落浦。要救朋友，或拉住凶手罢，"也被用手一推"：也落浦。如果大家来相帮，那就有"反帝"的嫌疑了，"反帝"原未为中国所禁止的，然而要预防"反动分子乘机捣乱"，所以结果还是免不了"踢"和"推"，也就是终于是落浦。

时代在进步，轮船飞机，随处皆是，假使南宋末代皇帝而生在今日，是决不至于落海的了，他可以跑到外国去，而小百姓以"落浦"代之。

这理由虽然简单，却也复杂，故漆匠顾洪生曰："不知。"

八月十日

本篇最初发表于一九三三年八月十三日《申报·自由谈》，署名丰之余。

后收入杂文集《准风月谈》。

4-55

---

1 陆秀夫（1236—1279）：字君实，一字宴翁，楚州盐城（今江苏建湖）人，南宋左丞相，抗元名臣。崖山海战兵败，陆秀夫背着卫王赵昺赴海而死。

踢

"揩油"

"揩油",是说明着奴才的品行全部的。

这不是"取回扣"或"取佣钱",因为这是一种秘密;但也不是偷窃,因为在原则上,所取的实在是微乎其微。因此也不能说是"分肥";至多,或者可以谓之"舞弊"罢。然而这又是光明正大的"舞弊",因为所取的是豪家,富翁,阔人,洋商的东西,而且所取又不过一点点,恰如从油水汪汪的处所,揩了一下,于人无损,于揩者却有益的,并且也不失为损富济贫的正道。设法向妇女调笑几句,或乘机摸一下,也谓之"揩油",这虽然不及对于金钱的名正言顺,但无大损于被揩者则一也。

表现得最分明的是电车上的卖票人。纯熟之后,他一面留心着可揩的客人,一面留心着突来的查票,眼光都练得像老鼠和老鹰的混合物一样。付钱而不给票,客人本该索取的,然而很难索取,也很少见有人索取,因为他所揩的是洋商的油,同是中国人,当然有帮忙的义务,一索取,就变成帮助洋商了。这时候,不但卖票人要报你憎恶的眼光,连同车的客人也往往不免显出以为你不识时务的脸色。

然而彼一时,此一时,如果三等客中有时偶缺一个铜元,你却只好在目的地以前下车,这时他就不肯通融,变成洋商的忠仆了。

在上海,如果同巡捕,门丁,西崽之类闲谈起来,他们大抵是憎恶洋鬼子的,他们多是爱国主义者。然而他们也像洋鬼子一样,看不

「揩油」

起中国人，棍棒和拳头和轻蔑的眼光，专注在中国人的身上。

"揩油"的生活有福了。这手段将更加展开，这品格将变成高尚，这行为将认为正当，这将算是国民的本领，和对于帝国主义的复仇。打开天窗说亮话，其实，所谓"高等华人"也者，也何尝逃得出这模子。

但是，也如"吃白相饭"朋友那样，卖票人是还有他的道德的。倘被查票人查出他收钱而不给票来了，他就默然认罚，决不说没有收过钱，将罪案推到客人身上去。

八月十四日

本篇最初发表于一九三三年八月十七日《申报·自由谈》，署名苇索。
后收入杂文集《准风月谈》。

爬和撞

从前梁实秋教授曾经说过：穷人总是要爬，往上爬，爬到富翁的地位。不但穷人，奴隶也是要爬的，有了爬得上的机会，连奴隶也会觉得自己是神仙，天下自然太平了。

虽然爬得上的很少，然而个个以为这正是他自己。这样自然都安分的去耕田，种地，拣大粪或是坐冷板凳，克勤克俭，背着苦恼的命运，和自然奋斗着，拚命的爬，爬，爬。可是爬的人那么多，而路只有一条，十分拥挤。老实的照着章程规规矩矩的爬，大都是爬不上去的。聪明人就会推，把别人推开，推倒，踏在脚底下，踹着他们的肩膀和头顶，爬上去了。大多数人却还只是爬，认定自己的冤家并不在上面，而只在旁边——是那些一同在爬的人。他们大都忍耐着一切，两脚两手都着地，一步步的挨上去又挤下来，挤下来又挨上去，没有休止的。

然而爬的人太多，爬得上的太少，失望也会渐渐的侵蚀善良的人心，至少，也会发生跪着的革命。于是爬之外，又发明了撞。

这是明知道你太辛苦了，想从地上站起来，所以在你的背后猛然的叫一声：撞罢。一个个发麻的腿还在抖着，就撞过去。这比爬要轻松得多，手也不必用力，膝盖也不必移动，只要横着身子，晃一晃，就撞过去。撞得好就是五十万元大洋，妻，财，子，禄都有了。撞不好，至多不过跌一交，倒在地下。那又算得什么呢，——他原本是伏在地上的，他仍旧可以爬。何况有些人不过撞着玩罢了，根本就不怕跌交的。

爬是自古有之。例如从童生到状元，从小瘪三到康白度[1]。撞却似乎是近代的发明。要考据起来，恐怕只有古时候"小姐抛彩球"有点像给人撞的办法。小姐的彩球将要抛下来的时候，———一个个想吃天鹅肉的男子汉仰着头，张着嘴，馋涎拖得几尺长……可惜，古人究竟呆笨，没有要这些男子汉拿出几个本钱来，否则，也一定可以收着几万万的。

爬得上的机会越少，愿意撞的人就越多，那些早已爬在上面的人们，就天天替你们制造撞的机会，叫你们化些小本钱，而预约着你们名利双收的神仙生活。所以撞得好的机会，虽然比爬得上的还要少得多，而大家都愿意来试试的。这样，爬了来撞，撞不着再爬……鞠躬尽瘁，死而后已。

八月十六日

本篇最初发表于一九三三年八月二十三日《申报·自由谈》，署名苟继。后收入杂文集《准风月谈》。

---

1 康白度：英语Comprador的音译，即买办。

爬和撞

喝茶

　　某公司又在廉价了，去买了二两好茶叶，每两洋二角。开首泡了一壶，怕它冷得快，用棉袄包起来，却不料郑重其事的来喝的时候，味道竟和我一向喝着的粗茶差不多，颜色也很重浊。

　　我知道这是自己错误了，喝好茶，是要用盖碗的，于是用盖碗。果然，泡了之后，色清而味甘，微香而小苦，确是好茶叶。但这是须在静坐无为的时候的，当我正写着《吃教》的中途，拉来一喝，那好味道竟又不知不觉的滑过去，像喝着粗茶一样了。

　　有好茶喝，会喝好茶，是一种"清福"。不过要享这"清福"，首先就须有工夫，其次是练习出来的特别的感觉。由这一极琐屑的经验，我想，假使是一个使用筋力的工人，在喉干欲裂的时候，那么，即使给他龙井芽茶，珠兰窨片，恐怕他喝起来也未必觉得和热水有什么大区别罢。所谓"秋思"，其实也是这样的，骚人墨客，会觉得什么"悲哉秋之为气也"[1]，风雨阴晴，都给他一种刺戟[2]，一方面也就是一种"清福"，但在老农，却只知道每年的此际，就要割稻而已。

　　于是有人以为这种细腻锐敏的感觉，当然不属于粗人，这是上等人的牌号。然而我恐怕也正是这牌号就要倒闭的先声。我们有痛觉，一方面是使我们受苦的，而一方面也使我们能够自卫。假使没有，则

1　"悲哉秋之为气也"：出自战国时期楚国辞赋家宋玉的《九辩》。
2　刺戟：同"刺激"。

即使背上被人剌了一尖刀，也将茫无知觉，直到血尽倒地，自己还不明白为什么倒地。但这痛觉如果细腻锐敏起来呢，则不但衣服上有一根小刺就觉得，连衣服上的接缝，线结，布毛都要觉得，倘不穿"无缝天衣"，他便要终日如芒刺在身，活不下去了。但假装锐敏的，自然不在此例。

感觉的细腻和锐敏，较之麻木，那当然算是进步的，然而以有助于生命的进化为限。如果不相干，甚而至于有碍，那就是进化中的病态，不久就要收梢。我们试将享清福，抱秋心的雅人，和破衣粗食的粗人一比较，就明白究竟是谁活得下去。喝过茶，望着秋天，我于是想：不识好茶，没有秋思，倒也罢了。

九月三十日

本篇最初发表于一九三三年十月二日《申报·自由谈》，署名丰之余。后收入杂文集《准风月谈》。

"立此存照"（三）

　　饱暖了的白人要搔痒的娱乐，但菲洲食人蛮俗和野兽影片已经看厌，我们黄脸低鼻的中国人就被搬上银幕来了。于是有所谓"辱华影片"事件，我们的爱国者，往往勃发了义愤。

　　五六年前罢，因为《月宫盗宝》这片子，和范朋克[1]大闹了一通，弄得不欢而散。但好像彼此到底都没有想到那片子上其实是蒙古王子，和我们不相干；而故事是出于《天方夜谈》的，也怪不得只是演员非导演的范朋克。

　　不过我在这里，也并无替范朋克叫屈的意思。

　　今年所提起的《上海快车》事件，却比《盗宝》案切实得多了。我情愿做一回"文剪公"，因为事情和文章都有意思，太删节了怕会索然无味。首先，是九月二十日上海《大公报》内《大公俱乐部》上所载的，萧运先生的《冯史丹堡过沪再志》：

　　　　这几天，上海的电影界，忙于招待一位从美国来的贵宾，那便是派拉蒙公司的名导演约瑟夫·冯史丹堡（Josef von Sternberg），当一些人在热烈地欢迎他的时候，同时有许多人在向他攻击，因为他是辱华片《上海快车》（Shanghai Express）的导演

1　范朋克（D. Fairbanks, 1883—1939）：美国电影演员。他在1924年上映的《月宫盗宝》（又名《巴格达窃贼》）中扮演男主角窃贼，打败了片中的反叛蒙古王。

人，他对于我国曾有过重大的侮蔑。这是令人难忘的一回事！

　　说起《上海快车》，那是五年前的事了，上海正当一二八战事之后，一般人的敌忾心理还很敏锐，所以当这部歪曲了事实的好莱坞出品在上海出现时，大家不由都一致发出愤慨的呼声，像昙花一现地，这部影片只映了两天，便永远在我国人眼前消灭了。到了五年后的今日，这部片子的导演人还不能避免舆论有谴责。说不定经过了这回教训之后，冯史丹堡会明白，无理侮蔑他人是不值得的。

　　拍《上海快车》的时候，冯史丹堡对于中国，可以说一点印象没有，中国是怎样的，他从来不晓得，所以他可以替自己辩护，这回侮辱中国，并非有意如此。但是现在，他到过中国了，他看过中国了，如果回好莱坞之后，他再会制出《上海快车》那样作品，那才不可恕呢。他在上海时对人说他对中国的印象很好，希望他这是真话。（下略。）

但是，究竟如何？不幸的是也是这天的《大公报》，而在《戏剧与电影》上，登有弃扬先生的《艺人访问记》，云：

　　以《上海快车》一片引起了中国人注意的导演人约瑟夫·冯史登堡氏，无疑，从这次的旅华后，一定会获得他的第二部所谓辱华的题材的。

　　"中国人没有自知，《上海快车》所描写的，从此次的来华，益给了我不少证实……"不像一般来华的访问者，一到中国就改变了他原有的论调；冯史登堡氏确有着这样一种隽然的艺术家风度，这是很值得我们的敬佩的。（中略。）

没有极正面去抗议《上海快车》这作品，只把他在美时和已来华后，对中日的感想来问了。

不立刻置答，继而莞然地说：

"在美时和已来华后，并没有什么不同，东方风味确然两样，日本的风景很好，中国的北平亦好，上海似乎太繁华了，苏州太旧，神秘的情调，确实是有的。许多访问者都以《上海快车》事来质问我，实际上，不必掩饰是确有其事的。现在是更留得了一个真切的印象。……我不带摄影机，但我的眼睛，是不会叫我忘记这一些的。"使我想起了数年前南京中山路，为了招待外宾而把茅棚拆除的故事……。

原来他不但并不改悔，倒更加坚决了，怎样想着，便怎么说出，真有日耳曼人的好的一面的蛮风，我同意记者之所说："值得我们的敬佩"。

我们应该有"自知"之明，也该有知人之明：我们要知道他并不把中国的"舆论的谴责"放在心里，我们要知道中国的舆论究有多大的权威。

"但是现在，他到过中国了，看过中国了"，"他在上海时对人说他对中国的印象很好"，据《访问记》，也确是"真话"。不过他说"好"的是北平，是地方，不是中国人，中国的地方，从他们看来，和人们已经几乎并无关系了。

况且我们其实也并无什么好的人事给他看，我看过关于冯史丹堡的文章，就去翻阅前一天的，十九日的报纸，也没有什么体面事，现在就剪两条电报在这里：

（北平十八日中央社电）平九一八纪念日，警宪戒备极严，晨六时起，保安侦缉两队全体出动，在各学校公共场所冲要街巷等处配置一切，严加监视，所有军警，并停止休息一日。全市空气颇呈紧张，但在平安中渡过。

（天津十八日下午十一时专电）本日傍晚，丰台日军突将二十九军驻防该处之冯治安部包围，勒令缴械，入夜尚在相持中。日军已自北平增兵赴丰台，详况不明。查月来日方迭请宋哲元部将冯部撤退，宋迄未允。

跳下一天，二十日的报上的电报：

（丰台十九日同盟社电）十八日之丰台事件，于十九日上午九时半圆满解决，同时日本军解除包围形势，集合于车站前大坪，中国军亦同样整列该处，互释误会。

再下一天，二十一日报上的电报：

（北平二十日中央社电）丰台中日军误会解决后，双方当局为避免今后再发生同样事件，经详细研商，决将两军调至较远之方，故我军原驻丰台之二营五连，已调驻丰台迤南之赵家村，驻丰日军附近，已无我军踪迹矣。

　　我不知道现在冯史丹堡在那里，倘还在中国，也许要错认今年为"误会年"，十八日为"学生造反日"的罢。

　　其实，中国人是并非"没有自知"之明的，缺点只在有些人安于"自欺"，由此并想"欺人"。譬如病人，患着浮肿，而讳疾忌医，但愿别人胡涂，误认他为肥胖。妄想既久，时而自己也觉得好像肥胖，并非浮肿；即使还是浮肿，也是一种特别的好浮肿，与众不同。如果有人，当面指明：这非肥胖，而是浮肿，且并不"好"，病而已矣。那么，他就失望，含羞，于是成怒，骂指明者，以为昏妄。然而还想吓他，骗他，又希望他畏惧主人的愤怒和骂詈，惴惴的再看一遍，细寻佳处，改口说这的确是肥胖，于是他得到安慰，高高兴兴，放心的浮肿着了。

　　不看"辱华影片"，于自己是并无益处的，不过自己不看见，闭了眼睛浮肿着而已。但看了而不反省，却也并无益处。我至今还在希望有人翻出斯密斯[1]的《支那人气质》来。看了这些，而自省，分析，明白那几点说的对，变革，挣扎，自做工夫，却不求别人的原谅和称赞，来证明究竟怎样的是中国人。

　　　　本篇最初发表于一九三六年十月五日《中流》半月刊第一卷第三期，
　　　　署名晓角。后收入杂文集《且介亭杂文末编》。

1　斯密斯（A. H. Smith, 1845—1932）：美国作家，中文名明恩溥。他于1872年来华，在山东从事传教与救灾
　　等工作达25年之久，1894年出版《支那人气质》（又译《中国人气质》）。

半夏小集

一

A：你们大家来品评一下罢，B竟蛮不讲理的把我的大衫剥去了！

B：因为A还是不穿大衫好看。我剥它掉，是提拔他；要不然，我还不屑剥呢。

A：不过我自己却以为还是穿着好……

C：现在东北四省失掉了，你漫不管，只嚷你自己的大衫，你这利己主义者，你这猪猡！

C太太：他竟毫不知道B先生是合作的好伴侣，这昏蛋！

二

用笔和舌，将沦为异族的奴隶之苦告诉大家，自然是不错的，但要十分小心，不可使大家得着这样的结论："那么，到底还不如我们似的做自己人的奴隶好。"

三

"联合战线"之说一出，先前投敌的一批"革命作家"，就以"联合"的先觉者自居，渐渐出现了。纳款，通敌的鬼蜮行为，一到现在，就好像都是"前进"的光明事业。

四

这是明亡后的事情。

凡活着的，有些出于心服，多数是被压服的。但活得最舒服横恣的是汉奸；而活得最清高，被人尊敬的，是痛骂汉奸的逸民。后来自己寿终林下，儿子已不妨应试去了，而且各有一个好父亲。至于默默抗战的烈士，却很少能有一个遗孤。

我希望目前的文艺家，并没有古之逸民气。

五

A：B，我们当你是一个可靠的好人，所以几种关于革命的事情，都没有瞒了你。你怎么竟向敌人告密去了？

B：岂有此理！怎么是告密！我说出来，是因为他们问了我呀。

A：你不能推说不知道吗？

B：什么话！我一生没有说过谎，我不是这种靠不住的人！

六

A：阿呀，B先生，三年不见了！你对我一定失望了罢？……

B：没有的事……为什么？

A：我那时对你说过，要到西湖上去做二万行的长诗，直到现在，一个字也没有，哈哈哈！

B：哦，……我可并没有失望。

A：您的"世故"可是进步了，谁都知道您记性好，"责人严"，不会这么随随便便的，您现在也学会了说谎。

B：我可并没有说谎。

A：那么，您真的对我没有失望吗？

B：唔，无所谓失不失望，因为我根本没有相信过你。

七

庄生以为"在上为乌鸢食，在下为蝼蚁食"，死后的身体，大可随便处置，因为横竖结果都一样。

我却没有这么旷达。假使我的血肉该喂动物，我情愿喂狮虎鹰隼，却一点也不给癞皮狗们吃。

养肥了狮虎鹰隼，它们在天空，岩角，大漠，丛莽里是伟美的壮观，捕来放在动物园里，打死制成标本，也令人看了神旺，消去鄙吝的心。

但养胖一群癞皮狗，只会乱钻，乱叫，可多么讨厌！

八

琪罗[1]编辑圣·蒲孚[2]的遗稿，名其一部为《我的毒》(Mes

4-60

半夏小集

1　琪罗（V. Giraud, 1868—1953）：法国文艺批评家。

2　圣·蒲孚（C. A. Sainte-Beuve, 1804—1869）：法国文艺批评家。

Poisons）；我从日译本上，看见了这样的一条：

　　明言着轻蔑什么人，并不是十足的轻蔑。惟沉默是最高的轻
蔑。——我在这里说，也是多余的。

　　诚然，"无毒不丈夫"，形诸笔墨，却还不过是小毒。最高的轻蔑
是无言，而且连眼珠也不转过去。

九

　　作为缺点较多的人物的模特儿，被写入一部小说里，这人总以为
是晦气的。

　　殊不知这并非大晦气，因为世间实在还有写不进小说里去的人。
倘写进去，而又逼真，这小说便被毁坏。

　　譬如画家，他画蛇，画鳄鱼，画龟，画果子壳，画字纸篓，画垃圾
堆，但没有谁画毛毛虫，画癞头疮，画鼻涕，画大便，就是一样的道理。

　　有人一知道我是写小说的，便回避我，我常想这样的劝止他，但
可惜我的毒还不到这程度。

　　　　　　本篇最初发表于一九三六年十月《作家》月刊第二卷第一期。
　　　　　　后收入杂文集《且介亭杂文末编》。

伍·序跋

鲁迅的序跋或论说，或记述，或夹叙夹议。本章包含鲁迅为自己编著、翻译的作品及他人译著的作品所作的序跋共74篇。

《中国小说史略》序言

　　中国之小说自来无史；有之，则先见于外国人所作之中国文学史中，而后中国人所作者中亦有之，然其量皆不及全书之什一，故于小说仍不详。

　　此稿虽专史，亦粗略也。然而有作者，三年前，偶当讲述此史，自虑不善言谈，听者或多不憭，则疏其大要，写印以贻同人；又虑钞者之劳也，乃复缩为文言，省其举例以成要略，至今用之。

　　然而终付排印者，写印已屡，任其事者实早劳矣，惟排字反校省，因以印也。

　　自编辑写印以来，四五友人或假以书籍，或助为校勘，雅意勤勤，三年如一，呜呼，于此谢之！

一九二三年十月七日夜，鲁迅记于北京

　　　　《中国小说史略》于一九二三年十二月、一九二四年六月由北京大学新潮社分上、下册出版。

俄文译本《阿Q正传》序

这在我是很应该感谢，也是很觉得欣幸的事，就是：我的一篇短小的作品，仗着深通中国文学的王希礼[1]（B. A. Vassiliev）先生的翻译，竟得展开在俄国读者的面前了。

我虽然已经试做，但终于自己还不能很有把握，我是否真能够写出一个现代的我们国人的魂灵来。别人我不得而知，在我自己，总仿佛觉得我们人人之间各有一道高墙，将各个分离，使大家的心无从相印。这就是我们古代的聪明人，即所谓圣贤，将人们分为十等，说是高下各不相同。其名目现在虽然不用了，但那鬼魂却依然存在，并且，变本加厉，连一个人的身体也有了等差，使手对于足也不免视为下等的异类。造化生人，已经非常巧妙，使一个人不会感到别人的肉体上的痛苦了，我们的圣人和圣人之徒却又补了造化之缺，并且使人们不再会感到别人的精神上的痛苦。

我们的古人又造出了一种难到可怕的一块一块的文字；但我还并不十分怨恨，因为我觉得他们倒并不是故意的。然而，许多人却不能借此说话了，加以古训所筑成的高墙，更使他们连想也不敢想。现在我们所能听到的，不过是几个圣人之徒的意见和道理，为了他们自己：至于百姓，却就默默的生长，萎黄，枯死了，像压在大石底下的

---

1 王希礼（1899—1937）：苏联汉学家，本名鲍里斯·亚历山德罗维奇·瓦西里耶夫。

草一样，已经有四千年！

要画出这样沉默的国民的魂灵来，在中国实在算一件难事，因为，已经说过，我们究竟还是未经革新的古国的人民，所以也还是各不相通，并且连自己的手也几乎不懂自己的足。我虽然竭力想摸索人们的魂灵，但时时总自憾有些隔膜。在将来，围在高墙里面的一切人众，该会自己觉醒，走出，都来开口的罢，而现在还少见，所以我也只得依了自己的觉察，孤寂地姑且将这些写出，作为在我的眼里所经过的中国的人生。

我的小说出版之后，首先收到的是一个青年批评家的谴责；后来，也有以为是病的，也有以为滑稽的，也有以为讽刺的；或者还以为冷嘲，至于使我自己也要疑心自己的心里真藏着可怕的冰块。然而我又想，看人生是因作者而不同，看作品又因读者而不同，那么，这一篇在毫无"我们的传统思想"的俄国读者的眼中，也许又会照见别样的情景的罢，这实在是使我觉得很有意味的。

　　　　　　　　　　一九二五年五月二十六日，于北京。鲁迅

　　本篇最初发表于一九二五年六月十五日《语丝》周刊第三十一期。后收入杂文集《集外集》。俄文译文收入一九二九年列宁格勒激浪出版社出版的俄文版《鲁迅短篇小说选集》中。

《热风》题记

　　现在有谁经过西长安街一带的，总可以看见几个衣履破碎的穷苦孩子叫卖报纸。记得三四年前，在他们身上偶而还剩有制服模样的残余；再早，就更体面，简直是童子军的拟态。

　　那是中华民国八年，即西历一九一九年，五月四日北京学生对于山东问题的示威运动以后，因为当时散传单的是童子军，不知怎的竟惹了投机家的注意，童子军式的卖报孩子就出现了。其年十二月，日本公使小幡酉吉[1]抗议排日运动，情形和今年大致相同；只是我们的卖报孩子却穿破了第一身新衣以后，便不再做，只见得年不如年地显出穷苦。

　　我在《新青年》的《随感录》中做些短评，还在这前一年，因为所评论的多是小问题，所以无可道，原因也大都忘却了。但就现在的文字看起来，除几条泛论之外，有的是对于扶乩，静坐，打拳而发的；有的是对于所谓"保存国粹"而发的；有的是对于那时旧官僚的以经验自豪而发的；有的是对于上海《时报》的讽刺画而发的。记得当时的《新青年》是正在四面受敌之中，我所对付的不过一小部分；其他大事，则本志具在，无须我多言。

　　五四运动之后，我没有写什么文字，现在已经说不清是不做，还是散失消灭的了。但那时革新运动，表面上却颇有些成功，于是主张

1　小幡酉吉（1873—1947）：日本外交官，1918年至1923年任驻华公使。

革新的也就蓬蓬勃勃，而且有许多还就是在先讥笑，嘲骂《新青年》的人们，但他们却是另起了一个冠冕堂皇的名目：新文化运动。这也就是后来又将这名目反套在《新青年》身上，而又加以嘲骂讥笑的，正如笑骂白话文的人，往往自称最得风气之先，早经主张过白话文一样。

再后，更无可道了。只记得一九二一年中的一篇是对于所谓"虚无哲学"而发的；更后一年则大抵对于上海之所谓"国学家"而发，不知怎的那时忽而有许多人都自命为国学家了。

自《新青年》出版以来，一切应之而嘲骂改革，后来又赞成改革，后来又嘲骂改革者，现在拟态的制服早已破碎，显出自身的本相来了，真所谓"事实胜于雄辩"，又何待于纸笔喉舌的批评。所以我的应时的浅薄的文字，也应该置之不顾，一任其消灭的；但几个朋友却以为现状和那时并没有大两样，也还可以存留，给我编辑起来了。这正是我所悲哀的。我以为凡对于时弊的攻击，文字须与时弊同时灭亡，因为这正如白血轮之酿成疮疖一般，倘非自身也被排除，则当它的生命的存留中，也即证明着病菌尚在。

但如果凡我所写，的确都是冷的呢？则它的生命原来就没有，更谈不到中国的病证究竟如何。然而，无情的冷嘲和有情的讽刺相去本不及一张纸，对于周围的感受和反应，又大概是所谓"如鱼饮水冷暖自知"的；我却觉得周围的空气太寒冽了，我自说我的话，所以反而称之曰《热风》。

　　　　　　　　　　　　一九二五年十一月三日之夜，鲁迅

《热风》于一九二五年十一月由北京北新书局初版。

《华盖集》题记

在一年的尽头的深夜中，整理了这一年所写的杂感，竟比收在《热风》里的整四年中所写的还要多。意见大部分还是那样，而态度却没有那么质直了，措辞也时常弯弯曲曲，议论又往往执滞在几件小事情上，很足以贻笑于大方之家。然而那又有什么法子呢。我今年偏遇到这些小事情，而偏有执滞于小事情的脾气。

我知道伟大的人物能洞见三世，观照一切，历大苦恼，尝大欢喜，发大慈悲。但我又知道这必须深入山林，坐古树下，静观默想，得天眼通，离人间愈远遥，而知人间也愈深，愈广；于是凡有言说，也愈高，愈大；于是而为天人师。我幼时虽曾梦想飞空，但至今还在地上，救小创伤尚且来不及，那有余暇使心开意豁，立论都公允妥洽，平正通达，像"正人君子"一般；正如沾水小蜂，只在泥土上爬来爬去，万不敢比附洋楼中的通人，但也自有悲苦愤激，决非洋楼中的通人所能领会。

这病痛的根柢就在我活在人间，又是一个常人，能够交着"华盖运"。

我平生没有学过算命，不过听老年人说，人是有时要交"华盖运"的。这"华盖"在他们口头上大概已经讹作"镙盖"了，现在加以订正。所以，这运，在和尚是好运：顶有华盖，自然是成佛作祖之兆。但俗人可不行，华盖在上，就要给罩住了，只好碰钉子。我今年开手作杂感时，就碰了两个大钉子：一是为了《咬文嚼字》，一是为了《青年必读书》。署名和匿名的豪杰之士的骂信，收了一大捆，至今还塞在书架下。此后又突然遇见了一些所谓学者，文士，正人，君子等等，据说都是讲公话，谈公理，而且深不以"党同伐异"为然的。可惜我和他们太不同了，所以也就被他们伐了几下，——但这自然是为"公理"之故，和我的"党同伐异"不同。这样，一直到现下还没有完结，只好"以待来年"。

也有人劝我不要做这样的短评。那好意，我是很感激的，而且也并非不知道创作之可贵。然而要做这样的东西的时候，恐怕也还要做这样的东西，我以为如果艺术之宫里有这么麻烦的禁令，倒不如不进去；还是站在沙漠上，看看飞沙走石，乐则大笑，悲则大叫，愤则大骂，即使被沙砾打得遍身粗糙，头破血流，而时时抚摩自己的凝血，觉得若有花纹，也未必不及跟着中国的文士们去陪莎士比亚吃黄油面包之有趣。

然而只恨我的眼界小，单是中国，这一年的大事件也可以算是很多的了，我竟往往没有论及，似乎无所感触。我早就很希望中国的青年站出来，对于中国的社会，文明，都毫无忌惮地加以批评，因此曾编印《莽原周刊》，作为发言之地，可惜来说话的竟很少。在别的刊物上，倒大抵是对于反抗者的打击，这实在是使我怕敢想下去的。

现在是一年的尽头的深夜，深得这夜将尽了，我的生命，至少是一部分的生命，已经耗费在写这些无聊的东西中，而我所获得的，乃是我自己的灵魂的荒凉和粗糙。但是我并不惧惮这些，也不想遮盖这些，而且实在有些爱他们了，因为这是我转辗而生活于风沙中的瘢痕。凡有自己也觉得在风沙中转辗而生活着的，会知道这意思。

　　我编《热风》时，除遗漏的之外，又删去了好几篇。这一回却小有不同了，一时的杂感一类的东西，几乎都在这里面。

　　　　　　　　　　　　　一九二五年十二月三十一日之夜，记于绿林书屋东壁下

　　本篇最初发表于一九二六年一月二十五日《莽原》半月刊第二期。《华盖集》于一九二六年六月由北京北新书局初版。

《华盖集续编》小引

　　还不满一整年，所写的杂感的分量，已有去年一年的那么多了。秋来住在海边，目前只见云水，听到的多是风涛声，几乎和社会隔绝。如果环境没有改变，大概今年不见得再有什么废话了罢。灯下无事，便将旧稿编集起来；还像备付印，以供给要看我的杂感的主顾们。

　　这里面所讲的仍然并没有宇宙的奥义和人生的真谛。不过是，将我所遇到的，所想到的，所要说的，一任它怎样浅薄，怎样偏激，有时便都用笔写了下来。说得自夸一点，就如悲喜时节的歌哭一般，那时无非借此来释愤抒情，现在更不想和谁去抢夺所谓公理或正义。你要那样，我偏要这样是有的；偏不遵命，偏不磕头是有的；偏要在庄严高尚的假面上拨它一拨也是有的，此外却毫无什么大举。名副其实，“杂感”而已。

　　从一月以来的，大略都在内了；只删去了一篇。那是因为其中开列着许多人，未曾，也不易遍征同意，所以不好擅自发表。

　　书名呢？年月是改了，情形却依旧，就还叫《华盖集》。然而年月究竟是改了，因此只得添上两个字：“续编”。

一九二六年十月十四日，鲁迅记于厦门

　　本篇最初发表于一九二六年十一月十六日《语丝》周刊第一〇四期。《华盖集续编》于一九二七年五月由北京北新书局初版。

《坟》的题记

将这些体式上截然不同的东西，集合了做成一本书样子的缘由，说起来是很没有什么冠冕堂皇的。首先就因为偶尔看见了几篇将近二十年前所做的所谓文章。这是我做的么？我想。看下去，似乎也确是我做的。那是寄给《河南》[1]的稿子；因为那编辑先生有一种怪脾气，文章要长，愈长，稿费便愈多。所以如《摩罗诗力说》[2]那样，简直是生凑。倘在这几年，大概不至于那么做了。又喜欢做怪句子和写古字，这是受了当时的《民报》的影响；现在为排印的方便起见，改了一点，其余的便都由他。这样生涩的东西，倘是别人的，我恐怕不免要劝他"割爱"，但自己却总还想将这存留下来，而且也并不"行年五十而知四十九年非"，愈老就愈进步。其中所说的几个诗人，至今没有人再提起，也是使我不忍抛弃旧稿的一个小原因。他们的名，先前是怎样地使我激昂呵，民国告成以后，我便将他们忘却了，而不料现在他们竟又时时在我的眼前出现。

其次，自然因为还有人要看，但尤其是因为又有人憎恶着我的文章。说话说到有人厌恶，比起毫无动静来，还是一种幸福。天下不舒服的人们多着，而有些人们却一心一意在造专给自己舒服的世界。这是不能如此便宜的，也给他们放一点可恶的东西在眼前，使他有时小

1 《河南》：清末留日学生创办的杂志，1907年12月创刊于东京。
2 《摩罗诗力说》：鲁迅于1907年用文言文写成的一篇文论。

不舒服，知道原来自己的世界也不容易十分美满。苍蝇的飞鸣，是不知道人们在憎恶他的；我却明知道，然而只要能飞鸣就偏要飞鸣。我的可恶有时自己也觉得，即如我的戒酒，吃鱼肝油，以望延长我的生命，倒不尽是为了我的爱人，大大半乃是为了我的敌人，——给他们说得体面一点，就是敌人罢——要在他的好世界上多留一些缺陷。君子之徒曰：你何以不骂杀人不眨眼的军阀呢？斯亦卑怯也已！但我是不想上这些诱杀手段的当的。木皮道人说得好，"几年家软刀子割头不觉死"，我就要专指斥那些自称"无枪阶级"而其实是拿着软刀子的妖魔。即如上面所引的君子之徒的话，也就是一把软刀子。假如遭了笔祸了，你以为他就尊你为烈士了么？不，那时另有一番风凉话。倘不信，可看他们怎样评论那死于三一八惨杀的青年。

　　此外，在我自己，还有一点小意义，就是这总算是生活的一部分的痕迹。所以虽然明知道过去已经过去，神魂是无法追蹑的，但总不能那么决绝，还想将糟粕收敛起来，造成一座小小的新坟，一面是埋藏，一面也是留恋。至于不远的踏成平地，那是不想管，也无从管了。

　　我十分感谢我的几个朋友，替我搜集，抄写，校印，各费去许多追不回来的光阴。我的报答，却只能希望当这书印钉成工时，或者可以博得各人的真心愉快的一笑。别的奢望，并没有什么；至多，但愿这本书能够暂时躺在书摊上的书堆里，正如博厚的大地，不至于容不下一点小土块。再进一步，可就有些不安分了，那就是中国人的思想，趣味，目下幸而还未被所谓正人君子所统一，譬如有的专爱瞻仰皇陵，有的却喜欢凭吊荒冢，无论怎样，一时大概总还有不惜一顾的

人罢。只要这样，我就非常满足了；那满足，盖不下于取得富家的千
金云。

一九二六年十月三十大风之夜，鲁迅记于厦门

本篇最初发表于一九二六年十一月二十日《语丝》周刊第一〇六期，题为
《〈坟〉的题记》。《坟》于一九二七年三月由北京未名社初版。

《朝花夕拾》小引

　　我常想在纷扰中寻出一点闲静来，然而委实不容易。目前是这么离奇，心里是这么芜杂。一个人做到只剩了回忆的时候，生涯大概总要算是无聊了罢，但有时竟会连回忆也没有。中国的做文章有轨范，世事也仍然是螺旋。前几天我离开中山大学的时候，便想起四个月以前的离开厦门大学；听到飞机在头上鸣叫，竟记得了一年前在北京城上日日旋绕的飞机。我那时还做了一篇短文，叫做《一觉》。现在是，连这"一觉"也没有了。

　　广州的天气热得真早，夕阳从西窗射入，逼得人只能勉强穿一件单衣。书桌上的一盆"水横枝"，是我先前没有见过的：就是一段树，只要浸在水中，枝叶便青葱得可爱。看看绿叶，编编旧稿，总算也在做一点事。做着这等事，真是虽生之日，犹死之年，很可以驱除炎热的。

　　前天，已将《野草》编定了；这回便轮到陆续载在《莽原》上的《旧事重提》，我还替他改了一个名称：《朝花夕拾》。带露折花，色香自然要好得多，但是我不能够。便是现在心目中的离奇和芜杂，我也还不能使他即刻幻化，转成离奇和芜杂的文章。或者，他日仰看流云时，会在我的眼前一闪烁罢。

　　我有一时，曾经屡次忆起儿时在故乡所吃的蔬果：菱角，罗汉豆，茭白，香瓜。凡这些，都是极其鲜美可口的；都曾是使我思乡的蛊惑。后来，我在久别之后尝到了，也不过如此；惟独在记忆上，还有旧来的意味留存。他们也许要哄骗我一生，使我时时反顾。

　　这十篇就是从记忆中抄出来的，与实际容或有些不同，然而我现在只记得是这样。文体大概很杂乱，因为是或作或辍，经了九个月之多。环境也不一：前两篇写于北京寓所的东壁下；中三篇是流离中所作，地方是医院和木匠房；后五篇却在厦门大学的图书馆的楼上，已经是被学者们挤出集团之后了。

　　　　　　　　　　　一九二七年五月一日，鲁迅于广州白云楼记

　　本篇最初发表于一九二七年五月二十五日《莽原》半月刊第二卷第十期，收入一九二八年九月北京未名社版《朝花夕拾》。

《三闲集》序言

　　我的第四本杂感《而已集》的出版，算起来已在四年之前了。去年春天，就有朋友催促我编集此后的杂感。看看近几年的出版界，创作和翻译，或大题目的长论文，是还不能说它寥落的，但短短的批评，纵意而谈，就是所谓"杂感"者，却确乎很少见。我一时也说不出这所以然的原因。

　　但粗粗一想，恐怕这"杂感"两个字，就使志趣高超的作者厌恶，避之惟恐不远了。有些人们，每当意在奚落我的时候，就往往称我为"杂感家"，以显出在高等文人的眼中的鄙视，便是一个证据。还有，我想，有名的作家虽然未必不改换姓名，写过这一类文字，但或者不过图报私怨，再提恐或玷其令名，或者别有深心，揭穿反有妨于战斗，因此就大抵任其消灭了。

　　"杂感"之于我，有些人固然看作"死症"，我自己确也因此很吃过一点苦，但编集是还想编集的。只因为翻阅刊物，剪帖成书，也是一件颇觉麻烦的事，因此拖延了大半年，终于没有动过手。一月二十八日之夜，上海打起仗来了，越打越凶，终于使我们只好单身出走，书报留在火线下，一任它烧得精光，我也可以靠这"火的洗礼"之灵，洗掉了"不满于现状"的"杂感家"这一个恶谥。殊不料三月底重回旧寓，书报却丝毫也没有损，于是就东翻西觅，开手编辑起来了，好像大病新愈的人，偏比平时更要照照自己的瘦削的脸，摩摩枯皱的皮肤似的。

　　我先编集一九二八至二九年的文字，篇数少得很，但除了五六回在北平上海的讲演，原就没有记录外，别的也仿佛并无散失。我记得起来了，这两年正是我极少写稿，没处投稿的时期。我是在二七年被血吓得目瞪口呆，离开广东的，那些吞吞吐吐，没有胆子直说的话，都载在《而已集》里。但我到了上海，却遇见文豪们的笔尖的围剿了，创造社，太阳社，"正人君子"们的新月社中人，都说我不好，连并不标榜文派的现在多升为作家或教授的先生们，那时的文字里，也得时常暗暗地奚落我几句，以表示他们的高明。我当初还不过是"有闲即是有钱"，"封建余孽"或"没落者"，后来竟被判为主张杀青年的棒喝主义者了。这时候，有一个从广东自云避祸逃来，而寄住在我的寓里的廖君，也终于忿忿的对我说道："我的朋友都看不起我，不和我来往了，说我和这样的人住在一处。"

　　那时候，我是成了"这样的人"的。自己编着的《语丝》，实乃无权，不单是有所顾忌（详见卷末《我和〈语丝〉的始终》），至于别处，则我的文章一向是被"挤"才有的，而目下正在"剿"，我投进去干什么呢。所以只写了很少的一点东西。

　　现在我将那时所做的文字的错的和至今还有可取之处的，都收纳在这一本里。至于对手的文字呢，《鲁迅论》和《中国文艺论战》中虽然也有一些，但那都是峨冠博带的礼堂上的阳面的大文，并不足以窥见全体，我想另外搜集也是"杂感"一流的作品，编成一本，谓之《围剿集》。如果和我的这一本对比起来，不但可以增加读者的趣味，也更能明白别一面的，即阴面的战法的五花八门。这些方法一时恐怕不会失传，去年的"左翼作家都为了卢布"说，就是老谱里面的一着。自问和文艺有些关系的青年，仿照固然可以不必，但也不妨知道知道的。

其实呢，我自己省察，无论在小说中，在短评中，并无主张将青年来"杀，杀，杀"的痕迹，也没有怀着这样的心思。我一向是相信进化论的，总以为将来必胜于过去，青年必胜于老人，对于青年，我敬重之不暇，往往给我十刀，我只还他一箭。然而后来我明白我倒是错了。这并非唯物史观的理论或革命文艺的作品蛊惑我的，我在广东，就目睹了同是青年，而分成两大阵营，或则投书告密，或则助官捕人的事实！我的思路因此轰毁，后来便时常用了怀疑的眼光去看青年，不再无条件的敬畏了。然而此后也还为初初上阵的青年们呐喊几声，不过也没有什么大帮助。

这集子里所有的，大概是两年中所作的全部，只有书籍的序引，却只将觉得还有几句话可供参考之作，选录了几篇。当翻检书报时，一九二七年所写而没有编在《而已集》里的东西，也忽然发见了一点，我想，大约《夜记》是因为原想另成一书，讲演和通信是因为浅薄或不关紧要，所以那时不收在内的。

但现在又将这编在前面，作为《而已集》的补遗了。我另有了一样想头，以为只要看一篇讲演和通信中所引的文章，便足可明白那时香港的面目。我去讲演，一共两回，第一天是《老调子已经唱完》，现在寻不到底稿了，第二天便是这《无声的中国》，粗浅平庸到这地步，而竟至于惊为"邪说"，禁止在报上登载的。是这样的香港。但现在是这样的香港几乎要遍中国了。

我有一件事要感谢创造社的，是他们"挤"我看了几种科学底文艺论，明白了先前的文学史家们说了一大堆，还是纠缠不清的疑问。

并且因此译了一本蒲力汗诺夫的《艺术论》[1]，以救正我——还因我而及于别人——的只信进化论的偏颇。但是，我将编《中国小说史略》时所集的材料，印为《小说旧闻钞》，以省青年的检查之力，而成仿吾以无产阶级之名，指为"有闲"，而且"有闲"还至于有三个，却是至今还不能完全忘却的。我以为无产阶级是不会有这样锻炼周纳法的，他们没有学过"刀笔"。编成而名之曰《三闲集》，尚以射仿吾也。

一九三二年四月二十四日之夜，编讫并记

《三闲集》于一九三二年九月由上海北新书局初版。

1 《艺术论》：包括普列汉诺夫的四篇论文，即《论艺术》《原始民族的艺术》《再论原始民族的艺术》《论文集〈二十年间〉第三版序》，1930年7月由上海光华书局出版，为《科学的艺术论丛书》之一。

《二心集》序言

这里是一九三〇年与三一年两年间的杂文的结集。

当三〇年的时候，期刊已渐渐的少见，有些是不能按期出版了，大约是受了逐日加紧的压迫。《语丝》和《奔流》，则常遭邮局的扣留，地方的禁止，到底也还是敷延不下去。那时我能投稿的，就只剩了一个《萌芽》，而出到五期，也被禁止了，接着是出了一本《新地》。所以在这一年内，我只做了收在集内的不到十篇的短评。

此外还曾经在学校里演讲过两三回，那时无人记录，讲了些什么，此刻连自己也记不清楚了。只记得在有一个大学里演讲的题目，是《象牙塔和蜗牛庐》[1]。大意是说，象牙塔里的文艺，将来决不会出现于中国，因为环境并不相同，这里是连摆这"象牙之塔"的处所也已经没有了；不久可以出现的，恐怕至多只有几个"蜗牛庐"。蜗牛庐者，是三国时所谓"隐逸"的焦先[2]曾经居住的那样的草窠，大约和现在江北穷人手搭的草棚相仿，不过还要小，光光的伏在那里面，少出，少动，无衣，无食，无言。因为那时是军阀混战，任意杀掠的时候，心里不以为然的人，只有这样才可以苟延他的残喘。但蜗牛界里那里会有文艺呢，所以这样下去，中国的没有文艺，是一定的。这样的话，真可谓已经大有蜗牛气味的了，不料不久就有一位勇敢的青年在政府机关的上海《民国日报》上给我批评，说我的那些话使他非常

1　《象牙塔和蜗牛庐》：1930年3月13日，鲁迅应大夏大学乐天文艺社之邀所作的演讲。

2　焦先：生卒年不详，汉末至曹魏隐士，字孝然，河东（今山西永济）人。

看不起，因为我没有敢讲共产党的话的勇气。谨案在"清党"以后的党国里，讲共产主义是算犯大罪的，捕杀的网罗，张遍了全中国，而不讲，却又为党国的忠勇青年所鄙视。这实在只好变了真的蜗牛，才有"庶几得免于罪戾"[1]的幸福了。

　　而这时左翼作家拿着苏联的卢布之说，在所谓"大报"和小报上，一面又纷纷的宣传起来，新月社的批评家也从旁卖了些力气。有些报纸，还拾了先前的创造社派的几个人的投稿于小报上的话，讥笑我为"投降"，有一种报则载起《文坛贰臣传》来，第一个就是我，——但后来好像并不再做下去了。

　　卢布之谣，我是听惯了的。大约六七年前，《语丝》在北京说了几句涉及陈源教授和别的"正人君子"们的话的时候，上海的《晶报》上就发表过"现代评论社主角"唐有壬[2]先生的信札，说是我们的言动，都由于墨斯科的命令。这又正是祖传的老谱，宋末有所谓"通房"，清初又有所谓"通海"，向来就用了这类的口实，害过许多人们的。所以含血喷人，已成了中国士君子的常经，实在不单是他们的识见，只能够见到世上一切都靠金钱的势力。至于"贰臣"之说，却是很有些意思的，我试一反省，觉得对于时事，即使未尝动笔，有时也不免于腹诽，"臣罪当诛兮天皇圣明"[3]，腹诽就决不是忠臣的行径。但御用文学家的给了我这个徽号，也可见他们的"文坛"上是有皇帝的了。

　　去年偶然看见了几篇梅林格[4]（Franz Mehring）的论文，大意说，在坏了下去的旧社会里，倘有人怀一点不同的意见，有一点携贰的心思，是一定要大吃其苦的。而攻击陷害得最凶的，则是这人的同阶级

1　"庶几得免于罪戾"：出自《左传》文公十八年："庶几免于戾乎。"

2　唐有壬（1893—1935）：湖南浏阳人，《现代评论》撰稿人之一。

3　"臣罪当诛兮天皇圣明"：出自韩愈《琴操十首·拘幽操》，"皇"原作"王"。

4　梅林格：通译梅林（1846—1919），德国记者、历史学家、文学批评家、马克思主义者。

的人物。他们以为这是最可恶的叛逆，比异阶级的奴隶造反还可恶，所以一定要除掉他。我才知道中外古今，无不如此，真是读书可以养气，竟没有先前那样"不满于现状"了，并且仿《三闲集》之例而变其意，拾来做了这一本书的名目。然而这并非在证明我是无产者。一阶级里，临末也常常会自己互相闹起来的，就是《诗经》里说过的那"兄弟阋于墙"，——但后来却未必"外御其侮"。例如同是军阀，就总在整年的大家相打，难道有一面是无产阶级么？而且我时时说些自己的事情，怎样地在"碰壁"，怎样地在做蜗牛，好像全世界的苦恼，萃于一身，在替大众受罪似的：也正是中产的智识阶级分子的坏脾气。只是原先是憎恶这熟识的本阶级，毫不可惜它的溃灭，后来又由于事实的教训，以为惟新兴的无产者才有将来，却是的确的。

　　自从一九三一年二月起，我写了较上年更多的文章，但因为揭载的刊物有些不同，文字必得和它们相称，就很少做《热风》那样简短的东西了；而且看看对于我的批评文字，得了一种经验，好像评论做得太简括，是极容易招得无意的误解，或有意的曲解似的。又，此后也不想再编《坟》那样的论文集，和《壁下译丛》那样的译文集，这回就连较长的东西也收在这里面，译文则选了一篇《现代电影与有产阶级》附在末尾，因为电影之在中国，虽然早已风行，但这样扼要的论文却还少见，留心世事的人们，实在很有一读的必要的。还有通信，如果只有一面，读者也往往很不容易了然，所以将紧要一点的几封信，也擅自一并编进去了。

　　　　　　　一九三二年四月三十日之夜，编讫并记

　　　　　　　《二心集》于一九三二年十月由上海合众书店初版。

《自选集》自序

我做小说，是开手于一九一八年，《新青年》上提倡"文学革命"的时候的。这一种运动，现在固然已经成为文学史上的陈迹了，但在那时，却无疑地是一个革命的运动。

我的作品在《新青年》上，步调是和大家大概一致的，所以我想，这些确可以算作那时的"革命文学"。

然而我那时对于"文学革命"，其实并没有怎样的热情。见过辛亥革命，见过二次革命，见过袁世凯称帝，张勋复辟，看来看去，就看得怀疑起来，于是失望，颓唐得很了。民族主义的文学家在今年的一种小报上说，"鲁迅多疑"，是不错的，我正在疑心这批人们也并非真的民族主义文学者，变化正未可限量呢。不过我却又怀疑于自己的失望，因为我所见过的人们，事件，是有限得很的，这想头，就给了我提笔的力量。

"绝望之为虚妄，正与希望相同。"

既不是直接对于"文学革命"的热情，又为什么提笔的呢？想起来，大半倒是为了对于热情者们的同感。这些战士，我想，虽在寂寞中，想头是不错的，也来喊几声助助威罢。首先，就是为此。自然，在这中间，也不免夹杂些将旧社会的病根暴露出来，催人留心，设法加以疗治的希望。但为达到这希望计，是必须与前驱者取同一的步调的，我于是删削些黑暗，装点些欢容，使作品比较的显出若干亮色，那就是后来结集起来的《呐喊》，一共有十四篇。

　　这些也可以说，是"遵命文学"。不过我所遵奉的，是那时革命的前驱者的命令，也是我自己所愿意遵奉的命令，决不是皇上的圣旨，也不是金元和真的指挥刀。

　　后来《新青年》的团体散掉了，有的高升，有的退隐，有的前进，我又经验了一回同一战阵中的伙伴还是会这么变化，并且落得一个"作家"的头衔，依然在沙漠中走来走去，不过已经逃不出在散漫的刊物上做文字，叫作随便谈谈。有了小感触，就写些短文，夸大点说，就是散文诗，以后印成一本，谓之《野草》。得到较整齐的材料，则还是做短篇小说，只因为成了游勇，布不成阵了，所以技术虽然比先前好一些，思路也似乎较无拘束，而战斗的意气却冷得不少。新的战友在那里呢？我想，这是很不好的。于是集印了这时期的十一篇作品，谓之《彷徨》，愿以后不再这模样。

　　"路漫漫其修远兮，吾将上下而求索。"

　　不料这大口竟夸得无影无踪。逃出北京，躲进厦门，只在大楼上写了几则《故事新编》和十篇《朝花夕拾》。前者是神话，传说及史实的演义，后者则只是回忆的记事罢了。

　　此后就一无所作，"空空如也"。

　　可以勉强称为创作的，在我至今只有这五种，本可以顷刻读了的，但出版者要我自选一本集。推测起来，恐怕因为这么一办，一者能够节省读者的费用，二则，以为由作者自选，该能比别人格外明白罢。对于第一层，我没有异议；至第二层，我却觉得也很难。因为我向来就没有格外用力或格外偷懒的作品，所以也没有自以为特别高妙，配得上提拔出来的作品。没有法，就将材料，写法，都有些不同，可供读者参考的东西，取出二十二篇来，凑成了一本，但将给读者一种"重压之感"的作品，却特地竭力抽掉了。这是我现在自有我的想头的：

"并不愿将自以为苦的寂寞，再来传染给也如我那年青时候似的正做着好梦的青年。"

然而这又不似做那《呐喊》时候的故意的隐瞒，因为现在我相信，现在和将来的青年是不会有这样的心境的了。

　　　　　　　　　　　　　　一九三二年十二月十四日，鲁迅于上海寓居记

　　本篇最初收入一九三三年三月上海天马书店出版的《鲁迅自选集》。后收入杂文集《南腔北调集》。

　　《鲁迅自选集》内收《野草》七篇：《影的告别》《好的故事》《过客》《失掉的好地狱》《这样的战士》《聪明人和傻子和奴才》《淡淡的血痕中》。《呐喊》五篇：《孔乙己》《一件小事》《故乡》《阿Q正传》《鸭的喜剧》。《彷徨》五篇：《在酒楼上》《肥皂》《示众》《伤逝》《离婚》。《故事新编》两篇：《奔月》《铸剑》。《朝花夕拾》三篇：《狗·猫·鼠》《无常》《范爱农》。

《两地书》序言

　　这一本书，是这样地编起来的——

　　一九三二年八月五日，我得到霁野[1]，静农[2]，丛芜三个人署名的信，说漱园于八月一日晨五时半，病殁于北平同仁医院了，大家想搜集他的遗文，为他出一本纪念册，问我这里可还藏有他的信札没有。这真使我的心突然紧缩起来。因为，首先，我是希望着他能够全愈的，虽然明知道他大约未必会好；其次，是我虽然明知道他未必会好，却有时竟没有想到，也许将他的来信统统毁掉了，那些伏在枕上，一字字写出来的信。

　　我的习惯，对于平常的信，是随复随毁的，但其中如果有些议论，有些故事，也往往留起来。直到近三年，我才大烧毁了两次。

　　五年前，国民党清党的时候，我在广州，常听到因为捕甲，从甲这里看见乙的信，于是捕乙，又从乙家搜得丙的信，于是连丙也捕去了，都不知下落。古时候有牵牵连连的"瓜蔓抄"，我是知道的，但总以为这是古时候的事，直到事实给了我教训，我才分明省悟了做今人也和做古人一样难。然而我还是漫不经心，随随便便。待到一九三〇年我签名于自由大同盟，浙江省党部呈请中央通缉"堕落文人鲁迅等"的时候，我在弃家出走之前，忽然心血来潮，将朋友给我的信都毁掉了。这并非为了消灭"谋为不轨"的痕迹，不过以为因

1　霁野：李霁野（1904—1997），安徽六安人，作家、翻译家。

2　静农：台静农（1903—1990），本姓澹台，原名传严，字伯简，安徽六安人，作家、文学评论家。

通信而累及别人，是很无谓的，况且中国的衙门是谁都知道只要一碰着，就有多么的可怕。后来逃过了这一关，搬了寓，而信札又积起来，我又随随便便了，不料一九三一年一月，柔石被捕，在他的衣袋里搜出有我名字的东西来，因此听说就在找我。自然罗，我只得又弃家出走，但这回是心血来潮得更加明白，当然先将所有信札完全烧掉了。

因为有过这样的两回事，所以一得到北平的来信，我就担心，怕大约未必有，但还是翻箱倒箧的寻了一通，果然无踪无影。朋友的信一封也没有，我们自己的信倒寻出来了，这也并非对于自己的东西特别看作宝贝，倒是因为那时时间很有限，而自己的信至多也不过蔓在自身上，因此放下了的。此后这些信又在枪炮的交叉火线下，躺了二三十天，也一点没有损失。其中虽然有些缺少，但恐怕是自己当时没有留心，早经遗失，并不是由于什么官灾兵燹的。

一个人如果一生没有遇到横祸，大家决不另眼相看，但若坐过牢监，到过战场，则即使他是一个万分平凡的人，人们也总看得特别一点。我们对于这些信，也正是这样。先前是一任他垫在箱子底下的，但现在一想起他曾经几乎要打官司，要遭炮火，就觉得他好像有些特别，有些可爱似的了。夏夜多蚊，不能静静的写字，我们便略照年月，将他编了起来，因地而分为三集，统名之曰《两地书》。

这是说：这一本书，在我们自己，一时是有意思的，但对于别人，却并不如此。其中既没有死呀活呀的热情，也没有花呀月呀的佳句；文辞呢，我们都未曾研究过"尺牍精华"或"书信作法"，只是信笔写来，大背文律，活该进"文章病院"的居多。所讲的又不外乎学校风潮，本身情况，饭菜好坏，天气阴晴，而最坏的是我们当日居漫天幕中，幽明莫辨，讲自己的事倒没有什么，但一遇到推测天下大事，就不免胡涂得很，所以凡有欣欣鼓舞之词，从现在看起来，大抵成了梦呓了。如果定要恭维这一本书的特色，那么，我想，恐怕是因为他的平凡罢。这样平凡的东西，别人大概是不会有，即有也未必存留的，而我们不然，这就只好谓之也是一种特色。

然而奇怪的是竟又会有一个书店愿意来印这一本书。要印，印去就是，这倒仍然可以随随便便，不过因此也就要和读者相见了，却使我又得加上两点声明在这里，以免误解。其一，是：我现在是左翼作家联盟中之一人，看近来书籍的广告，大有凡作家一但向左，则旧作也即飞升，连他孩子时代的啼哭也合于革命文学之概，不过我们的这书是不然的，其中并无革命气息。其二，常听得有人说，书信是最不掩饰，最显真面的文章，但我也并不，我无论给谁写信，最初，总是敷敷衍衍，口是心非的，即在这一本中，遇有较为紧要的地方，到后来也还是往往故意写得含胡些，因为我们所处，是在"当地长官"，邮局，校长……，都可以随意检查信件的国度里。但自然，明白的话，是也不少的。

还有一点，是信中的人名，我将有几个改掉了，用意有好有坏，并不相同。此无他，或则怕别人见于我们的信里，于他有些不便，或则单为自己，省得又是什么"听候开审"之类的麻烦而已。

回想六七年来，环绕我们的风波也可谓不少了，在不断的挣扎中，相助的也有，下石的也有，笑骂诬蔑的也有，但我们紧咬了牙关，却也已经挣扎着生活了六七年。其间，含沙射影者都逐渐自己没入更黑暗的处所去了，而好意的朋友也已有两个不在人间，就是漱园和柔石。我们以这一本书为自己记念，并以感谢好意的朋友，并且留赠我们的孩子，给将来知道我们所经历的真相，其实大致是如此的。

一九三二年十二月十六日，鲁迅

本篇最初收入一九三三年四月上海青光书局版《两地书》。

英译本《短篇小说选集》自序

中国的诗歌中，有时也说些下层社会的苦痛。但绘画和小说却相反，大抵将他们写得十分幸福，说是"不识不知，顺帝之则"，平和得像花鸟一样。是的，中国的劳苦大众，从知识阶级看来，是和花鸟为一类的。

我生长于都市的大家庭里，从小就受着古书和师傅的教训，所以也看得劳苦大众和花鸟一样。有时感到所谓上流社会的虚伪和腐败时，我还羡慕他们的安乐。但我母亲的母家是农村，使我能够间或和许多农民相亲近，逐渐知道他们是毕生受着压迫，很多苦痛，和花鸟并不一样了。不过我还没法使大家知道。

后来我看到一些外国的小说，尤其是俄国，波兰和巴尔干诸小国的，才明白了世界上也有这许多和我们的劳苦大众同一运命的人，而有些作家正在为此而呼号，而战斗。而历来所见的农村之类的景况，也更加分明地再现于我的眼前。偶然得到一个可写文章的机会，我便将所谓上流社会的堕落和下层社会的不幸，陆续用短篇小说的形式发表出来了。原意其实只不过想将这示给读者，提出一些问题而已，并不是为了当时的文学家之所谓艺术。

但这些东西，竟得了一部分读者的注意，虽然很被有些批评家所排斥，而至今终于没有消灭，还会译成英文，和新大陆的读者相见，这是我先前所梦想不到的。

但我也久没有做短篇小说了。现在的人民更加困苦，我的意思也和以前有些不同，又看见了新的文学的潮流，在这景况中，写新的不能，写旧的又不愿。中国的古书里有一个比喻，说：邯郸的步法是天下闻名的，有人去学，竟没有学好，但又已经忘却了自己原先的步法，于是只好爬回去了。

我正爬着。但我想再学下去，站起来。

一九三三年三月二十二日，鲁迅记于上海

本篇系作者应美国记者埃德加·斯诺之约编选《短篇小说选集》所写的序言，在收入《集外集拾遗》前未在报刊上发表过。

英译本《短篇小说选集》自序

《伪自由书》前记

　　这一本小书里的，是从本年一月底起至五月中旬为止的寄给《申报》上的《自由谈》的杂感。

　　我到上海以后，日报是看的，却从来没有投过稿，也没有想到过，并且也没有注意过日报的文艺栏，所以也不知道《申报》在什么时候开始有了《自由谈》，《自由谈》里是怎样的文字。大约是去年的年底罢，偶然遇见郁达夫先生，他告诉我说，《自由谈》的编辑新换了黎烈文[1]先生了，但他才从法国回来，人地生疏，怕一时集不起稿子，要我去投几回稿。我就漫应之曰：那是可以的。

　　对于达夫先生的嘱咐，我是常常"漫应之曰：那是可以的"的。直白的说罢，我一向很回避创造社里的人物。这也不只因为历来特别的攻击我，甚而至于施行人身攻击的缘故，大半倒在他们的一副"创造"脸。虽然他们之中，后来有的化为隐士，有的化为富翁，有的化为实践的革命者，有的也化为奸细，而在"创造"这一面大纛之下的时候，却总是神气十足，好像连出汗打嚏，也全是"创造"似的。我和达夫先生见面得最早，脸上也看不出那么一种创造气，所以相遇之际，就随便谈谈；对于文学的意见，我们恐怕是不能一致的罢，然而所谈的大抵是空话。但这样的就熟识了，我有时要求他写一篇文章，

1　黎烈文（1904—1972）：湖南湘潭人，作家、翻译家，1932年任《申报·自由谈》主编。

他一定如约寄来，则他希望我做一点东西，我当然应该漫应曰可以。但应而至于"漫"，我已经懒散得多了。

但从此我就看看《自由谈》，不过仍然没有投稿。不久，听到了一个传闻，说《自由谈》的编辑者为了忙于事务，连他夫人的临蓐也不暇照管，送在医院里，她独自死掉了。几天之后，我偶然在《自由谈》里看见一篇文章，其中说的是每日使婴儿看看遗照，给他知道曾有这样一个孕育了他的母亲。我立刻省悟了这就是黎烈文先生的作品，拿起笔，想做一篇反对的文章，因为我向来的意见，是以为倘有慈母，或是幸福，然若生而失母，却也并非完全的不幸，他也许倒成为更加勇猛，更无挂碍的男儿的。但是也没有竟做，改为给《自由谈》的投稿了，这就是这本书里的第一篇《崇实》；又因为我旧日的笔名有时不能通用，便改题了"何家干"，有时也用"干"或"丁萌"。

这些短评，有的由于个人的感触，有的则出于时事的刺戟，但意思都极平常，说话也往往很晦涩，我知道《自由谈》并非同人杂志，"自由"更当然不过是一句反话，我决不想在这上面去驰骋的。我之所以投稿，一是为了朋友的交情，一则在给寂寞者以呐喊，也还是由于自己的老脾气。然而我的坏处，是在论时事不留面子，砭锢弊常取类型，而后者尤与时宜不合。盖写类型者，于坏处，恰如病理学上的图，假如是疮疽，则这图便是一切某疮某疽的标本，或和某甲的疮有些相像，或和某乙的疽有点相同。而见者不察，以为所画的只是他某甲的疮，无端侮辱，于是就必欲制你画者的死命了。例如我先前的论叭儿狗，原也泛无实指，都是自觉其有叭儿性的人们自来承认的。这要制死命的方法，是不论文章的是非，而先问作者是那一个；也就是别的不管，只要向作者施行人身攻击。自然，其中也并不全是含愤的病人，有的倒是代打不平的侠客。总之，这种战术，是陈源教授的"鲁迅即教育部金事周树人"开其端，事隔十年，大家早经忘却了，这回是王平陵[1]先生告发于前，周木斋[2]先生揭露于后，都是做着关于作者本身的文章，或则牵连而至于左翼文学者。此外为我所看见的还有好几篇，也都附在我的本文之后，以见上海有些所谓文学家的笔战，是怎样的东西，和我的短评本身，有什么关系。但另有几篇，是因为我的感想由此而起，特地并存以便读者的参考的。

　　我的投稿，平均每月八九篇，但到五月初，竟接连的不能发表了，我想，这是因为其时讳言时事而我的文字却常不免涉及时事的缘故。这禁止的是官方检查员，还是报馆总编辑呢，我不知道，也无须知道。现在便将那些都归在这一本里，其实是我所指摘，现在都已由事实来证明的了，我那时不过说得略早几天而已。是为序。

一九三三年七月十九夜，于上海寓庐，鲁迅记

《伪自由书》于一九三三年十月由上海北新书局以"青光书局"名义初版。

1　王平陵（1898—1964）：本名仰嵩，字平陵，江苏溧阳人，新闻界人士。
2　周木斋（1910—1941）：又名周朴，号树榆，江苏武进人，作家。

《南腔北调集》题记

　　一两年前，上海有一位文学家，现在是好像不在这里了，那时候，却常常拉别人为材料，来写她的所谓"素描"。我也没有被赦免。据说，我极喜欢演说，但讲话的时候是口吃的，至于用语，则是南腔北调。前两点我很惊奇，后一点可是十分佩服了。真的，我不会说绵软的苏白，不会打响亮的京腔，不入调，不入流，实在是南腔北调。而且近几年来，这缺点还有开拓到文字上去的趋势；《语丝》早经停刊，没有了任意说话的地方，打杂的笔墨，是也得给各个编辑者设身处地地想一想的，于是文章也就不能划一不二，可说之处说一点，不能说之处便罢休。即使在电影上，不也有时看得见黑奴怒形于色的时候，一有同是黑奴而手里拿着皮鞭的走过来，便赶紧低下头去么？我也毫不强横。

　　一俯一仰，居然又到年底，邻近有几家放鞭爆，原来一过夜，就要"天增岁月人增寿"了。静着没事，有意无意的翻出这两年所作的杂文稿子来，排了一下，看看已经足够印成一本，同时记得了那上面所说的"素描"里的话，便名之曰《南腔北调集》，准备和还未成书的将来的《五讲三嘘集》配对。我在私塾里读书时，对过对，这积习至今没有洗干净，题目上有时就玩些什么《偶成》，《漫与》，《作文秘诀》，《捣鬼心传》，这回却闹到书名上来了。这是不足为训的。

　　其次，就自己想：今年印过一本《伪自由书》，如果这也付印，那明年就又有一本了。于是自己觉得笑了一笑。这笑，是有些恶意的，因为我这时想到了梁实秋先生，他在北方一面做教授，一面编副刊，一位喽罗儿就在那副刊上说我和美国的门肯[1]（H. L. Mencken）相像，因为每年都要出一本书。每年出一本书就会像每年也出一本书的门肯，那么，吃大菜而做教授，真可以等于美国的白璧德了。低能好像是也可以传授似的。但梁教授极不愿意因他而牵连白璧德，是据说小人的造谣；不过门肯却正是和白璧德相反的人，以我比彼，虽出自徒孙之口，骨子里却还是白老夫子的鬼魂在作怪。指头一拨，君子就翻一个筋斗，我觉得我到底也还有手腕和眼睛。

不过这是小事情。举其大者，则一看去年一月八日所写的《"非所计也"》，就好像着了鬼迷，做了恶梦，胡里胡涂，不久就整两年。怪事随时袭来，我们也随时忘却，倘不重温这些杂感，连我自己做过短评的人，也毫不记得了。一年要出一本书，确也可以使学者们摇头的，然而只有这一本，虽然浅薄，却还借此存留一点遗闻逸事，以中国之大，世变之亟，恐怕也未必就算太多了罢。

两年来所作的杂文，除登在《自由谈》上者外，几乎都在这里面；书的序跋，却只选了自以为还有几句可取的几篇。曾经登载这些的刊物，是《十字街头》，《文学月报》，《北斗》，《现代》，《涛声》，《论语》，《申报月刊》，《文学》等，当时是大抵用了别的笔名投稿的；但有一篇没有发表过。

一九三三年十二月三十一日之夜，于上海寓斋记

《南腔北调集》于一九三四年三月由上海同文书店初版。

1 门肯（1880—1956）：美国作家、编辑。

《准风月谈》前记

　　自从中华民国建国二十有二年五月二十五日《自由谈》的编者刊出了"吁请海内文豪，从兹多谈风月"的启事以来，很使老牌风月文豪摇头晃脑的高兴了一大阵，讲冷话的也有，说俏皮话的也有，连只会做"文探"的叭儿们也翘起了它尊贵的尾巴。但有趣的是谈风云的人，风月也谈得，谈风月就谈风月罢，虽然仍旧不能正如尊意。

　　想从一个题目限制了作家，其实是不能够的。假如出一个"学而时习之"的试题，叫遗少和车夫来做八股，那做法就决定不一样。自然，车夫做的文章可以说是不通，是胡说，但这不通或胡说，就打破了遗少们的一统天下。古话里也有过：柳下惠[1]看见糖水，说"可以养老"，盗跖[2]见了，却道可以粘门闩。他们是弟兄，所见的又是同一的东西，想到的用法却有这么天差地远。"月白风清，如此良夜何？"好的，风雅之至，举手赞成。但同是涉及风月的"月黑杀人夜，风高放火天"呢，这不明明是一联古诗么？

　　我的谈风月也终于谈出了乱子来，不过也并非为了主张"杀人放火"。其实，以为"多谈风月"，就是"莫谈国事"的意思，是误解的。"漫谈国事"倒并不要紧，只是要"漫"，发出去的箭石，不要正中了有些人物的鼻梁，因为这是他的武器，也是他的幌子。

1　柳下惠（前720—前621）：姬姓，展氏，名获，字子禽，春秋时期鲁国柳下邑（今属山东平阴）人。

2　盗跖：柳下惠之弟，春秋时期的大盗。

从六月起的投稿，我就用种种的笔名了，一面固然为了省事，一面也省得有人骂读者们不管文字，只看作者的署名。然而这么一来，却又使一些看文字不用视觉，专靠嗅觉的"文学家"疑神疑鬼，而他们的嗅觉又没有和全体一同进化，至于看见一个新的作家的名字，就疑心是我的化名，对我呜呜不已，有时简直连读者都被他们闹得莫名其妙了。现在就将当时所用的笔名，仍旧留在每篇之下，算是负着应负的责任。

还有一点和先前的编法不同的，是将刊登时被删改的文字大概补上去了，而且旁加黑点，以清眉目。这删改，是出于编辑或总编辑，还是出于官派的检查员的呢，现在已经无从辨别，但推想起来，改点句子，去些讳忌，文章却还能连接的处所，大约是出于编辑的，而胡乱删削，不管文气的接不接，语意的完不完的，便是钦定的文章。

日本的刊物，也有禁忌，但被删之处，是留着空白，或加虚线，使读者能够知道的。中国的检查官却不许留空白，必须接起来，于是读者就看不见检查删削的痕迹，一切含胡和恍忽之点，都归在作者身上了。这一种办法，是比日本大有进步的，我现在提出来，以存中国文网史上极有价值的故实。

去年的整半年中，随时写一点，居然在不知不觉中又成一本了。当然，这不过是一些拉杂的文章，为"文学家"所不屑道。然而这样的文字，现在却也并不多，而且"拾荒"的人们，也还能从中检出东西来，我因此相信这书的暂时的生存，并且作为集印的缘故。

一九三四年三月十日，于上海记

《准风月谈》于一九三四年十二月由上海联华书局以"兴中书局"名义初版。

《集外集》序言

听说：中国的好作家是大抵"悔其少作"的，他在自定集子的时候，就将少年时代的作品尽力删除，或者简直全部烧掉。我想，这大约和现在的老成的少年，看见他婴儿时代的出屁股，衔手指的照相一样，自愧其幼稚，因而觉得有损于他现在的尊严，——于是以为倘使可以隐蔽，总还是隐蔽的好。但我对于自己的"少作"，愧则有之，悔却从来没有过。出屁股，衔手指的照相，当然是惹人发笑的，但自有婴年的天真，决非少年以至老年所能有。况且如果少时不作，到老恐怕也未必就能作，又怎么还知道悔呢？

先前自己编了一本《坟》，还留存着许多文言文，就是这意思；这意思和方法，也一直至今没有变。但是，也有漏落的：是因为没有留存着底子，忘记了。也有故意删掉的：是或者因为看去好像抄译，却又年远失记，连自己也怀疑；或者因为不过对于一人，一时的事，和大局无关，情随事迁，无须再录；或者因为本不过些玩笑，或是出于暂时的误解，几天之后，便无意义，不必留存了。

但使我吃惊的是霁云[1]先生竟抄下了这么一大堆，连三十多年前的时文，十多年前的新诗，也全在那里面。这真好像将我五十多年前的出屁股，衔手指的照相，装潢起来，并且给我自己和别人来赏鉴。

1　霁云：杨霁云（1910—1996），江苏常州人，文化工作者。

连我自己也诧异那时的我的幼稚，而且近乎不识羞。但是，有什么法子呢？这的确是我的影像，——由它去罢。

　　不过看起来也引起我一点回忆。例如最先的两篇，就是我故意删掉的。一篇是"雷锭"的最初的绍介[1]，一篇是斯巴达[2]的尚武精神的描写，但我记得自己那时的化学和历史的程度并没有这样高，所以大概总是从什么地方偷来的，不过后来无论怎么记，也再也记不起它们的老家；而且我那时初学日文，文法并未了然，就急于看书，看书并不很懂，就急于翻译，所以那内容也就可疑得很。而且文章又多么古怪，尤其是那一篇《斯巴达之魂》，现在看起来，自己也不免耳朵发热。但这是当时的风气，要激昂慷慨，顿挫抑扬，才能被称为好文章，我还记得"被发大叫，抱书独行，无泪可挥，大风灭烛"是大家传诵的警句。但我的文章里，也有受着严又陵的影响的，例如"涅伏"，就是"神经"的腊丁语的音译，这是现在恐怕只有我自己懂得的了。此后又受了章太炎先生的影响，古了起来，但这集子里却一篇也没有。

　　以后回到中国来，还给日报之类做了些古文，自己不记得究竟是什么了，霁云先生也找不出，我真觉得侥幸得很。

　　以后是抄古碑。再做就是白话；也做了几首新诗。我其实是不喜欢做新诗的——但也不喜欢做古诗——只因为那时诗坛寂寞，所以打打边鼓，凑些热闹；待到称为诗人的一出现，就洗手不作了。我更不喜欢徐志摩那样的诗，而他偏爱到各处投稿，《语丝》一出版，他也就来了，有人赞成他，登了出来，我就做了一篇杂感，和他开一通玩笑，使他不能来，他也果然不来了。这是我和后来的"新月派"积仇的第

1　指《说钼》，发表于1903年日本《浙江潮》第八期杂志。"钼"与"雷锭"均是元素镭的旧译。

2　斯巴达：古代希腊城邦之一，以其严酷纪律、独裁统治和军国主义而闻名。

一步；《语丝》社同人中有几位也因此很不高兴我。不过不知道为什么没有收在《热风》里，漏落，还是故意删掉的呢，已经记不清，幸而这集子里有，那就是了。

　　只有几篇讲演，是现在故意删去的。我曾经能讲书，却不善于讲演，这已经是大可不必保存的了。而记录的人，或者为了方音的不同，听不很懂，于是漏落，错误；或者为了意见的不同，取舍因而不确，我以为要紧的，他并不记录，遇到空话，却详详细细记了一大通；有些则简直好像是恶意的捏造，意思和我所说的正是相反的。凡这些，我只好当作记录者自己的创作，都将它由我这里删掉。

　　我惭愧我的少年之作，却并不后悔，甚而至于还有些爱，这真好像是"乳犊不怕虎"，乱攻一通，虽然无谋，但自有天真存在。现在是比较的精细了，然而我又别有其不满于自己之处。我佩服会用拖刀计的老将黄汉升，但我爱莽撞的不顾利害而终于被部下偷了头去的张翼德；我却又憎恶张翼德型的不问青红皂白，抡板斧"排头砍去"的李逵，我因此喜欢张顺的将他诱进水里去，淹得他两眼翻白。

　　　　　　　　一九三四年十二月二十日夜，鲁迅记于上海之卓面书斋

　　本篇最初发表于一九三五年三月五日上海《芒种》半月刊第一期，后收入一九三五年五月上海群众图书公司初版《集外集》。

《中国小说史略》日本译本序

　　听到了拙著《中国小说史略》的日本译《支那小说史》已经到了出版的机运，非常之高兴，但因此又感到自己的衰退了。

　　回忆起来，大约四五年前罢，增田涉[1]君几乎每天到寓斋来商量这一本书，有时也纵谈当时文坛的情形，很为愉快。那时候，我是还有这样的余暇，而且也有再加研究的野心的。但光阴如驶，近来却连一妻一子，也将为累，至于收集书籍之类，更成为身外的长物了。改订《小说史略》的机缘，恐怕也未必有。所以恰如准备辍笔的老人，见了自己的全集的印成而高兴一样，我也因而高兴的罢。

　　然而，积习好像也还是难忘的。关于小说史的事情，有时也还加以注意，说起较大的事来，则有今年已成故人的马廉[2]教授，于去年翻印了"清平山堂"[3]残本，使宋人话本的材料更加丰富；郑振铎[4]教授又证明了《四游记》[5]中的《西游记》是吴承恩《西游记》的摘录，而并非祖本，这是可以订正拙著第十六篇的所说的，那精确的论文，就

1　增田涉（1903—1977）：日本中国文学研究者，1931年到上海跟鲁迅学习中国小说史。

2　马廉（1893—1935）：字隅卿，浙江鄞县人，藏书家、小说戏曲家。

3　"清平山堂"：指《清平山堂话本》。它是现存刊印最早的话本小说集，真实保存了宋元明三代话本的原始面貌，明嘉靖年间由洪楩编印。洪楩，生卒年不详，字子美，杭州人，明代文学家、刻书家、藏书家。

4　郑振铎（1898—1958）：字西谛，出生于浙江温州，原籍福建长乐，作家、诗人、学者。

5　《四游记》：明万历年间出现的四种长篇神魔小说的合称，包括《东游记》《西游记传》《南游记》《北游记》。

收录在《疴偻集》[1]里。还有一件，是《金瓶梅词话》被发见于北平，为通行至今的同书的祖本，文章虽比现行本粗率，对话却全用山东的方言所写，确切的证明了这决非江苏人王世贞[2]所作的书。

但我却并不改订，目睹其不完不备，置之不问，而只对于日本译的出版，自在高兴了。但愿什么时候，还有补这懒惰之过的时机。

这一本书，不消说，是一本有着寂寞的运命的书。然而增田君排除困难，加以翻译，赛棱社主三上於菟吉[3]氏不顾利害，给它出版，这是和将这寂寞的书带到书斋里去的读者诸君，我都真心感谢的。

一九三五年六月九日灯下，鲁迅

本篇最初于一九三五年印入日本东京赛棱社出版的《中国小说史略》日译本。后收入杂文集《且介亭杂文二集》。

1　《疴偻集》：郑振铎的文学论文集。

2　王世贞（1526—1590）：字元美，号凤洲，又号弇州山人，南直隶苏州府太仓州（今江苏太仓）人，明代文学家、史学家。

3　三上於菟吉（1891—1944）：日本小说家，1933年创办赛棱社。

《花边文学》序言

我的常常写些短评，确是从投稿于《申报》的《自由谈》上开始的；集一九三三年之所作，就有了《伪自由书》和《准风月谈》两本。后来编辑者黎烈文先生真被挤轧得苦，到第二年，终于被挤出了，我本也可以就此搁笔，但为了赌气，却还是改些作法，换些笔名，托人抄写了去投稿，新任者不能细辨，依然常常登了出来。一面又扩大了范围，给《中华日报》的副刊《动向》，小品文半月刊《太白》之类，也间或写几篇同样的文字。聚起一九三四年所写的这些东西来，就是这一本《花边文学》。

这一个名称，是和我在同一营垒里的青年战友[1]，换掉姓名挂在暗箭上射给我的。那立意非常巧妙：一，因为这类短评，在报上登出来的时候往往围绕一圈花边以示重要，使我的战友看得头疼；二，因为"花边"也是银元的别名[2]，以见我的这些文章是为了稿费，其实并无足取。至于我们的意见不同之处，是我以为我们无须希望外国人待我们比鸡鸭优，他却以为应该待我们比鸡鸭优，我在替西洋人辩护，所以是"买办"。那文章就附在《倒提》之下，这里不必多说。此外，倒也并无什么可记之事。只为了一篇《玩笑只当它玩笑》，又曾引出

---

1 青年战友：指廖沫沙（1907—1990），湖南长沙人，"左联"成员。他曾以林默等笔名写文章。
2 银元边沿铸有花纹，故有"花边"的俗称。

过一封文公直[1]先生的来信，笔伐的更严重了，说我是"汉奸"，现在和我的复信都附在本文的下面。其余的一些鬼鬼祟祟，躲躲闪闪的攻击，离上举的两位还差得很远，这里都不转载了。

"花边文学"可也真不行。一九三四年不同一九三五年，今年是为了《闲话皇帝》事件，官家的书报检查处忽然不知所往，还革掉七位检查官，日报上被删之处，也好像可以留着空白（术语谓之"开天窗"）了。但那时可真厉害，这么说不可以，那么说又不成功，而且删掉的地方，还不许留下空隙，要接起来，使作者自己来负吞吞吐吐，不知所云的责任。在这种明诛暗杀之下，能够苟延残喘，和读者相见的，那么，非奴隶文章是什么呢？

我曾经和几个朋友闲谈。一个朋友说：现在的文章，是不会有骨气的了，譬如向一种日报上的副刊去投稿罢，副刊编辑先抽去几根骨头，总编辑又抽去几根骨头，检查官又抽去几根骨头，剩下来还有什么呢？我说：我是自己先抽去了几根骨头的，否则，连"剩下来"的也不剩。所以，那时发表出来的文字，有被抽四次的可能，——现在有些人不在拚命表彰文天祥[2]方孝孺[3]么，幸而他们是宋明人，如果活在现在，他们的言行是谁也无从知道的。

因此除了官准的有骨气的文章之外，读者也只能看看没有骨气的文章。我生于清朝，原是奴隶出身，不同二十五岁以内的青年，一生下来就是中华民国的主子，然而他们不经世故，偶尔"忘其所以"也

1　文公直（1898—　）：江西萍乡人，时任国民政府立法院编译处股长，后从事武侠小说写作。

2　文天祥（1236—1283）：初名云孙，字宋瑞，又字履善，江西吉州（今吉安）人，南宋末政治家、文学家，爱国诗人，抗元名臣。

3　方孝孺（1357—1402）：字希直，一字希古，浙江宁海人，明朝大臣、学者。他因拒绝为发动"靖难之役"的燕王朱棣草拟即位诏书，被朱棣灭十族。

就大碰其钉子。我的投稿，目的是在发表的，当然不给它见得有骨气，所以被"花边"所装饰者，大约也确比青年作家的作品多，而且奇怪，被删掉的地方倒很少。一年之中，只有三篇，现在补全，仍用黑点为记。我看《论秦理斋夫人事》的末尾，是申报馆的总编辑删的，别的两篇，却是检查官删的：这里都显着他们不同的心思。

今年一年中，我所投稿的《自由谈》和《动向》，都停刊了；《太白》也不出了。我曾经想过：凡是我寄文稿的，只寄开初的一两期还不妨，假使接连不断，它就总归活不久。于是从今年起，我就不大做这样的短文，因为对于同人，是回避他背后的闷棍，对于自己，是不愿做开路的呆子，对于刊物，是希望它尽可能的长生。所以有人要我投稿，我特别敷延推宕，非"摆架子"也，是带些好意——然而有时也是恶意——的"世故"：这是要请索稿者原谅的。

一直到了今年下半年，这才看见了新闻记者的"保护正当舆论"的请愿和智识阶级的言论自由的要求。要过年了，我不知道结果怎么样。然而，即使从此文章都成了民众的喉舌，那代价也可谓大极了：是北五省的自治[1]。这恰如先前的不敢恳请"保护正当舆论"和要求言论自由的代价之大一样：是东三省的沦亡。不过这一次，换来的东西是光明的。然而，倘使万一不幸，后来又复换回了我做"花边文学"一样的时代，大家试来猜一猜那代价该是什么罢……

一九三五年十二月二十九之夜，鲁迅记

本篇最初收入一九三六年六月上海联华书局初版的《花边文学》。

1　1935年7月6日，国民政府亲日派首领何应钦与日本天津驻屯军司令梅津美治郎签订《何梅协定》，取消河北境内的国民党组织，撤出河北境内的中央军，取缔一切反日团体和反日活动。之后，日本侵略者及大小汉奸开始大肆鼓噪"华北五省（河北、山东、山西、察哈尔、绥远）自治"。

《且介亭杂文》序言

　　近几年来，所谓"杂文"的产生，比先前多，也比先前更受着攻击。例如自称"诗人"邵洵美[1]，前"第三种人"施蛰存和杜衡即苏汶，还不到一知半解程度的大学生林希隽[2]之流，就都和杂文有切骨之仇，给了种种罪状的。然而没有效，作者多起来，读者也多起来了。

　　其实"杂文"也不是现在的新货色，是"古已有之"的，凡有文章，倘若分类，都有类可归，如果编年，那就只按作成的年月，不管文体，各种都夹在一处，于是成了"杂"。分类有益于揣摩文章，编年有利于明白时势，倘要知人论世，是非看编年的文集不可的，现在新作的古人年谱的流行，即证明着已经有许多人省悟了此中的消息。况且现在是多么切迫的时候，作者的任务，是在对于有害的事物，立刻给以反响或抗争，是感应的神经，是攻守的手足。潜心于他的鸿篇巨制，为未来的文化设想，固然是很好的，但为现在抗争，却也正是为现在和未来的战斗的作者，因为失掉了现在，也就没有了未来。

　　战斗一定有倾向。这就是邵施杜林之流的大敌，其实他们所憎恶的是内容，虽然披了文艺的法衣，里面却包藏着"死之说教者"，和生存不能两立。

1　邵洵美（1906—1968）：祖籍浙江余姚，出生于上海，新月派诗人、散文家、出版家、翻译家。

2　林希隽：生卒年不详，广东潮安人，上海大夏大学学生。他在《杂文与杂文家》《文章商品化》等文中，说杂
　　文是"投机取巧的手腕"，产生不了"伟大的作家"和"伟大的作品"。

　　这一本集子和《花边文学》，是我在去年一年中，在官民的明明暗暗，软软硬硬的围剿"杂文"的笔和刀下的结集，凡是写下来的，全在这里面。当然不敢说是诗史，其中有着时代的眉目，也决不是英雄们的八宝箱，一朝打开，便见光辉灿烂。我只在深夜的街头摆着一个地摊，所有的无非几个小钉，几个瓦碟，但也希望，并且相信有些人会从中寻出合于他的用处的东西。

　　　　　　　　　　　　一九三五年十二月三十日，记于上海之且介亭

　　　　　　《且介亭杂文》于一九三七年七月由上海三闲书屋初版。

《且介亭杂文二集》序言

昨天编完了去年的文字，取发表于日报的短论以外者，谓之《且介亭杂文》；今天再来编今年的，因为除做了几篇《文学论坛》，没有多写短文，便都收录在这里面，算是《二集》。

过年本来没有什么深意义，随便那天都好，明年的元旦，决不会和今年的除夕就不同，不过给人事借此时时算有一个段落，结束一点事情，倒也便利的。倘不是想到了已经年终，我的两年以来的杂文，也许还不会集成这一本。

编完以后，也没有什么大感想。要感的感过了，要写的也写过了，例如"以华制华"之说罢，我在前年的《自由谈》上发表时，曾大受傅公红蓼¹之流的攻击，今年才又有人提出来，却是风平浪静。一定要到得"不幸而吾言中"，这才大家默默无言，然而为时已晚，是彼此都大可悲哀的。我宁可如邵洵美辈的《人言》之所说："意气多于议论，捏造多于实证。"

我有时决不想在言论界求得胜利，因为我的言论有时是枭鸣，报告着大不吉利事，我的言中，是大家会有不幸的。在今年，为了内心的冷静和外力的迫压，我几乎不谈国事了，偶尔触着的几篇，如《什么是讽刺》，如《从帮忙到扯淡》，也无一不被禁止。别的作者的遭

1　傅红蓼（1906—1988）：《新生报》副刊主编，于《大晚报》副刊《火炬》发文《摇摆：过而能改》笔战鲁迅。

遇，大约也是如此的罢，而天下太平，直到华北自治，才见有新闻记者恳求保护正当的舆论。我的不正当的舆论，却如国土一样，仍在日即于沦亡，但是我不想求保护，因为这代价，实在是太大了。

　　单将这些文字，过而存之，聊作今年笔墨的记念罢。

　　　　　　　　　　一九三五年十二月三十一日，鲁迅记于上海之且介亭

　　《且介亭杂文二集》于一九三七年七月由上海三闲书屋初版。

《呐喊》捷克译本序言

记得世界大战之后，许多新兴的国家出现的时候，我们曾经非常高兴过，因为我们也是曾被压迫，挣扎出来的人民。捷克的兴起，自然为我们所大欢喜；但是奇怪，我们又很疏远，例如我，就没有认识过一个捷克人，看见过一本捷克书，前几年到了上海，才在店铺里目睹了捷克的玻璃器。

我们彼此似乎都不很互相记得。但以现在的一般情况而论，这并不算坏事情，现在各国的彼此念念不忘，恐怕大抵未必是为了交情太好了的缘故。自然，人类最好是彼此不隔膜，相关心。然而最平正的道路，却只有用文艺来沟通，可惜走这条道路的人又少得很。

出乎意外地，译者竟首先将试尽这任务的光荣，加在我这里了。我的作品，因此能够展开在捷克的读者的面前，这在我，实在比被译成通行很广的别国语言更高兴。我想，我们两国，虽然民族不同，地域相隔，交通又很少，但是可以互相了解，接近的，因为我们都曾经走过苦难的道路，现在还在走——一面寻求着光明。

一九三六年七月二十一日，鲁迅

本篇最初发表于一九三六年十月二十日上海《中流》半月刊第一卷第四期，题为《捷克文译本〈短篇小说选集〉序》。后收入杂文集《且介亭杂文末编》。

《近代木刻选集》（1）小引

　　中国古人所发明，而现在用以做爆竹和看风水的火药和指南针，传到欧洲，他们就应用在枪炮和航海上，给本师吃了许多亏。还有一件小公案，因为没有害，倒几乎忘却了。那便是木刻。

　　虽然还没有十分的确证，但欧洲的木刻，已经很有几个人都说是从中国学去的，其时是十四世纪初，即一三二〇年顷。那先驱者，大约是印着极粗的木版图画的纸牌；这类纸牌，我们至今在乡下还可看见。然而这博徒的道具，却走进欧洲大陆，成了他们文明的利器的印刷术的祖师了。

　　木版画恐怕也是这样传去的；十五世纪初，德国已有木版的圣母像，原画尚存比利时的勃吕舍勒[1]博物馆中，但至今还未发见过更早的印本。十六世纪初，是木刻的大家调垒尔[2]（A. Dürer）和荷勒巴因[3]（H. Holbein）出现了，而调垒尔尤有名，后世几乎将他当作木版画的始祖。到十七八世纪，都沿着他们的波流。

　　木版画之用，单幅而外，是作书籍的插图。然则巧致的铜版图术一兴，这就突然中衰，也正是必然之势。惟英国输入铜版术较晚，还在保存旧法，且视此为义务和光荣。一七七一年，以初用木口雕刻，

1　勃吕舍勒：即布鲁塞尔，比利时首都。
2　调垒尔（1471—1528）：通译丢勒，德国油画家、版画家、雕塑家、建筑师。
3　荷勒巴因（1497—1543）：通译贺尔拜因，德国肖像画家、版画家。

即所谓"白线雕版法"而出现的，是毕维克[1]（Th. Bewick）。这新法进入欧洲大陆，又成了木刻复兴的动机。

但精巧的雕镂，后又渐偏于别种版式的模仿，如拟水彩画，蚀铜版，网铜版等，或则将照相移在木面上，再加绣雕，技术固然极精熟了，但已成为复制底木版。至十九世纪中叶，遂大转变，而创作底木刻兴。

所谓创作底木刻者，不模仿，不复刻，作者捏刀向木，直刻下去——记得宋人，大约是苏东坡罢，有请人画梅诗，有句云："我有一匹好东绢，请君放笔为直干！"[2]这放刀直干，便是创作底版画首先所必须，和绘画的不同，就在以刀代笔，以木代纸或布。中国的刻图，虽是所谓"绣梓"，也早已望尘莫及，那精神，惟以铁笔刻石章者，仿佛近之。

因为是创作底，所以风韵技巧，因人不同，已和复制木刻离开，成了纯正的艺术，现今的画家，几乎是大半要试作的了。

在这里所绍介的，便都是现今作家的作品；但只这几枚，还不足以见种种的作风，倘为事情所许，我们逐渐来输运罢。木刻的回国，想来决不至于像别两样的给本师吃苦的。

一九二九年一月二十日，鲁迅记于上海

本篇最初发表于一九二九年一月二十四日上海《朝花》周刊第八期，同时印入朝花社编印、一九二九年一月出版的美术丛刊《艺苑朝花》第一期第一辑。后收入杂文集《集外集拾遗》。

1　毕维克（1753—1828）：英国版画家。
2　诗句出自杜甫《戏为韦偃双松图歌》："……我有一匹好东绢……请公放笔为直干。"作者误记为苏东坡作的画梅诗，且两句不相接。

《近代世界短篇小说集》小引

　　一时代的纪念碑底的文章，文坛上不常有；即有之，也什九[1]是大部的著作。以一篇短的小说而成为时代精神所居的大宫阙者，是极其少见的。

　　但至今，在巍峨灿烂的巨大的纪念碑底的文学之旁，短篇小说也依然有着存在的充足的权利。不但巨细高低，相依为命，也譬如身入大伽蓝[2]中，但见全体非常宏丽，眩人眼睛，令观者心神飞越，而细看一雕阑一画础，虽然细小，所得却更为分明，再以此推及全体，感受遂愈加切实，因此那些终于为人所注重了。

　　在现在的环境中，人们忙于生活，无暇来看长篇，自然也是短篇小说的繁生的很大原因之一。只顷刻间，而仍可借一斑略知全豹，以一目尽传精神，用数顷刻，遂知种种作风，种种作者，种种所写的人和物和事状，所得也颇不少的。而便捷，易成，取巧……这些原因还在外。

　　中国于世界所有的大部杰作很少译本，翻译短篇小说的却特别的多者，原因大约也为此。我们——译者的汇印这书，则原因就在此。贪图用力少，绍介多，有些不肯用尽呆气力的坏处，是自问恐怕也在所不免的。但也有一点只要能培一朵花，就不妨做做会朽的腐草的近

1　什九：十分之九，指绝大多数。
1　伽蓝：源自梵语，原指僧众共住的园林，后泛指寺院。

于不坏的意思。还有，是要将零星的小品，聚在一本里，可以较不容易于散亡。

我们——译者，都是一面学习，一面试做的人，虽于这一点小事，力量也还很不够，选的不当和译的错误，想来是一定不免的。我们愿受读者和批评者的指正。

一九二九年四月二十六日，朝花社同人识

本篇最初印入一九二九年四月朝华社版《近代世界短篇小说集（一）》。后收入杂文集《三闲集》。

《萧伯纳在上海》[1]序

现在的所谓"人"，身体外面总得包上一点东西，绸缎，毡布，纱葛都可以。就是穷到做乞丐，至少也得有一条破裤子；就是被称为野蛮人的，小肚前后也多有了一排草叶子。要是在大庭广众之前自己脱去了，或是被人撕去了，这就叫作不成人样子。

虽然不像样，可是还有人要看，站着看的也有，跟着看的也有，绅士淑女们一齐掩住了眼睛，然而从手指缝里偷瞥几眼的也有，总之是要看看别人的赤条条，却小心着自己的整齐的衣裤。

人们的讲话，也大抵包着绸缎以至草叶子的，假如将这撕去了，人们就也爱听，也怕听，因为爱，所以围拢来，因为怕，就特地给它起了一个对于自己们可以减少力量的名目，称说这类的话的人曰"讽刺家"。

伯纳·萧一到上海，热闹得比泰戈尔还利害，不必说毕力涅克[2]（Boris Pilniak）和穆杭[3]（Paul Morand）了，我以为原因就在此。

还有一层，是"专制使人们变成冷嘲"，但这是英国的事情，古来只能"道路以目"的人们是不敢的。不过时候也到底不同了，就要听

1　1933年萧伯纳访问中国，2月17日到达上海，宋庆龄、蔡元培、鲁迅等会见萧伯纳。鲁迅和瞿秋白搜集有关资料编译出版《萧伯纳在上海》一书。

2　毕力涅克：通译皮利尼亚克（1894—1938），苏联作家，1926年来华访问。

3　穆杭（1888—1976）：法国作家，1931年来华访问。

洋讽刺家来"幽默"一回，大家哈哈一下子。

还有一层，我在这里不想提。

但先要提防自己的衣裤。于是各人的希望就不同起来了。蹩脚愿意他主张拿拐杖，癫子希望他赞成戴帽子，涂了脂粉的想他讽刺黄脸婆，民族主义文学者要靠他来压服了日本的军队。但结果如何呢？结果只要看唠叨的多，就知道不见得十分圆满了。

萧的伟大可又在这地方。英系报，日系报，白俄系报，虽然造了一些谣言，而终于全都攻击起来，就知道他决不为帝国主义所利用。至于有些中国报，那是无须多说的，因为原是洋大人的跟丁。这跟也跟得长久了，只在"不抵抗"或"战略关系"上，这才走在他们军队的前面。

萧在上海不到一整天，而故事竟有这么多，倘是别的文人，恐怕不见得会这样的。这不是一件小事情，所以这一本书，也确是重要的文献。在前三个部门之中，就将文人，政客，军阀，流氓，叭儿的各式各样的相貌，都在一个平面镜里映出来了。说萧是凹凸镜，我也不以为确凿。

余波流到北平，还给大英国的记者一个教训：他不高兴中国人欢迎他。二十日路透电说北平报章多登关于萧的文章，是"足证华人传统的不感觉苦痛性"。胡适博士尤其超脱，说是不加招待，倒是最高尚的欢迎。

"打是不打，不打是打！"

这真是一面大镜子，真是令人们觉得好像一面大镜子的大镜子，从去照或不愿去照里，都装模作样的显出了藏着的原形。在上海的一部分，虽然用笔和舌的还没有北平的外国记者和中国学者的巧妙，但已经有不少的花样。旧传的脸谱本来也有限，虽有未曾收录的，或后来发表的东西，大致恐怕总在这谱里的了。

一九三三年二月二十八日灯下，鲁迅

本篇最初印入一九三三年三月上海野草书屋版《萧伯纳在上海》。
后收入杂文集《南腔北调集》。

《北平笺谱》[1]序

　　镂象于木，印之素纸，以行远而及众，盖实始于中国。法人伯希和[2]氏从敦煌千佛洞所得佛象印本，论者谓当刊于五代之末，而宋初施以采色，其先于日耳曼最初木刻者，尚几四百年。宋人刻本，则由今所见医书佛典，时有图形；或以辨物，或以起信，图史之体具矣。降至明代，为用愈宏，小说传奇，每作出相[3]，或拙如画沙，或细于擘发，亦有画谱，累次套印，文彩绚烂，夺人目睛，是为木刻之盛世。清尚朴学[4]，兼斥纷华，而此道于是凌替[5]。光绪初，吴友如据点石斋，为小说作绣像，以西法印行，全像之书，颇复腾踊，然绣梓遂愈少，仅在新年花纸与日用信笺中，保其残喘而已。及近年，则印绘花纸，且并为西法与俗工所夺，老鼠嫁女与静女拈花之图，皆渺不复见；信笺亦渐失旧型，复无新意，惟日趋于鄙倍[6]。北京夙为文人所聚，颇珍楮墨，遗范未堕，尚存名笺。顾迫于时会，荟落将殂，吾侪好事，亦多杞忧。于是搜索市廛，拔其尤异，各就原版，印造成书，名之曰《北平笺谱》。于中可见清光绪时纸铺，尚止取明季画谱，或前人小品之

1　《北平笺谱》：鲁迅、西谛（郑振铎）合编的诗笺图谱选集，木版彩色水印，共六册，内收人物、山水、花鸟笺332幅。

2　伯希和（P. Pelliot，1878—1945）：法国汉学家、探险家，1908年从敦煌莫高窟窃取大量文物。

3　出相：古代书籍中，书页上面插图，下面是文字，谓之"出相"。

4　朴学：即考据学。

5　凌替：衰落，衰败。

6　鄙倍：浅陋背理

相宜者，镂以制笺，聊图悦目；间亦有画工所作，而乏韵致，固无足观。宣统末，林琴南先生山水笺出，似为当代文人特作画笺之始，然未详。及中华民国立，义宁陈君师曾[1]入北京，初为镌铜者作墨合，镇纸画稿，俾其雕镂；既成拓墨，雅趣盎然。不久复廓其技于笺纸，才华蓬勃，笔简意饶，且又顾及刻工，省其奏刀之困，而诗笺乃开一新境。盖至是而画师梓人，神志暗会，同力合作，遂越前修矣。稍后有齐白石[2]、吴待秋[3]、陈半丁[4]、王梦白[5]诸君，皆画笺高手，而刻工亦足以副之。辛未以后，始见数人分画一题，聚以成帙，格新神焕，异乎嘉祥。意者文翰之术将更，则笺素之道随尽；后有作者，必将别辟涂径，力求新生；其临睨夫旧乡，当远俟于暇日也。则此虽短书，所识者小，而一时一地，绘画刻镂盛衰之事，颇寓于中；纵非中国木刻史之丰碑，庶几小品艺术之旧苑，亦将为后之览古者所偶涉欤。

千九百三十三年十月三十日鲁迅记

本篇最初印入一九三三年十二月印行的《北平笺谱》。
后收入杂文集《集外集拾遗》。

1　陈师曾（1876—1923）：原名衡恪，字师曾，江西义宁（今修水）人，美术家、艺术教育家。
2　齐白石（1864—1957）：原名纯芝，字渭青，号兰亭，后改名璜，字濒生，号白石等，祖籍安徽宿州，生于湖南湘潭，绘画大师。
3　吴待秋（1878—1949）：名徵，字待秋，浙江崇德（今桐乡）人，画家。
4　陈半丁（1876—1970）：名年，字半丁，浙江绍兴人，画家。
5　王梦白（1888—1934）：名云，字梦白，祖籍江西丰城，出生于浙江衢州，画家。

《草鞋脚》[1]（英译中国短篇小说集）小引

　　在中国，小说是向来不算文学的。在轻视的眼光下，自从十八世纪末的《红楼梦》以后，实在也没有产生什么较伟大的作品。小说家的侵入文坛，仅是开始"文学革命"运动，即一九一七年以来的事。自然，一方面是由于社会的要求的，一方面则是受了西洋文学的影响。

　　但这新的小说的生存，却总在不断的战斗中。最初，文学革命者的要求是人性的解放，他们以为只要扫荡了旧的成法，剩下来的便是原来的人，好的社会了，于是就遇到保守家们的迫压和陷害。大约十年之后，阶级意识觉醒了起来，前进的作家，就都成了革命文学者，而迫害也更加厉害，禁止出版，烧掉书籍，杀戮作家，有许多青年，竟至于在黑暗中，将生命殉了他的工作了。

　　这一本书，便是十五年来的，"文学革命"以后的短篇小说的选集。因为在我们还算是新的尝试，自然不免幼稚，但恐怕也可以看见它恰如压在大石下面的植物一般，虽然并不繁荣，它却在曲曲折折地生长。

　　至今为止，西洋人讲中国的著作，大约比中国人民讲自己的还要

1　《草鞋脚》：1933年美国人伊罗生邀请鲁迅和茅盾共同编选的中国现代短篇小说集，共收作品26篇，由伊罗生等译成英文。伊罗生（H. R. Isaacs, 1910—1986），美国新闻工作者、马克思主义历史学家，1930年至1935年在中国工作。

多。不过这些总不免只是西洋人的看法，中国有一句古谚，说："肺腑而能语，医师面如土。"我想，假使肺腑真能说话，怕也未必一定完全可靠的罢，然而，也一定能有医师所诊察不到，出乎意外，而其实是十分真实的地方。

一九三四年三月二十三日，鲁迅记于上海

本篇在收入杂文集《且介亭杂文》前未在报刊上发表。《草鞋脚》直到一九七四年才由美国麻省理工学院出版社出版。

《引玉集》[1]后记

　　我在这三年中，居然陆续得到这许多苏联艺术家的木刻，真是连自己也没有预先想到的。一九三一年顷，正想校印《铁流》，偶然在《版画》（Graphika）这一种杂志上，看见载着毕斯凯莱夫[2]刻有这书中故事的图画，便写信托靖华[3]兄去搜寻。费了许多周折，会着毕斯凯莱夫，终于将木刻寄来了，因为怕途中会有失落，还分寄了同样的两份。靖华兄的来信说，这木刻版画的定价颇不小，然而无须付。苏联的木刻家多说印画莫妙于中国纸，只要寄些给他就好。我看那印着《铁流》图的纸，果然是中国纸，然而是一种上海的所谓"抄更纸"，乃是集纸质较好的碎纸，第二次做成的纸张，在中国，除了做帐簿和开发票，帐单之外，几乎再没有更高的用处。我于是买了许多中国的各种宣纸和日本的"西之内"和"鸟之子"，寄给靖华，托他转致，倘有余剩，便分送别的木刻家。这一举竟得了意外的收获，两卷木刻又寄来了，毕斯凯莱夫十三幅，克拉甫兼珂一幅，法复尔斯基六幅，保夫理诺夫一幅，冈察罗夫[4]十六幅；还有一卷被邮局所遗失，无从访查，不

1　《引玉集》：鲁迅编选的苏联版画集，共收苏联名家版画59幅。

2　毕斯凯莱夫（N. Piskarev, 1892—1959）：苏联版画家、图书插画家。

3　靖华：曹靖华（1897—1987），原名曹联亚，河南卢氏人，翻译家、散文家，受鲁迅之邀翻译苏联作家绥拉菲摩维支的《铁流》，1931年鲁迅出资由三闲书屋出版。

4　克拉甫兼珂（A. Kravchenko, 1889—1940），法复尔斯基（V. Favorsky, 1886—1964），保夫理诺夫（P. Pavlinov, 1881—1966），冈察罗夫（A. Goncharov, 1903—1979），四人均是苏联版画家。

知道其中是那几个作家的作品。这五个，那时是都住在墨斯科的。

可惜我太性急，一面在搜画，一面就印书，待到《铁流》图寄到时，书却早已出版了，我只好打算另印单张，绍介给中国，以答作者的厚意。到年底，这才付给印刷所，制了版，收回原图，嘱他开印。不料战事就开始了，我在楼上远远地眼看着这印刷所和我的锌版都烧成了灰烬。后来我自己是逃出战线了，书籍和木刻画却都留在交叉火线下，但我也仅有极少的闲情来想到他们。又一意外的事是待到重回旧寓，检点图书时，竟丝毫也未遭损失；不过我也心神未定，一时不再想到复制了。

去年秋间，我才又记得了《铁流》图，请文学社制版附在《文学》第一期中，这图总算到底和中国的读者见了面。同时，我又寄了一包宣纸去，三个月之后，换来的是法复尔斯基五幅，毕珂夫十一幅，莫察罗夫二幅，希仁斯基和波查日斯基各五幅，亚历克舍夫四十一幅，密德罗辛[1]三幅，数目比上一次更多了。莫察罗夫以下的五个，都是住在列宁格勒的木刻家。

但这些作品在我的手头，又仿佛是一副重担。我常常想：这一种原版的木刻画，至有一百余幅之多，在中国恐怕只有我一个了，而但秘之箧中，岂不辜负了作者的好意？况且一部分已经散亡，一部分几遭兵火，而现在的人生，又无定到不及薤上露，万一相偕湮灭，在我，是觉得比失了生命还可惜的。流光真快，徘徊间已过新年，我便决计选出六十幅来，复制成书，以传给青年艺术学徒和版画的爱好者。其

1　毕珂夫（M. Pikov, 1903—1973），莫察罗夫（S. Mochalov, 1902—1957），希仁斯基（L. S. Khizhinsky, 1896 — 1972），波查日斯基（S. M. Pozharsky, 1900—1970），亚历克舍夫（N. V. Alekseev, 1894—1934），密德罗辛（D. I. Mitrokhin, 1883—1973），六人均是苏联版画家。

中的法复尔斯基和冈察罗夫的作品，多是大幅，但为资力所限，在这里只好缩小了。

　　我毫不知道俄国版画的历史；幸而得到陈节先生摘译的文章[1]，这才明白一点十五年来的梗概，现在就印在卷首，算作序言；并且作者的次序，也照序中的叙述来排列。文中说起的名家，有几个我这里并没有他们的作品，因为这回翻印，以原版为限，所以也不再由别书采取，加以补充。读者倘欲求详，则契河宁印有俄文画集，列培台华[2]且有英文解释的画集的——

Ostraoomova–Ljebedeva by A.Benois and S.Ernst.State press, Moscow–Leningrad.[3]

　　密德罗辛也有一本英文解释的画集——

D.I.Mitrohin by M.Kouzmin and V.Voinoff.State Editorship, Moscow–Petrograd.[4]

　　不过出版太早，现在也许已经绝版了，我曾从日本的"Nauka社"[5]买来，只有四圆的定价，但其中木刻却不多。

　　因为我极愿意知道作者的经历，由靖华兄致意，住在列宁格勒的五个都写来了。我们常看见文学家的自传，而艺术家，并且专为我们而写的自传是极少的，所以我全都抄录在这里，借此保存一点史料。以下是密德罗辛的自传——

1　陈节，瞿秋白的笔名。摘译的文章指苏联楷戈达耶夫的《十五年来的书籍版画和单行版画》。

2　契河宁（S. Chekhonin, 1878—1936），列培台华（A. Ostroumova-Lebedeva, 1871—1955），二人均是苏联版画家。

3　《奥斯特罗乌莫娃–列别杰娃画集》，贝诺瓦和爱恩斯特编，国家出版局，莫斯科–列宁格勒。

4　《密德罗辛画集》，库兹明和伏伊诺夫编，国家编辑社，莫斯科–彼得格勒。

5　"Nauka社"：科学社，日本东京的一家出版社。

　　密德罗辛（Dmitri Isidorovich Mitrokhin）一八八三年生于耶
普斯克（在北高加索）城。在其地毕业于实业学校。后求学于莫
斯科之绘画，雕刻，建筑学校和斯特洛干工艺学校。未毕业。曾
在巴黎工作一年。从一九〇三年起开始展览。对于书籍之装饰及
插画工作始于一九〇四年。现在主要的是给"大学院"和"国家
文艺出版所"工作。

　　　　　　　　　　　　　七，三〇，一九三三。密德罗辛。

　　在墨斯科的木刻家，还未能得到他们的自传，本来也可以逐渐调
查，但我不想等候了。法复尔斯基自成一派，已有重名，所以在《苏
联小百科全书》中，就有他的略传。这是靖华译给我的——

　　法复尔斯基（Vladimir Andreevich Favorsky）生于一八八六
年，苏联现代木刻家和绘画家，创木刻派。在形式与结构上显出
高尚的匠手，有精细的技术。法复尔斯基的木刻太带形式派色
彩，含着神秘主义的特点，表现革命初期一部分小资产阶级知识
分子的心绪。最好的作品是：对于梅里美[1]，普式庚[2]，巴尔扎克
[3]，法郎士[4]诸人作品的插画和单形木刻——《一九一七年十月》
与《一九一九至一九二一年》。

1　梅里美（P. Merimee, 1803—1870）：法国现实主义作家、剧作家。

2　普式庚（A. Pushkin, 1799—1837）：通译普希金，俄国文学家、诗人、小说家。

3　巴尔扎克（Balzac, 1799—1850）：法国批判现实主义作家。

4　法朗士（A. France, 1844—1924）：法国作家、文学评论家、社会活动家。

　　我极欣幸这一本小集中，竟能收载他见于记录的《一九一七年十月》和《梅里美像》；前一种疑即序中所说的《革命的年代》之一，原是盈尺的大幅，可惜只能缩印了。在我这里的还有一幅三色印的《七个怪物》的插画，并手抄的诗，现在不能复制，也是极可惜的。至于别的四位，目下竟无从稽考；所不能忘的尤其是毕斯凯来夫，他是最先以作品寄与中国的人，现在只好选印了一幅《毕斯凯来夫家的新住宅》在这里，夫妇在灯下作工，床栏上扶着一个小孩子，我们虽然不知道他的身世，却如目睹了他们的家庭。

　　以后是几个新作家了，序中仅举其名，但这里有为我们而写的自传在——

　　莫察罗夫（Sergei Mikhailovich Mocharov）以一九〇二年生于阿斯特拉汗城。毕业于其地之美术师范学校。一九二二年到圣彼得堡，一九二六年毕业于美术学院之线画科。一九二四年开始印画。现工作于“大学院”和“青年卫军”出版所。

　　　　　　　　　　　　　七，三〇，一九三三。莫察罗夫。

　　希仁斯基（L.S.Khizhinsky）以一八九六年生于基雅夫。一九一八年毕业于基雅夫美术学校。一九二二年入列宁格勒美术学院，一九二七年毕业。从一九二七年起开始木刻。

　　主要作品如下：

　　1保夫罗夫：《三篇小说》。

　　2阿察洛夫斯基：《五道河》。

3 Vergilius：《Aeneid》[1]。

4《亚历山大戏院（在列宁格勒）百年纪念刊》。

5《俄国谜语》。

> 七，三〇，一九三三。希仁斯基。

最末的两位，姓名不见于"代序"中，我想，大约因为都是线画美术家，并非木刻专家的缘故。以下是他们的自传——

亚历克舍夫（Nikolai Vasilievich Alekseev）。线画美术家。一八九四年生于丹堡（Tambovsky）省的莫尔襄斯克（Morshansk）城。一九一七年毕业于列宁格勒美术学院之复写科。一九一八年开始印作品。现工作于列宁格勒诸出版所："大学院"，"Gihl"（国家文艺出版部）和"作家出版所"。

主要作品：陀思妥夫斯基[2]的《博徒》，斐定的《城与年》，高尔基的《母亲》。

> 七，三〇，一九三三。亚历克舍夫。

波查日斯基（Sergei Mikhailovich Pozharsky）以一九〇〇年十一月十六日生于达甫理契省（在南俄，黑海附近）之卡尔巴斯村。

在基雅夫中学和美术大学求学。从一九二三年起，工作于列

---

1 译为"维吉尔：《伊尼德》"。《伊尼德》是古罗马诗人维吉尔（前70—前19）的史诗，现多译为《埃涅阿斯纪》。

2 陀思妥夫斯基：即陀思妥耶夫斯基（F. M. Dostoyevsky, 1821—1881），俄国作家。

宁格勒，以线画美术家资格参加列宁格勒一切主要展览，参加外国展览——巴黎，克尔普等。一九三〇年起学木刻术。

七，三〇，一九三三。波查日斯基。

亚历克舍夫的作品，我这里有《母亲》和《城与年》的全部，前者中国已有沈端先[1]君的译本，因此全都收入了；后者也是一部巨制，以后也许会有译本的罢，姑且留下，以待将来。

我对于木刻的绍介，先有梅斐尔德[2]（Carl Meffert）的《士敏土》之图；其次，是和西谛先生同编的《北平笺谱》；这是第三本，因为都是用白纸换来的，所以取"抛砖引玉"之意，谓之《引玉集》。但目前的中国，真是荆天棘地，所见的只是狐虎的跋扈和雉兔的偷生，在文艺上，仅存的是冷淡和破坏。而且，丑角也在荒凉中趁势登场，对于木刻的绍介，已有富家赘婿和他的帮闲们的讥笑了。但历史的巨轮，是决不因帮闲们的不满而停运的；我已经确切的相信：将来的光明，必将证明我们不但是文艺上的遗产的保存者，而且也是开拓者和建设者。

一九三四年一月二十夜，记

本篇最初印入一九三四年三月版《引玉集》。后收入杂文集《集外集拾遗》。

1　沈端先：夏衍（1900—1995），原名沈乃熙，字端先，浙江杭州人，文学家、社会活动家。

2　梅斐尔德（1903—1988）：德国木刻艺术家。

《木刻纪程》[1]小引

　　中国木刻图画，从唐到明，曾经有过很体面的历史。但现在的新的木刻，却和这历史不相干。新的木刻，是受了欧洲的创作木刻的影响的。创作木刻的绍介，始于朝花社[2]，那出版的《艺苑朝华》四本，虽然选择印造，并不精工，且为艺术名家所不齿，却颇引起了青年学徒的注意。到一九三一年夏，在上海遂有了中国最初的木刻讲习会。又由是蔓衍而有木铃社[3]，曾印《木铃木刻集》两本。又有野穗社[4]，曾印《木刻画》一辑。有无名木刻社[5]，曾印《木刻集》。但木铃社早被毁灭，后两社也未有继续或发展的消息。前些时在上海还剩有M.K.木刻研究社[6]，是一个历史较长的小团体，曾经屡次展览作品，并且将出《木刻画选集》的，可惜今夏又被私怨者告密。社员多遭捕逐，木版也为工部局所没收了。

　　据我们知道，现在似乎已经没有一个研究木刻的团体了。但尚有

1　《木刻纪程》：鲁迅编选的木刻画集，共收8位青年木刻工作者的24幅作品。

2　朝花社：1928年11月在上海成立的文艺社团，得名于鲁迅、柔石等创办的刊物《朝花》。

3　木铃社：1933年3月成立于杭州艺术专门学校，主要成员为曹白、力群等，1933年10月曹白、力群被捕后停止活动。

4　野穗社：1933年春成立于上海新华艺术专门学校，主要成员为陈烟桥、陈铁耕等。

5　无名木刻社：1933年底成立于上海美术专门学校，后改名为未名木刻社，主要成员为刘岘、黄新波等。

6　M.K.木刻研究社：1932年9月成立于上海美术专门学校，主要成员为周金海、王绍络等，"M.K."是"木刻"（Muke）二字的首字母。

研究木刻的个人。如罗清桢[1]，已出《清桢木刻集》二辑；如又村[2]，最近已印有《廖坤玉[3]故事》的连环图。这是都值得特记的。

而且仗着作者历来的努力和作品的日见其优良，现在不但已得中国读者的同情，并且也渐渐的到了跨出世界上去的第一步。虽然还未坚实，但总之，是要跨出去了。不过，同时也到了停顿的危机。因为倘没有鼓励和切磋，恐怕也很容易陷于自足。本集即愿做一个木刻的路程碑，将自去年以来，认为应该流布的作品，陆续辑印，以为读者的综观，作者的借镜之助。但自然，只以收集所及者为限，中国的优秀之作，是决非尽在于此的。

别的出版者，一方面还正在绍介欧美的新作，一方面则在复印中国的古刻，这也都是中国的新木刻的羽翼。采用外国的良规，加以发挥，使我们的作品更加丰满是一条路；择取中国的遗产，融合新机，使将来的作品别开生面也是一条路。如果作者都不断的奋发，使本集能一程一程的向前走，那就会知道上文所说，实在不仅是一种奢望的了。

一九三四年六月中，铁木艺术社记

本篇最初印入《木刻纪程》，一九三四年八月鲁迅编印。
后收入杂文集《且介亭杂文》。

1　罗清桢（1905—1942）：广东兴宁人，木刻家。

2　又村：即陈铁耕（1906—1970），广东兴宁人，木刻家。

3　廖昆玉：生卒年不详，原名若鲁，又名昆鹿，广东兴宁人，明末清初秀才。兴宁民间流传着许多关于他的故事。

《中国新文学大系[1]·小说二集》序

一

　　凡是关心现代中国文学的人，谁都知道《新青年》是提倡"文学改良"，后来更进一步而号召"文学革命"的发难者。但当一九一五年九月中在上海开始出版的时候，却全部是文言的。苏曼殊[2]的创作小说，陈嘏和刘半农的翻译小说，都是文言。到第二年，胡适的《文学改良刍议》发表了，作品也只有胡适的诗文和小说是白话。后来白话作者逐渐多了起来，但又因为《新青年》其实是一个论议的刊物，所以创作并不怎样著重，比较旺盛的只有白话诗；至于戏曲和小说，也依然大抵是翻译。

　　在这里发表了创作的短篇小说的，是鲁迅。从一九一八年五月起，《狂人日记》，《孔乙己》，《药》等，陆续的出现了，算是显示了"文学革命"的实绩，又因那时的认为"表现的深切和格式的特别"，颇激动了一部分青年读者的心。然而这激动，却是向来怠慢了绍介欧

1　《中国新文学大系》由上海良友图书印刷公司于1935年至1936年出版，是中国最早的大型现代文学选集。全书分10卷：《建设理论集》，胡适编选；《文学论争集》，郑振铎编选；《小说一集》，茅盾编选；《小说二集》，鲁迅编选；《小说三集》，郑伯奇编选；《散文一集》，周作人编选；《散文二集》，郁达夫编选；《诗集》，朱自清编选；《戏剧集》，洪深编选；《史料·索引》，阿英编选。《小说二集》共收32位作者的59篇小说。

2　苏曼殊（1884—1918）：原名戩，字子谷，法号曼殊，祖籍广东，生于日本横滨，作家、诗人、翻译家。

洲大陆文学的缘故。一八三四年顷，俄国的果戈理（N. Gogol）就已经写了《狂人日记》；一八八三年顷，尼采（Fr. Nietzsche）也早借了苏鲁支[1]（Zarathustra）的嘴，说过"你们已经走了从虫豸到人的路，在你们里面还有许多份是虫豸。你们做过猴子，到了现在，人还尤其猴子，无论比那一个猴子"的。而且《药》的收束，也分明的留着安特莱夫[2]（L. Andreev）式的阴冷。但后起的《狂人日记》意在暴露家族制度和礼教的弊害，却比果戈理的忧愤深广，也不如尼采的超人的渺茫。此后虽然脱离了外国作家的影响，技巧稍为圆熟，刻划也稍加深切，如《肥皂》，《离婚》等，但一面也减少了热情，不为读者们所注意了。

从《新青年》上，此外也没有养成什么小说的作家。

较多的倒是在《新潮》上。从一九一九年一月创刊，到次年主干者们出洋留学而消灭的两个年中，小说作者就有汪敬熙[3]，罗家伦[4]，杨振声[5]，俞平伯[6]，欧阳予倩[7]和叶绍钧[8]。自然，技术是幼稚的，往往留存着旧小说上的写法和语调；而且平铺直叙，一泻无余；或者过于巧合，在一刹时中，在一个人上，会聚集了一切难堪的不幸。然而又有一种共同前进的趋向，是这时的作者们，没有一个以为小说是脱俗的文学，除了为艺术之外，一无所为的。他们每作一篇，都是"有所为"而发，是在用改革社会的器械，——虽然也没有设定终极的目标。

1　苏鲁支：通译查拉图斯特拉，尼采著作《查拉图斯特拉如是说》中的述说者。
2　安特莱夫（1871—1919）：俄国作家，代表作《红笑》《七个被绞死的人》等。
3　汪敬熙（1893—1968）：山东济南人，小说家。
4　罗家伦（1897—1969）：字志希，浙江绍兴人，教育家、社会活动家。
5　杨振声（1890—1956）：字今甫，亦作金甫，山东蓬莱人，教育家、作家。
6　俞平伯（1900—1990）：原名铭衡，字平伯，出生于江苏苏州，散文家、诗人、古典文学研究家。
7　欧阳予倩（1889—1962）：原名立袁，号南杰，湖南浏阳人，作家、编剧。
8　叶绍钧（1894—1988）：叶圣陶，原名绍钧，字秉臣、圣陶，江苏苏州人，作家、教育家、社会活动家。

俞平伯的《花匠》以为人们应该屏绝矫揉造作，任其自然，罗家伦之作则在诉说婚姻不自由的苦痛，虽然稍嫌浅露，但正是当时许多智识青年们的公意；输入易卜生（H. Ibsen）的《娜拉》和《群鬼》的机运，这时候也恰恰成熟了，不过还没有想到《人民之敌》和《社会柱石》。杨振声是极要描写民间疾苦的；汪敬熙并且装着笑容，揭露了好学生的秘密和苦人的灾难。但究竟因为是上层的智识者，所以笔墨总不免伸缩于描写身边琐事和小民生活之间。后来，欧阳予倩致力于剧本去了；叶绍钧却有更远大的发展。汪敬熙又在《现代评论》上发表创作，至一九二五年，自选了一本《雪夜》，但他好像终于没有自觉，或者忘却了先前的奋斗，以为他自己的作品，是并无"什么批评人生的意义的"了。序中有云——

> 我写这些篇小说的时候，是力求着去忠实的描写我所见的几种人生经验。我只求描写的忠实，不搀入丝毫批评的态度。虽然一个人叙述一件事实之时，他的描写是免不了受他的人生观之影响，但我总是在可能的范围之内，竭力保持一种客观的态度。
>
> 因为持了这种客观态度的缘故，我这些短篇小说是不会有什么批评人生的意义。我只写出我所见的几种经验给读者看罢了。读者看了这些小说，心中对于这些种经验有什么评论，是我所不问的。

杨振声的文笔，却比《渔家》更加生发起来，但恰与先前的战友汪敬熙站成对蹠：他"要忠实于主观"，要用人工来制造理想的人物。而且凭自己的理想还怕不够，又请教过几个朋友，删改了几回，这才完成一本中篇小说《玉君》，那自序道——

> 若有人问玉君是真的，我的回答是没有一个小说家说实话的。说实话的是历史家，说假话的才是小说家。历史家用的是记忆力，小说家用的是想像力。历史家取的是科学态度，要忠实于客观；小说家取的是艺术态度，要忠实于主观。一言以蔽之，小说家也如艺术家，想把天然艺术化，就是要以他的理想与意志去补天然之缺陷。

他先决定了"想把天然艺术化"，唯一的方法是"说假话"，"说假话的才是小说家"。于是依照了这定律，并且博采众议，将《玉君》创造出来了，然而这是一定的：不过一个傀儡，她的降生也就是死亡。我们此后也不再见这位作家的创作。

二

"五四"事件一起，这运动的大营的北京大学负了盛名，但同时也遭了艰险。终于，《新青年》的编辑中枢不得不复归上海，《新潮》群中的健将，则大抵远远的到欧美留学去了，《新潮》这杂志，也以虽有大吹大擂的豫告，却至今还未出版的"名著绍介"收场；留给国内的社员的，是一万部《孑民先生言行录》[1]和七千部《点滴》[2]。创作衰歇了，为人生的文学自然也衰歇了。

1　《孑民先生言行录》：全称为《蔡孑民先生言行录》，蔡元培（字孑民）著，1920年由新潮社编辑出版。
2　《点滴》：周作人译外国短篇小说集，新潮社《文艺丛书》之一，1920年出版。

　　但上海却还有着为人生的文学的一群，不过也崛起了为文学的文学的一群。这里应该提起的，是弥洒社[1]。它在一九二三年三月出版的《弥洒》（Musai）上，由胡山源[2]作的《宣言》（《弥洒临凡曲》）告诉我们说——

> 我们乃是艺文之神；
>
> 我们不知自己何自而生，
>
> 也不知何为而生：
>
> …………
>
> 我们一切作为只知顺着我们的 Inspiration[3]！

　　到四月出版的第二期，第一页上便分明的标出了这是"无目的无艺术观不讨论不批评而只发表顺灵感所创造的文艺作品的月刊"，即是一个脱俗的文艺团体的刊物。但其实，是无意中有着假想敌的。陈德征[4]的《编辑余谈》说："近来文学作品，也有商品化的，所谓文学研究者，所谓文人，都不免带有几分贩卖者底色彩！这是我们所深恶而且深以为痛心疾首的一件事。……"就正是和讨伐"垄断文坛"者的大军一鼻孔出气的檄文。这时候，凡是要独树一帜的，总打着憎恶"庸俗"的幌子。

　　一切作品，诚然大抵很致力于优美，要舞得"翩跹回翔"，唱得

1　弥洒社：1922年成立于上海，由胡山源等创办，1923年3月出版《弥洒》月刊。弥洒，通译缪斯，希腊神话中的文艺女神。

2　胡山源（1897—1988）：原名胡三元，江苏江阴人，作家、翻译家。

3　Inspiration：英语，意为灵感。

4　陈德征（1899—? ）：字待秋，浙江浦江人，曾任上海《民国日报》总编辑。

"宛转抑扬"，然而所感觉的范围却颇为狭窄，不免咀嚼着身边的小小的悲欢，而且就看这小悲欢为全世界。在这刊物上，作为小说作者而出现的，是胡山源，唐鸣时[1]，赵景沄[2]，方企留[3]，曹贵新[4]；钱江春[5]和方时旭[6]，却只能数作速写的作者。从中最特出的是胡山源，他的一篇《睡》，是实践宣言，笼罩全群的佳作，但在《樱桃花下》（第一期），却正如这面的过度的睡觉一样，显出那面的病的神经过敏来了。"灵感"也究竟要露出目的的。赵景沄的《阿美》，虽然简单，虽然好像不能"无所为"，却强有力的写出了连敏感的作者们也忘却了的"丫头"的悲惨短促的一世。

　　一九二四年中发祥于上海的浅草社[7]，其实也是"为艺术而艺术"的作家团体，但他们的季刊，每一期都显示着努力：向外，在摄取异域的营养，向内，在挖掘自己的魂灵，要发见心里的眼睛和喉舌，来凝视这世界，将真和美歌唱给寂寞的人们。韩君格[8]，孔襄我，胡絮若，高世华，林如稷[9]，徐丹歌，顾，莎子，亚士，陈翔鹤[10]，陈炜谟[11]，竹影女士，都是小说方面的工作者[12]；连后来是中国最为杰出的抒情

1　唐鸣时（1901—1982）：浙江嘉善人，翻译工作者。

2　赵景沄（？—1929）：浙江平湖人，作家。

3　方企留：应为张企留，生卒年不详，江苏松江（今属上海）人，作家。

4　曹贵新（1894—1966后）：江苏常熟人，作家。

5　钱江春（1900—1927）：江苏松江（今属上海）人，作家。

6　方时旭：生卒年不详，笔名云郎，浙江绍兴人，作家。

7　浅草社：1922年春在上海成立，主要成员有林如稷、陈炜谟等。1925年初，发起人林如稷出国，该社停止活动，社内成员在北京成立沉钟社。

8　韩君格：韩德章（1905—1988），曾用名韩君格、韩稼克，笔名莎子，天津市人，农学家。

9　林如稷（1902—1976）：四川资中人，作家，浅草社发起人。

10　陈翔鹤（1901—1969）：重庆人，作家。

11　陈炜谟（1903—1955）：四川泸州人，作家。

12　其余浅草社成员生平不详。

诗人冯至[1]，也曾发表他幽婉的名篇。次年，中枢移入北京，社员好像走散了一些，《浅草》季刊改为篇叶较少的《沉钟》周刊了，但锐气并不稍衰，第一期的眉端就引着吉辛[2]（G. Gissing）的坚决的句子——

> 而且我要你们一齐都证实……
> 我要工作啊，一直到我死之一日。

但那时觉醒起来的智识青年的心情，是大抵热烈，然而悲凉的。即使寻到一点光明，"径一周三"，却更分明的看见了周围的无涯际的黑暗。摄取来的异域的营养又是"世纪末"的果汁：王尔德（Oscar Wilde），尼采（Fr. Nietzsche），波特莱尔[3]（Ch. Baudelaire），安特莱夫（L. Andreev）们所安排的。"沉自己的船"还要在绝处求生，此外的许多作品，就往往"春非我春，秋非我秋"，玄发朱颜，却唱着饱经忧患的不欲明言的断肠之曲。虽是冯至的饰以诗情，莎子的托辞小草，还是不能掩饰的。凡这些，似乎多出于蜀中的作者，蜀中的受难之早，也即此可以想见了。

不过这群中的作者们也未尝自馁。陈炜谟在他的小说集《炉边》的"Proem"[4]里说——

> 但我不要这样；生活在我还在刚开头，有许多命运的猛兽正在那边张牙舞爪等着我在。可是这也不用怕。人虽不必去崇拜太

1　冯至（1905—1993）：原名承植，生于河北涿州，诗人、学者。

2　吉辛（1857—1903）：英国小说家、散文家。

3　波特莱尔（1821—1867）：法国现代派诗人，象征派诗歌先驱，代表作有《恶之花》。

4　Proem：英语，意为序言。

阳，但何至于懦怯得连暗夜也要躲避呢？怎的，秃笔不会写在破纸上么？若干年之后，回想此时的我，即不管别人，在自己或也可值眷念罢，如果值得忆念的地方便应该忆念。……

自然，这仍是无可奈何的自慰的伤心之言，但在事实上，沉钟社却确是中国的最坚韧，最诚实，挣扎得最久的团体。它好像真要如吉辛的话，工作到死掉之一日；如"沉钟"的铸造者，死也得在水底里用自己的脚敲出洪大的钟声。然而他们并不能做到，他们是活着的，时移世易，百事俱非；他们是要歌唱的，而听者却有的睡眠，有的槁死，有的流散，眼前只剩下一片茫茫白地，于是也只好在风尘澒洞中，悲哀孤寂地放下了他们的箜篌了。

后来以"废名"出名的冯文炳[1]，也是在《浅草》中略见一斑的作者，但并未显出他的特长来。在一九二五年出版的《竹林的故事》里，才见以冲淡为衣，而如著者所说，仍能"从他们当中理出我的哀愁"的作品。可惜的是大约作者过于珍惜他有限的"哀愁"，不久就更加不欲像先前一般的闪露，于是从率直的读者看来，就只见其有意低徊，顾影自怜之态了。

冯沅君[2]有一本短篇小说集《卷葹》——是"拔心不死"的草名，也是一九二三年起，身在北京，而以"淦女士"的笔名，发表于上海创造社的刊物上的作品。其中的《旅行》是提炼了《隔绝》和《隔绝之后》（并在《卷葹》内）的精粹的名文，虽嫌过于说理，却还未伤其自然；那"我很想拉他的手，但是我不敢，我只敢在间或车上的电灯

1　冯文炳（1901—1967）：字蕴仲，笔名废名，湖北黄梅人，作家。
2　冯沅君（1900—1974）：原名恭兰，后改名淑兰，字德馥，笔名淦女士、沅君等，河南唐河人，作家。

被震动而失去它的光的时候，因为我害怕那些搭客们的注意。可是我们又自己觉得很骄傲的，我们不客气的以全车中最尊贵的人自命。"这一段，实在是五四运动直后，将毅然和传统战斗，而又怕敢毅然和传统战斗，遂不得不复活其"缠绵悱恻之情"的青年们的真实的写照。和"为艺术而艺术"的作品中的主角，或夸耀其颓唐，或衒鬻其才绪，是截然两样的。然而也可以复归于平安。陆侃如[1]在《卷施》再版后记里说："'淊'训'沈'，取《庄子》'陆沈'[2]之义。现在作者思想变迁，故再版时改署沉君。……只因作者秉性疏懒，故托我代说。"诚然，三年后的《春痕》，就只剩了散文的断片了，更后便是关于文学史的研究。这使我又记起匈牙利的诗人彼兑菲[3]（Petöfi Sándor）题B. Sz.夫人照像的诗来——

听说你使你的男人很幸福，我希望不至于此，因为他是苦恼的夜莺，而今沉默在幸福里了。苛待他罢，使他因此常常唱出甜美的歌来。

我并不是说：苦恼是艺术的渊源，为了艺术，应该使作家们永久陷在苦恼里。不过在彼兑菲的时候，这话是有些真实的；在十年前的中国，这话也有些真实的。

1　陆侃如（1903—1978）：原名侃，又名雪成，字衍庐，笔名小璧，祖籍江苏太仓，出生于江苏海门，作家。

2　"陆沈"：陆地无水而沉，比喻隐居。出自《庄子·则阳》："方且与世违而心不屑与之俱，是陆沉者也。"

3　彼兑菲：即匈牙利诗人裴多菲。

三

在北京这地方，——北京虽然是"五四运动"的策源里，但自从支持着《新青年》和《新潮》的人们，风流云散以来，一九二〇至二二年这三年间，倒显着寂寞荒凉的古战场的情景。《晨报副刊》，后来是《京报副刊》露出头角来了，然而都不是怎么注重文艺创作的刊物，它们在小说一方面，只绍介了有限的作家：蹇先艾[1]，许钦文[2]，王鲁彦[3]，黎锦明，黄鹏基[4]，尚钺[5]，向培良。

蹇先艾的作品是简朴的，如他在小说集《朝雾》里说——

> ……我已经是满过二十岁的人了，从老远的贵州跑到北京来，灰沙之中彷徨了也快七年，时间不能说不长，怎样混过的，并自身都茫然不知。是这样匆匆地一天一天的去了，童年的影子越发模糊消淡起来，像朝雾似的，袅袅的飘失，我所感到的只有空虚与寂寞。这几个岁月，除近两年信笔涂鸦的几篇新诗和似是而非的小说之外，还做了什么呢？每一回忆，终不免有点凄寥撞击心头。所以现在决然把这个小说集付印了，……借以纪念从此阔别的可爱的童年。……若果不失赤子之心的人们肯毅然光顾，或者从中间也寻得出一点幼稚的风味来罢？……

1　蹇先艾（1906—1994）：笔名罗辉、赵休宁、陈艾利、蔼生等，贵州遵义人，作家。

2　许钦文（1897—1984）：原名许绳尧，浙江山阴人，作家。

3　王鲁彦（1901—1944）：原名王衡，笔名鲁彦，浙江镇海人，作家。

4　黄鹏基（1901—1952）：笔名朋其、黄昏等，四川仁寿人，作家。

5　尚钺（1902—1982）：原名宗武，字健庵，河南罗山人，历史学家。

诚然，虽然简朴，或者如作者所自谦的"幼稚"，但很少文饰，也足够写出他心曲的哀愁。他所描写的范围是狭小的，几个平常人，一些琐屑事，但如《水葬》，却对我们展示了"老远的贵州"的乡间习俗的冷酷，和出于这冷酷中的母性之爱的伟大，——贵州很远，但大家的情境是一样的。

这时——一九二四年——偶然发表作品的还有裴文中[1]和李健吾[2]。前者大约并不是向来留心创作的人，那《戎马声中》，却拉杂的记下了游学的青年，为了炮火下的故乡和父母而惊魂不定的实感。后者的《终条山的传说》是绚烂了，虽在十年以后的今日，还可以看见那藏在用口碑织就的华服里面的身体和灵魂。

蹇先艾叙述过贵州，裴文中关心着榆关，凡在北京用笔写出他的胸臆来的人们，无论他自称为用主观或客观，其实往往是乡土文学，从北京这方面说，则是侨寓文学的作者。但这又非如勃兰兑斯[3]（G. Brandes）所说的"侨民文学"，侨寓的只是作者自己，却不是这作者所写的文章，因此也只见隐现着乡愁，很难有异域情调来开拓读者的心胸，或者眩耀他的眼界。许钦文自名他的第一本短篇小说集为《故乡》，也就是在不知不觉中，自招为乡土文学的作者，不过在还未开手来写乡土文学之前，他却已被故乡所放逐，生活驱逐他到异地去了，他只好回忆"父亲的花园"，而且是已不存在的花园，因为回忆故乡的已不存在的事物，是比明明存在，而只有自己不能接近的事物较为舒适，也更能自慰的——

---

1 裴文中（1904—1982）：字明华，河北唐山人，史前考古学家、古生物学家。

2 李健吾（1906—1982）：笔名刘西渭，山西运城人，作家、翻译家。

3 勃兰兑斯（1842—1927）：丹麦文学评论家、文学史家。

父亲的花园最盛的几年距今已有几时，已难确切的计算。当时的盛况虽曾照下一像，如今挂在父亲的房里，无奈为时已久，那时乡间的摄影又很幼稚，现已模胡莫辨了。挂在它旁边的芳姊的遗像也已不大清楚，惟有父亲题在像上的字句却很明白："性既执拗，遇复可怜，一朝痛割，我独何堪！"

…………

我想父亲的花园就是能够重行种起种种的花来，那时的盛况总是不能恢复的了，因为已经没有了芳姊。

无可奈何的悲愤，是令人不得不舍弃的，然而作者仍不能舍弃，没有法，就再寻得冷静和诙谐来做悲愤的衣裳；裹起来了，聊且当作"看破"。并且将这手段用到描写种种人物，尤其是青年人物去。因为故意的冷静，所以也刻深，而终不免带着令人疑虑的嬉笑。"虽有忮心，不怨飘瓦"，冷静要死静；包着愤激的冷静和诙谐，是被观察和被描写者所不乐受的，他们不承认他是一面无生命，无意见的镜子。于是他也往往被排进讽刺文学作家里面去，尤其是使女士们皱起了眉头。

这一种冷静和诙谐，如果滋长起来，对于作者本身其实倒是危险的。他也能活泼的写出民间生活来，如《石宕》，但可惜不多见。

看王鲁彦的一部分的作品的题材和笔致，似乎也是乡土文学的作家，但那心情，和许钦文是极其两样的。许钦文所苦恼的是失去了地上的"父亲的花园"，他所烦冤的却是离开了天上的自由的乐土。他听得"秋雨的诉苦"说——

地太小了，地太脏了，到处都黑暗，到处都讨厌。人人只知道爱金钱,不知道爱自由,也不知道爱美。你们人类的中间没有一点亲爱,只有仇恨。你们人类,夜间像猪一般的甜甜蜜蜜的睡着,白天像狗一般的争斗着,撕打着……

这样的世界,我看得惯吗?我为什么不应该哭呢?在野蛮的世界上,让野兽们去生活着罢,但是我不,我们不……唔,我现在要离开这世界,到地底去了……

这和爱罗先珂(V. Eroshenko)的悲哀又仿佛相像的,然而又极其两样。那是地下的土拨鼠,欲爱人类而不得,这是太空的秋雨,要逃避人间而不能。他只好将心还给母亲,才来做"人",骗得母亲的微笑。秋天的雨,无心的"人",和人间社会是不会有情愫的。要说冷静,这才真是冷静;这才能够和"托尔斯小"[1]的无抵抗主义一同抹杀"牛克斯"的斗争说;和"达我文"的进化说一并嘲弄"克鲁屁特金"的互助论;对专制不平,但又向自由冷笑。作者是往往想以诙谐之笔出之的,但也因为太冷静了,就又往往化为冷话,失掉了人间的诙谐。

然而"人"的心是究竟还不尽的,《柚子》一篇,虽然为湘中的作者所不满,但在玩世的衣裳下,还闪露着地上的愤懑,在王鲁彦的作品里,我以为倒是最为热烈的的了。

我所说的这湘中的作家是黎锦明,他大约是自小就离开了故乡的。在作品里,很少乡土气息,但蓬勃着楚人的敏感和热情。他一早就在《社交问题》里,对易卜生一流的解放论者掷了斯忒林培黎[2](A.

---

1 "托尔斯小"及后文的"牛克斯""达我文""克鲁屁特金"分别是王鲁彦小说中对列夫·托尔斯泰、马克思、达尔文、克鲁特金的谑称。
2 斯忒林培黎(1849—1912):通译斯特林堡,瑞典作家,瑞典现代文学的奠基人。

Strindberg）式的投枪；但也能精致而明丽的说述儿时的"轻微的印象"。待到一九二六年，他布告不满于自己了，他在《烈火》再版的自序上说——

> 在北京生活的人们，如其有灵魂，他们的灵魂恐怕未有不染遍了灰色罢，自然，《烈火》即在这情形中写成，当我去年春时来到上海，我的心境完全变了，对于它，只有遗弃的一念。……

他判过去的生活为灰色，以早期的作品为童骏[1]了。果然，在此后的《破垒集》中，的确很换了些披挂，有含讥的轻妙的小品，但尤其显出好的故事作者的特色来：有时如中国的"磊砢山房"[2]主人的瑰奇；有时如波兰的显克微支[3]（H. Sienkiewicz）的警拔，却又不以失望收场，有声有色，总能使读者欣然终卷。但其失，则即在立旨居陆离光怪的装饰之中，时或永被沉埋，倘一显现，便又见得鹘突了。

《现代评论》比起日报的副刊来，比较的着重于文艺，但那些作者，也还是新潮社和创造社的老手居多。凌叔华的小说，却发祥于这一种期刊的，她恰和冯沅君的大胆，敢言不同，大抵很谨慎的，适可而止的描写了旧家庭中的婉顺的女性。即使间有出轨之作，那是为了偶受着文酒之风的吹拂，终于也回复了她的故道了。这是好的，——使我们看见和冯沅君，黎锦明，川岛[4]，汪静之[5]所描写的绝不相同的

1　童骏：年幼无知。

2　"磊砢山房"：清代文学家屠绅的书室名。屠绅（1744—1801），字贤书，别号磊砢山人，江苏江阴人。

3　显克微支（1846—1916）：波兰作家，1905年诺贝尔文学奖获得者。

4　川岛（1901—1981）：原名章廷谦、字矛尘，浙江上虞人，散文家。

5　汪静之（1902—1996）：安徽绩溪人，作家。

人物，也就是世态的一角，高门巨族的精魂。

四

　　一九二五年十月间，北京突然有莽原社出现，这其实不过是不满于《京报副报》编辑者的一群，另设《莽原》周刊，却仍附《京报》发行，聊以快意的团体。奔走最力者为高长虹，中坚的小说作者也还是黄鹏基，尚钺，向培良三个；而鲁迅是被推为编辑的。但声援的很不少，在小说方面，有文炳，沉君，霁野，静农，小酩，青雨等。到十一月，《京报》要停止副刊以外的小幅了，便改为半月刊，由未名社出版，其时所绍介的新作品，是描写着乡下的沉滞的氛围气的魏金枝之作：《留下镇上的黄昏》。

　　但不久这莽原社内部冲突了，长虹一流，便在上海设立了狂飙社。所谓"狂飙运动"，那草案其实是早藏在长虹的衣袋里面的，常要乘机而出，先就印过几期周刊；那《宣言》，又曾在一九二五年三月间的《京报副刊》上发表，但尚未以"超人"自命，还带着并不自满的声音——

　　　　黑沉沉的暗夜，一切都熟睡了，死一般的，没有一点声音，一件动作，阒寂无聊的长夜呵！

　　　　这样的，几百年几百年的时期过去了，而晨光没有来，黑夜没有止息。

　　　　死一般的，一切的人们，都沉沉的睡着了。

　　　　于是有几个人，从黑暗中醒来，便互相呼唤着：

　　——时候到了，期待已经够了。

　　——是呵，我们要起来了。我们呼唤着，使一切不安于期待的人们也起来罢。

　　——若是晨光终于不来，那么，也起来罢。我们将点起灯来，照耀我们幽暗的前途。

　　——软弱是不行的，睡着希望是不行的。我们要作强者，打倒障碍或者被障碍压倒。我们并不惧怯，也不躲避。

　　这样呼唤着，虽然是微弱的罢，听呵，从东方，从西方，从南方，从北方，隐隐的来了强大的应声，比我们更要强大的应声。

　　一滴水泉可以作江河之始流，一片树叶之飘动可以兆暴风之将来，微小的起源可以生出伟大的结果。因为这个缘故，我们的周刊便叫作《狂飙》。

　　不过后来却日见其自以为"超越"了。然而拟尼采样的彼此都不能解的格言式的文章，终于使周刊难以存在，可记的也仍然只是小说方面的黄鹏基，尚钺，——其实是向培良一个作者而已。

　　黄鹏基将他的短篇小说印成一本，称为《荆棘》，而第二次和读者相见的时候，已经改名"朋其"了。他是首先明白晓畅的主张文学不必如奶油，应该如刺，文学家不得颓丧，应该刚健的人；他在《刺的文学》(《莽原》周刊二十八期)里，说明了"文学绝不是无聊的东西"，"文学家并不一定就是得天独厚的特等民族"，"也不是成天哭泣的鲛人"。他说——

　　　　我以为中国现代的作品，应该是像一丛荆棘。因为在一片沙漠里，憧憬的花都会慢慢地消灭的，社会生出荆棘来，他的叶是有刺的，他的茎是有刺的，以至于他的根也是有刺的。——请不要拿植物生理来反驳我——一篇作品的思想，的结构，的练句，的用字，都应该把我们常感觉到的刺的意味儿表现出来。真的文学家……应该先站起来，使我们不得不站起来。他应该充实自己的力，让人们怎样充实他自己的力，知道他自己的力，表现他自己的力。一篇作品的成功至少要使读者一直读下去，无暇辨文字的美恶，——恶劣的感觉，固然不好，就是美妙的感觉，也算失败。——而要想因循，苟且而不得。怎样抓着他的病的深处，就很利害地刺他一下。一般整饬的结构，平凡的字句，会使他跑到旁处去的，我们应该反对。

"沙漠里遍生了荆棘，中国人就会过人的生活了！"这是我相信的。

朋其的作品的确和他的主张并不怎么背驰，他用流利而诙谐的言语，暴露，描画，讽刺着各式人物，尤其是智识者层。他或者装着傻子，说出青年的思想来，或者化为渝腿，跑进阔佬们的家里去。但也许因为力求生动，流利的缘故罢，抉剔就不能深，而且结末的特地装置的滑稽，也往往毁损掉全篇的力量。讽刺文学是能死于自身的故意的戏笑的。不久他又"自招"（《荆棘》卷首）道："写出'刺的文学'四字，也不过因了每天对于霸王鞭的欣赏，和自己的'生也不辰'，未能十分领略花的意味儿，"那可大有徘徊之状了。此后也没有再看见他"刺的文学"。

尚钺的创作，也是意在讥刺，而且暴露，搏击的，小说集《斧背》

之名，便是自提的纲要。他创作的态度，比朋其严肃，取材也较为广泛，时时描写着风气未开之处——河南信阳——的人民。可惜的是为才能所限，那斧背就太轻小了，使他为公和为私的打击的效力，大抵失在由于器械不良，手段生涩的不中里。

向培良当发表他第一本小说集《飘渺的梦》时，一开首就说——

　　时间走过去的时候，我的心灵听见轻微的足音，我把这个很拙笨地移到纸上去了，这就是我这本小册子的来源罢！

的确，作者向我们叙述着他的心灵所听到的时间的足音，有些是借了儿童时代的天真的爱和憎，有些是借着羁旅时候的寂寞的闻和见，然而他并不"拙笨"，却也不矫揉造作，只如熟人相对，娓娓而谈，使我们在不甚操心的倾听中，感到一种生活的色相。但是，作者的内心是热烈的，倘不热烈，也就不能这么平静的娓娓而谈了，所以他虽然间或休息于过去的"已经失去的童心"中，却终于爱了现在的"在强有力的憎恶后面，发现更强有力的爱"的"虚无的反抗者"，向我们介绍了强有力的《我离开十字街头》。下面这一段就是那不知名的反抗者所自述的憎恶——

　　为什么我要跑出北京？这个我也说不出很多的道理。总而言之：我已经讨厌了这古老的虚伪的大城。在这里面游离了四年之后，我已经刻骨地讨厌了这古老的虚伪的大城。在这里面，我只看见请安，打拱，要皇帝，恭维执政——卑怯的奴才！卑劣，怯懦，狡猾，以及敏捷的逃躲，这都是奴才们的绝技！厌恶的深感在我口中，好似生的腥鱼在我口中一般；我需要呕吐，于是提着我的棍走了。

　　在这里听到了尼采声，正是狂飙社的进军的鼓角。尼采教人们准备着"超人"的出现，倘不出现，那准备便是空虚。但尼采却自有其下场之法的：发狂和死。否则，就不免安于空虚，或者反抗这空虚，即使在孤独中毫无"末人"的希求温暖之心，也不过蔑视一切权威，收缩而为虚无主义者（Nihilist）。巴札罗夫[1]（Bazarov）是相信科学的；他为医术而死，一到所蔑视的并非科学的权威而是科学本身，那就成为沙宁[2]（Sanin）之徒，只好以一无所信为名，无所不为为实了。但狂飙社却似乎仅止于"虚无的反抗"，不久就散了队，现在所遗留的，就只有向培良的这响亮的战叫，说明着半绥惠略夫（Sheveriov）式的"憎恶"的前途。

　　未名社却相反，主持者韦素园，是宁愿作为无名的泥土，来栽植奇花和乔木的人，事业的中心，也多在外国文学的译述。待到接办《莽原》后，在小说方面，魏金枝之外，又有李霁野，以锐敏的感觉创作，有时深而细，真如数着每一片叶的叶脉，但因此就往往不能广，这也是孤寂的发掘者所难以两全的。台静农是先不想到写小说，后不愿意写小说的人，但为了韦素园的奖劝，为了《莽原》的索稿，他挨到一九二六年，也只得动手了。《地之子》的后记里自己说——

　　　　那时我开始写了两三篇，预备第二年用。素园看了，他很满

1　巴札罗夫：俄国作家屠格涅夫的小说《父与子》的主角。

2　沙宁：俄国作家阿尔志跋绥夫的小说《沙宁》的主角。

意我从民间取材；他遂劝我专在这一方面努力，并且举了许多作家的例子。其实在我倒不大乐于走这一条路。人间的酸辛和凄楚，我耳边所听到的，目中所看见的，已经是不堪了；现在又将它用我的心血细细地写出，能说这不是不幸的事么？同时我又没有生花的笔，能够献给我同时代的少男少女以伟大的欢欣。

此后还有《建塔者》。要在他的作品里吸取"伟大的欢欣"，诚然是不容易的，但他却贡献了文艺；而且在争写着恋爱的悲欢，都会的明暗的那时候，能将乡间的死生，泥土的气息，移在纸上的，也没有更多，更勤于这作者的了。

五

临末，是关于选辑的几句话——

一，文学团体不是豆荚，包含在里面的，始终都是豆。大约集成时本已各个不同，后来更各有种种的变化。在这里，一九二六年后之作即不录，此后的作者的作风和思想等，也不论。

二，有些作者，是有自编的集子的，曾在期刊上发表过的初期的文章，集子里有时却不见，恐怕是自己不满，删去了。但我间或仍收在这里面，因为我以为就是圣贤豪杰，也不必自惭他的童年；自惭，倒是一个错误。

三，自编的集子里的有些文章，和先前在期刊上发表的，字句往往有些不同，这当然是作者自己添削的。但这里却有时采了初稿，因为我觉得加了修饰之后，也未必一定比质朴的初稿好。

以上两点，是要请作者原谅的。

四，十年中所出的各种期刊，真不知有多少，小说集当然也不少，但见闻有限，自不免有遗珠之憾。至于明明见了集子，却取舍失当，那就即使并非偏心，也一定是缺少眼力，不想来勉强辩解了。

一九三五年三月二日写讫

本篇最初印入上海良友图书公司一九三五年版《中国新文学大系·小说二集》。后收入杂文集《且介亭杂文二集》。

《域外小说集》¹序言

　　《域外小说集》为书，词致朴讷，不足方近世名人译本。特收录至审慎，迻译亦期弗失文情。异域文术新宗，自此始入华土。使有士卓特，不为常俗所囿，必将犁然有当于心，按邦国时期，籀读其心声，以相度神思之所在，则此虽大涛之微沤与，而性解²思惟，实寓于此。中国译界，亦由是无迟莫之感矣。

己酉正月十五日

　　本篇最初印入一九〇九年三月日本东京神田印刷所印制的《域外小说集》第一册。

1　《域外小说集》：鲁迅和周作人在东京一同编译的外国小说选集，共两册，收作品16篇，译文为文言。
2　性解：英语Genius的意译，即天才。

《域外小说集》序

我们在日本留学时候，有一种茫漠的希望：以为文艺是可以转移性情，改造社会的。因为这意见，便自然而然的想到介绍外国新文学这一件事。但做这事业，一要学问，二要同志，三要工夫，四要资本，五要读者。第五样逆料不得，上四样在我们却几乎全无：于是又自然而然的只能小本经营，姑且尝试，这结果便是译印《域外小说集》。

当初的计画，是筹办了连印两册的资本，待到卖回本钱，再印第三第四，以至第X册的。如此继续下去，积少成多，也可以约略绍介了各国名家的著作了。于是准备清楚，在一九○九年的二月，印出第一册，到六月间，又印出了第二册。寄售的地方，是上海和东京。

半年过去了，先在就近的东京寄售处结了帐。计第一册卖去了二十一本，第二册是二十本，以后可再也没有人买了。那第一册何以多卖一本呢？就因为有一位极熟的友人，怕寄售处不遵定价，额外需索，所以亲去试验一回，果然划一不二，就放了心，第二本不再试验了——但由此看来，足见那二十位读者，是有出必看，没有一人中止的，我们至今很感谢。

至于上海，是至今还没有详细知道。听说也不过卖出了二十册上下，以后再没有人买了。于是第三册只好停板，已成的书，便都堆在上海寄售处堆货的屋子里。过了四五年，这寄售处不幸被了火，我们的书和纸板，都连同化成灰烬；我们这过去的梦幻似的无用的劳力，在中国也就完全消灭了。

　　到近年，有几位著作家，忽然又提起《域外小说集》，因而也常有问到《域外小说集》的人。但《域外小说集》却早烧了，没有法子呈教。几个友人，因此很有劝告重印，以及想法张罗的。为了这机会，我也就从久不开封的纸裹里，寻出自己留下的两本书来。

　　我看这书的译文，不但句子生硬，"诘诎聱牙"[1]，而且也有极不行的地方，委实配不上再印。只是他的本质，却在现在还有存在的价值，便在将来也该有存在的价值。其中许多篇，也还值得译成白话，教他尤其通行。可惜我没有这一大段工夫——只有《酋长》[2]这一篇，曾用白话译了，登在《新青年》上——所以只好姑且重印了文言的旧译，暂时塞责了。但从别一方面看来，这书的再来，或者也不是无意义。

　　当初的译本，只有两册，所以各国作家，偏而不全；现在重行编定，也愈见得有畸重畸轻的弊病。我归国之后，偶然也还替乡僻的日报，以及不流行的杂志上，译些小品，只要草稿在身边的，也都趁便添上；一总三十七篇，我的文言译的短篇，可以说全在里面了。只是其中的迦尔洵[3]的《四日》，安特来夫的《谩》和《默》这三篇，是我的大哥翻译的。

　　当初的译文里，很用几个偏僻的字，现在都改去了，省得印刷局特地铸造；至于费解的处所，也仍旧用些小注，略略说明；作家的略传，便附在卷末——我对于所译短篇，偶然有一点意见的，也就在略

1　"诘诎聱牙"：指文字艰涩难读。出自韩愈《进学解》，"诎"原作"屈"。

2　《酋长》：波兰显克微支著短篇小说。周作人曾用白话翻译，刊载于《新青年》第五卷第四号（1918年10月15日）。

3　迦尔洵（V. M. Garshin, 1855—1888）：俄国作家。

传里说了。

《域外小说集》初出的时候，见过的人，往往摇头说，"以为他才开头，却已完了！"那时短篇小说还很少，读书人看惯了一二百回的章回体，所以短篇便等于无物。现在已不是那时候，不必虑了。我所忘不掉的，是曾见一种杂志上，也登载一篇显克微支的《乐人扬珂》，和我的译本只差了几个字，上面却加上两行小字道"滑稽小说！"这事使我到现在，还感到一种空虚的苦痛。但不相信人间的心理，在世界上，真会差异到这地步。

这三十多篇短篇里，所描写的事物，在中国大半免不得很隔膜；至于迦尔洵作中的人物，恐怕几于极无，所以更不容易理会。同是人类，本来决不至于不能互相了解；但时代国土习惯成见，都能够遮蔽人的心思，所以往往不能镜一般明，照见别人的心了。幸而现在已不是那时候，这一节，大约也不必虑的。

倘使这《域外小说集》不因为我的译文，却因为他本来的实质，能使读者得到一点东西，我就自己觉得是极大的幸福了。

一九二〇年三月二十日，周作人记于北京

本篇最初印入一九二一年上海群益书社出版的合订重编本《域外小说集》，署名周作人。

《一个青年的梦》[1]译者序

　　《新青年》四卷五号里面，周起明[2]曾说起《一个青年的梦》，我因此便也搜求了一本，将他看完，很受些感动：觉得思想很透彻，信心很强固，声音也很真。

　　我对于"人人都是人类的相待，不是国家的相待，才得永久和平，但非从民众觉醒不可"这意思，极以为然，而且也相信将来总要做到。现在国家这个东西，虽然依旧存在；但人的真性，却一天比一天的流露：欧战未完时候，在外国报纸上，时时可以看到两军在停战中往来的美谭，战后相爱的至情。他们虽然还蒙在国的鼓子里，然而已经像竞走一般，走时是竞争者，走了是朋友了。

　　中国开一个运动会，却每每因为决赛而至于打架；日子早过去了，两面还仇恨着。在社会上，也大抵无端的互相仇视，什么南北，什么省道府县，弄得无可开交，个个满脸苦相。我因此对于中国人爱和平这句话，很有些怀疑，很觉得恐怖。我想如果中国有战前的德意志一半强，不知国民性是怎么一种颜色。现在是世界上出名的弱国，南北却还没有议和，打仗比欧战更长久。

　　现在还没有多人大叫，半夜里上了高楼撞一通警钟。日本却早有

1　《一个青年的梦》：日本武者小路实笃（1885—1976）所作的四幕反战剧本。中译文陆续发表于北京《国民公报》副刊，至该报被禁停刊时止（1919年8月3日至10月25日），后全剧移刊于《新青年》第七卷第二号至第五号（1920年1月至4月）。

2　周起明：即周作人。

人叫了。他们总之幸福。

但中国也仿佛很有许多人觉悟了。我却依然恐怖，生怕是旧式的觉悟，将来仍然免不了落后。

昨天下午，孙伏园对我说，"可以做点东西。"我说，"文章是做不出了。《一个青年的梦》却很可以翻译。但当这时候，不很相宜，两面正在交恶，怕未必有人高兴看。"晚上点了灯，看见书脊上的金字，想起日间的话，忽然对于自己的根性有点怀疑，觉得恐怖，觉得羞耻。人不该这样做，——我便动手翻译了。

武者小路氏《新村杂感》说，"家里有火的人呵，不要将火在隐僻处搁着，放在我们能见的地方，并且通知说，这里也有你们的兄弟。"他们在大风雨中，擎出了火把，我却想用黑幔去遮盖他，在睡着的人的面前讨好么？

但书里的话，我自然也有意见不同的地方，现在都不细说了，让各人各用自己的意思去想罢。

一九一九年八月二日，鲁迅

本篇连同剧本第一幕译文最初发表于一九二〇年一月《新青年》月刊第七卷第二号。

译了《工人绥惠略夫》之后

　　阿尔志跋绥夫（M. Artsybashev）在一八七八年生于南俄的一个小都市；据系统和氏姓是鞑靼人，但在他血管里夹流着俄，法，乔具亚[1]（Georgia），波兰的血液。他的父亲是退职军官；他的母亲是有名的波兰革命者珂修支珂[2]（Kosciusko）的曾孙女，他三岁时便死去了，只将肺结核留给他做遗产。他因此常常生病，一九〇五年这病终于成实，没有全愈的希望了。

　　阿尔志跋绥夫少年时，进了一个乡下的中学一直到五年级；自己说：全不知道在那里做些甚么事。他从小喜欢绘画，便决计进了哈理珂夫（Kharkov）绘画学校，这时候是十六岁。其时他很穷，住在污秽的屋角里而且挨饿，又缺钱去买最要紧的东西：颜料和麻布。他因为生计，便给小日报画些漫画，做点短论文和滑稽小说，这是他做文章的开头。

　　在绘画学校一年之后，阿尔志跋绥夫便到彼得堡，最初二年，做一个地方事务官的书记。一九〇一年，做了他第一篇的小说《都玛罗夫》（Pasha Tumarov），是显示俄国中学的黑暗的；此外又做了两篇短篇小说。这时他被密罗留皤夫[3]（Miroljubov）赏识了，请他做他的杂

1　乔具亚：即格鲁吉亚。

2　珂修支珂（1746—1817）：通译珂斯秋希科，波兰爱国者。

3　密罗留皤夫（1860—1939）：俄国作家、出版家。

志的副编辑，这事于他的生涯上发生了很大的影响：使他终于成了文人。

一九〇四年阿尔志跋绥夫又发表几篇短篇小说，如《旗手戈罗波夫》，《狂人》，《妻》，《兰兑之死》等，而最末的一篇使他有名。一九〇五年发生革命[1]了，他也许多时候专做他的事：无治的个人主义（Anarchistische Individualismus）的说教。他做成若干小说，都是驱使那革命的心理和典型做材料的；他自己以为最好的是《朝影》和《血迹》。这时候，他便得了文字之祸，受了死刑的判决，但俄国官宪，比欧洲文明国虽然黑暗，比亚洲文明国却文明多了，不久他们知道自己的错误，阿尔志跋绥夫无罪了。

此后，他便将那发生问题的有名的《赛宁》（Sanin）出了版。这小说的成就，还在做《革命的故事》之前，但此时才印成一本书籍。这书的中心思想，自然也是无治的个人主义或可以说个人的无治主义。赛宁的言行全表明人生的目的只在于获得个人的幸福与欢娱，此外生活上的欲求，全是虚伪。他对他的朋友说：

> 你说对于立宪的烦闷，比对于你自己生活的意义和趣味尤其多。我却不信。你的烦闷，并不在立宪问题，只在你自己的生活不能使你有趣罢了。我这样想。倘说不然，便是说诳。又告诉你，你的烦闷也不是因为生活的不满，只因为我的妹子理陀不爱你，这是真的。

1　革命：即俄国1905年革命。1905至1907年间，俄国发生了一连串范围广泛、以反政府为目的又或没有目标的社会动乱事件。这次革命被列宁称为十月革命的"总演习"。

他的烦闷既不在于政治，便怎样呢？赛宁说：

> 我只知道一件事，我不愿生活于我有苦痛。所以应该满足了
> 自然的欲求。

赛宁这样实做了。

这所谓自然的欲求，是专指肉体的欲，于是阿尔志跋绥夫得了性欲描写的作家这一个称号，许多批评家也同声攻击起来了。

批评家的攻击，是以为他这书诱惑青年。而阿尔志跋绥夫的解辩，则以为"这一种典型，在纯粹的形态上虽然还新鲜而且希有，但这精神却寄宿在新俄国的各个新的，勇的，强的代表者之中。"

批评家以为一本《赛宁》，教俄国青年向堕落里走，其实是武断的。诗人的感觉，本来比寻常更其锐敏，所以阿尔志跋绥夫早在社会里觉到这一种倾向，做出《赛宁》来。人都知道，十九世纪末的俄国，思潮最为勃兴，中心是个人主义；这思潮渐渐酿成社会运动，终于现出一九〇五年的革命。约一年，这运动慢慢平静下去，俄国青年的性欲运动却显著起来了；但性欲本是生物的本能，所以便在社会运动时期，自然也参互在里面，只是失意之后社会运动熄了迹，这便格外显露罢了。阿尔志跋绥夫是诗人，所以在一九〇五年之前，已经写出一个以性欲为第一义的典型人物来。

这一种倾向，虽然可以说是人性的趋势，但总不免便是颓唐。赛宁的议论，也不过一个败绩的颓唐的强者的不圆满的辩解。阿尔志跋绥夫也知道，赛宁只是现代人的一面，于是又写出一个别一面的绥惠略夫来，而更为重要。他写给德国人毕拉特（A. Billard）的信里

面说：

> 这故事，是显示着我的世界观的要素和我的最重要的观念。

阿尔志跋绥夫是主观的作家，所以赛宁和绥惠略夫的意见，便是他自己的意见。这些意见，在本书第一，四，五，九，十，十四章里说得很分明。

人是生物，生命便是第一义，改革者为了许多不幸者们，"将一生最宝贵的去做牺牲"，"为了共同事业跑到死里去"，只剩了一个绥惠略夫了。而绥惠略夫也只是偷活在追蹑里，包围过来的便是灭亡；这苦楚，不但与幸福者全不相通，便是与所谓"不幸者们"也全不相通，他们反帮了追蹑者来加迫害，欣幸他的死亡，而"在别一方面，也正如幸福者一般的糟蹋生活"。

绥惠略夫在这无路可走的境遇里，不能不寻出一条可走的道路来；他想了，对人的声明是第一章里和亚拉藉夫的闲谈，自心的交争是第十章里和梦幻的黑铁匠的辩论。他根据着"经验"，不得不对于托尔斯泰的无抵抗主义发生反抗，而且对于不幸者们也和对于幸福者一样的宣战了。

于是便成就了绥惠略夫对于社会的复仇。

阿尔志跋绥夫是俄国新兴文学典型的代表作家的一人，流派是写实主义，表现之深刻，在侪辈中称为达了极致。但我们在本书里，可以看出微微的传奇派色采来。这看他寄给毕拉特的信也明白：

> 真的，我的长发是很强的受了托尔斯泰的影响，我虽然没有

赞同他的"勿抗恶"的主意。他只是艺术家这一面使我佩服，而且我也不能从我的作品的外形上，避去他的影响，陀思妥夫斯奇（Dostojevski）和契诃夫（Tshekhov）也差不多是一样的事。雩俄[1]（Victor Hugo）和瞿提[2]（Goethe）也常在我眼前。这五个姓氏便是我的先生和我的文学的导师的姓氏。

　　我们这里时时有人说，我是受了尼采（Nietzsche）的影响的。这在我很诧异，极简单的理由，便是我并没有读过尼采。……于我更相近，更了解的是思谛纳尔[3]（Max Stirner）。

然而绥惠略夫却确乎显出尼采式的强者的色采来。他用了力量和意志的全副，终身战争，就是用了炸弹和手枪，反抗而且沦灭（Untergehen）。

　　阿尔志跋绥夫是厌世主义的作家，在思想黯淡的时节，做了这一本被绝望所包围的书。亚拉藉夫说是"愤激"，他不承认。但看这书中的人物，伟大如绥惠略夫和亚拉藉夫——他虽然不能坚持无抵抗主义，但终于为爱做了牺牲——不消说了；便是其余的小人物，借此衬出不可救药的社会的，也仍然时时露出人性来，这流露，便是于无意中愈显出俄国人民的伟大。我们试在本国一搜索，恐怕除了帐幔后的老男女和小贩商人以外，很不容易见到别的人物；俄国有了，而阿尔志跋绥夫还感慨，所以这或者仍然是一部"愤激"的书。

　　这一篇，是从S. Bugow und A. Billard同译的《革命的故事》[4]

1　雩俄（1802—1885）：通译雨果，法国作家。

2　瞿提（1749—1832）：通译歌德，德国诗人、学者。

3　思谛纳尔（1806—1856）：通译施蒂纳，原名施米特（K. Schmidt），德国唯心主义哲学家。

4　《革命的故事》：德国S. 布果夫和A. 比拉尔特合译的阿尔志跋绥夫的中短篇小说集。

（Revolution-geschichten）里译出的，除了几处不得已的地方，几乎是逐字译。我本来还没有翻译这书的力量，幸而得了我的朋友齐宗颐[1]君给我许多指点和修正，这才居然脱稿了，我很感谢。

　　　　　　　　　　　　　　　　　一九二一年四月十五日记

　　本篇最初发表于一九二一年九月《小说月报》第十二卷号外，印入一九二二年上海商务印书馆单行本时添加了最后一段。

1　齐宗颐（1881—1965）：字寿山，河北高阳人，曾任北洋政府教育部佥事、视学。

《一个青年的梦》后记

　　我看这剧本，是由于《新青年》上的介绍，我译这剧本的开手，是在一九一九年八月二日这一天，从此逐日登在北京《国民公报》上。到十月二十五日，《国民公报》忽被禁止出版了，我也便歇手不译，这正在第三幕第二场两个军使谈话的中途。

　　同年十一月间，因为《新青年》记者的希望，我又将旧译校订一过，并译完第四幕，按月登在《新青年》上。从七卷二号起，一共分四期。但那第四号是人口问题号，多被不知谁何没收了，所以大约也有许多人没有见。

　　周作人先生和武者小路先生通信的时候，曾经提到这已经译出的事，并问他对于住在中国的人类有什么意见，可以说说。作者因此写了一篇，寄到北京，而我适值到别处去了，便由周先生译出，就是本书开头的一篇《与支那未知的友人》。原译者的按语中说："《一个青年的梦》的书名，武者小路先生曾说想改作《A与战争》，他这篇文章里也就用这个新名字，但因为我们译的还是旧称，所以我于译文中也一律仍写作《一个青年的梦》。"

　　现在，是在合成单本，第三次印行的时候之前了。我便又乘这机会，据作者先前寄来的勘误表再加修正，又校改了若干的误字，而且再记出旧事来，给大家知道这本书两年以来在中国怎样枝枝节节的，好容易才成为一册书的小历史。

一九二一年十二月十九日，鲁迅记于北京

本篇最初印入一九二二年七月上海商务印书馆出版的《一个青年的梦》单行本。

《医生》译者附记

　　一九〇五至六年顷，俄国的破裂已经发现了，有权位的人想转移国民的意向，便煽动他们攻击犹太人或别的民族去，世间称为坡格隆。Pogrom这一个字，是从Po（渐渐）和Gromit（摧灭）合成的，也译作犹太人虐杀。这种暴举，那时各地常常实行，非常残酷，全是"非人"的事，直到今年，在库伦还有恩琴对于犹太人的杀戮，专制俄国那时的"庙谟"[1]，真可谓"毒遍四海"的了。

　　那时的煽动实在非常有力，官僚竭力的唤醒人里面的兽性来，而于其发挥，给他们许多的助力。无教育的俄人，以歼灭犹太人为一生抱负的很多；这原因虽然颇为复杂，而其主因，便只是因为他们是异民族。

　　阿尔志跋绥夫的这一篇《医生》（Doktor）是一九一〇年印行的《试作》（Etiūdy）中之一，那做成的时候自然还在先，驱使的便是坡格隆的事，虽然算不得杰作，却是对于他同胞的非人类行为的一个极猛烈的抗争。

　　在这短篇里，不特照例的可以看见作者的细微的性欲描写和心理剖析，且又简单明了的写出了对于无抵抗主义的抵抗和爱憎的纠缠来。无抵抗，是作者所反抗的，因为人在天性上不能没有憎，而这憎，

1　"庙谟"：朝廷的谋略。出自《后汉书·光武帝纪赞》："明明庙谟，赳赳雄断。"

又或根于更广大的爱。因此，阿尔志跋绥夫便仍然不免是托尔斯泰之徒了，而又不免是托尔斯泰主义的反抗者，——圆稳的说，便是托尔斯泰主义的调剂者。

人说，俄国人有异常的残忍性和异常的慈悲性；这很奇异，但让研究国民性的学者来解释罢。我所想的，只在自己这中国，自从杀掉蚩尤以后，兴高采烈的自以为制服异民族的时候也不少了，不知道能否在《平定什么方略》等等之外，寻出一篇这样为弱民族主张正义的文章来。

一九二一年四月二十八日译者附记

本篇连同译文，最初发表于一九二一年九月《小说月报》第十二卷号外《俄国文学研究》，后收入《现代小说译丛》第一集。

《爱罗先珂童话集》序

　　爱罗先珂先生的童话，现在辑成一集，显现于住在中国的读者的眼前了。这原是我的希望，所以很使我感谢而且喜欢。

　　本集的十二篇文章中，《自叙传》和《为跌下而造的塔》是胡愈之[1]先生译的，《虹之国》是馥泉[2]先生译的，其余是我译的。

　　就我所选译的而言，我最先得到他的第一本创作集《夜明前之歌》，所译的是前六篇，后来得到第二本创作集《最后之叹息》，所译的是《两个小小的死》，又从《现代》杂志里译了《为人类》，从原稿上译了《世界的火灾》。

　　依我的主见选译的是《狭的笼》，《池边》，《雕的心》，《春夜的梦》，此外便是照着作者的希望而译的了。因此，我觉得作者所要叫彻人间的是无所不爱，然而不得所爱的悲哀，而我所展开他来的是童心的，美的，然而有真实性的梦。这梦，或者是作者的悲哀的面纱罢？那么，我也过于梦梦了，但是我愿意作者不要出离了这童心的美的梦，而且还要招呼人们进向这梦中，看定了真实的虹，我们不至于是梦游者（Somnambulist）。

一九二二年一月二十八日，鲁迅记

　　本篇最初印入一九二二年七月上海商务印书馆出版的《爱罗先珂童话集》。

1　胡愈之（1896—1986）：原名学愚，字子如，浙江上虞人，编辑、作家、翻译家、社会活动家。

2　馥泉：汪馥泉（1900—1959），字浚，浙江杭州人，翻译家。

《苦闷的象征》引言

　　去年日本的大地震[1]，损失自然是很大的，而厨川博士的遭难也是其一。

　　厨川博士名辰夫，号白村。我不大明白他的生平，也没有见过有系统的传记。但就零星的文字里掇拾起来，知道他以大阪府立第一中学出身，毕业于东京帝国大学，得文学士学位；此后分住熊本和东京者三年，终于定居京都，为第三高等学校教授。大约因为重病之故罢，曾经割去一足，然而尚能游历美国，赴朝鲜；平居则专心学问，所著作很不少。据说他的性情是极热烈的，尝以为"若药弗瞑眩厥疾弗瘳"[2]，所以对于本国的缺失，特多痛切的攻难。论文多收在《小泉先生及其他》，《出了象牙之塔》及殁后集印的《走向十字街头》中。此外，就我所知道的而言，又有《北美印象记》，《近代文学十讲》，《文艺思潮论》，《近代恋爱观》，《英诗选释》等。

　　然而这些不过是他所蕴蓄的一小部分，其余的可是和他的生命一起失掉了。

　　这《苦闷的象征》也是殁后才印行的遗稿，虽然还非定本，而大体却已完具了。第一分《创作论》是本据，第二分《鉴赏论》其实即

1　大地震：即关东大地震。1923年9月1日，日本关东地区发生7.9级强烈地震。

2　瞑眩：眼睛昏花；瘳：病愈。这句的意思是"如果服药后没有眼睛昏花，重病就不能治愈"。出自《尚书·说命上》。

是论批评，和后两分都不过从《创作论》引申出来的必然的系论。至于主旨，也极分明，用作者自己的话来说，就是"生命力受了压抑而生的苦闷懊恼乃是文艺的根柢，而其表现法乃是广义的象征主义"。但是"所谓象征主义者，决非单是前世纪末法兰西诗坛的一派所曾经标榜的主义，凡有一切文艺，古往今来，是无不在这样的意义上，用着象征主义的表现法的"。（《创作论》第四章及第六章）

　　作者据伯格森[1]一流的哲学，以进行不息的生命力为人类生活的根本，又从弗罗特[2]一流的科学，寻出生命力的根柢来，即用以解释文艺——尤其是文学。然与旧说又小有不同，伯格森以未来为不可测，作者则以诗人为先知，弗罗特归生命力的根柢于性欲，作者则云即其力的突进和跳跃。这在目下同类的群书中，殆可以说，既异于科学家似的专断和哲学家似的玄虚，而且也并无一般文学论者的繁碎。作者自己就很有独创力的，于是此书也就成为一种创作，而对于文艺，即多有独到的见地和深切的会心。

　　非有天马行空似的大精神即无大艺术的产生。但中国现在的精神又何其萎靡锢蔽呢？这译文虽然拙涩，幸而实质本好，倘读者能够坚忍地反复过两三回，当可以看见许多很有意义的处所罢：这是我所以冒昧开译的原因，——自然也是太过分的奢望。

　　文句大概是直译的，也极愿意一并保存原文的口吻。但我于国语文法是外行，想必很有不合轨范的句子在里面。其中尤须声明的，是几处不用"的"字，而特用"底"字的缘故。即凡形容词与名词相连成一名词者，其间用"底"字，例如Social being为社会底存在

1　伯格森（H. Bergson, 1859—1941）：法国唯心主义哲学家，神秘主义者。

2　弗罗特（S. Freud, 1856—1939）：通译弗洛伊德，奥地利精神病学家，精神分析学说的创立者。

物，Psychische Trauma为精神底伤害等；又，形容词之由别种品词转来，语尾有-tive，-tic 之类者，于下也用"底"字，例如Speculative，romantic，就写为思索底，罗曼底。

　　在这里我还应该声谢朋友们的非常的帮助，尤其是许季黻[1]君之于英文；常维钧[2]君之于法文，他还从原文译出一篇《项链》给我附在卷后，以便读者的参看；陶璇卿[3]君又特地为作一幅图画，使这书被了凄艳的新装。

　　　　　　　　　　　　　一九二四年十一月二十二日之夜，鲁迅在北京记

　　　　　　　　本篇最初印入一九二五年三月出版的《苦闷的象征》单行本，
　　　　　　　　　　　　　　　　　　　　　为《未名丛刊》之一。

1　许季黻：许寿裳（1883—1948），字季茀，又作季黻，号上遂，浙江绍兴人，学者、传记作家。
2　常维钧：常惠（1894—1985），字维钧，笔名常悲、为君，北京人，民俗学家、歌谣学家。
3　陶璇卿：陶元庆（1893—1929），字璇卿，浙江绍兴人，美术家。

《出了象牙之塔》后记

　　我将厨川白村氏的《苦闷的象征》译成印出，迄今恰已一年；他的略历，已说在那书的《引言》里，现在也别无要说的事。我那时又从《出了象牙之塔》里陆续地选译他的论文，登在几种期刊上，现又集合起来，就是这一本。但其中有几篇是新译的；有几篇不关宏旨，如《游戏论》,《十九世纪文学之主潮》等，因为前者和《苦闷的象征》中的一节相关，后一篇是发表过的，所以就都加入。惟原书在《描写劳动问题的文学》之后还有一篇短文，是回答早稻田文学社的询问的，题曰《文学者和政治家》。大意是说文学和政治都是根据于民众的深邃严肃的内底生活的活动，所以文学者总该踏在实生活的地盘上，为政者总该深解文艺，和文学者接近。我以为这诚然也有理，但和中国现在的政客官僚们讲论此事，却是对牛弹琴；至于两方面的接近，在北京却时常有，几多丑态和恶行，都在这新而黑暗的阴影中开演，不过还想不出作者所说似的好招牌，——我们的文士们的思想也特别俭啬。因为自己的偏颇的憎恶之故，便不再来译添了，所以全书中独缺那一篇。好在这原是给少年少女们看的，每篇又本不一定相钩连，缺一点也无碍。

　　"象牙之塔"的典故，已见于自序和本文中了，无须再说。但出了以后又将如何呢？在他其次的论文集《走向十字街头》的序文里有说明，幸而并不长，就全译在下面：——

　　东呢西呢，南呢北呢？进而即于新呢？退而安于古呢？往灵之所教的道路么？赴肉之所求的地方么？左顾右盼，仿徨于十字街头者，这正是现代人的心。"To be or not to be, that is the question."[1] 我年逾四十了，还迷于人生的行路。我身也就是立在十字街头的罢。暂时出了象牙之塔，站在骚扰之巷里，来一说意所欲言的事罢。用了这寓意，便题这漫笔以十字街头的字样。

　　作为人类的生活与艺术，这是迄今的两条路。我站在两路相会而成为一个广场的点上，试来一思索，在我所亲近的英文学中，无论是雪莱[2]，裴伦[3]，是斯温班[4]，或是梅垒迪斯[5]，哈兑[6]，都是带着社会改造的理想的文明批评家；不单是住在象牙之塔里的。这一点，和法国文学之类不相同。如摩理思[7]，则就照字面地走到街头发议论。有人说，现代的思想界是碰壁了。然而，毫没有碰壁，不过立在十字街头罢了，道路是多着。

　　但这书的出版在著者死于地震之后，内容要比前一本杂乱些，或者是虽然做好序文，却未经亲加去取的罢。

　　造化所赋与于人类的不调和实在还太多。这不独在肉体上而已，人能有高远美妙的理想，而人间世不能有副其万一的现实，和经

1　译为"生存还是毁灭，这是一个问题。"出自莎士比亚的戏剧《哈姆雷特》。

2　雪莱（P. B. Shelley，1792—1822）：英国作家、浪漫主义诗人。

3　裴伦（G. G. Byron，1788—1824）：通译拜伦，英国浪漫主义诗人。

4　斯温班（A. C. Swinburne，1837—1909）：通译斯温伯恩，英国诗人。

5　梅垒迪斯（G. Meredith，1828—1909）：通译梅瑞狄斯，英国作家。

6　哈代（T. Hardy，1840—1928）：英国诗人、小说家。

7　摩理思（W. Morris，1834—1896）：通译莫里斯，英国设计师、诗人、早期社会主义活动家。

历相伴，那冲突便日见其了然，所以在勇于思索的人们，五十年的中寿就恨过久，于是有急转，有苦闷，有仿徨；然而也许不过是走向十字街头，以自送他的余年归尽。自然，人们中尽不乏面团团地活到八十九十，而且心地太平，并无苦恼的，但这是专为来受中国内务部的褒扬而生的人物，必须又作别论。

假使著者不为地震所害，则在塔外的几多道路中，总当选定其一，直前勇往的罢，可惜现在是无从揣测了。但从这本书，尤其是最紧要的前三篇看来，却确已现了战士身而出世，于本国的微温，中道，妥协，虚假，小气，自大，保守等世态，一一加以辛辣的攻击和无所假借的批评。就是从我们外国人的眼睛看，也往往觉得有"快刀断乱麻"似的爽利，至于禁不住称快。

但一方面有人称快，一方面即有人汗颜；汗颜并非坏事，因为有许多人是并颜也不汗的。但是，辣手的文明批评家，总要多得怨敌。我曾经遇见过一个著者的学生，据说他生时并不为一般人士所喜，大概是因为他态度颇高傲，也如他的文辞。这我却无从判别是非，但也许著者并不高傲，而一般人士倒过于谦虚，因为比真价装得更低的谦虚和抬得更高的高傲，虽然同是虚假，而现在谦虚却算美德。然而，在著者身后，他的全集六卷已经出版了，可见在日本还有几个结集的同志和许多阅看的人们和容纳这样的批评的雅量；这和敢于这样地自己省察，攻击，鞭策的批评家，在中国是都不大容易存在的。

我译这书，也并非想揭邻人的缺失，来聊博国人的快意。中国现在并无"取乱侮亡"的雄心，我也不觉得负有刺探别国弱点的使命，所以正无须致力于此。但当我旁观他鞭责自己时，仿佛痛楚到了我的身上了，后来却又霍然，宛如服了一帖凉药。生在陈腐的古国的人们，倘不是洪福齐天，将来要得内务部的褒扬的，大抵总觉到一种肿痛，有如生着未破的疮。未尝生过疮的，生而未尝割治的，大概都不会知道；否则，就明白一割的创痛，比未割的肿痛要快活得多。这就是所谓"痛快"罢？我就是想借此先将那肿痛提醒，而后将这"痛快"分给同病的人们。

著者呵责他本国没有独创的文明，没有卓绝的人物，这是的确的。他们的文化先取法于中国，后来便学了欧洲；人物不但没有孔，墨，连做和尚的也谁都比不过玄奘。兰学[1]盛行之后，又不见有齐名林那[2]，奈端[3]，达尔文等辈的学者；但是，在植物学，地震学，医学上，他们是已经著了相当的功绩的，也许是著者因为正在针砭"自大病"之故，都故意抹杀了。但总而言之，毕竟并无固有的文明和伟大的世界的人物；当两国的交情很坏的时候，我们的论者也常常于此加以嗤笑，聊快一时的人心。然而我以为惟其如此，正所以使日本能有今日，因为旧物很少，执著也就不深，时势一移，蜕变极易，在任何时候，都能适合于生存。不像幸存的古国，恃着固有而陈旧的文明，害得一切硬化，终于要走到灭亡的路。中国倘不彻底地改革，运命总还是日本长久，这是我所相信的；并以为为旧家子弟而衰落，灭亡，并不比为新发户而生存，发达者更光彩。

说到中国的改革，第一著自然是扫荡废物，以造成一个使新生命得能诞生的机运。五四运动，本也是这机运的开端罢，可惜来摧折它

1　兰学：18、19世纪日本对西方科学技术的统称，因为这些科技由荷兰传入而得名。

2　林那（Linné, 1707—1778）：通译林奈，瑞典生物学家，动植物分类的开创者。

3　奈端（I. Newton, 1642—1727）：通译牛顿，英国物理学家、数学家。

的很不少。那事后的批评，本国人大抵不冷不热地，或者胡乱地说一通，外国人当初倒颇以为有意义，然而也有攻击的，据云是不顾及国民性和历史，所以无价值。这和中国多数的胡说大致相同，因为他们自身都不是改革者。岂不是改革么？历史是过去的陈迹，国民性可改造于将来，在改革者的眼里，已往和目前的东西是全等于无物的。在本书中，就有这样意思的话。

　　恰如日本往昔的派出"遣唐使"一样，中国也有了许多分赴欧，美，日本的留学生。现在文章里每看见"莎士比亚"四个字，大约便是远哉遥遥，从异域持来的罢。然而且吃大菜，勿谈政事，好在欧文[1]，迭更司[2]，德富芦花[3]的著作，已有经林纾译出的了。做买卖军火的中人，充游历官的翻译，便自有摩托车垫输入臀下，这文化确乎是迩来新到的。

　　他们的遣唐使似乎稍不同，别择得颇有些和我们异趣。所以日本虽然采取了许多中国文明，刑法上却不用凌迟，宫庭中仍无太监，妇女们也终于不缠足。

　　但是，他们究竟也太采取了，著者所指摘的微温，中道，妥协，虚假，小气，自大，保守等世态，简直可以疑心是说着中国。尤其是凡事都做得不上不下，没有底力；一切都要从灵向肉，度着幽魂生活这些话。凡那些，倘不是受了我们中国的传染，那便是游泳在东方文明里的人们都如此，真是如所谓"把好花来比美人，不仅仅中国人有这样观念，西洋人，印度人也有同样的观念"了。但我们也无须讨论这

1　欧文（W. Irving, 1783—1859）：美国作家。

2　迭更司（C. J. H. Dickens, 1812—1870）：通译狄更斯，英国作家。

3　德富芦花（1868—1927）：日本小说家，散文家。

些的渊源，著者既以为这是重病，诊断之后，开出一点药方来了，则在同病的中国，正可借以供少年少女们的参考或服用，也如金鸡纳霜[1]既能医日本人的疟疾，即也能医治中国人的一般。

我记得"拳乱"时候（庚子）的外人，多说中国坏，现在却常听到他们赞赏中国的古文明。中国成为他们恣意享乐的乐土的时候，似乎快要临头了；我深憎恶那些赞赏。但是，最幸福的事实在是莫过于做旅人，我先前寓居日本时，春天看看上野的樱花，冬天曾往松岛去看过松树和雪，何尝觉得有著者所数说似的那些可厌事。然而，即使觉到，大概也不至于有那么愤懑的。可惜回国以来，将这超然的心境完全失掉了。

本书所举的西洋的人名，书名等，现在都附注原文，以便读者的参考。但这在我是一件困难的事情，因为著者的专门是英文学，所引用的自然以英美的人物和作品为最多，而我于英文是漠不相识。凡这些工作，都是韦素园，韦丛芜，李霁野，许季黻四君帮助我做的；还有全书的校勘，都使我非常感谢他们的厚意。

文句仍然是直译，和我历来所取的方法一样；也竭力想保存原书的口吻，大抵连语句的前后次序也不甚颠倒。至于几处不用"的"字而用"底"字的缘故，则和译《苦闷的象征》相同，现在就将那《引言》里关于这字的说明，照钞在下面：——

　　……凡形容词与名词相连成一名词者，其间用"底"字，例如Social being为社会底存在物，Psychische Trauma为精神底伤害

1　金鸡纳霜：奎宁的俗称，是从金鸡纳树及其同属植物的树皮中提取的生物碱。

等；又，形容词之由别种品词转来，语尾有-tive，-tic之类者，于下也用"底"字，例如Speculative，romantic，就写为思索底，罗曼底。

一千九百二十五年十二月三日之夜，鲁迅

本篇最初发表于一九二五年十二月十四日《语丝》周刊第五十七期，一九二五年十二月由北京未名社出版单行本时加入最后两节。

《小约翰》引言

在我那《马上支日记》里，有这样的一段——

　　到中央公园，径向约定的一个僻静处所，寿山[1]已先到，略一休息，便开手对译《小约翰》。这是一本好书，然而得来却是偶然的事。大约二十年前罢，我在日本东京的旧书店头买到几十本旧的德文文学杂志，内中有着这书的绍介和作者的评传，因为那时刚译成德文。觉得有趣，便托九善书店[2]去买来了；想译，没有这力。后来也常常想到，但是总被别的事情岔开。直到去年，才决计在暑假中将它译好，并且登出广告去，而不料那一暑假过得比别的时候还艰难。今年又记得起来，翻检一过，疑难之处很不少，还是没有这力。问寿山可肯同译，他答应了，于是就开手，并且约定，必须在这暑假期中译完。

这是去年，即一九二六年七月六日的事。那么，二十年前自然是一九〇六年。所谓文学杂志，绍介着《小约翰》的，是一八九九年八月一日出版的《文学的反响》[3]（Das Litterarische Echo），现在是大概

1　寿山：即齐宗颐。
2　位于日本东京的一家外文书店。
3　《文学的反响》：关于文艺评论的德文杂志。

早成了旧派文学的机关了，但那一本却还是第一卷的第二十一期。原作的发表在一八八七年，作者只二十八岁；后十三年，德文译本才印出，译成还在其前，而翻作中文是在发表的四十整年之后，他已经六十八岁了。

　　日记上的话写得很简单，但包含的琐事却多。留学时候，除了听讲教科书，及抄写和教科书同种的讲义之外，也自有些乐趣，在我，其一是看看神田区一带的旧书坊。日本大地震后，想必很是两样了罢，那时是这一带书店颇不少，每当夏晚，常常猬集着一群破衣旧帽的学生。店的左右两壁和中央的大床上都是书，里面深处大抵跪坐着一个精明的掌柜，双目炯炯，从我看去很像一个静踞网上的大蜘蛛，在等候自投罗网者的有的学费。但我总不免也如别人一样，不觉逡巡而入，去看一通，到底是买几本，弄得很觉得怀里有些空虚。但那破旧的半月刊《文学的反响》，却也从这样的处所得到的。

　　我还记得那时买它的目标是很可笑的，不过想看看他们每半月所出版的书名和各国文坛的消息，总算过屠门而大嚼，比不过屠门而空咽者好一些，至于进而购读群书的野心，却连梦中也未尝有。但偶然看见其中所载《小约翰》译本的标本，即本书的第五章，却使我非常神往了。几天以后，便跑到南江堂[1]去买，没有这书，又跑到丸善书店，也没有，只好就托他向德国去定购。大约三个月之后，这书居然在我手里了，是萨垒斯[2]（Anna Fles）女士的译笔，卷头有贾赫博士（Dr. Paul Rache）的序文，《内外国文学丛书》（Bibliothek die Ge-Samt-

---

1　南江堂：日本东京的一家书店。

2　萨垒斯（1854—1906）：荷兰儿歌作家、翻译家。她于1892年将《小约翰》翻译成德语。

Litteratur des In-und-Auslandes, verlag von Otto Hendel, Halle a.d.S.[1]）
之一，价只七十五芬涅[2]，即我们的四角，而且还是布面的！

这诚如序文所说，是一篇"象征写实底童话诗"。无韵的诗，成人的童话。因为作者的博识和敏感，或者竟已超过了一般成人的童话了。其中如金虫的生平，菌类的言行，火萤的理想，蚂蚁的平和论，都是实际和幻想的混合。我有些怕，倘不甚留心于生物界现象的，会因此减少若干兴趣。但我预觉也有人爱，只要不失赤子之心，而感到什么地方有着"人性和他们的悲痛之所在的大都市"的人们。

这也诚然是人性的矛盾，而祸福纠缠的悲欢。人在稚齿，追随"旋儿"，与造化为友。福乎祸乎，稍长而竟求知：怎么样，是什么，为什么？于是招来了智识欲之具象化：小鬼头"将知"；逐渐还遇到科学研究的冷酷的精灵："穿凿"。童年的梦幻撕成粉碎了；科学的研究呢，"所学的一切的开端，是很好的，——只是他钻研得越深，那一切也就越凄凉，越黯淡。"——惟有"号码博士"是幸福者，只要一切的结果，在纸张上变成数目字，他便满足，算是见了光明了。谁想更进，便得苦痛。为什么呢？原因就在他知道若干，却未曾知道一切，遂终于是"人类"之一，不能和自然合体，以天地之心为心。约翰正是寻求着这样一本一看便知一切的书，然而因此反得"将知"，反遇"穿凿"，终不过以"号码博士"为师，增加更多的苦痛。直到他在自身中看见神，将径向"人性和他们的悲痛之所在的大都市"时，才明白这书不在人间，惟从两处可以觅得：一是"旋儿"，已失的原与自然合体的混沌；一是"永终"——死，未到的复与自然合体的混沌。

1　德语，译为：《内外国文学丛书》，奥托·亨德尔出版社，在扎勒河边之哈勒。

2　芬涅：德国辅币单位Pfennig的音译，又译为芬尼，价值为一马克的百分之一。

而且分明看见，他们俩本是同舟……。

假如我们在异乡讲演，因为言语不同，有人口译，那是没有法子的，至多，不过怕他遗漏，错误，失了精神。但若译者另外加些解释，申明，摘要，甚而至于阐发，我想，大概是讲者和听者都要讨厌的罢。因此，我也不想再说关于内容的话。

我也不愿意别人劝我去吃他所爱吃的东西，然而我所爱吃的，却往往不自觉地劝人吃。看的东西也一样，《小约翰》即是其一，是自己爱看，又愿意别人也看的书，于是不知不觉，遂有了翻成中文的意思。这意思的发生，大约是很早的，因为我久已觉得仿佛对于作者和读者，负着一宗很大的债了。

然而为什么早不开手的呢？"忙"者，饰辞；大原因仍在很有不懂的处所。看去似乎已经懂，一到拔出笔来要译的时候，却又疑惑起来了，总而言之，就是外国语的实力不充足。前年我确曾决心，要利用暑假中的光阴，仗着一本辞典来走通这条路，而不料并无光阴，我的至少两三个月的生命，都死在"正人君子"和"学者"们的围攻里了。到去年夏，将离北京，先又记得了这书，便和我多年共事的朋友，曾经帮我译过《工人绥惠略夫》的齐宗颐君，躲在中央公园的一间红墙的小屋里，先译成一部草稿。

我们的翻译是每日下午，一定不缺的是身边一壶好茶叶的茶和身上一大片汗。有时进行得很快，有时争执得很凶，有时商量，有时谁也想不出适当的译法。译得头昏眼花时，便看看小窗外的日光和绿荫，心绪渐静，慢慢地听到高树上的蝉鸣，这样地约有一个月。不久我便带着草稿到厦门大学，想在那里抽空整理，然而没有工夫；也就住不下去了，那里也有"学者"。于是又带到广州的中山大学，想在那里抽空整理，然而又没有工夫；而且也就住不下去了，那里又来了"学者"。结果是带着逃进自己的寓所——刚刚租定不到一月的，很阔，然而很热的房子——白云楼。

荷兰海边的沙冈风景，单就本书所描写，已足令人神往了。我这楼外却不同：满天炎热的阳光，时而如绳的暴雨；前面的小港中是十几只蜑户的船，一船一家，一家一世界，谈笑哭骂，具有大都市中的悲欢。也仿佛觉得不知那里有青春的生命沦亡，或者正被杀戮，或者正在呻吟，或者正在"经营腐烂事业"和作这事业的材料。然而我却渐渐知道这虽然沈默的都市中，还有我的生命存在，纵已节节败退，我实未尝沦亡。只是不见"火云"，时窘阴雨，若明若昧，又像整理这译稿的时候了。于是以五月二日开手，稍加修正，并且誊清，月底才完，费时又一个月。

可惜我的老同事齐君现不知漫游何方，自去年分别以来，迄今未通消息，虽有疑难，也无从商酌或争论了。倘有误译，负责自然由我。加以虽然沈默的都市，而时有侦察的眼光，或扮演的函件，或京式的流言，来扰耳目，因此执笔又时时流于草率。务欲直译，文句也反成蹇涩；欧文清晰，我的力量实不足以达之。《小约翰》虽如波勒兑蒙德[1]说，所用的是"近于儿童的简单的语言"，但翻译起来，却已够感困难，而仍得不如意的结果。例如末尾的紧要而有力的一句："Und mit seinem Begleiter ging er den frostigen Nachtwinde entgegen, den schweren Weg nach der grossen, finstern Stadt, wo die Menschheit war und ihr Weh."那下半，被我译成这样拙劣的 "上了走向那大而黑暗的

1　波勒兑蒙德（Pol de Mont, 1857—1931）：通译波尔·德·蒙特，比利时诗人、评论家。

都市即人性和他们的悲痛之所在的艰难的路"了，冗长而且费解，但我别无更好的译法，因为倘一解散，精神和力量就很不同。然而原译是极清楚的：上了艰难的路，这路是走向大而黑暗的都市去的，而这都市是人性和他们的悲痛之所在。

动植物的名字也使我感到不少的困难。我的身边只有一本《新独和辞书》[1]，从中查出日本名，再从一本《辞林》里去查中国字。然而查不出的还有二十余，这些的译成，我要感谢周建人君在上海给我查考较详的辞典。但是，我们和自然一向太疏远了，即使查出了见于书上的名，也不知道实物是怎样。菊呀松呀，我们是明白的，紫花地丁便有些模胡，莲馨花（Primel）则连译者也不知道究竟是怎样的形色，虽然已经依着字典写下来。有许多是生息在荷兰沙地上的东西，难怪我们不熟悉，但是，例如虫类中的鼠妇（Kellerassel）和马陆（Lauferkäfer），我记得在我的故乡是只要翻开一块湿地上的断砖或碎石来就会遇见的。我们称后一种为"臭婆娘"，因为它浑身发着恶臭；前一种我未曾听到有人叫过它，似乎在我乡的民间还没有给它定出名字；广州却有："地猪"。

和文字的务欲近于直译相反，人物名却意译，因为它是象征。小鬼头Wistik去年商定的是"盖然"，现因"盖"者疑词，稍有不妥，索性擅改作"将知"了。科学研究的冷酷的精灵 Pleuzer 即德译的 Klauber，本来最好是译作"挑剔者"，挑谓挑选，剔谓吹求。但自从陈源教授造出"挑剔风潮"[2]这一句妙语以来，我即敬避不用，因为恐

---

1 《新独和辞书》：即《新德日辞书》。日本称"德语"为"独语"，称"日语"为"和语"。

2 "挑剔风潮"：陈源在《现代评论》第一卷第二十五期（1925年5月30日）《闲话》中攻击支持女师大学生运动的鲁迅等人的话。

怕《闲话》的教导力十分伟大，这译名也将蓦地被解为"挑拨"。以此为学者的别名，则行同刀笔，于是又有重罪了，不如简直译作"穿凿"。况且中国之所谓"日凿一窍而'混沌'死"，也很像他的将约翰从自然中拉开。小姑娘 Robinetta 我久久不解其义，想译音；本月中旬托江绍原[1]先生设法作最末的查考，几天后就有回信——

> ROBINETTA一名，韦氏大字典人名录未收入。我因为疑心她与ROBIN是一阴一阳，所以又查ROBIN，看见下面的解释：
>
> ROBIN：是ROBERT的亲热的称呼，
>
> 而ROBERT的本训是"令名赫赫"（！）

那么，好了，就译作"荣儿"。

英国的民间传说里，有叫作 Robin good fellow 的，是一种喜欢恶作剧的妖怪。如果荷兰也有此说，则小姑娘之所以称为 Robinetta 者，大概就和这相关。因为她实在和小约翰开了一个可怕的大玩笑。

《约翰跋妥尔》一名《爱之书》，是《小约翰》的续编，也是结束。我不知道别国可有译本；但据他同国的波勒兑蒙德说，则"这是一篇象征底散文诗，其中并非叙述或描写，而是号哭和欢呼"；而且便是他，也"不大懂得"。

原译本上赉赫博士的序文，虽然所说的关于本书并不多，但可以略见十九世纪八十年代的荷兰文学的大概，所以就译出了。此外我还将两篇文字作为附录。一即本书作者拂来特力克望蔼覃[2]的评传，载

1　江绍原（1898—1983）：安徽旌德江村人，民俗学家、比较宗教学家。

2　拂来特力克望蔼覃（F. W. Van Eeden, 1860—1932）：通译弗雷德里克·凡·伊登，荷兰医师、作家。

在《文学的反响》一卷二十一期上的。评传的作者波勒兑蒙德，是那时荷兰著名的诗人，费赫的序文上就说及他，但于他的诗颇致不满。他的文字也奇特，使我译得很有些害怕，想中止了，但因为究竟可以知道一点望蔼覃的那时为止的经历和作品，便索性将它译完，算是一种徒劳的工作。末一篇是我的关于翻译动植物名的小记，没有多大关系的。

评传所讲以外及以后的作者的事情，我一点不知道。仅隐约还记得欧洲大战的时候，精神底劳动者们有一篇反对战争的宣言，中国也曾译载在《新青年》上，其中确有一个他的署名。

一九二七年五月三十日，鲁迅于广州东堤寓楼之西窗下记

本篇最初发表于一九二七年六月二十六日《语丝》周刊第一三七期，题为《〈小约翰〉序》，印入一九二八年一月北京未名社版单行本。

《思想·山水·人物》[1]题记

两三年前，我从这杂文集中翻译《北京的魅力》的时候，并没有想到要续译下去，积成一本书册。每当不想作文，或不能作文，而非作文不可之际，我一向就用一点译文来塞责，并且喜欢选取译者读者，两不费力的文章。这一篇是适合的。爽爽快快地写下去，毫不艰深，但也分明可见中国的影子。我所有的书籍非常少，后来便也还从这里选译了好几篇，那大概是关于思想和文艺的。

作者的专门是法学，这书的归趣是政治，所提倡的是自由主义。我对于这些都不了然。只以为其中关于英美现势和国民性的观察，关于几个人物，如亚诺德[2]，威尔逊[3]，穆来[4]的评论，都很有明快切中的地方，滔滔然如瓶泻水，使人不觉终卷。听说青年中也颇有要看此等文字的人。自检旧译，长长短短的已有十二篇，便索性在上海的"革命文学"潮声中，在玻璃窗下，再译添八篇，凑成一本付印了。

原书共有三十一篇。如作者自序所说，"从第二篇起，到第二十二篇止，是感想；第二十三篇以下，是旅行记和关于旅行的感想。"我于第一部分中，选译了十五篇；从第二部分中，只选译了四

---

1 《思想·山水·人物》：日本鹤见祐辅的杂文集。原书于1924年由日本东京大日本雄辩会社出版，共收杂文31篇。鲁迅选译了20篇。

2 亚诺德（M. Arnold, 1822—1888）：英国文艺批评家、诗人。

3 威尔逊（T. W. Wilson, 1856—1924）：美国文学家、政治家，美国第28任总统。

4 穆来（J. Morley, 1838—1923）：英国历史学家、政论家。

篇，因为从我看来，作者的旅行记是轻妙的，但往往过于轻妙，令人如读日报上的杂俎，因此倒减却移译的兴趣了。那一篇《说自由主义》，也并非我所注意的文字。我自己，倒以为瞿提所说，自由和平等不能并求，也不能并得的话，更有见地，所以人们只得先取其一的。然而那却正是作者所研究和神往的东西，为不失这书的本色起见，便特地译上那一篇去。

　　这里要添几句声明。我的译述和绍介，原不过想一部分读者知道或古或今有这样的事或这样的人，思想，言论；并非要大家拿来作言动的南针。世上还没有尽如人意的文章，所以我只要自己觉得其中有些有用，或有些有益，于不得已如前文所说时，便会开手来移译，但一经移译，则全篇中虽间有大背我意之处，也不加删节了。因为我的意思，是以为改变本相，不但对不起作者，也对不起读者的。

　　我先前译印厨川白村的《出了象牙之塔》时，办法也如此。且在后记里，曾悼惜作者的早死，因为我深信作者的意见，在日本那时是还要算急进的。后来看见上海的《革命的妇女》上，元法先生的论文，才知道他因为见了作者的另一本《北米印象记》里有赞成贤母良妻主义的话，便颇责我的失言，且惜作者之不早死。这实在使我很惶恐。我太落拓，因此选译也一向没有如此之严，以为倘要完全的书，天下可读的书怕要绝无，倘要完全的人，天下配活的人也就有限。每一本书，从每一个人看来，有是处，也有错处，在现今的时候是一定难免的。我希望这一本书的读者，肯体察我以上的声明。

　　例如本书中的《论办事法》是极平常的一篇短文，但却很给了我许多益处。我素来的做事，一件未毕，是总是时时刻刻放在心中的，因此也易于困惫。那一篇里面就指示着这样脾气的不行，人必须不凝滞于物。我以为这是无论做什么事，都可以效法的，但万不可和中国祖传的"将事情不当事"即"不认真"相牵混。

原书有插画三幅，因为我觉得和本文不大切合，便都改换了，并且比原数添上几张，以见文中所讲的人物和地方，希望可以增加读者的兴味。帮我搜集图画的几个朋友，我便顺手在此表明我的谢意，还有教给我所不解的原文的诸君。

一九二八年三月三十一日，鲁迅于上海寓楼译毕记

本篇最初发表于一九二八年五月二十八日《语丝》周刊第四卷第二十二期，题为《关于思想山川人物》，收入一九二八年五月北新书局出版的单行本。

《文艺与批评》译者附记

　　在一本书之前，有一篇序文，略述作者的生涯，思想，主张，或本书中所含的要义，一定于读者便益得多。但这种工作，在我是力所不及的，因为只读过这位作者所著述的极小部分。现在从尾濑敬止[1]的《革命露西亚的艺术》中，译一篇短文放在前面，其实也并非精良坚实之作——我恐怕他只依据了一本《研求》——不过可以略知大概，聊胜于无罢了。

　　第一篇是从金田常三郎所译《托尔斯泰与马克斯》的附录里重译的，他原从世界语的本子译出，所以这译本是重而又重。艺术何以发生之故，本是重大的问题，可惜这篇文字并不多，所以读到终篇，令人仿佛有不足之感。然而他的艺术观的根本概念，例如在《实证美学的基础》中所发挥的，却几乎无不具体而微地说在里面，领会之后，虽然只是一个大概，但也就明白一个大概了。看语气，好像是讲演，惟不知讲于那一年。

　　第二篇是托尔斯泰死去的翌年—— 一九一一年——二月，在《新时代》揭载，后来收在《文学底影像》里的，今年一月，我从日本辑印的《马克斯主义者之所见的托尔斯泰》中杉本良吉[2]的译文重译，登在《春潮》月刊一卷三期上。末尾有一点短跋，略述重译这篇文章的意

1　尾濑敬止（1889—1952）：日本翻译家。《革命露西亚的艺术》即《革命俄罗斯的艺术》。
2　杉本良吉（1907—1939）：原名吉田好正，日本左翼戏剧家、翻译家。

思，现在再录在下面——

一，托尔斯泰去世时，中国人似乎并不怎样觉得，现在倒回上去，从这篇里，可以看见那时西欧文学界有名的人们——法国的 Anatole France[1]，德国的 Gerhart Hauptmann[2]，意大利的 Giovanni Papini[3]，还有青年作家 D'Ancelis[4]等——的意见，以及一个科学底社会主义者——本论文的作者——对于这些意见的批评，较之由自己一一搜集起来看更清楚，更省力。

二，借此可以知道时局不同，立论便往往不免于转变，豫知的事，是非常之难的。在这一篇上，作者还只将托尔斯泰判作非友非敌，不过一个并不相干的人；但到一九二四年的讲演，却已认为虽非敌人的第一阵营，但是"很麻烦的对手"了，这大约是多数派已经握了政权，于托尔斯泰派之多，渐渐感到统治上的不便的缘故。到去年，托尔斯泰诞生百年记念时，同作者又有一篇文章叫作《托尔斯泰记念会的意义》，措辞又没有演讲那么峻烈了，倘使这并非因为要向世界表示苏联未尝独异，而不过内部日见巩固，立论便也平静起来：那自然是很好的。

从译本看来，卢那卡尔斯基的论说就已经很够明白，痛快了。但因为译者的能力不够和中国文本来的缺点，译完一看，晦涩，甚而至于难解之处也真多；倘将仂句拆下来呢，又失了原来

1　Anatole France：即法国作家法郎士。
2　Gerhart Hauptmann：葛尔哈特·霍普特曼（1862—1946），德国剧作家、诗人。
3　Giovanni Papini：乔凡尼·巴比尼（1881—1956），意大利作家、哲学家。
4　D'Ancelis：丹契理斯，生卒年不详，意大利作家。

的精悍的语气。在我，是除了还是这样的硬译之外，只有"束手"这一条路——就是所谓"没有出路"——了，所余的惟一的希望，只在读者还肯硬着头皮看下去而已。

约略同时，韦素园君的从原文直接译出的这一篇，也在《未名》半月刊二卷二期上发表了。他多年卧在病床上还翻译这样费力的论文，实在给我不少的鼓励和感激。至于译文，有时晦涩也不下于我，但多几句，精确之处自然也更多，我现在未曾据以改定这译本，有心的读者，可以自去参看的。

第三篇就是上文所提起的一九二四年在墨斯科的讲演，据金田常三郎的日译本重译的，曾分载去年《奔流》的七，八两本上。原本并无种种小题目，是译者所加，意在使读者易于省览，现在仍然袭而不改。还有一篇短序，于这两种世界观的差异和冲突，说得很简明，也节译一点在这里——

　　流成现代世界人类的思想圈的对蹠[1]底二大潮流，一是唯物底思想，一是唯心底思想。这两个代表底思想，其间又夹杂着从这两种思想抽芽，而变形了的思想，常常相克，以形成现代人类的思想生活。

　　卢那卡尔斯基要表现这两种代表底观念形态，便将前者的非有产者底唯物主义，称为马克斯主义，后者的非有产者底精神主义，称为托尔斯泰主义。

1　对蹠：对立。

　　在俄国的托尔斯泰主义，当无产者独裁的今日，在农民和智识阶级之间，也还有强固的思想底根底的。……这于无产者的马克斯主义底国家统制上，非常不便。所以在劳农俄国人民教化的高位的卢那卡尔斯基，为拂拭在俄国的多数主义的思想底障碍石的托尔斯泰主义起见，作这一场演说，正是当然的事。

　　然而卢那卡尔斯基并不以托尔斯泰主义为完全的正面之敌。这是因为托尔斯泰主义在否定资本主义，高唱同胞主义，主张人类平等之点，可以成为或一程度的同路人的缘故。那么，在也可以看作这演说的戏曲化的《被解放了的堂吉诃德》里，作者虽在挪揄人道主义者，托尔斯泰主义的化身吉诃德老爷，却决不怀着恶意的。作者以可怜的人道主义的侠客堂·吉诃德为革命的魔障，然而并不想杀了他来祭革命的军旗。我们在这里，能够看见卢那卡尔斯基的很多的人性和宽大。

　　第四和第五两篇，都从茂森唯士[1]的《新艺术论》译出，原文收在一九二四年墨斯科出版的《艺术与革命》中。两篇系合三回的演说而成，仅见后者的上半注云"一九一九年末作"，其余未详年代，但看其语气，当也在十月革命后不久，艰难困苦之时。其中于艺术在社会主义社会里之必得完全自由，在阶级社会里之不能不暂有禁约，尤其是于俄国那时艺术的衰微的情形，指导者的保存，启发，鼓吹的劳作，说得十分简明切要。那思虑之深远，甚至于还因为经济，而顾及保全农民所特有的作风。这对于今年忽然高唱自由主义的"正人君

1　茂森唯士（1895—1973）：日本记者、评论家。

子”，和去年一时大叫“打发他们去”的“革命文学家”，实在是一帖喝得会出汗的苦口的良药。但他对于俄国文艺的主张，又因为时地究有不同，所以中国的托名要存古而实以自保的保守者，是又不能引为口实的。

末一篇是一九二八年七月，在《新世界》杂志上发表的很新的文章，同年九月，日本藏原惟人译载在《战旗》里，今即据以重译。原译者按语中有云：“这是作者显示了马克斯主义文艺批评的基准的重要的论文。我们将苏联和日本的社会底发展阶段之不同，放在念头上之后，能够从这里学得非常之多的物事。我希望关心于文艺运动的同人，从这论文中摄取得进向正当的解决的许多的启发。”这是也可以移赠中国的读者们的。还有，我们也曾有过以马克斯主义文艺批评自命的批评家了，但在所写的判决书中，同时也一并告发了自己。这一篇提要，即可以据以批评近来中国之所谓同种的“批评”。必须更有真切的批评，这才有真的新文艺和新批评的产生的希望。

本书的内容和出处，就如上文所言。虽然不过是一些杂摘的花果枝柯，但或许也能够由此推见若干花果枝柯之所由发生的根柢。但我又想，要豁然贯通，是仍须致力于社会科学这大源泉的，因为千万言的论文，总不外乎深通学说，而且明白了全世界历来的艺术史之后，应环境之情势，回环曲折地演了出来的支流。

六篇中，有两篇半曾在期刊上发表，其余都是新译的。我以为最要紧的尤其是末一篇，凡要略知新的批评者，都非细看不可。可惜译成一看，还是很艰涩，这在我的力量上，真是无可如何。原译文上也颇有错字，能知道的都已改正，此外则只能承袭，因为一人之力，察不出来。但仍希望读者倘有发现时，加以指摘，给我将来还有改正的机会。

　　至于我的译文，则因为匆忙和疏忽，加以体力不济，谬误和遗漏之处也颇多。这首先要感谢雪峰君，他于校勘时，先就给我改正了不少的脱误。

　　　　　　　　一九二九年八月十六日之夜，鲁迅于上海的风雨，啼哭，歌笑声中记

　　本篇最初印入一九二九年十月上海水沫书店出版的《文艺与批评》单行本。

《小彼得》译本序

　　这连贯的童话六篇，原是日本林房雄[1]的译本（一九二七年东京晓星阁出版），我选给译者，作为学习日文之用的。逐次学过，就顺手译出，结果是成了这一部中文的书。但是，凡学习外国文字的，开手不久便选读童话，我以为不能算不对，然而开手就翻译童话，却很有些不相宜的地方，因为每容易拘泥原文，不敢意译，令读者看得费力。这译本原先就很有这弊病，所以我当校改之际，就大加改译了一通，比较地近于流畅了。——这也就是说，倘因此而生出不妥之处来，也已经是校改者的责任。

　　作者海尔密尼亚·至尔·妙伦[2]（Hermynia Zur Muehlen），看姓氏好像德国或奥国人，但我不知道她的事迹。据同一原译者所译的同作者的别一本童话《真理之城》（一九二八年南宋书院出版）的序文上说，则是匈牙利的女作家，但现在似乎专在德国做事，一切战斗的科学底社会主义的期刊——尤其是专为青年和少年而设的页子上，总能够看见她的姓名。作品很不少，致密的观察，坚实的文章，足够成为真正的社会主义作家之一人，而使她有世界的名声者，则大概由于那独创底的童话云。

　　不消说，作者的本意，是写给劳动者的孩子们看的，但输入中国，

1　林房雄（1903—1975）：日本作家。

2　海尔密尼亚·至尔·妙伦（1883—1951）：奥地利作家。

结果却又不如此。首先的缘故，是劳动者的孩子们轮不到受教育，不能认识这四方形的字和格子布模样的文章，所以在他们，和这是毫无关系，且不说他们的无钱可买书和无暇去读书。但是，即使在受过教育的孩子们的眼中，那结果也还是和在别国不一样。为什么呢？第一，还是因为文章，故事第五篇中所讽刺的话法的缺点，在我们的文章中可以说是几乎全篇都是。第二，这故事前四篇所用的背景，是：煤矿，森林，玻璃厂，染色厂；读者恐怕大多数都未曾亲历，那么，印象也当然不能怎样地分明。第三，作者所被认为"真正的社会主义作家"者，我想，在这里，有主张大家的生存权（第二篇），主张一切应该由战斗得到（第六篇之末）等处，可以看出，但披上童话的花衣，而就遮掉些斑斓的血汗了。尤其是在中国仅有几本这种的童话孤行，而并无基本底，坚实底的文籍相帮的时候。并且，我觉得，第五篇中银茶壶的话，太富于纤细的，琐屑的，女性底的色彩，在中国现在，或者更易得到共鸣罢，然而却应当忽略的。第四，则故事中的物件，在欧美虽然很普通，中国却纵是中产人家，也往往未曾见过。火炉即是其一；水瓶和杯子，则是细颈大肚的玻璃瓶和长圆的玻璃杯，在我们这里，只在西洋菜馆的桌上和汽船的二等舱中，可以见到。破雪草也并非我们常见的植物，有是有的，药书上称为"獐耳细辛"（多么烦难的名目呵！），是一种毛茛科的小草，叶上有毛，冬末就开白色或淡红色的小花，来"报告冬天就要收场的好消息"。日本称为"雪割草"，就为此。破雪草又是日本名的意译，我曾用在《桃色的云》上，现在也袭用了，似乎较胜于"獐耳细辛"之古板罢。

　　总而言之，这作品一经搬家，效果已大不如作者的意料。倘使硬要加上一种意义，那么，至多，也许可以供成人而不失赤子之心的，或并未劳动而不忘勤劳大众的人们的一览，或者给留心世界文学的人们，报告现代劳动者文学界中，有这样的一位作家，这样的一种作品罢了。

原译本有六幅乔治·格罗斯[1]（George Grosz）的插图，现在也加上了，但因为几经翻印，和中国制版术的拙劣，制版者的不负责任，已经几乎全失了原作的好处，——尤其是如第二图，——只能算作一个空名的绍介。格罗斯是德国人，原属踏踏主义[2]（Dadaismus）者之一人，后来却转了左翼。据匈牙利的批评家玛察[3]（I. Matza）说，这是因为他的艺术要有内容——思想，已不能被踏踏主义所牢笼的缘故。欧洲大战时候，大家用毒瓦斯来打仗，他曾画了一幅讽刺画，给钉在十字架上的耶稣的嘴上，也蒙上一个避毒的嘴套，于是很受了一场罚，也是有名的事，至今还颇有些人记得的。

一九二九年九月十五日，校讫记

本书最初印入一九二九年十一月上海春潮书局版《小彼得》中译本。
后收入杂文集《三闲集》。

《小彼得》译本序

1　乔治·格罗斯（1893—1959）：德国讽刺漫画家、装帧设计家。

2　踏踏主义：通译达达主义，指1916年至1923年间出现的一场无政府主义艺术运动。

3　玛察（1893—？）：匈牙利文艺批评家，生于捷克，1923年移居苏联。

《艺术论》译本序

一

　　蒲力汗诺夫（George Valentinovitch Plekhanov）以一八五七年，生于坦木蟠夫省的一个贵族的家里。自他出世以至成年之间，在俄国革命运动史上，正是智识阶级所提倡的民众主义自兴盛以至凋落的时候。他们当初的意见，以为俄国的民众，即大多数的农民，是已经领会了社会主义，在精神上，成着不自觉的社会主义者的，所以民众主义者的使命，只在"到民间去"，向他们说明那境遇，善导他们对于地主和官吏的嫌憎，则农民便将自行蹶起，实现自由的自治制，即无政府主义底社会的组织。

　　但农民却几乎并不倾听民众主义者的鼓动，倒是对于这些进步的贵族的子弟，怀抱着不满。皇帝亚历山大二世[1]的政府，则于他们临以严峻的刑罚，终使其中的一部分，将眼光从农民离开，来效法西欧先进国，为有产者所享有的一切权利而争斗了。于是从"土地与自由党"分裂为"民意党"，从事于政治底斗争，但那手段，却非一般底社会运动，而是单独和政府相斗争，尽全力于恐怖手段——暗杀。

　　青年的蒲力汗诺夫，也大概在这样的社会思潮之下，开始他革命

1　亚历山大二世：亚历山大二世·尼古拉耶维奇（Aleksandr II Nikolayevich, 1818—1881），俄国罗曼诺夫王朝第十六位沙皇，俄罗斯帝国第十二位皇帝（1855—1881在位）。

底活动的。但当分裂时，尚复固守农民社会主义的根本底见解，反对恐怖主义，反对获得政治底公民底自由，别组"均田党"，惟属望于农民的叛乱。然而他已怀独见，以为智识阶级独斗政府，革命殊难于成功，农民固多社会主义底倾向，而劳动者亦殊重要。他在那《革命运动上的俄罗斯工人》中说，工人者，是偶然来到都会，现于工厂的农民。要输社会主义入农村中，这农民工人便是最适宜的媒介者。因为农民相信他们工人的话，是在智识阶级之上的。

事实也并不很远于他的豫料。一八八一年恐怖主义者竭全力所实行的亚历山大二世的暗杀，民众未尝蹶起，公民也不得自由，结果是有力的指导者或死或囚，"民意党"殆濒于消灭。连不属此党而倾向工人的社会主义的蒲力汗诺夫等，也终被政府所压迫，不得不逃亡国外了。

他在这时候，遂和西欧的劳动运动相亲，遂开始研究马克斯的著作。

马克斯之名，俄国是早经知道的；《资本论》第一卷，也比别国早有译本；许多"民意党"的人们，还和他个人底地相知，通信。然而他们所竭尽尊敬的马克斯的思想，在他们却仅是纯粹的"理论"，以为和俄国的现实不相合，和俄人并无关系的东西，因为在俄国没有资本主义，俄国的社会主义，将不发生于工厂而出于农村的缘故。但蒲力汗诺夫是当回忆在彼得堡的劳动运动之际，就发生了关于农村的疑惑的，由原书而精通马克斯主义文献，又增加了这疑惑。他于是搜集当时所有的统计底材料，用真正的马克斯主义底方法，来研究它，终至确信了资本主义实在君临着俄国。一八八四年，他发表叫作《我们的对立》的书，就是指摘民众主义的错误，证明马克斯主义的正当的名作。他在这书里，即指示着作为大众的农民，现今已不能作社会主义的支柱。在俄国，那时都会工业正在发达，资本主义制度已在形成了。必然底地随此而起者，是资本主义之敌，就是绝灭资本主义的无产者。所以在俄国也如在西欧一样，无产者是对于政治底改造的最有意味的阶级。从那境遇上说，对于坚执而有组织的革命，已比别的阶级有更大的才能，而且作为将来的俄国革命的射击兵，也是最为适当的阶级。

自此以来，蒲力汗诺夫不但本身成了伟大的思想家，并且也作了俄国的马克斯主义者的先驱和觉醒了的劳动者的教师和指导者了。

二

但蒲力汗诺夫对于无产阶级的殊勋，最多是在所发表的理论的文字，他本身的政治底意见，却不免常有动摇的。

一八八九年，社会主义者开第一次国际会议于巴黎，蒲力汗诺夫在会上说，"俄国的革命运动，只有靠着劳动者的运动才能胜利，此外并无解决之道"的时候，是连欧洲有名的许多社会主义者们，也完全反对这话的；但不久，他的业绩显现出来了。文字方面，则有《历史上的一元底观察的发展》（或简称《史底一元论》），出版于一八九五年，从哲学底领域方面，和民众主义者战斗，以拥护唯物论，而马克斯主义的全时代，也就受教于此，借此理解战斗底唯物论的根基。后来的学者，自然也尝加以指摘的批评，但什维诺夫却说，"倒不如将这大可注目的书籍，向新时代的人们来说明，来讲解，实为更好的工作"云。次年，在事实方面，则因他的弟子们和民众主义者斗争的结果，终使纺纱厂的劳动者三万人的大同盟罢工，勃发于彼得堡，给俄国的历史划了新时期，俄国无产阶级的革命底价值，始为大家所认识，那时开在伦敦的社会主义者的第四次国际会议，也对此大加惊叹，欢迎了。

　　然而蒲力汗诺夫究竟是理论家。十九世纪末，列宁才开始活动，也比他年青，而两个人之间，就自然而然地行了未尝商量的分业。他所擅长的是理论方面，对于敌人，便担当了哲学底论战。列宁却从最先的著作以来，即专心于社会政治底问题，党和劳动阶级的组织的。他们这时的以辅车相依的形态，所编辑发行的报章，是Iskra（《火花》），撰者们中，虽然颇有不纯的分子，但在当时，却尽了重大的职务，使劳动者和革命者的或一层因此而奋起，使民众主义派智识者发生了动摇。

　　尤其重要的是那文字底和实际的活动。当时（一九〇〇年至一九〇一年），革命家是都惯于藏身在自己的小圈子中，不明白全国底展望的，他们不悟到靠着全国底展望，才能有所达成，也没有准确的计算，也不想到须用多大的势力，才能得怎样的成果。在这样的时代，要试行中央集权底党，统一全无产阶级的全俄底政治组织的观念，是新异而且难行的。《火花》却不独在论说上申明这观念，还组织了"火花"的团体，有当时铮铮的革命家一百人至一百五十人的"火花"派，加在这团体中，以实行蒲力汗诺夫在报章上用文字底形式所展开的计划。

　　但到一九〇三年，俄国的马克斯主义者分裂为布尔塞维克（多数派）和门塞维克（少数派）了，列宁是前者的指导者，蒲力汗诺夫则是后者。从此两人即时离时合，如一九〇四年日俄战争时的希望俄皇战败，一九○七至一九○九年的党的受难时代，他皆和列宁同心。尤其是后一时，布尔塞维克的势力的大部分，已经不得不逃亡国外，到处是堕落，到处有奸细，大家互相注目，互相害怕，互相猜疑了。在文学上，则淫荡文学盛行，《赛宁》即在这时出现。这情绪且侵入一切革命底圈子中。党员四散，化为个个小团体，门塞维克的取消派，已经给布尔塞维克唱起挽歌来了。这时大声叱咤，说取消派主义应该击破，以支持布尔塞维克的，却是身为门塞维克的权威的蒲力汗诺夫，且在各种报章上，国会中，加以勇敢的援助。于是门塞维克的别派，便嘲笑"他垂老而成了地下室的歌人"了。

企图革命的复兴，从新组织的报章，是一九一○年开始印行的Zvezda（《星》），蒲力汗诺夫和列宁，都从国外投稿，所以是两派合作的机关报，势不能十分明示政治上的方针。但当这报章和政治运动关系加紧之际，就渐渐失去提携的性质，蒲力汗诺夫的一派终于完全匿迹，报章尽成为布尔塞维克的战斗底机关了。一九一二年两派又合办日报Pravda（《真理》），而当事件展开时，蒲力汗诺夫派又于极短时期中悉被排除，和在Zvezda那时走了同一的运道。

殆欧洲大战起，蒲力汗诺夫遂以德意志帝国主义为欧洲文明和劳动阶级的最危险的仇敌，和第二国际的指导者们一样，站在爱国的见地上，为了和最可憎恶的德国战斗，竟不惜和本国的资产阶级和政府相提携，相妥协了。一九一七年二月革命后，他回到本国，组织了一个社会主义底爱国者的团体，曰"协同"。然而在俄国的无产阶级之父蒲力汗诺夫的革命底感觉，这时已经没有了打动俄国劳动者的力量，布勒斯特的媾和[1]后，他几乎全为劳农俄国所忘却，终在一九一八年五月三十日，孤独地死于那时正被德军所占领的芬兰了。相传他临终的谵语中，曾有疑问云："劳动者阶级可觉察着我的活动呢？"

三

他死后，Inprekol[2]（第八年第五十四号）上有一篇《G.V.蒲力汗诺夫和无产阶级运动》，简括地评论了他一生的功过——

　　……其实，蒲力汗诺夫是应该怀这样的疑问的。为什么呢？因为年少的劳动者阶级，对他所知道的，是作为爱国社会主义者，作为门塞维克党员，作为帝国主义的追随者，作为主张革命底劳动者和在俄国的资产阶级的指导者密柳珂夫[3]互相妥协的人。因为劳动者阶级的路和蒲力汗诺夫的路，是决然地离开的了。

　　然而，我们毫不迟疑，将蒲力汗诺夫算进俄国劳动者阶级的，不，国际劳动者阶级的最大的恩师们里面去。

　　怎么可以这样说呢？当决定底的阶级战的时候，蒲力汗诺夫不是在防线的那面的么？是的，确是如此。然而他在这些决定战的很以前的活动，他的理论上的诸劳作，在蒲力汗诺夫的遗产中，是成着贵重的东西的。

1　布勒斯特的媾和：为尽早退出第一次世界大战，保存新生的苏维埃政权，苏俄被迫采取暂时的妥协性行动，出让部分利益，与德国及其同盟在布列斯特签订和约。

2　Inprekol：《国际通讯》的简称，共产国际出版的刊物。

3　密柳珂夫（P. N. Milyukov, 1859—1943）：通译米留科夫，俄国立宪民主党领袖，历史学家。

惟为了正确的阶级底世界观而战的斗争，在阶级战的诸形态中，是最为重要的之一。蒲力汗诺夫由那理论上的诸劳作，亘几世代，养成了许多劳动者革命家们。他又借此在俄国劳动者阶级的政治底自主上，尽了出色的职务。

蒲力汗诺夫的伟大的功绩，首先，是对于"民意党"，即在前世纪的七十年代，相信着俄国的发达，是走着一种特别的，就是，非资本主义底的路的那些智识阶级的一伙的他的斗争。那七十年代以后的数十年中，在俄国的资本主义的堂堂的发展情形，是怎样地显示了民意党人中的见解之误，而蒲力汗诺夫的见解之对呵。

一八八四年由蒲力汗诺夫所编成的"以劳动解放为目的"的团体（劳动者解放团）的纲领，正是在俄国的劳动者党的最初的宣言，而且也是对于一八七八年至七九年劳动者之动摇的直接的解答。

他说着——

"惟有竭力迅速地形成一个劳动者党，在解决现今在俄国的经济底的，以及政治底的一切的矛盾上，是惟一的手段。"

一八八九年，蒲力汗诺夫在开在巴黎的国际社会主义党大会上，说道——

"在俄国的革命底运动，只有靠着革命底劳动者运动，才能得到胜利。我们此外并无解决之道，且也不会有的。"

这，蒲力汗诺夫的有名的话，决不是偶然的。蒲力汗诺夫以那伟大的天才，拥护这在市民底民众主义的革命中的无产阶级的主权，至数十年之久，而同时也发表了自由主义底有产者在和帝制的斗争中，竟懦怯地成为奸细，化为游移之至的东西的思想了。

蒲力汗诺夫和列宁一同，是《火花》的创办指导者。关于为了创立在俄国的政党底组织体而战的斗争，《火花》所尽的伟大的组织上的任务，是广大地为人们所知道的。

从一九三〇年至一九一七年的蒲力汗诺夫，生了几回大动摇，倒是总和革命底的马克斯主义违反，并且走向门塞维克去了。惹起他违反革命底的马克斯主义的诸问题，大抵是什么呢？

首先，是对于农民层的革命底的可能力的过少评价。蒲力汗诺夫在对于民意党人的有害方面的斗争中，竟看不见农民层的种种革命底的努力了。

其次，是国家的问题。他没有理解市民底民众主义的本质。就是他没有理解无论如何，有粉碎资产阶级的国家机关的必要。

最后，是他没有理解那作为资本主义的最后阶段的帝国主义的问题，以及帝国主义战争的性质的问题。

要而言之，——蒲力汗诺夫是于列宁的强处，有着弱处的。他不能成为"在帝国主义和无产阶级革命时代的马克斯主义者"。所以他之为马克斯主义者，也就全体到了收场。蒲力汗诺夫于是一步一步，如罗若·卢森堡[1]之所说，成为一个"可尊敬的化石"了。

在俄国的马克斯主义建设者蒲力汗诺夫，决不仅是马克斯和恩格斯的经济学，历史学，以及哲学的单的媒介者。他涉及这

1　罗若·卢森堡（Rosa Luxemburg, 1871—1919）：通译罗莎·卢森堡，德国人，马克思主义思想家、理论家。

些全领域，贡献了出色的独自的劳作。使俄国的劳动者和智识阶级，确实明白马克斯主义是人类思索的全史的最高的科学底完成，蒲力汗诺夫是与有力量的。惟蒲力汗诺夫的种种理论上的研究，在他的观念形态的遗产里，无疑地是最为贵重的东西。列宁曾经正当地常劝青年们去研究蒲力汗诺夫的书。——"倘不研究这个（蒲力汗诺夫的关于哲学的叙述），就谁也决不会是意识底的，真实的共产主义者的。因为这是在国际底的一切马克斯主义文献中，最为杰出之作的缘故。"——列宁说。

四

蒲力汗诺夫也给马克斯主义艺术理论放下了基础。他的艺术论虽然还未能俨然成一个体系，但所遗留的含有方法和成果的著作，却不只作为后人研究的对象，也不愧称为建立马克斯主义艺术理论，社会学底美学的古典底文献的了。

这里的三篇信札体的论文，便是他的这类著作的只鳞片甲。第一篇《论艺术》首先提出"艺术是什么"的问题，补正了托尔斯泰的定义，将艺术的特质，断定为感情和思想的具体底形象底表现。于是进而申明艺术也是社会现象，所以观察之际，也必用唯物史观的立场，并于和这违异的唯心史观（St. Simon, Comte, Hegel）[1]加以批评，而绍介又和这些相对的关于生物的美底趣味的达尔文的唯物论底见解。他在这里假设了反对者的主张由生物学来探美感的起源的提议，就

1　St. Simon：圣西门（1760—1825），法国空想社会主义者。Comte：孔德（1798—1857），法国唯心主义哲学家。Hegel：黑格尔（1770—1831），德国唯心主义哲学家。

引用达尔文本身的话，说明"美的概念，……在种种的人类种族中，很有种种，连在同一人种的各国民里，也会不同"。这意思，就是说，"在文明人，这样的感觉，是和各种复杂的观念以及思想的连锁结合着。"也就是说，"文明人的美的感觉，……分明是就为各种社会底原因所限定"了。

于是就须"从生物学到社会学去"，须从达尔文的领域的那将人类作为"物种"的研究，到这物种的历史底运命的研究去。倘只就艺术而言，则是人类的美底感情的存在的可能性（种的概念），是被那为它移向现实的条件（历史底概念）所提高的。这条件，自然便是该社会的生产力的发展阶段。但蒲力汗诺夫在这里，却将这作为重要的艺术生产的问题，解明了生产力和生产关系的矛盾以及阶级间的矛盾，以怎样的形式，作用于艺术上；而站在该生产关系上的社会的艺术，又怎样地取了各别的形态，和别社会的艺术显出不同。就用了达尔文的"对立的根源的作用"这句话，博引例子，以说明社会底条件之与关于美底感情的形式；并及社会的生产技术和韵律，谐调，均整法则之相关；且又批评了近代法兰西艺术论的发展（Staël, Guizot, Taine）[1]。

生产技术和生活方法，最密接地反映于艺术现象上者，是在原始民族的时候。蒲力汗诺夫就想由解明这样的原始民族的艺术，来担当马克斯主义艺术论中的难题。第二篇《原始民族的艺术》先据人类学者，旅行家等实见之谈，从薄墟曼，韦陀，印地安[2]以及别的民族引了

1　Staël：斯达尔（1766—1817），法国浪漫主义作家。Guizot：基佐（1787—1874）：法国历史学家、政治活动家。Taine：泰纳（1828—1893），法国文学批评家、历史学家。

2　薄墟曼：即西南非洲的原始民族布须曼。韦陀：即斯里兰卡原始民族维达。印地安：美洲土著民族。

他们的生活，狩猎，农耕，分配财货这些事为例子，以证原始狩猎民族实为共产主义的结合，且以见毕海尔[1]所说之不足凭。第三篇《再论原始民族的艺术》则批判主张游戏本能，先于劳动的人们之误，且用丰富的实证和严正的论理，以究明有用对象的生产（劳动），先于艺术生产这一个唯物史观的根本底命题。详言之，即蒲力汗诺夫之所究明，是社会人之看事物和现象，最初是从功利底观点的，到后来才移到审美底观点去。在一切人类所以为美的东西，就是于他有用——于为了生存而和自然以及别的社会人生的斗争上有着意义的东西。功用由理性而被认识，但美则凭直感底能力而被认识。享乐着美的时候，虽然几乎并不想到功用，但可由科学底分析而被发见。所以美底享乐的特殊性，即在那直接性，然而美底愉乐的根柢里，倘不伏着功用，那事物也就不见得美了。并非人为美而存在，乃是美为人而存在的。——这结论，便是蒲力汗诺夫将唯心史观者所深恶痛绝的社会，种族，阶级的功利主义底见解，引入艺术里去了。

看第三篇的收梢，则蒲力汗诺夫豫备继此讨论的，是人种学上的旧式的分类，是否合于实际。但竟没有作，这里也只好就此算作完结了。

五

这书所据的本子，是日本外村史郎[2]的译本。在先已有林柏修[3]先

---

1 毕海尔（K. Bücher, 1847—1930）：通译毕歇尔，德国经济学家。

2 外村史郎（1890—1951）：日本俄罗斯文学研究者。

3 林柏修：杜国庠（1889—1961），字守素，笔名林伯修等，广东澄海人，马克思主义哲学家、历史学家。

生的翻译，本也可以不必再译了，但因为丛书的目录早经决定，只得仍来做这一番很近徒劳的工夫。当翻译之际，也常常参考林译的书，采用了些比日译更好的名词，有时句法也大约受些影响，而且前车可鉴，使我屡免于误译，这是应当十分感谢的。

序言的四节中，除第三节全出于翻译外，其余是杂采什维诺夫的《露西亚社会民主劳动党史》，山内封介[1]的《露西亚革命运动史》和《普罗列塔利亚艺术教程》余录中的《蒲力汗诺夫和艺术》而就的。临时急就，错误必所不免，只能算一个粗略的导言。至于最紧要的关于艺术全般，在此却未曾涉及者，因为在先已有瓦勒夫松的《蒲力汗诺夫与艺术问题》，附印在《苏俄的文艺论战》（《未名丛刊》之一）之后，不久又将有列什涅夫《文艺批评论》和雅各武莱夫的《蒲力汗诺夫论》（皆是本丛书之一）出版，或则简明，或则浩博，决非译者所能企及其万一，所以不如不说，希望读者自去研究他们的文章。

最末这一篇，是译自藏原惟人所译的《阶级社会的艺术》，曾在《春潮月刊》上登载过的。其中有蒲力汗诺夫自叙对于文艺的见解，可作本书第一篇的互证，便也附在卷尾了。

但自省译文，这回也还是"硬译"，能力只此，仍须读者伸指来寻线索，如读地图：这实在是非常抱歉的。

一九三○年五月八日之夜，鲁迅校毕记于上海闸北寓庐

本篇最初发表于一九三○年六月一日《新地月刊》第一卷第六期，印入一九三○年七月上海光华书局单行本。后收入杂文集《二心集》。

1　山内封介（1888—？）：日本翻译家。

《毁灭》[1]后记

要用三百页上下的书，来描写一百五十个真正的大众，本来几乎是不可能的。以《水浒》的那么繁重，也不能将一百零八条好汉写尽。本书作者的简炼的方法，是从中选出代表来。

三个小队长。农民的代表是苦勃拉克，矿工的代表是图皤夫，牧人的代表是美迭里札。

苦勃拉克的缺点自然是最多，他所主张的是本地的利益，捉了牧师之后，十字架的银链子会在他的腰带上，临行喝得烂醉，对队员自谦为"猪一般的东西"。农民出身的斥候，也往往不敢接近敌地，只坐在丛莽里吸烟卷，以待可以回去的时候的到来。矿工木罗式加给以批评道——

> 我和他们合不来，那些农人们，和他们合不来。……小气，阴气，没有胆——毫无例外……都这样！自己是什么也没有。简直像扫过的一样！……（第二部之第五章）

图皤夫们可是大不相同了，规律既严，逃兵极少，因为他们不像农民，生根在土地上。虽然曾经散宿各处，召集时到得最晚，但后来

---

1 《毁灭》：苏联作家法捷耶夫1927年著长篇小说，描述的是苏联国内战争时期远东地区一支游击队的命运。

却"只有图皤夫的小队，是完全集合在一气"了。重伤者弗洛罗夫临死时，知道本身的生命，和人类相通，托孤于友，毅然服毒，他也是矿工之一。只有十分鄙薄农民的木罗式加，缺点却正属不少，偷瓜酗酒，既如流氓，而苦闷懊恼的时候，则又颇近于美谛克了。然而并不自觉。工兵刚卡连珂说——

> 从我们的无论谁，人如果掘下去，在各人里，都会发见农民的，在各人里。总之，属于这边的什么，至多也不过没有穿草鞋……（二之五）

就将他所鄙薄的别人的坏处，指给他就是自己的坏处，以人为鉴，明白非常，是使人能够反省的妙法，至少在农工相轻的时候，是极有意义的。然而木罗式加后来去作斥候，终于与美谛克不同，殉了他的职守了。

关于牧人美迭里札写得并不多。有他的果断，马术，以及临死的英雄底的行为。牧人出身的队员，也没有写。另有一个宽袍大袖的细脖子的牧童，是令人想起美迭里札的幼年时代和这牧童的成人以后的。

解剖得最深刻的，恐怕要算对于外来的知识分子——首先自然是高中学生美谛克了。他反对毒死病人，而并无更好的计谋，反对劫粮，而仍吃劫来的猪肉（因为肚子饿）。他以为别人都办得不对，但自己也无办法，也觉得自己不行，而别人却更不行。于是这不行的他，也就成为高尚，成为孤独了。那论法是这样的——

  ……我相信，我是一个不够格的，不中用的队员……我实在
是什么也不会做，什么也不知道的……我在这里，和谁也合不
来，谁也不帮助我，但这是我的错处么？我用了直心肠对人，但
我所遇见的却是粗暴，对于我的玩笑，揶揄……现在我已经不相
信人了，我知道，如果我再强些，人们就会听我，怕我的，因为在
这里，谁也只向着这件事，谁也只想着这件事，就是装满自己的
大肚子……我常常竟至于这样地感到，假使他们万一在明天为科
尔却克所带领，他们便会和现在一样地服侍他，和现在一样地法
外的凶残地对人，然而我不能这样，简直不能这样……（二之五）

  这其实就是美谛克入队和逃走之际，都曾说过的"无论在那里做
事，全都一样"论，这时却以为大恶，归之别人了。此外解剖，深切者
尚多，从开始以至终篇，随时可见。然而美谛克却有时也自觉着这缺点
的，当他和巴克拉诺夫同去侦察日本军，在路上扳谈了一些话之后——

  美谛克用了突然的热心，开始来说明巴克拉诺夫的不进高
中学校，并不算坏事情，倒是好。他在无意中，想使巴克拉诺夫
相信自己虽然无教育，却是怎样一个善良，能干的人。但巴克拉
诺夫却不能在自己的无教育之中，看见这样的价值，美谛克的更
加复杂的判断，也就全然不能为他所领会了。他们之间，于是并
不发生心心相印的交谈，两人策了马，在长久的沉默中开快步前
进。（二之二）

  但还有一个专门学校学生企什，他的自己不行，别人更不行的论

法，是和美谛克一样的——

　　自然，我是生病，负伤的人，我是不耐烦做那样麻烦的工作的，然而无论如何，我总该不会比小子还要坏———这无须夸口来说……（二之一）

然而比美谛克更善于避免劳作，更善于追逐女人，也更苛于衡量人物了——

　　唔，然而他（莱奋生）也是没有什么了不得的学问的人呵，单是狡猾罢了。就在想将我们当作踏脚，来挣自己的地位。自然，您总以为他是很有勇气，很有才能的队长罢。哼，岂有此理！—都是我们自己幻想的！……（同上）

这两人一相比较，便觉得美谛克还有纯厚的地方。弗理契[1]《代序》中谓作者连写美谛克，也令人感到有些爱护之处者，大约就为此。

莱奋生对于美谛克一流人物的感想，是这样的——

　　只在我们这里，在我们的地面上，几万万人从太古以来，活在宽缓的怠惰的太阳下，住在污秽和穷困中，用着洪水以前的木犁耕田，信着恶意而昏愚的上帝，只在这样的地面上，这穷愚的

1　弗理契（V. M. Friče, 1870—1929）：苏联文艺评论家、文学史家。

部分中，才也能生长这种懒惰的，没志气的人物，这不结子的空花……（二之五）

　　但莱奋生本人，也正是一个知识分子——袭击队中的最有教养的人。本书里面只说起他先前是一个瘦弱的犹太小孩，曾经帮了他那终生梦想发财的父亲卖旧货，幼年时候，因为照相，要他凝视照相镜，人们曾诳骗他说将有小鸟从中飞出，然而终于没有，使他感到很大的失望的悲哀。就是到省悟了这一类的欺人之谈，也支付了许多经验的代价。但大抵已经不能回忆，因为个人的私事，已为被称为"先驱者莱奋生的莱奋生"的历年积下的层累所掩蔽，不很分明了。只有他之所以成为"先驱者"的由来，却可以确切地指出——

　　　　在克服这些一切的缺陷的困穷中，就有着他自己的生活的根本底意义，倘若他那里没有强大的，别的什么希望也不能比拟的，那对于新的，美的，强的，善的人类的渴望，莱奋生便是一个别的人了。但当几万万人被逼得只好过着这样原始的，可怜的，无意义地穷困的生活之间，又怎能谈得到新的，美的人类呢？（同上）

　　这就使莱奋生必然底地和穷困的大众联结，而成为他们的先驱。人们也以为他除了来做队长之外，更无适宜的位置了。但莱奋生深信着——

　　　　驱使着这些人们者，决非单是自己保存的感情，乃是另外的，不下于此的重要的本能，借了这个，他们才将所忍耐着的一切，连死，都售给最后的目的……然而这本能之生活于人们中，是藏在他们的细小，平常的要求和顾虑下面的，这因为各人是要吃，要睡，而各人是孱弱的缘故。看起来，这些人们就好像担任些平常的，细小的杂务，感觉自己的弱小，而将自己的最大的顾虑，则委之较强的人们似的。（二之三）

莱奋生以"较强"者和这些大众前行，他就于审慎周详之外，还必须自专谋画，藏匿感情，获得信仰，甚至于当危急之际，还要施行权力了。为什么呢，因为其时是——

大家都在怀着尊敬和恐怖对他看，——却没有同情。在这瞬间，他觉得自己是居部队之上的敌对底的力，但他已经觉悟，竟要向那边去，——他确信他的力是正当的。（同上）

然而莱奋生不但有时动摇，有时失措，部队也终于受日本军和科尔却克[1]军的围击，一百五十人只剩下了十九人，可以说，是全部毁灭了。突围之际，他还是因为受了巴克拉诺夫的暗示。这和现在世间通行的主角无不超绝，事业无不圆满的小说一比较，实在是一部令人扫兴的书。平和的改革家之在静待神人一般的先驱，君子一般的大众者，其实就为了惩于世间有这样的事实。美谛克初到农民队的夏勒图巴部下去的时候，也曾感到这一种幻灭的——

1　科尔却克（A. V. Kolchak, 1874—1920）：通译高尔察克，俄罗斯帝国海军上将，1918年任"西伯利亚政府"陆海军军部部长，在外国武装的支持下发动政变，建立军事独裁政权。

周围的人们，和从他奔放的想像所造成的，是全不相同的人物……（一之二）

但作者即刻给以说明道——

因此他们就并非书本上的人物，却是真的活的人。（同上）

然而虽然同是人们，同无神力，却又非美谛克之所谓"都一样"的。例如美谛克，也常有希望，常想振作，而息息转变，忽而非常雄大，忽而非常颓唐，终至于无可奈何，只好躺在草地上看林中的暗夜，去赏鉴自己的孤独了。莱奋生却不这样，他恐怕偶然也有这样的心情，但立刻又加以克服，作者于莱奋生自己和美谛克相比较之际，曾漏出他极有意义的消息来——

但是，我有时也曾是这样，或者相像么？
不，我是一个坚实的青年，比他坚实得多。我不但希望了许多事，也做到了许多事——这是全部的不同。（二之五）

以上是译完复看之后，留存下来的印象。遗漏的可说之点，自然还很不少的。因为文艺上和实践上的宝玉，其中随在皆是，不但泰茄[1]的景色，夜袭的情形，非身历者不能描写，即开枪和调马之术，书中但以烘托美谛克的受窘者，也都是得于实际的经验，决非幻想的文人所能

1　泰茄：俄语Тайга的音译，泛指欧亚大陆的森林。

著笔的。更举其较大者，则有以寥寥数语，评论日本军的战术云——

> 他们从这田庄进向那田庄，一步一步都安排稳妥，侧面布置着绵密的警备，伴着长久的停止，慢慢地进行。在他们的动作的铁一般固执之中，虽然慢，却可以感到有自信的，有计算的，然而同时是盲目底的力量。（二之二）

而和他们对抗的莱奋生的战术，则在他训练部队时叙述出来——

> 他总是不多说话的，但他恰如敲那又钝又强的钉，以作永久之用的人一般，就只执拗地敲着一个处所。（一之九）

于是他在部队毁灭之后，一出森林，便看见打麦场上的远人，要使他们很快地和他变成一气了。

作者法捷耶夫（Alexandr Alexandrovitch Fadeev）的事迹，除《自传》中所有的之外，我一无所知。仅由英文译文《毁灭》的小序中，知道他现在是无产者作家联盟的裁决团体的一员。

又，他的罗曼小说《乌兑格之最后》，已经完成，日本将有译本。

这一本书，原名《Razgrom》，义云"破灭"，或"溃散"，藏原惟人译成日文，题为《坏灭》，我在春初译载《萌芽》上面，改称《溃灭》的，所据就是这一本；后来得到R. D. Charques[1]的英文译本和Verlag

---

1　R. D. Charques：拉·德·加尔格，《毁灭》的英译者。

für Literatur und Politik[1]出版的德文译本，又参校了一遍，并将因为
《萌芽》停版，放下未译的第三部补完。后二种都已改名《十九人》，
但其内容，则德日两译，几乎相同，而英译本却多独异之处，三占从
二，所以就很少采用了。

前面的三篇文章，《自传》原是《文学的俄罗斯》所载，亦还君从
一九二八年印本译出；藏原惟人的一篇，原名《法捷耶夫的小说〈毁
灭〉》，登在一九二八年三月的《前卫》上，洛扬[2]君译成华文的。这都
从《萌芽》转录。弗理契（V. Fritche）的序文，则三种译本上都没有，
朱杜二君特为从《罗曼杂志》所载的原文译来。但音译字在这里都已
改为一律，引用的文章，也照我所译的本文换过了。特此声明，并表
谢意。

卷头的作者肖像，是拉迪诺夫[3]（I. Radinov）画的，已有佳作的定
评。威绥斯拉夫崔夫[4]（N. N. Vuysheslavtsev）的插画六幅，取自《罗
曼杂志》中，和中国的"绣像"颇相近，不算什么精采。但究竟总可以
裨助一点阅者的兴趣，所以也就印进去了。在这里还要感谢靖华君远
道见寄这些图画的盛意。

上海，一九三一年，一月十七日。译者

本篇最初印入一九三一年十月上海三闲书屋版《毁灭》单行本。

---

1 德语，译为"文学与政治出版社"。
2 洛扬：冯雪峰（1903日—1976），原名福春，笔名雪峰、画室、洛扬等，浙江义乌人，诗人、文艺理论家。
3 拉迪诺夫（1887—1967）：通译拉季诺夫，苏联美术家、诗人。
4 威绥斯拉夫崔夫：生卒年不详，苏联美术家。

《表》译者的话

　　《表》的作者班台莱耶夫[1]（L. Panteleev），我不知道他的事迹。所看见的记载，也不过说他原是流浪儿，后来受了教育，成为出色的作者，且是世界闻名的作者了。他的作品，德国译出的有三种：一为"Schkid"（俄语"陀斯妥也夫斯基学校"的略语），亦名《流浪儿共和国》，是和毕理克[2]（G. Bjelych）合撰的，有五百余页之多；一为《凯普那乌黎的复仇》，我没有见过；一就是这一篇中篇童话，《表》。

　　现在所据的即是爱因斯坦[3]（Maria Einstein）女士的德译本，一九三〇年在柏林出版的。卷末原有两页编辑者的后记，但因为不过是对德国孩子们说的话，在到了年纪的中国读者，是统统知道了的，而这译本的读者，恐怕倒是到了年纪的人居多，所以就不再译在后面了。

　　当翻译的时候，给了我极大的帮助的，是日本槙本楠郎[4]的日译本：《金时计》。前年十二月，由东京乐浪书院印行。在那本书上，并没有说明他所据的是否原文；但看藤森成吉[5]的话（见《文学评论》创刊号），则似乎也就是德译本的重译。这对于我是更加有利的：可

1　班台莱耶夫（1908—1987）：苏联儿童文学作家。
2　毕理克（1907—1929）：通译别雷赫，苏联电影导演、作家。
3　威爱因斯坦：指玛雅·爱因斯坦（1881—1951），德国人，物理学家阿尔伯特·爱因斯坦的姐姐。
4　槙本楠郎（1898—1956）：日本童话作家、评论家、童谣诗人.
5　藤森成吉（1892—1978）：日本作家。

以免得自己多费心机，又可以免得常翻字典。但两本也间有不同之处，这里是全照了德译本的。

《金时计》上有一篇译者的序言，虽然说的是针对着日本，但也很可以供中国读者参考的。译它在这里：

人说，点心和儿童书之多，有如日本的国度，世界上怕未必再有了。然而，多的是吓人的坏点心和小本子，至于富有滋养，给人益处的，却实在少得很。所以一般的人，一说起好点心，就想到西洋的点心，一说起好书，就想到外国的童话了。

然而，日本现在所读的外国的童话，几乎都是旧作品，如将褪的虹霓，如穿旧的衣服，大抵既没有新的美，也没有新的乐趣的了。为什么呢？因为大抵是长大了的阿哥阿姊的儿童时代所看过的书，甚至于还是连父母也还没有生下来，七八十年前所作的，非常之旧的作品。

虽是旧作品，看了就没有益，没有味，那当然也不能说的。但是，实实在在的留心读起来，旧的作品中，就只有古时候的"有益"，古时候的"有味"。这只要把先前的童谣和现在的童谣比较一下看，也就明白了。总之，旧的作品中，虽有古时候的感觉、感情、情绪和生活，而像现代的新的孩子那样，以新的眼睛和新的耳朵，来观察动物，植物和人类的世界者，却是没有的。

所以我想，为了新的孩子们，是一定要给他新作品，使他向着变化不停的新世界，不断的发荣滋长的。

由这意思，这一本书想必为许多人所喜欢。因为这样的内容簇新，非常有趣，而且很有名声的作品，是还没有绍介一本到日本来的。然而，这原是外国的作品，所以纵使怎样出色，也总只显着外国的特色。我希望读者像游历异国一样，一面鉴赏着这特色，一面怀着涵养广博的智识，和高尚的情操的心情，来读这一本书。我想，你们的见闻就会更广，更深，精神也因此磨炼出来了。

还有一篇秋田雨雀[1]的跋，不关什么紧要，不译它了。

译成中文时，自然也想到中国。十来年前，叶绍钧先生的《稻草人》是给中国的童话开了一条自己创作的路的。不料此后不但并无蜕变，而且也没有人追踪，倒是拚命的在向后转。看现在新印出来的儿童书，依然是司马温公[2]敲水缸，依然是岳武穆王[3]脊梁上刺字；甚而至于"仙人下棋"，"山中方七日，世上已千年"；还有《龙文鞭影》[4]里的故事的白话译。这些故事的出世的时候，岂但儿童们的父母还没有出世呢，连高祖父母也没有出世，那么，那"有益"和"有味"之处，也就可想而知了。

在开译以前，自己确曾抱了不小的野心。第一，是要将这样的崭新的童话，绍介一点进中国来，以供孩子们的父母，师长，以及教育家，童话作家来参考；第二，想不用什么难字，给十岁上下的孩子们也可以看。但是，一开译，可就立刻碰到了钉子了，孩子的话，我知道得太少，不够达出原文的意思来，因此仍然译得不三不四。现在只

1　秋田雨雀（1883—1962）：日本戏剧家、作家、世界语学者。

2　司马温公：司马光（1019—1086），字君实，号迂叟，死后获封温国公，陕州夏县（今山西夏县）人，北宋政治家、史学家、文学家。

3　岳武穆王：即南宋名将岳飞，死后追赠谥号"武穆"。

4　《龙文鞭影》：中国古代儿童启蒙读物，原名《蒙养故事》，明代萧良有撰，杨臣诤增订。

《表》译者的话

剩了半个野心了，然而也不知道究竟怎么样。

还有，虽然不过是童话，译下去却常有很难下笔的地方。例如译作"不够格的"，原文是defekt，是"不完全"，"有缺点"的意思。日译本将它略去了。现在倘若译作"不良"，语气未免太重，所以只得这么的充一下，然而仍然觉得欠切帖。又这里译作"堂表兄弟"的是Olle，译作"头儿"的是Gannove，查了几种字典，都找不到这两个字。没法想就只好头一个据西班牙语，第二个照日译本，暂时这么的敷衍着，深望读者指教，给我还有改正的大运气。

插画二十二小幅，是从德译本复制下来的。作者孚克（Bruno Fuk），并不是怎样知名的画家，但在二三年前，却常常看见他为新的作品作画的，大约还是一个青年罢。

鲁迅

本篇连同译文最初发表于一九三五年三月《译文》月刊第二卷第一期，印入一九三五年七月上海生活书店版单行本。

《坏孩子和别的奇闻》译者后记

契诃夫的这一群小说，是去年冬天，为了《译文》开手翻译的，次序并不照原译本的先后。是年十二月，在第一卷第四期上，登载了三篇，是《假病人》，《簿记课副手日记抄》和《那是她》，题了一个总名，谓之《奇闻三则》，还附上几句后记道——

> 以常理而论，一个作家被别国译出了全集或选集，那么，在那一国里，他的作品的注意者，阅览者和研究者该多起来，这作者也更为大家所知道，所了解的。但在中国却不然，一到翻译集子之后，集子还没有出齐，也总不会出齐，而作者可早被压杀了。易卜生，莫泊桑[1]，辛克莱，无不如此，契诃夫也如此。
>
> 不过姓名大约还没有被忘却。他在本国，也还没有被忘却的，一九二九年做过他死后二十五周年的纪念，现在又在出他的选集。但在这里我不想多说什么了。
>
> 《奇闻三篇》是从Alexander Eliasberg[2]的德译本《Der Persische Orden und andere Grotesken》(Welt Verlag, Berlin, 1922)[3]里选出来的。这书共八篇，都是他前期的手笔，虽没有后来诸作品的阴

1　莫泊桑（ Maupassant, 1850—1893）：法国批判现实主义作家。

2　Alexander Eliasberg：亚历山大·伊里亚斯堡（1878—1924），俄国人，后移居德国，作家、翻译家。

3　译为：《波斯勋章及别的奇闻》(世界出版社，柏林，1922年）。

　　沉，却也并无什么代表那时的名作，看过美国人做的《文学概论》之类的学者或批评家或大学生，我想是一定不准它称为"短篇小说"的，我在这里也小心一点，根据了"Groteske"这一个字，将它翻作了"奇闻"。

　　第一篇绍介的是一穷一富，一厚道一狡猾的贵族；第二篇是已经爬到极顶和日夜在想爬上去的雇员；第三篇是圆滑的行伍出身的老绅士和爱听艳闻的小姐。字数虽少，脚色却都活画出来了。但作者虽是医师，他给簿记课副手代写的日记是当不得正经的，假如有谁看了这一篇，真用升汞去治胃加答儿，那我包管他当天就送命。这种通告，固然很近于"杞忧"，但我却也见过有人将旧小说里狐鬼所说的药方，抄进了正经的医书里面去——人有时是颇有些希奇古怪的。

　　这回的翻译的主意，与其说为了文章，倒不如说是因为插画；德译本的出版，好像也是为了插画的。这位插画家玛修丁[1]（V. N. Massiutin），是将木刻最早给中国读者赏鉴的人，《未名丛刊》中《十二个》的插画，就是他的作品，离现在大约已有十多年了。

今年二月，在第六期上又登了两篇：《暴躁人》和《坏孩子》。那后记是——

　　契诃夫的这一类的小说，我已经绍介过三篇。这种轻松的小品，恐怕中国是早有译本的，但我却为了别一个目的：原本的

1　玛修丁：生卒年不详，苏联铜版画和木刻画家，后移居德国。

插画，大概当然是作品的装饰，而我的翻译，则不过当作插画的说明。

　　就作品而论，《暴躁人》是一八八七年作；据批评家说，这时已是作者的经历更加丰富，观察更加广博，但思想也日见阴郁，倾于悲观的时候了。诚然，《暴躁人》除写这暴躁人的其实并不敢暴躁外，也分明的表现了那时的闺秀们之鄙陋，结婚之不易和无聊；然而一八八三年作的大家当作滑稽小品看的《坏孩子》，悲观气息却还要沉重，因为看那结末的叙述，已经是在说：报复之乐，胜于恋爱了。

接着我又寄去了三篇：《波斯勋章》，《难解的性格》和《阴谋》，算是全部完毕。但待到在《译文》第二卷第二期上发表出来时，《波斯勋章》不见了，后记上也删去了关于这一篇作品的话，并改"三篇"为"二篇"——

　　木刻插画本契诃夫的短篇小说共八篇，这里再译二篇。

　　《阴谋》也许写的是夏列斯妥夫的性格和当时医界的腐败的情形。但其中也显示着利用人种的不同于"同行嫉妒"。例如，看起姓氏来，夏列斯妥夫是斯拉夫种人，所以他排斥"摩西教派的可敬的同事们"——犹太人，也排斥医师普莱息台勒（Gustav Prechtel）和望·勃隆（Von Bronn）以及药剂师格伦美尔（Grummer），这三个都是德国人姓氏，大约也是犹太人或者日耳曼种人。这种关系，在作者本国的读者是一目了然的，到中国来就须加些注释，有点缠夹了。但参照起中村白叶氏日本译本的《契诃夫全集》，这里却缺少了两处关于犹太人的并不是好话。一，是缺了"摩西教派的同事们聚作一团，在嚷叫"之后的一行："'哗拉哗拉，哗拉哗拉，哗拉哗拉……'"；二，是"摩西教派的可敬的同事又聚作一团"下面一句"在嚷叫"，乃是"开始那照例的——'哗拉哗拉，哗拉哗拉'了……"但不知道原文原有两种的呢，还是德文译者所删改？我想，日文译本是决不至于无端增加一点的。

　　平心而论，这八篇大半不能说是契诃夫的较好的作品，恐怕并非玛修丁为小说而作木刻，倒是翻译者Alexander Eliasberg为木刻而译小说的罢。但那木刻，却又并不十分依从小说的叙述，例如《难解的性格》中的女人，照小说，是扇上该有须头，鼻梁上应该架着眼镜，手上也该有手镯的，而插画里都没有。大致一看，动手就做，不必和本书一一相符，这是西洋的插画家很普通的脾气。虽说"神似"比"形似"更高一著，但我总以为并非插画的正轨，中国的画家是用不着学他的——倘能"形神俱似"，不是比单单的"形似"又更高一著么？

　　但"这八篇"的"八"字没有改，而三次的登载，小说却只有七篇，不过大家是不会觉察的，除了编辑者和翻译者。谁知道今年的刊物上，新添的一行"中宣会图书杂志审委会审查证……字第……号"，就是"防民之口"的标记呢，但我们似的译作者的译作，却就在这机关里被删除，被禁止，被没收了，而且不许声明，像衔了麻核桃的赴法场一样。这《波斯勋章》，也就是所谓"中宣……审委会"暗杀账上的一笔。

《波斯勋章》不过描写帝俄时代的官僚的无聊的一幕，在那时的作者的本国尚且可以发表，为什么在现在的中国倒被禁止了？——我们无从推测。只好也算作一则"奇闻"。但自从有了书报检查以来，直至六月间的因为"《新生》事件"而烟消火灭为止，它在出版界上，却真有"所过残破"之感，较有斤两的译作，能保存它的完肤的是很少的。

自然，在地土，经济，村落，堤防，无不残破的现在，文艺当然也不能独保其完整。何况是出于我的译作，上有御用诗官的施威，下有帮闲文人的助虐，那遭殃更当然在意料之中了。然而一面有残毁者，一面也有保全，补救，推进者，世界这才不至于荒废。我是愿意属于后一类，也分明属于后一类的。现在仍取八篇，编为一本，使这小集复归于完全，事虽琐细，却不但在今年的文坛上为他们留一种亚细亚式的"奇闻"，也作了我们的一个小小的记念。

一九三五年九月十五之夜，记

本篇最初印入一九三六年上海联华书局版《坏孩子和别的奇闻》单行本。

《坏孩子和别的奇闻》译者后记

《古小说钩沉》[1]序

　　小说者，班固以为"出于稗官"，"闾里小知者之所及，亦使缀而不忘，如或一言可采，此亦刍荛狂夫之议"。是则稗官职志，将同古"采诗之官，王者所以观风俗知得失"矣。顾其条最诸子，判列十家，复以为"可观者九"，而小说不与；所录十五家，今又散失。惟《大戴礼》[2]引有青史氏[3]之记，《庄子》举宋钘[4]之言，孤文断句，更不能推见其旨。去古既远，流裔弥繁，然论者尚墨守故言，此其持萌芽以度柯叶乎！

　　余少喜披览古说，或见讹敚，则取证类书，偶会逸文，辄亦写出。虽丛残多失次第，而涯略故在。大共赜语支言，史官末学，神鬼精物，数术波流；真人福地，神仙之中驷，幽验冥征，释氏之下乘。人间小书，致远恐泥，而洪笔晚起，此其权舆。况乃录自里巷，为国人所白心；出于造作，则思士之结想。心行曼衍，自生此品，其在文林，有如舜华，足以丽尔文明，点缀幽独，盖不第为广视听之具而止。然论者尚墨守故言。惜此旧籍，弥益零落，又虑后此闲暇者鲜，爰更比缉，并校定昔人集本，合得如干种，名曰《古小说钩沉》。

1　《古小说钩沉》：鲁迅于1909年秋至1911年底辑录的古小说佚文集，共收自周至隋的散佚小说36种。

2　《大戴礼》：即《大戴礼记》，西汉礼学名家戴德（生卒年不详）选编，是一部关于中国古代礼制的书。

3　青史氏：指先秦小说集《青史子》的作者。

4　宋钘（约前370—前291）：又称宋子，宋国宋城（今河南睢阳）人，战国时期哲学家。

归魂故书，即以自求说释，而为谈大道者言，乃曰：稗官职志，将同古"采诗之官，王者所以观风俗知得失"矣。

本篇最初发表于一九一二年二月绍兴《越社丛刊》第一集，借署周作人名。

《嵇康集》跋

　　右《嵇康集》十卷，从明吴宽[1]丛书堂钞本写出。原钞颇多讹敓，经二三旧校，已可籀读。校者一用墨笔，补阙及改字最多。然删易任心，每每涂去佳字。旧跋谓出吴匏庵手，殆不然矣。二以朱校，一校新，颇谨慎不苟。第所是正，反据俗本。今于原字校佳及义得两通者，仍依原钞，用存其旧。其漫灭不可辨认者，则从校人，可惋惜也。细审此本，似与黄省曾[2]所刻同出一祖。惟黄刻帅意妄改，此本遂得稍稍胜之。然经朱墨校后，则又渐近黄刻。所幸校不甚密，故留遗佳字，尚复不少。中散遗文，世间已无更善于此者矣。

　　　　　　　　　　　　　　　　　　癸丑十月二十日，周树人镫下记

　　　　　　　　　本篇写于一九一三年十月二十日，最初收入一九三八年版《鲁迅全集》
　　　　　　　　　第九卷《嵇康集》。

1　吴宽（1435—1504）：明代文学家，字原博，号匏庵、玉亭主，世称匏庵先生。

2　黄省曾（1490—1540）：字勉之，号五岳山人，吴县（今江苏苏州）人，明代学者。

《会稽郡故书杂集》[1]序

《会稽郡故书杂集》者，取[2]史传地记之逸文，编而成集，以存旧书大略也。会稽古称沃衍，珍宝所聚，海岳精液，善生俊异，而远于京夏，厥美弗彰。吴谢承[3]始传先贤，朱育[4]又作《土地记》。载笔之士，相继有述，于是人物山川，咸有记录。其见于《隋书·经籍志》者，杂传篇有四部三十八卷，地理篇二部二卷。五代云扰，典籍湮灭。旧闻故事，殆鲜孑遗。后之作者，遂不能更理其绪。作人幼时，尝见武威张澍[5]所辑书，于凉土文献，撰集甚众。笃恭乡里，尚此之谓。而会稽故籍，零落至今，未闻后贤为之纲纪。乃创就所见书传，刺取遗篇，絫[6]为一袟。中经游涉，又闻明哲之论，以为夸饰乡土，非大雅所尚。谢承虞预[7]且以是为讥于世。俯仰之间，遂辍其业。十年已后，归于会稽。禹勾践之遗迹故在。士女敖嬉，瞬眄而过，殆将无所眷念，曾何夸饰之云，而土风不加美。是故叙述名德，著其贤能，记注陵泉，传

1　《会稽郡故书杂集》：鲁迅在北京绍兴县馆编就，收有关于古会稽郡的史地佚书谢承《会稽先贤传》、虞预《会稽典录》等8种。

2　取：同"聚"，聚集，积累。

3　谢承：生卒年不详，字伟平，山阴（今浙江绍兴）人，吴大帝孙权夫人谢夫人之弟，三国时期吴国史学家，著有《后汉书》143卷。

4　朱育：生卒年未详，字嗣卿，山阴人，三国时期吴国官员。

5　张澍（1776—1847）：字百瀹，又字寿谷、时霖等，凉州武威（今属甘肃）人，清代文献学家、学者。

6　絫：同"累"，堆积。

7　虞预（约285—340）：本名茂，字叔宁，会稽余姚（今浙江余姚）人，东晋史学家。

其典实，使后人穆然有思古之情，古作者之用心至矣！其所造述虽多散亡，而逸文尚可考见一二。存而录之，或差胜于泯绝云尔。因复撰次写定，计有八种。诸书众说，时足参证本文，亦各最录，以资省览。书中贤俊之名，言行之迹，风土之美，多有方志所遗，舍此更不可见。用遗邦人，庶几供其景行，不忘于故。第以寡闻，不能博引。如有未备，览者详焉。

太岁在阏逢摄提格[1]九月既望，会稽周作人记

本篇最初发表于一九一四年十二月《绍兴教育杂志》第二期，一九一五年二月绍兴木板刊印，借署周作人名。

1　太岁在阏逢摄提格：即甲寅年（1914）。太岁在甲为"阏逢"，在寅为"摄提格"。

《嵇康集》序

　　魏中散大夫[1]《嵇康集》，在梁有十五卷，《录》一卷。至隋佚二卷。唐世复出，而失其《录》。宋以来，乃仅存十卷。

　　郑樵《通志》[2]所载卷数，与唐不异者，盖转录旧记，非由目见。王楙[3]已尝辨之矣。至于椠刻，宋元者未尝闻，明则有嘉靖乙酉黄省曾本，汪士贤《二十一名家集》[4]本，皆十卷。在张溥《汉魏六朝百三名家集》[5]中者，合为一卷，张燮[6]所刻者又改为六卷，盖皆从黄本出，而略正其误，并增逸文。张燮本更变乱次第，弥失其旧。惟程荣[7]刻十卷本，较多异文，所据似别一本，然大略仍与他本不甚远。清诸家藏书簿所记，又有明吴宽丛书堂钞本，谓源出宋椠，又经匏庵手校，故虽迻录，校文者亦为珍秘。予幸其书今在京师图书馆，乃亟写得之，更取黄本雠对，知二本根源实同，而互有讹夺。惟此所阙失，得由彼书补正，兼具二长，乃成较胜。旧校亦不知是否真出匏庵手？要之盖不止

1　中散大夫：嵇康官至中散大夫，世称"嵇中散"。

2　郑樵（1104？—1162？）：字渔仲，自号溪西逸民，兴化军莆田（今福建莆田）人，南宋史学家、校雠学家。《通志》：纪传体中国通史，上起三皇，下迄隋代，全书共200卷。

3　王楙（1151—1213）：字勉夫，号分定居士，福州福清人，南宋学者。

4　汪士贤：生卒年不详，字隐侯、伯仁，号朝用，徽州婺源（今属江西）人，明代刊刻家。《二十一名家集》即《汉魏诸名家集》，共123卷，刊行于明代万历年间。

5　张溥（1602—1641）：字乾度，一字天如，号西铭，南直隶太仓（今属江苏）人，明朝晚期文学家。《汉魏六朝百三名家集》：又名《汉魏六朝百三家集》，是一部大型古代文学总集，共计118卷。

6　张燮（1574—1640）：字绍和，自号海滨逸史，龙溪县（今福建漳州）人，明代学者。

7　程荣：生卒年不详，字伯仁，明代歙县人。

一人。先为墨校，增删最多，且常灭尽原文，至不可辨；所据又仅刻本，并取彼之讹夺，以改旧钞。后又有朱校二次，亦据刻本，凡先所幸免之字，辄复涂改，使悉从同。盖经朱墨三校，而旧钞之长，且泯绝矣。

今此校定，则排摈旧校，力存原文。其为浓墨所灭，不得已而从改本者，则曰"字从旧校"，以著可疑。义得两通，而旧校辄改从刻本者，则曰"各本作某"，以存其异。既以黄省曾，汪士贤，程荣，张溥，张燮五家刻本比勘讫，复取《三国志》注，《晋书》，《世说新语》注，《野客丛书》[1]，胡克家[2]翻宋尤袤[3]本《文选》李善注，及所著《考异》，宋本《文选》六臣注，相传唐钞《文选集注》残本，《乐府诗集》[4]，《古诗纪》[5]，及陈禹谟刻本《北堂书钞》[6]，胡缵宗本《艺文类聚》[7]，锡山安国刻本《初学记》[8]，鲍崇城刻本《太平御览》[9]等所引，著其同异。姚莹所编《乾坤正气集》[10]中，亦有中散文九卷，无所正定，亦不复

1 《野客丛书》：王楙的笔记小说，共30卷，收录618条笔记，摘引群书，内容丰富。

2 胡克家（1756—1816）：字果泉，江西鄱阳人，清代学者。

3 尤袤（1127—1194）：字延之，小字季长，常州无锡（今江苏无锡）人，南宋藏书家。

4 《乐府诗集》：北宋郭茂倩编，辑录汉魏到唐、五代的乐府歌辞及先秦至唐末的歌谣，共100卷，5000多首。郭茂倩（1041—1099），字伯经，郓州须城（今山东东平）人。

5 《古诗纪》：原名《诗纪》，明代冯惟讷编古诗总集，辑录先秦至隋朝的诗歌，共156卷。冯惟讷（1513—1572），字汝言，号少洲，山东临朐人。

6 陈禹谟（1548—1618）：字锡玄，江苏常熟人，一作湖北蕲陵人，明代学者。《北堂书钞》：虞世南（558—638）在隋秘书郎任上所编类书，辑录资料皆采自隋以前的古籍。

7 胡缵宗（1480—1560）：字孝思，又字世甫，秦州秦安（今甘肃秦安）人，明代学者。《艺文类聚》：唐代欧阳询等于武德七年（624年）编纂的综合性类书，是中国现存最早的完整官修类书，全书共100卷，征引古籍1431种，分门别类，摘录汇编。

8 安国（1481—1534）：字民泰，江苏无锡人，明朝出版家、藏书家。《初学记》：唐代徐坚（660—729）撰综合性类书，共30卷，分23部，取材于群经诸子、历代诗赋及唐初诸家作品。

9 鲍崇城：生卒年不详，清代歙县人。《太平御览》：北宋李昉等学者奉敕编纂的类书，成书于太平兴国八年（983年），全书共1000卷，分55部550门，引用古书1000多种。

10 姚莹（1785—1853）：字石甫，号明叔，晚号展和，自号幸翁，安徽桐城人，晚清史学家、文学家。《乾坤正气集》：清代藏书家顾沅（1799—1851）协助姚莹编辑的文章集，收101位名家的辞赋杂文，共20卷。

道。而严可均《全三国文》[1]，孙星衍《续古文苑》[2]所收，则间有勘正之字，因并录存，以备省览。若其集作如此，而刻本已改者，如"懘"为"愆"，"寤"为"悟"；或刻本较此为长，如"遊"为"游"，"泰"为"太"，"慾"为"欲"，"樽"为"尊"，"殉"为"徇"，"饬"为"饰"，"閑"为"閒"，"蹔"为"暂"，"脩"为"修"，"壹"为"一"，"途"为"塗"，"返"为"反"，"捨"为"舍"，"弦"为"絃"，或此较刻本为长，如"饑"为"飢"，"陵"为"淩"，"熟"为"孰"，"玩"为"翫"，"災"为"灾"；或虽异文而俱得通，如"迺"与"乃"，"厺"与"去"，"強"与"彊"，"于"与"於"，"无""毋"与"無"；其数甚众，皆不复著，以省烦累。

又审旧钞原亦不足十卷，其第一卷有阙叶，第二卷佚前，有人以《琴赋》足之。第三卷佚后，有人以《养生论》足之。第九卷当为《难宅无吉凶摄生论》下，而全佚，则分第六卷中之《自然好学论》等二篇为第七卷，改第七，第八两卷为八，九两卷，以为完书。黄，汪，程三家刻本皆如此，今亦不改。盖较王楙所见之缮写十卷本，卷数无异，而实佚其一卷及两半卷矣。原又有目录在前，然是校后续加，与黄本者相似。今据本文，别造一卷代之，并作《逸文考》，《著录考》各一卷附于末。恨学识荒陋，疏失盖多，亦第欲存留旧文，得稍流布焉尔。

中华民国十有三年六月十一日，会稽

本篇据手稿。写于一九二四年，原无标点。最初收入一九三八年版《鲁迅全集》第九卷。

1　《全三国文》：严可均辑《全上古三代秦汉三国六朝文》之一集。

2　孙星衍（1753—1818）：字渊如，号伯渊，阳湖（今江苏武进）人，清代藏书家、书法家、经学家。《续古文苑》：孙星衍为南宋藏书家王厚之（1131—1204）编纂的诗文选本《古文苑》所作的续本。

《小说旧闻钞》序言

　　昔尝治理小说，于其史实，有所钩稽。时蒋氏瑞藻《小说考证》[1]
已版行，取以检寻，颇获稗助；独惜其并收传奇，未曾理析，校以原
本，字句又时有异同。于是凡值涉猎故记，偶得旧闻，足为参证者，
辄复别行迻写。历时既久，所积渐多；而二年已前又复废置，纸札丛
杂，委之蟫尘。其所以不即焚弃者，盖缘事虽猥琐，究尝用心，取舍
两穷，有如鸡肋焉尔。今年之春，有所怅触，更发旧稿，杂陈案头。
一二小友以为此虽不足以饷名家，或尚非无稗于初学，助之编定，斐
然成章，遂亦印行，即为此本。自愧读书不多，疏陋殊甚，空灾楮墨，
贻痛评坛。然皆摭自本书，未尝转贩；而通卷俱论小说，如《小浮梅
闲话》[2]，《小说丛考》[3]，《石头记索隐》[4]，《红楼梦辨》[5]等，则以本为
专著，无烦披拣，冀省篇幅，亦不复采也。凡所录载，本拟力汰复重，
以便观览，然有破格，可得而言：在《水浒传》，《聊斋志异》[6]，《阅微

1　蒋瑞藻（1891—1929）：字孟洁，号花朝生，又号屠提居士，浙江诸暨人。《小说考证》：1910年编就，辑录
　　自元至清470余种小说、戏曲的研究资料，涉及作家生平事迹、作品题材源流和内容评论分析等，还包括
　　若干清末民初的翻译小说资料。

2　《小浮梅闲话》：清末民初俞樾创作的笔记，内容主要是对以往小说、传奇以及一些传说的考证。

3　《小说丛考》：考证小说、戏曲、弹词的著作，钱静方（生卒年不详）著，1916年商务印书馆出版。

4　《石头记索隐》：研究红楼梦的专书，蔡元培著，1917年商务印书馆出版。

5　《红楼梦辨》：研究红楼梦的专书，俞平伯著，1923年上海亚东图书馆出版。

6　《聊斋志异》：清代蒲松龄著文言短篇小说集。蒲松龄（1640—1715），字留仙，一字剑臣，别号柳泉居士，
　　世称聊斋先生，自称异史氏。山东淄川人，清代文学家。

草堂笔记》[1]下有复重者，著俗说流传之迹也；在《西游记》下有复重者，揭此书不著录于地志之渐也；在《源流篇》[2]中有复重者，明札记臆说稗贩之多也。无稽甚者，亦在所删，而独留《消夏闲记》[3]《扬州梦》[4]各一则，则以见悠谬之谈，故书中盖常有，且复至于此耳。翻检之书，别为目录附于末；然亦有未尝通观全部者，如王圻《续文献通考》[5]，实仅阅其《经籍考》而已。

一千九百二十六年八月一日，校讫记。鲁迅

本篇最初印入一九二六年八月北新书局版《小说旧闻钞》。

---

1 《阅微草堂笔记》：清代纪昀以笔记形式所编写的文言短篇志怪小说集。纪昀（1724—1805），字晓岚，别字春帆，号石云，道号观弈道人、孤石老人，直隶献县（今河北献县）人，清代文学家。

2 《源流篇》：《小说旧闻钞》中的《源流》一目。

3 《消夏闲记》：即《消夏闲记摘抄》，清代顾公燮著笔记集。顾公燮，生卒年不详，字丹午，号澹湖，又号担瓠，江苏苏州人，乾隆年间诸生。

4 《扬州梦》：清代焦东周生著笔记集。焦东周生（1823—1895），本名周伯义，字子如，江苏镇江人。

5 王圻（1530—1615）：字元翰，号洪州，上海人，明代文献学家、藏书家。《续文献通考》：王圻对宋元末元初学者马端临（1254—1323）撰《文献通考》的续编，所纪上起南宋嘉定年间，下至明万历初年，共254卷。

《陶元庆氏西洋绘画展览会目录》序

陶璇卿君是一个潜心研究了二十多年的画家，为艺术上的修养起见，去年才到这暗赭色的北京来的。到现在，就是有携来的和新制的作品二十余种藏在他自己的卧室里，谁也没有知道，——但自然除了几个他熟识的人们。

在那黯然埋藏着的作品中，却满显出作者个人的主观和情绪，尤可以看见他对于笔触，色采和趣味，是怎样的尽力与经心，而且，作者是夙擅中国画的，于是固有的东方情调，又自然而然地从作品中渗出，融成特别的丰神了，然而又并不由于故意的。

将来，会当更进于神化之域罢，但现在他已经要回去了。几个人惜其独往独来，因将那不多的作品，作一个小结构的短时期的展览会，以供有意于此的人的一览。但是，在京的点缀和离京的纪念，当然也都可以说得的罢。

一九二五年三月一六日，鲁迅

本篇最初发表于一九二五年三月十八日《京报副刊》。
后收入杂文集《集外集拾遗》。

《何典》[1]题记

　　《何典》的出世，至少也该有四十七年了，有光绪五年的《申报馆书目续集》可证。我知道那名目，却只在前两三年，向来也曾访求，但到底得不到。现在半农加以校点，先示我印成的样本，这实在使我很喜欢。只是必须写一点序，却正如阿Q之画圆圈，我的手不免有些发抖。我是最不擅长于此道的，虽然老朋友的事，也还是不会捧场，写出洋洋大文，俾于书，于店，于人，有什么涓埃之助。

　　我看了样本，以为校勘有时稍迁，空格令人气闷，半农的士大夫气似乎还太多。至于书呢？那是，谈鬼物正像人间，用新典一如古典。三家村的达人穿了赤膊大衫向大成至圣先师拱手，甚而至于翻筋斗，吓得"子曰店"的老板昏厥过去；但到站直之后，究竟都还是长衫朋友。不过这一个筋斗，在那时，敢于翻的人的魄力，可总要算是极大的了。

　　成语和死古典又不同，多是现世相的神髓，随手拈掇，自然使文字分外精神；又即从成语中，另外抽出思绪：既然从世相的种子出，开的也一定是世相的花。于是作者便在死的鬼画符和鬼打墙中，展示了活的人间相，或者也可以说是将活的人间相，都看作了死的鬼画符

---

[1] 《何典》：张南庄（生卒年不详）用吴地方言写成的借鬼说事的讽刺小说，原署名"缠夹二先生评，过路人编定"，成书于清嘉庆年间，翻刻于光绪四年（1878）。1926年5月，刘半农在北京寻到《何典》的旧版本，标点校注后准备出版，并请鲁迅作序。

和鬼打墙。便是信口开河的地方，也常能令人仿佛有会于心，禁不住不很为难的苦笑。

　　够了。并非博士般角色，何敢开头？难违旧友的面情，又该动手。应酬不免，圆滑有方；只作短文，庶无大过云尔。

中华民国十五年五月二十五日，鲁迅谨撰

　　　　　　本篇最初印入一九二六年六月北新书局版《何典》。
　　　　　　后收入杂文集《集外集拾遗》。

《穷人》小引

　　千八百八十年，是陀思妥夫斯基完成了他的巨制之一《卡拉玛卓夫兄弟》这一年；他在手记上说："以完全的写实主义在人中间发见人。这是彻头彻尾俄国底特质。在这意义上，我自然是民族底的。……人称我为心理学家（Psychologist）。这不得当。我但是在高的意义上的写实主义者，即我是将人的灵魂的深，显示于人的。"第二年，他就死了。

　　显示灵魂的深者，每要被人看作心理学家；尤其是陀思妥夫斯基那样的作者。他写人物，几乎无须描写外貌，只要以语气，声音，就不独将他们的思想和感情，便是面目和身体也表示着。又因为显示着灵魂的深，所以一读那作品，便令人发生精神底变化。灵魂的深处并不平安，敢于正视的本来就不多，更何况写出？因此有些柔软无力的读者，便往往将他只看作"残酷的天才"。

　　陀思妥夫斯基将自己作品中的人物们，有时也委实太置之万难忍受的，没有活路的，不堪设想的境地，使他们什么事都做不出来。用了精神底苦刑，送他们到那犯罪，痴呆，酗酒，发狂，自杀的路上去。有时候，竟至于似乎并无目的，只为了手造的牺牲者的苦恼，而使他受苦，在骇人的卑污的状态上，表示出人们的心来。这确凿是一个"残酷的天才"，人的灵魂的伟大的审问者。

　　然而，在这"在高的意义上的写实主义者"的实验室里，所处理的乃是人的全灵魂。他又从精神底苦刑，送他们到那反省，矫正，忏悔，苏生的路上去；甚至于又是自杀的路。到这样，他的"残酷"与否，一时也就难于断定，但对于爱好温暖或微凉的人们，却还是没有什么慈悲的气息的。

相传陀思妥夫斯基不喜欢对人述说自己，尤不喜欢述说自己的困苦；但和他一生相纠结的却正是困难和贫穷。便是作品，也至于只有一回是并没有预支稿费的著作。但他掩藏着这些事。他知道金钱的重要，而他最不善于使用的又正是金钱；直到病得寄养在一个医生的家里了，还想将一切来诊的病人当作佳客。他所爱，所同情的是这些，——贫病的人们，——所记得的是这些，所描写的是这些；而他所毫无顾忌地解剖，详检，甚而至于鉴赏的也是这些。不但这些，其实，他早将自己也加以精神底苦刑了，从年青时候起，一直拷问到死灭。

凡是人的灵魂的伟大的审问者，同时也一定是伟大的犯人。审问者在堂上举劾着他的恶，犯人在阶下陈述他自己的善；审问者在灵魂中揭发污秽，犯人在所揭发的污秽中阐明那埋藏的光耀。这样，就显示出灵魂的深。

在甚深的灵魂中，无所谓"残酷"，更无所谓慈悲；但将这灵魂显示于人的，是"在高的意义上的写实主义者"。

陀思妥夫斯基的著作生涯一共有三十五年，虽那最后的十年很偏重于正教的宣传了，但其为人，却不妨说是始终一律。即作品，也没有大两样。从他最初的《穷人》起，最后的《卡拉玛卓夫兄弟》止，所说的都是同一的事，即所谓"捉住了心中所实验的事实，使读者追求着自己思想的径路，从这心的法则中，自然显示出伦理的观念来。"

这也可以说：穿掘着灵魂的深处，使人受了精神底苦刑而得到创伤，又即从这得伤和养伤和愈合中，得到苦的涤除，而上了苏生的路。

　　《穷人》是作于千八百四十五年，到第二年发表的；是第一部，也是使他即刻成为大家的作品；格里戈洛维奇[1]和涅克拉梭夫[2]为之狂喜，培林斯基曾给他公正的褒辞。自然，这也可以说，是显示着"谦逊之力"的。然而，世界竟是这么广大，而又这么狭窄；穷人是这么相爱，而又不得相爱；暮年是这么孤寂，而又不安于孤寂。他晚年的手记说："富是使个人加强的，是器械底和精神底满足。因此也将个人从全体分开。"富终于使少女从穷人分离了，可怜的老人便发了不成声的绝叫。爱是何等地纯洁，而又何其有搅扰咒诅之心呵！

　　而作者其时只有二十四岁，却尤是惊人的事。天才的心诚然是博大的。

　　中国的知道陀思妥夫斯基将近十年了，他的姓已经听得耳熟，但作品的译本却未见。这也无怪，虽是他的短篇，也没有很简短，便于急就的。这回丛芜才将他的最初的作品，最初绍介到中国来，我觉得似乎很弥补了些缺憾。这是用 Constance Garnett[3]的英译本为主，参考了 Modern Library[4]的英译本译出的，歧异之处，便由我比较了原白光[5]的日文译本以定从违，又经素园用原文加以校定。在陀思妥夫斯基全集十二巨册中，这虽然不过是一小分，但在我们这样只有微力的人，却很用去许多工作了。藏稿经年，才得印出，便借了这短引，将我所想到的写出，如上文。陀思妥夫斯基的人和他的作品，本是一时研究不尽的，统论全般，决非我的能力所及，所以这只好算作管窥之说；也仅仅

1　格里戈洛维奇（D. Grigorovich, 1822—1900）：俄国作家。

2　涅克拉索夫（N. A. Nekrasov, 1821—1878）：俄国诗人。

3　Constance Garnett：康斯坦斯·迦内特（1862—1946），英国女翻译家。

4　Modern Library：《现代丛书》，美国现代丛书社出版。

5　原白光（1890—1971）：日本的俄国文学翻译家。

略翻了三本书：Dostoievsky's Literarsche Schriften[1]，Mereschkovsky's Dostoievsky und Tolstoy[2]，升曙梦[3]的《露西亚文学研究》。

俄国人姓名之长，常使中国的读者觉得烦难，现在就在此略加解释。那姓名全写起来，是总有三个字的：首先是名，其次是父名，第三是姓。例如这书中的解屋斯金，是姓；人却称他马加尔亚列舍维奇，意思就是亚列舍的儿子马加尔，是客气的称呼；亲昵的人就只称名，声音还有变化。倘是女的，便叫她"某之女某"。例如瓦尔瓦拉亚列舍夫那，意思就是亚列舍的女儿瓦尔瓦拉；有时叫她瓦兰加，则是瓦尔瓦拉的音变，也就是亲昵的称呼。

一九二六年六月二日之夜，鲁迅记于东壁下

本篇最初发表于一九二六年六月十四日《语丝》周刊第八十三期。
后收入杂文集《集外集》。

1 Dostoievsky's Literarsche Schriften：德语，《陀思妥耶夫斯基文学著作集》。

2 Mereschkovsky's Dostoievsky und Tolstoy：德语，梅列日科夫斯基的《陀思妥耶夫斯基与托尔斯泰》。

3 升曙梦（1878—1958）：日本的俄国文学研究者、翻译家。

写在《劳动问题》¹之前

　　还记得去年夏天住在北京的时候，遇见张我权²君，听到他说过这样意思的话："中国人似乎都忘记了台湾了，谁也不大提起。"他是一个台湾的青年。

　　我当时就像受了创痛似的，有点苦楚；但口上却道："不。那倒不至于的。只因为本国太破烂，内忧外患，非常之多，自顾不暇了，所以只能将台湾这些事情暂且放下。……"

　　但正在困苦中的台湾的青年，却并不将中国的事情暂且放下。他们常希望中国革命的成功，赞助中国的改革，总想尽些力，于中国的现在和将来有所裨益，即使是自己还在做学生。

　　张秀哲君是我在广州才遇见的。我们谈了几回，知道他已经译成一部《劳动问题》给中国，还希望我做一点简短的序文。我是不善于作序，也不赞成作序的；况且对于劳动问题，一无所知，尤其没有开口的资格。我所能负责说出来的，不过是张君于中日两国的文字，俱极精通，译文定必十分可靠这一点罢了。

　　但我这回却很愿意写几句话在这一部译本之前，只要我能够。我虽然不知道劳动问题，但译者在游学中尚且为民众尽力的努力与诚

1　《劳动问题》：原名《国际劳动问题》，日本浅利顺次郎著，张秀哲译，1927年由广州国际社会问题研究社出
　　版。张秀哲，生卒年不详，又名月澄，台湾省人。
2　张我权：应为张我军（1902—1955），台湾省台北人，时为北京师范大学国文系学生。

意，我是觉得的。

　　我只能以这几句话表出我个人的感激。但我相信，这努力与诚意，读者也一定都会觉得的。这实在比无论什么序文都有力。

　　　　　　　　　　　　　　　一九二七年四月十一日，鲁迅识于广州中山大学

　　　　　　　本篇最初印入《国际劳动问题》一书，原题为《〈国际劳动问题〉小引》。
　　　　　　　后收入杂文集《而已集》。

《尘影》¹题辞

在我自己，觉得中国现在是一个进向大时代的时代。但这所谓大，并不一定指可以由此得生，而也可以由此得死。

许多为爱的献身者，已经由此得死。在其先，玩着意中而且意外的血的游戏，以愉快和满意，以及单是好看和热闹，赠给身在局内而旁观的人们；但同时也给若干人以重压。

这重压除去的时候，不是死，就是生。这才是大时代。

在异性中看见爱，在百合花中看见天堂，在拾煤渣的老妇人的魂灵中看见拜金主义，世界现在常为受机关枪拥护的仁义所治理，在此时此地听到这样的消息，我委实身心舒服，如喝好酒。然而《尘影》所赍来的，却是重压。

现在的文艺，是往往给人不舒服的，没有法子。要不然，只好使自己逃出文艺，或者从文艺推出人生。

谁更为仁义和钞票写照，为三道血的"难看"传神呢？我看见一篇《尘影》，它的愉快和重压留与各色的人们。

然而在结末的"尘影"中却又给我喝了一口好酒。

他将小宝留下，不告诉我们后来是得死，还是得生。作者不愿意

---

1 《尘影》：反映农民运动的中篇小说，黎锦明著。黎锦明（1905—1999），湖南湘潭人，教育家、文学家。

使我们太受重压罢。但这是好的，因为我觉得中国现在是进向大时代的时代。

一九二七年十二月七日，鲁迅记于上海

本篇最初印入一九二七年十二月上海开明书店版《尘影》，又刊于一九二八年一月一日上海《文学周报》第二九七期。

看司徒乔[1]君的画

　　我知道司徒乔君的姓名还在四五年前，那时是在北京，知道他不管功课，不寻导师，以他自己的力，终日在画古庙，土山，破屋，穷人，乞丐……。

　　这些自然应该最会打动南来的游子的心。在黄埃漫天的人间，一切都成土色，人于是和天然争斗，深红和绀碧的栋宇，白石的栏干，金的佛像，肥厚的棉袄，紫糖色脸，深而多的脸上的皱纹……。凡这些，都在表示人们对于天然并不降服，还在争斗。

　　在北京的展览会里，我已经见过作者表示了中国人的这样的对于天然的倔强的魂灵。我曾经得到他的一幅"四个警察和一个女人"。现在还记得一幅"耶稣基督"，有一个女性的口，在他荆冠上接吻。

　　这回在上海相见，我便提出质问：

　　"那女性是谁？"

　　"天使，"他回答说。

　　这回答不能使我满足。

　　因为这回我发见了作者对于北方的景物——人们和天然苦斗而成的景物——又加以争斗，他有时将他自己所固有的明丽，照破黄埃。至少，是使我觉得有"欢喜"（Joy）的萌芽，如胁下的矛伤，尽管流

1　司徒乔（1902—1958）：原名乔兴，广东开平人，画家。

血，而荆冠上却有天使——照他自己所说——的嘴唇。无论如何，这是胜利。

后来所作的爽朗的江浙风景，热烈的广东风景，倒是作者的本色。和北方风景相对照，可以知道他挥写之际，盖谂熟而高兴，如逢久别的故人。但我却爱看黄埃，因为由此可见这抱着明丽之心的作者，怎样为人和天然的苦斗的古战场所惊，而自己也参加了战斗。

中国全土必须沟通。倘将来不至于割据，则青年的背着历史而竭力拂去黄埃的中国彩色，我想，首先是这样的。

一九二八年三月十四日夜，于上海

本篇是鲁迅为司徒乔在上海举行的"乔小画室春季展览会"目录所写的序言，最初发表于一九二八年四月二日《语丝》第四卷第十四期。后收入杂文集《三闲集》。

看司徒乔君的画

叶永蓁[1]作《小小十年》小引

这是一个青年的作者，以一个现代的活的青年为主角，描写他十年中的行动和思想的书。

旧的传统和新的思潮，纷纭于他的一身，爱和憎的纠缠，感情和理智的冲突，缠绵和决撒的迭代，欢欣和绝望的起伏，都逐着这"小小十年"而开展，以形成一部感伤的书，个人的书。但时代是现代，所以从旧家庭所希望的"上进"而渡到革命，从交通不大方便的小县而渡到"革命策源地"的广州，从本身的婚姻不自由而渡到伟大的社会改革——但我没有发见其间的桥梁。

一个革命者，将——而且实在也已经（！）——为大众的幸福斗争，然而独独宽恕首先压迫自己的亲人，将枪口移向四面是敌，但又四不见敌的旧社会；一个革命者，将为人我争解放，然而当失去爱人的时候，却希望她自己负责，并且为了革命之故，不愿自己有一个情敌，——志愿愈大，希望愈高，可以致力之处就愈少，可以自解之处也愈多。——终于，则甚至闪出了惟本身目前的刹那间为惟一的现实一流的阴影。在这里，是屹然站着一个个人主义者，遥望着集团主义的大纛，但在"重上征途"之前，我没有发见其间的桥梁。

释迦牟尼出世以后，割肉喂鹰，投身饲虎的是小乘，渺渺茫茫地

1　叶永蓁（1908—1976）：原名蓁，字剑榆，号会西，浙江乐清人。《小小十年》是他的自传体长篇小说，1929年9月上海春潮书局出版。

说教的倒算是大乘，总是发达起来，我想，那机微就在此。

然而这书的生命，却正在这里。他描出了背着传统，又为世界思潮所激荡的一部分的青年的心，逐渐写来，并无遮瞒，也不装点，虽然间或有若干辩解，而这些辩解，却又正是脱去了自己的衣裳。至少，将为现在作一面明镜，为将来留一种记录，是无疑的罢。多少伟大的招牌，去年以来，在文摊上都挂过了，但不到一年，便以变相和无物，自己告发了全盘的欺骗，中国如果还会有文艺，当然先要以这样直说自己所本有的内容的著作，来打退骗局以后的空虚。因为文艺家至少是须有直抒己见的诚心和勇气的，倘不肯吐露本心，就更谈不到什么意识。

我觉得最有意义的是渐向战场的一段，无论意识如何，总之，许多青年，从东江起，而上海，而武汉，而江西，为革命战斗了，其中的一部分，是抱着种种的希望，死在战场上，再看不见上面摆起来的是金交椅呢还是虎皮交椅。种种革命，便都是这样地进行，所以掉弄笔墨的，从实行者看来，究竟还是闲人之业。

这部书的成就，是由于曾经革命而没有死的青年。我想，活着，而又在看小说的人们，当有许多人发生同感。

技术，是未曾矫揉造作的。因为事情是按年叙述的，所以文章也倾泻而下，至使作者在《后记》里，不愿称之为小说，但也自然是小说。我所感到累赘的只是说理之处过于多，校读时删节了一点，倘使反而损伤原作了，那便成了校者的责任。还有好像缺点而其实是优长之处，是语汇的不丰，新文学兴起以来，未忘积习而常用成语如我的和故意作怪而乱用谁也不懂的生语如创造社一流的文字，都使文艺和大众隔离，这部书却加以扫荡了，使读者可以更易于了解，然而从中作梗的还有许多新名词。

　　通读了这部书，已经在一月之前了，因为不得不写几句，便凭着现在所记得的写了这些字。我不是什么社的内定的"斗争"的"批评家"之一员，只能直说自己所愿意说的话。我极欣幸能绍介这真实的作品于中国，还渴望看见"重上征途"以后之作的新吐的光芒。

一九二九年七月二十八日，于上海，鲁迅记

　　本篇最初发表于一九二九年八月十五日上海《春潮月刊》第一卷第八期。后收入杂文集《三闲集》。

柔石作《二月》[1]小引

冲锋的战士，天真的孤儿，年青的寡妇，热情的女人，各有主义的新式公子们，死气沉沉而交头接耳的旧社会，倒也并非如蜘蛛张网，专一在待飞翔的游人，但在寻求安静的青年的眼中，却化为不安的大苦痛。这大苦痛，便是社会的可怜的椒盐，和战士孤儿等辈一同，给无聊的社会一些味道，使他们无聊地持续下去。

浊浪在拍岸，站在山冈上者和飞沫不相干，弄潮儿则于涛头且不在意，惟有衣履尚整，徘徊海滨的人，一溅水花，便觉得有所沾湿，狼狈起来。这从上述的两类人们看来，是都觉得诧异的。但我们书中的青年萧君，便正落在这境遇里。他极想有为，怀着热爱，而有所顾惜，过于矜持，终于连安住几年之处，也不可得。他其实并不能成为一小齿轮，跟着大齿轮转动，他仅是外来的一粒石子，所以轧了几下，发几声响，便被挤到女佛山——上海去了。

他幸而还坚硬，没有变成润泽齿轮的油。

但是，瞿昙（释迦牟尼）从夜半醒来，目睹宫女们睡态之丑，于是慨然出家，而霍善斯坦因[2]以为是醉饱后的呕吐。那么，萧君的决心遁走，恐怕是胃弱而禁食的了，虽然我还无从明白其前因，是由于气质的本然，还是战后的暂时的劳顿。

1　《二月》：柔石著中篇小说，1929年11月上海春潮书局出版。

2　霍善斯坦因（W. Hausenstein, 1882—1957）：德国文艺批评家。此处所引是他对释迦牟尼出家的解释。

　　我从作者用了工妙的技术所写成的草稿上，看见了近代青年中这样的一种典型，周遭的人物，也都生动，便写下一些印象，算是序文。大概明敏的读者，所得必当更多于我，而且由读时所生的诧异或同感，照见自己的姿态的罢？那实在是很有意义的。

一九二九年八月二十日，鲁迅记于上海

本篇最初发表于一九二九年九月一日上海《朝花旬刊》第一卷第十期。

后收入杂文集《三闲集》。

《进化和退化》[1]小引

　　这是译者从十年来所译的将近百篇的文字中，选出不很专门，大家可看之作，集在一处，希望流传较广的本子。一，以见最近的进化学说的情形，二，以见中国人将来的运命。

　　进化学说之于中国，输入是颇早的，远在严复的译述赫胥黎《天演论》。但终于也不过留下一个空泛的名词，欧洲大战时代，又大为论客所误解，到了现在，连名目也奄奄一息了。其间学说几经迁流，兑佛黎斯[2]的突变说兴而又衰，兰麻克[3]的环境说废而复振，我们生息于自然中，而于此等自然大法的研究，大抵未尝加意。此书首尾的各两篇，即由新兰麻克主义立论，可以窥见大概，略弥缺憾的。

　　但最要紧的是末两篇。沙漠之逐渐南徙，营养之已难支持，都是中国人极重要，极切身的问题，倘不解决，所得的将是一个灭亡的结局。可以解中国古史难以探索的原因，可以破中国人最能耐苦的谬说，还不过是副次的收获罢了。林木伐尽，水泽湮枯，将来的一滴水，将和血液等价，倘这事能为现在和将来的青年所记忆，那么，这书所得的酬报，也就非常之大了。

　　然而自然科学的范围，所说就到这里为止，那给与的解答，也只

1　《进化和退化》：周建人辑译，收关于生物科学的文章8篇，1930年7月上海光华书局出版。周建人（1888—　　1984），字乔峰，浙江绍兴人，鲁迅三弟，社会活动家、生物学家。

2　兑佛黎斯（H. de Vries, 1848—1935）：通译德佛里斯，荷兰植物学家、遗传学家。

3　兰麻克（Jean-Baptiste Lamarck, 1744—1829）：通译拉马克，法国生物学家，生物进化论的先驱者。

是治水和造林。这是一看好像极简单，容易的事，其实却并不如此的。我可以引史沫得列[1]女士在《中国乡村生活断片》中的两段话作证——

> 她（使女）说，明天她要到南苑去运动狱吏释放她的亲属。这人，同六十个别的乡人，男女都有，在三月以前被捕和收监，因为当别的生活资料都没有了以后，他们曾经砍过树枝或剥过树皮。他们这样做，并非出于捣乱，只因为他们可以卖掉木头来买粮食。
>
> ……南苑的人民，没有收成，没有粮食，没有工做，就让有这两亩田又有什么用处？……一遇到些少的扰乱，就把整千的人投到灾民的队伍里去。……南苑在那时（军阀混战时）除了树木之外什么都没有了，当乡民一对着树木动手的时候，警察就把他们捉住并且监禁起来。（《萌芽月刊》五期一七七页。）

所以这样的树木保护法，结果是增加剥树皮，掘草根的人民，反而促进沙漠的出现。但这书以自然科学为范围，所以没有顾及了。接着这自然科学所论的事实之后，更进一步地来加以解决的，则有社会科学在。

一九三〇年五月五日

本篇最初印入一九三〇年七月上海光华书局版《进化与退化》。

后收入杂文集《二心集》。

1　史沫得列（A. Smedley, 1890—1950）：通译史沫特莱，美国革命女作家、记者。她于1928年底来华，在中国生活了12年。

林克多[1]《苏联闻见录》序

大约总归是十年以前罢，我因为生了病，到一个外国医院去请诊治，在那待诊室里放着的一本德国《星期报》(Die Woche)上，看见了一幅关于俄国十月革命的漫画，画着法官，教师，连医生和看护妇，也都横眉怒目，捏着手枪。这是我最先看见的关于十月革命的讽刺画，但也不过心里想，有这样凶暴么，觉得好笑罢了。后来看了几个西洋人的旅行记，有的说是怎样好，有的又说是怎样坏，这才莫名其妙起来。但到底也是自己断定：这革命恐怕对于穷人有了好处，那么对于阔人就一定是坏的，有些旅行者为穷人设想，所以觉得好，倘若替阔人打算，那自然就都是坏处了。

但后来又看见一幅讽刺画，是英文的，画着用纸版剪成的工厂，学校，育儿院等等，竖在道路的两边，使参观者坐着摩托车，从中间驶过。这是针对着做旅行记述说苏联的好处的作者们而发的，犹言参观的时候，受了他们的欺骗。政治和经济的事，我是外行，但看去年苏联煤油和麦子的输出，竟弄得资本主义文明国的人们那么骇怕的事实，却将我多年的疑团消释了。我想：假装面子的国度和专会杀人的人民，是决不会有这巨大的生产力的，可见那些讽刺画倒是无耻的欺骗。

---

1 林克多：李文益（1902—1949），别名李平，笔名林克多，浙江黄岩人。1927年赴苏联，先后在莫斯科中山大学和东方大学军政特别班学习、考察，1931年回国，同年冬天写成《苏联闻见录》。

　　不过我们中国人实在有一点小毛病，就是不大爱听别国的好处，尤其是清党之后，提起那日有建设的苏联。一提到罢，不是说你意在宣传，就是说你得了卢布。而且宣传这两个字，在中国实在是被糟蹋得太不成样子了，人们看惯了什么阔人的通电，什么会议的宣言，什么名人的谈话，发表之后，立刻无影无踪，还不如一个屁的臭得长久，于是渐以为凡有讲述远处或将来的优点的文字，都是欺人之谈，所谓宣传，只是一个为了自利，而漫天说谎的雅号。

　　自然，在目前的中国，这一类的东西是常有的，靠了钦定或官许的力量，到处推销无阻，可是读的人们却不多，因为宣传的事，是必须在现在或到后来有事实来证明的，这才可以叫作宣传。而中国现行的所谓宣传，则不但后来只有证明这"宣传"确凿就是说谎的事实而已，还有一种坏结果，是令人对于凡有记述文字逐渐起了疑心，临末弄得索性不看。即如我自己就受了这影响，报章上说的什么新旧三都[1]的伟观，南北两京的新气，固然只要看见标题就觉得肉麻了，而且连讲外国的游记，也竟至于不大想去翻动它。

　　但这一年内，也遇到了两部不必用心戒备，居然看完了的书，一是胡愈之先生的《莫斯科印象记》[2]，一就是这《苏联闻见录》。因为我的辨认草字的力量太小的缘故，看下去很费力，但为了想看看这自说"为了吃饭问题，不得不去做工"的工人作者的见闻，到底看下去了。虽然中间遇到好像讲解统计表一般的地方，在我自己，未免觉得

1　新旧三都：指南京、洛阳和西安。当时国民政府以南京为首都，"一·二八"淞沪抗战时，又曾定洛阳为行都，西安为陪都。

2　胡愈之在1931年访问苏联之后，在上海发表了题为《莫斯科印象记》的长篇报道，介绍了当年正在建设社会主义的苏联的最新情况。

枯燥，但好在并不多，到底也看下去了。那原因，就在作者仿佛对朋友谈天似的，不用美丽的字眼，不用巧妙的做法，平铺直叙，说了下去，作者是平常的人，文章是平常的文章，所见所闻的苏联，是平平常常的地方，那人民，是平平常常的人物，所设施的正是合于人情，生活也不过像了人样，并没有什么希奇古怪。倘要从中猎艳搜奇，自然免不了会失望，然而要知道一些不搽粉墨的真相，却是很好的。

而且由此也可以明白一点世界上的资本主义文明国之定要进攻苏联的原因。工农都像了人样，于资本家和地主是极不利的，所以一定先要歼灭了这工农大众的模范。苏联愈平常，他们就愈害怕。前五六年，北京盛传广东的裸体游行，后来南京上海又盛传汉口的裸体游行，就是但愿敌方的不平常的证据。据这书里面的记述，苏联实在使他们失望了。为什么呢？因为不但共妻，杀父，裸体游行等类的"不平常的事"，确然没有而已，倒是有了许多极平常的事实，那就是将"宗教，家庭，财产，祖国，礼教……一切神圣不可侵犯"的东西，都像粪一般抛掉，而一个簇新的，真正空前的社会制度从地狱底里涌现而出，几万万的群众自己做了支配自己命运的人。这种极平常的事情，是只有"匪徒"才干得出来的。该杀者，"匪徒"也。

但作者的到苏联，已在十月革命后十年，所以只将他们之"能坚苦，耐劳，勇敢与牺牲"告诉我们，而怎样苦斗，才能够得到现在的结果，那些故事，却讲得很少。这自然是别种著作的任务，不能责成作者全都负担起来，但读者是万不可忽略这一点的，否则，就如印度的《譬喻经》[1]所说，要造高楼，而反对在地上立柱，据说是因为他要造

---

1 《譬喻经》：又名《百句譬喻经》，5世纪印度僧伽斯那著佛教寓言集，南朝齐时印度来华僧人求那毗地译。鲁迅1914年捐资由金陵刻经处刻印。

的，是离地的高楼一样。

我不加戒备的将这读完了，即因为上文所说的原因。而我相信这书所说的苏联的好处的，也还有一个原因，那就是十来年前，说过苏联怎么不行怎么无望的所谓文明国人，去年已在苏联的煤油和麦子面前发抖。而且我看见确凿的事实：他们是在吸中国的膏血，夺中国的土地，杀中国的人民。他们是大骗子，他们说苏联坏，要进攻苏联，就可见苏联是好的了。这一部书，正也转过来是我的意见的实证。

一九三二年四月二十日，鲁迅于上海闸北寓楼记

本篇最初发表于一九三二年六月十日上海《文学月报》第一卷第一号。

后收入杂文集《南腔北调集》。

林克多《苏联闻见录》序

《诗的原理》[1] 序言

　　在昔原始之民，其居群中，盖惟以姿态声音，达其情意而已。声音繁变，寖成言辞，言辞谐美，乃兆歌咏。然言者，犹风波也，激荡方已，余踪杳然，独恃口耳之传，殊不足以行远或垂后，故越吟仅一见于载籍，绋讴[2]不丛集于诗山也。幸赖文字，匄[3]其散亡，楮墨所书，年命斯久。而篇章既富，评骘[4]遂生，东则有刘彦和之《文心》[5]，西则有亚理士多德之《诗学》[6]，解析神质，包举洪纤，开源发流，为世楷式。所惜既局于地，复限于时，后贤补苴，竞标颖异，积鸿文于书成，嗟白首而难测，倘无要略，孰识菁英矣。作者青年劬学，著为新编，纵观古今，横览欧亚，撷华夏之古言，取英美之新说，探其本源，明其族类，解纷挈领，粲然可观，盖犹识玄冬于瓶水，悟新秋于坠梧，而后治诗学者，庶几由此省探索之劳已。

一九三二年七月三日，鲁迅读毕谨记

　　本篇后收入杂文集《集外集拾遗补编》。收入时题为《题记一篇》。

1　《诗的原理》：青年作者程鼎生（生卒年不详）著诗学论著。

2　绋讴：挽歌。

3　匄：聚集。

4　评骘：评定。

5　《文心》：即南朝文学理论家刘勰（约465—约532）所著的《文心雕龙》。

6　《诗学》：原名为《论诗》，古希腊哲学家、思想家亚里士多德（Aristotle，前384—前322）著。

《淑姿¹的信》序

　　夫嘉葩失荫，薄寒夺其芳菲，思士陵天，骄阳毁其羽翮。盖幽居一出，每仓皇于太空，坐驰无穷，终陨颠于实有也。爰有静女，长自山家，林泉陶其慧心，峰嶂隔兹尘俗，夜看朗月，觉天人之必圆，春撷繁花，谓芳馨之永住。虽生旧第，亦溅新流，既苦爱萌，遂通佳讯，排微波而径逝，矢坚石以偕行，向曼远之将来，构辉煌之好梦。然而年华春短，人海澜翻。远瞩所至，始见来日之大难，修眉渐颦，终敛当年之巧笑，衔深哀于不答，铸孤愤以成辞，远人焉居，长途难即。何期忽逢二竖，遽释诸纷，闷绮颜于一棺，腐芳心于抔土。从此西楼良夜，凭槛无人，而中国韶年，乐生依旧。呜呼，亦可悲矣，不能久也。逝者如是，遗简犹存，则有生人，付之活字，文无雕饰，呈天真之纷纶，事具悲欢，露人生之鳞爪，既骊娱以善始，遂凄恻而令终。诚足以分追悼于有情，散余悲于无著者也。属为小引，愧乏长才，率缀芜词，聊陈涯略云尔。

一九三二年七月二十日，鲁迅撰

　　本篇后收入杂文集《集外集》，收入时称《淑姿的信》。

1　淑姿：金淑姿（1908—1931），浙江金华人。金淑姿病逝后，她的丈夫、时任上海北新书局校对的程鼎兴将她从14岁起与自己的通信整理出123封，结集成《信》一书，转托同事请鲁迅作序。该书于1932年以新造社名义印行，本篇最初以手迹制版印入。

《守常全集》题记

　　我最初看见守常先生的时候，是在独秀先生邀去商量怎样进行《新青年》的集会上，这样就算认识了。不知道他其时是否已是共产主义者。总之，给我的印象是很好的：诚实，谦和，不多说话。《新青年》的同人中，虽然也很有喜欢明争暗斗，扶植自己势力的人，但他一直到后来，绝对的不是。

　　他的模样是颇难形容的，有些儒雅，有些朴质，也有些凡俗。所以既像文士，也像官吏，又有些像商人。这样的商人，我在南边没有看见过，北京却有的，是旧书店或笺纸店的掌柜。一九二六年三月十八日，段祺瑞们枪击徒手请愿的学生的那一次，他也在群众中，给一个兵抓住了，问他是何等样人。答说是"做买卖的"。兵道："那么，到这里来干什么？滚你的罢！"一推，他总算逃得了性命。

　　倘说教员，那时是可以死掉的。

　　然而到第二年，他终于被张作霖们害死了。[1]

　　段将军的屠戮，死了四十二人，其中有几个是我的学生，我实在很觉得一点痛楚；张将军的屠戮，死的好像是十多人，手头没有记录，说不清楚了，但我所认识的只有一个守常先生。在厦门知道了这

1　1927年4月6日，张作霖在北京逮捕李大钊等80余人。4月28日，李大钊等20位革命者被绞杀在西交民巷京师看守所内。

消息之后，椭圆的脸，细细的眼睛和胡子，蓝布袍，黑马褂，就时时出现在我的眼前，其间还隐约看见绞首台。痛楚是也有些的，但比先前淡漠了。这是我历来的偏见：见同辈之死，总没有像见青年之死的悲伤。

　　这回听说在北平公然举行了葬式，计算起来，去被害的时候已经七年了。这是极应该的。我不知道他那时被将军们所编排的罪状，——大概总不外乎"危害民国"罢。然而仅在这短短的七年中，事实就铁铸一般的证明了断送民国的四省的并非李大钊，却是杀戮了他的将军！

　　那么，公然下葬的宽典，该是可以取得的了。然而我在报章上，又看见北平当局的禁止路祭和捕拿送葬者的新闻。[1]我也不知道为什么，但这回恐怕是"妨害治安"了罢。倘其果然，则铁铸一般的反证，实在来得更加神速：看罢，妨害了北平的治安的是日军呢还是人民！

　　但革命的先驱者的血，现在已经并不希奇了。单就我自己说罢，七年前为了几个人，就发过不少激昂的空论，后来听惯了电刑，枪毙，斩决，暗杀的故事，神经渐渐麻木，毫不吃惊，也无言说了。我想，就是报上所记的"人山人海"去看枭首示众的头颅的人们，恐怕也未必觉得更兴奋于看赛花灯的罢。血是流得太多了。

　　不过热血之外，守常先生还有遗文在。不幸对于遗文，我却很难讲什么话。因为所执的业，彼此不同，在《新青年》时代，我虽以他

1　1933年4月23日，在中国共产党的发动领导下，北平群众为李大钊举行公葬。群众由宣武门外下斜街移柩赴香山万安公墓，途经西四牌楼时，军警特务以"妨害治安"为由阻止，并开枪打伤多人，抓捕40余人。

为站在同一战线上的伙伴，却并未留心他的文章，譬如骑兵不必注意于造桥，炮兵无须分神于驭马，那时自以为尚非错误。所以现在所能说的，也不过：一，是他的理论，在现在看起来，当然未必精当的；二，是虽然如此，他的遗文却将永住，因为这是先驱者的遗产，革命史上的丰碑。一切死的和活的骗子的一迭迭的集子，不是已在倒塌下来，连商人也"不顾血本"的只收二三折了么？

以过去和现在的铁铸一般的事实来测将来，洞若观火！

一九三三年五月二十九夜，鲁迅谨记

这一篇，是 T 先生[1]要我做的，因为那集子要在和他有关系的 G 书局[2]出版。我谊不容辞，只得写了这一点，不久，便在《涛声》上登出来。但后来，听说那遗集稿子的有权者另托 C 书局[3]去印了，至今没有出版，也许是暂时不会出版的罢，我虽然很后悔乱作题记的孟浪，但我仍然要在自己的集子里存留，记此一件公案。

十二月三十一夜，附识

本篇最初发表于一九三三年八月十九日《涛声》第二卷第三十一期。
后收入杂文集《南腔北调集》。

1　T 先生：指曹聚仁。

2　G 书局：指群众图书公司。

3　C 书局：指商务印书馆。

叶紫作《丰收》[1]序

　　作者写出创作来，对于其中的事情，虽然不必亲历过，最好是经历过。诘难者问：那么，写杀人最好是自己杀过人，写妓女还得去卖淫么？答曰：不然。我所谓经历，是所遇，所见，所闻，并不一定是所作，但所作自然也可以包含在里面。天才们无论怎样说大话，归根结蒂，还是不能凭空创造。描神画鬼，毫无对证，本可以专靠了神思，所谓"天马行空"似的挥写了，然而他们写出来的，也不过是三只眼，长颈子，就是在常见的人体上，增加了眼睛一只，增长了颈子二三尺而已。这算什么本领，这算什么创造？

　　地球上不只一个世界，实际上的不同，比人们空想中的阴阳两界还利害。这一世界中人，会轻蔑，憎恶，压迫，恐怖，杀戮别一世界中人，然而他不知道，因此他也写不出，于是他自称"第三种人"，他"为艺术而艺术"，他即使写了出来，也不过是三只眼，长颈子而已。"再亮些"？不要骗人罢！你们的眼睛在那里呢？

　　伟大的文学是永久的，许多学者们这么说。对啦，也许是永久的罢。但我自己，却与其看薄凯契阿[2]，雨果的书，宁可看契诃夫，高尔基的书，因为它更新，和我们的世界更接近。中国确也还盛行着《三国志演义》和《水浒传》，但这是为了社会还有三国气和水浒气的缘

1　叶紫（1910—1939）：本名余鹤林，又名余昭明、汤宠，湖南益阳人，剧作家、小说家。《丰收》：叶紫的第一部短篇小说集，1935年1月出版。

2　薄凯契阿（G. Boccaccio，1313—1375）：通译薄伽丘，意大利人文主义作家。

故。《儒林外史》作者的手段何尝在罗贯中下，然而留学生漫天塞地以来，这部书就好像不永久，也不伟大了。伟大也要有人懂。

这里的六个短篇，都是太平世界的奇闻，而现在却是极平常的事情。因为极平常，所以和我们更密切，更有大关系。作者还是一个青年，但他的经历，却抵得太平天下的顺民的一世纪的经历，在转辗的生活中，要他"为艺术而艺术"，是办不到的。但我们有人懂得这样的艺术，一点用不着谁来发愁。

这就是伟大的文学么？不是的，我们自己并没有这么说。"中国为什么没有伟大文学产生？"我们听过许多指导者的教训了，但可惜他们独独忘却了一方面的对于作者和作品的摧残。"第三种人"教训过我们，希腊神话里说什么恶鬼有一张床，捉了人去，给睡在这床上，短了，就拉长他，太长，便把他截短。左翼批评就是这样的床，弄得他们写不出东西来了。现在这张床真的摆出来了，不料却只有"第三种人"睡得不长不短，刚刚合式。仰面唾天，掉在自己的眼睛里，天下真会有这等事。

但我们却有作家写得出东西来，作品在摧残中也更加坚实。不但为一大群中国青年读者所支持，当《电网外》在《文学新地》上以《王伯伯》的题目发表后，就得到世界的读者了。这就是作者已经尽了当前的任务，也是对于压迫者的答复：文学是战斗的！

我希望将来还有看见作者的更多，更好的作品的时候。

一九三五年一月十六日，鲁迅记于上海

本篇最初印入一九三五年三月上海容光书局版《丰收》。
后收入杂文集《且介亭杂文二集》。

内山完造作《活中国的姿态》¹序

　　这也并非自己的发见，是在内山书店里听着漫谈的时候拾来的，据说：像日本人那样的喜欢"结论"的民族，就是无论是听议论，是读书，如果得不到结论，心里总不舒服的民族，在现在的世上，好像是颇为少有的，云。

　　接收了这一个结论之后，就时时令人觉得很不错。例如关于中国人，也就是这样的。明治时代的支那研究的结论，似乎大抵受着英国的什么人做的《支那人气质》的影响，但到近来，却也有了面目一新的结论了。一个旅行者走进了下野的有钱的大官的书斋，看见有许多很贵的砚石，便说中国是"文雅的国度"；一个观察者到上海来一下，买几种猥亵的书和图画，再去寻寻奇怪的观览物事，便说中国是"色情的国度"。连江苏和浙江方面，大吃竹笋的事，也算作色情心里的表现的一个证据，然而广东和北京等处，因为竹少，所以并不怎么吃竹笋。倘到穷文人的家里或者寓里去，不但无所谓书斋，连砚石也不过用着两角钱一块的家伙。一看见这样的事，先前的结论就通不过去了，所以观察者也就有些窘，不得不另外摘出什么适当的结论来。于是这一回，是说支那很难懂得，支那是"谜的国度"了。

　　据我自己想：只要是地位，尤其是利害一不相同，则两国之间不

1　内山完造（1885—1959）：日本冈山人，自起汉名邹其山，鲁迅的挚友，1913年至1947年居住在中国，主要经营内山书店。《活中国的姿态》是内山完造的著作，他在书中向日本介绍了真实的中国。

消说，就是同国的人们之间，也不容易互相了解的。

　　例如罢，中国向西洋派遣过许多留学生，其中有一位先生，好像也并不怎样喜欢研究西洋，于是提出了关于中国文学的什么论文，使那边的学者大吃一惊，得了博士的学位，回来了。然而因为在外国研究得太长久，忘记了中国的事情，回国之后，就只好来教授西洋文学。他一看见本国里乞丐之多，非常诧异，慨叹道：他们为什么不去研究学问，却自甘堕落的呢？所以下等人实在是无可救药的。

　　不过这是极端的例子。倘使长久的生活于一地方，接触着这地方的人民，尤其是接触，感得了那精神，认真的想一想，那么，对于那国度，恐怕也未必不能了解罢。

　　著者是二十年以上，生活于中国，到各处去旅行，接触了各阶级的人们的，所以来写这样的漫文，我以为实在是适当的人物。事实胜于雄辩，这些漫文，不是的确放着一种异彩吗？自己也常常去听漫谈，其实是负有捧场的权利和义务的，但因为已是很久的"老朋友"了，所以也想添几句坏话在这里。其一，是有多说中国的优点的倾向，这是和我的意见相反的，不过著者那一面，也自有他的意见，所以没有法子想。还有一点，是并非坏话也说不定的，就是读起那漫文来，往往颇有令人觉得"原来如此"的处所，而这令人觉得"原来如此"的处所，归根结蒂，也还是结论。幸而卷末没有明记着"第几章：结论"，所以仍不失为漫谈，总算还好的。

　　然而即使力说是漫谈，著者的用心，还是在将中国的一部分的真相，绍介给日本的读者的。但是，在现在，总依然是因了各种的读者，那结果也不一样罢。这是没有法子的事。据我看来，日本和中国的人们之间，是一定会有互相了解的时候的。新近的报章上，虽然又在竭力的说着"亲善"呀，"提携"呀，到得明年，也不知道又将说些什么话，但总而言之，现在却不是这时候。

　　倒不如看看漫文，还要有意思一点罢。

一九三五年三月五日鲁迅记于上海

　　本篇最初印入一九三五年十一月东京学艺书院出版的《活中国的姿态》，原以日文写成，由作者自译为中文。后收入杂文集《且介亭杂文二集》。

内山完造作《活中国的姿态》序

徐懋庸作《打杂集》[1]序

我觉得中国有时是极爱平等的国度。有什么稍稍显得特出，就有人拿了长刀来削平它。以人而论，孙桂云[2]是赛跑的好手，一过上海，不知怎的就萎靡不振，待到到得日本，不能跑了；阮玲玉算是比较的有成绩的明星，但"人言可畏"，到底非一口气吃下三瓶安眠药片不可。自然，也有例外，是捧了起来。但这捧了起来，却不过为了接着摔得粉碎。大约还有人记得"美人鱼"[3]罢，简直捧得令观者发生肉麻之感，连看见姓名也会觉得有些滑稽。契诃夫说过："被昏蛋所称赞，不如战死在他手里。"真是伤心而且悟道之言。但中国又是极爱中庸的国度，所以极端的昏蛋是没有的，他不和你来战，所以决不会爽爽快快的战死，如果受不住，只好自己吃安眠药片。

在所谓文坛上当然也不会有什么两样：翻译较多的时候，就有人来削翻译，说它害了创作；近一两年，作短文的较多了，就又有人来削"杂文"，说这是作者的堕落的表现，因为既非诗歌小说，又非戏剧，所以不入文艺之林，他还一片婆心，劝人学学托尔斯泰，做《战争与和平》似的伟大的创作去。这一流论客，在礼仪上，别人当然不

---

1 徐懋庸（1911—1977）：原名茂荣，浙江上虞人。1933年参加中国左翼作家联盟，任常委、宣传部长、书记。《打杂集》：徐懋庸著杂文集，收文48篇，附录别人的文字6篇，1935年6月由生活书店出版。

2 孙桂云：生卒年不详，原籍山东胶县，自幼客居哈尔滨，女子短跑运动员，活跃于20世纪二三十年代。

3 "美人鱼"：指杨秀琼（1918—1982），广东东莞人，女子游泳运动员。

该说他是"昏蛋"的。批评家吗？他谦虚得很，自己不承认。攻击杂文的文字虽然也只能说是杂文，但他又决不是杂文作家，因为他不相信自己也相率而堕落。如果恭维他为诗歌小说戏剧之类的伟大的创作者，那么，恭维者之为"昏蛋"也无疑了。归根结底，不是东西而已。不是东西之谈也要算是"人言"，这就使弱者觉得倒是安眠药片较为可爱的缘故。不过这并非战死。问是有人要问的：给谁害死的呢？种种议论的结果，凶手有三位：曰，万恶的社会；曰，本人自己；曰，安眠药片。完了。

我们试去查一通美国的"文学概论"或中国什么大学的讲义，的确，总不能发见一种叫作Tsa-wen[1]的东西。这真要使有志于成为伟大的文学家的青年，见杂文而心灰意懒：原来这并不是爬进高尚的文学楼台去的梯子。托尔斯泰将要动笔时，是否查了美国的"文学概论"或中国什么大学的讲义之后，明白了小说是文学的正宗，这才决心来做《战争与和平》似的伟大的创作的呢？我不知道。但我知道中国的这几年的杂文作者，他的作文，却没有一个想到"文学概论"的规定，或者希图文学史上的位置的，他以为非这样写不可，他就这样写，因为他只知道这样的写起来，于大家有益。农夫耕田，泥匠打墙，他只为了米麦可吃，房屋可住，自己也因此有益之事，得一点不亏心的糊口之资，历史上有没有"乡下人列传"或"泥水匠列传"，他向来就并没有想到。如果他只想着成什么所谓气候，他就先进大学，再出外洋，三做教授或大官，四变居士或隐逸去了。历史上很尊隐逸，《居士

5-67

徐懋庸作《打杂集》序

传》[1]不是还有专书吗，多少上算呀，噫！

　　但是，杂文这东西，我却恐怕要侵入高尚的文学楼台去的。小说和戏曲，中国向来是看作邪宗的，但一经西洋的"文学概论"引为正宗，我们也就奉之为宝贝，《红楼梦》《西厢记》[2]之类，在文学史上竟和《诗经》《离骚》并列了。杂文中之一体的随笔，因为有人说它近于英国的Essay[3]，有些人也就顿首再拜，不敢轻薄。寓言和演说，好像是卑微的东西，但伊索和契开罗[4]，不是坐在希腊罗马文学史上吗？杂文发展起来，倘不赶紧削，大约也未必没有扰乱文苑的危险。以古例今，很可能的，真不是一个好消息。但这一段话，我是和不是东西之流开开玩笑的，要使他爬耳搔腮，热刺刺的觉得他的世界有些灰色。前进的杂文作者，倒决不计算着这些。

　　其实，近一两年来，杂文集的出版，数量并不及诗歌，更其赶不上小说，慨叹于杂文的泛滥，还是一种胡说八道。只是作杂文的人比先前多几个，却是真的，虽然多几个，在四万万人口里面，算得什么，却就要谁来疾首蹙额？中国也真有一班人在恐怕中国有一点生气；用比喻说：此之谓"虎伥"。

　　这本集子的作者先前有一本《不惊人集》[5]，我只见过一篇自序；书呢，不知道那里去了。这一回我希望一定能够出版，也给中国的著作界丰富一点。我不管这本书能否入于文艺之林，但我要背出一首读

1　《居士传》：清代彭际清编，收集东汉至清康熙年间在家奉佛的312位居士的传记，编成列传体裁的专传或
　　合传56篇。彭际清（1740—1796），名绍升，字允初，号尺木、知归子、二林居士。

2　《西厢记》：元代王实甫创作的杂剧。王实甫（1260—1336），名德信，大都（今北京）人，元代戏曲作家。

3　Essay：英语，指随笔、小品文、短论等。

4　契开罗（M. T. Cicero，前106—前43）：通译西塞罗，古罗马政治家、演说家。

5　《不惊人集》：徐懋庸的杂文集，当时未能出版，后于1937年7月由上海千秋出版社印行。

来比一比："夫子何为者？栖栖一代中。地犹鄹氏邑，宅接鲁王宫。叹凤嗟身否，伤麟怨道穷。今看两楹奠：犹与梦时同。"[1]这是《唐诗三百首》[2]里的第一首，是"文学概论"诗歌门里的所谓"诗"。但和我们不相干，那里能够及得这些杂文的和现在切贴，而且生动，泼剌，有益，而且也能移人情。能移人情，对不起得很，就不免要搅乱你们的文苑，至少，是将不是东西之流的唾向杂文的许多唾沫，一脚就踏得无踪无影了，只剩下一张满是油汗兼雪花膏的嘴脸。

这嘴脸当然还可以唠叨，说那一首"夫子何为者"并非好诗，并且时代也过去了。但是，文学正宗的招牌呢？"文艺的永久性"呢？

我是爱读杂文的一个人，而且知道爱读杂文还不只我一个，因为它"言之有物"。我还更乐观于杂文的开展，日见其斑斓。第一是使中国的著作界热闹，活泼；第二是使不是东西之流缩头；第三是使所谓"为艺术而艺术"的作品，在相形之下，立刻显出不死不活相。我所以极高兴为这本集子作序，并且借此发表意见，愿我们的杂文作家，勿为虎伥所迷，以为"人言可畏"，用最末的稿费买安眠药片去。

　　　　　　一九三五年三月三十一日，鲁迅记于上海之卓面书斋

　　　　　本篇最初发表于一九三五年五月五日《芒种》半月刊第六期。
　　　　　　　后收入杂文集《且介亭杂文二集》。

1　这首诗是《唐诗三百首》卷五"五言律诗"第一首，题为《经鲁祭孔子而叹之》，唐玄宗（李隆基）作。第四句中的"接"字一作"即"，末句中的"犹"字一作"当"。

2　《唐诗三百首》：清代蘅塘退士编，共8卷，收75位唐代诗人及2位无名氏的诗作共313首。蘅塘退士（1711—1778），本名孙洙，字临西，一字苓西，生于江苏无锡，祖籍安徽休宁。

田军作《八月的乡村》[1]序

　　爱伦堡（Ilia Ehrenburg）论法国的上流社会文学家之后，他说，此外也还有一些不同的人们："教授们无声无息地在他们的书房里工作着，实验X光线疗法的医生死在他们的职务上，奋身去救自己的伙伴的渔夫悄然沉没在大洋里面。……一方面是庄严的工作，另一方面却是荒淫与无耻。"

　　这末两句，真也好像说着现在的中国。然而中国是还有更其甚的呢。手头没有书，说不清见于那里的了，也许是已经汉译了的日本箭内亘[2]氏的著作罢，他曾经一一记述了宋代的人民怎样为蒙古人所淫杀，俘获，践踏和奴使。然而南宋的小朝廷却仍旧向残山剩水间的黎民施威，在残山剩水间行乐；逃到那里，气焰和奢华就跟到那里，颓靡和贪婪也跟到那里。"若要官，杀人放火受招安；若要富，跟着行在卖酒醋。"这是当时的百姓提取了朝政的精华的结语。

　　人民在欺骗和压制之下，失了力量，哑了声音，至多也不过有几句民谣。"天下有道，则庶人不议。"[3]就是秦始皇隋炀帝，他会自承无道么？百姓就只好永远箝口结舌，相率被杀，被奴。这情形一直继续

1　田军：萧军（1907—1988），原名刘鸿霖，笔名三郎、田军等，辽宁凌海人，作家。《八月的乡村》：萧军著长篇小说，描写了东北一支抗日游击队的故事，1935年8月由上海容光书局出版。
2　箭内亘（1875—1926）：日本史学家，著有《蒙古史研究》《元朝制度考》《元代经略东北考》等。
3　出自《论语·季氏》。

下来，谁也忘记了开口，但也许不能开口。即以前清末年而论，大事件不可谓不多了：雅片战争，中法战争，中日战争，戊戌政变，义和拳变，八国联军，以至民元革命。然而我们没有一部像样的历史的著作，更不必说文学作品了。"莫谈国事"，是我们做小民的本分。

我们的学者也曾说过：要征服中国，必须征服中国民族的心。其实，中国民族的心，有些是早给我们的圣君贤相武将帮闲之辈征服了的。近如东三省被占之后，听说北平富户，就不愿意关外的难民来租房子，因为怕他们付不出房租。在南方呢，恐怕义军的消息，未必能及鞭毙土匪，蒸骨验尸，阮玲玉自杀，姚锦屏化男的[1]能够耸动大家的耳目罢？"一方面是庄严的工作，另一方面却是荒淫与无耻。"

但是，不知道是人民进步了，还是时代大近，还未湮没的缘故，我却见过几种叙述关于东三省被占的事情的小说。这《八月的乡村》，即是很好的一部，虽然有些近乎短篇的连续，结构和描写人物的手段，也不能比法捷耶夫的《毁灭》，然而严肃，紧张，作者的心血和失去的天空，土地，受难的人民，以至失去的茂草，高粱，蝈蝈，蚊子，搅成一团，鲜红的在读者眼前展开，显示着中国的一份和全部，现在和未来，死路与活路。凡有人心的读者，是看得完的，而且有所得的。

"要征服中国民族，必须征服中国民族的心！"但这书却于"心的征服"有碍。心的征服，先要中国人自己代办。宋曾以道学替金元治心，明曾以党狱替满清箝口。这书当然不容于满洲帝国，但我看也因此当然不容于中华民国。这事情很快的就会得到实证。如果事实证明了我的推测并没有错，那也就证明了这是一部很好的书。

1　姚锦屏化男的：1935年3月间，报纸上有消息称，东北清县一个20岁的女子姚锦屏为出关寻父而化为男子，后经医师检验，还是女性。

好书为什么倒会不容于中华民国呢？那当然，上面已经说过几回了——

"一方面是庄严的工作，另一方面却是荒淫与无耻！"

这不像序。但我知道，作者和读者是决不和我计较这些的。

　　　　　　　　　　　　　一九三五年三月二十八日之夜，鲁迅读毕记

　　　　　　本篇最初印入一九三五年八月上海容光书局版《八月的乡村》。
　　　　　　后收入杂文集《且介亭杂文二集》。

《全国木刻联合展览会[1]专辑》序

　　木刻的图画，原是中国早先就有的东西。唐末的佛像，纸牌，以至后来的小说绣像，启蒙小图，我们至今还能够看见实物。而且由此明白：它本来就是大众的，也就是"俗"的。明人曾用之于诗笺，近乎雅了，然而归结是有文人学士在它全体上用大笔一挥，证明了这其实不过是践踏。

　　近五年来骤然兴起的木刻，虽然不能说和古文化无关，但决不是葬中枯骨，换了新装，它乃是作者和社会大众的内心的一致的要求，所以仅有若干青年们的一副铁笔和几块木板，便能发展得如此蓬蓬勃勃。它所表现的是艺术学徒的热诚，因此也常常是现代社会的魂魄。实绩具在，说它"雅"，固然是不可的，但指为"俗"，却又断乎不能。这之前，有木刻了，却未曾有过这境界。

　　这就是所以为新兴木刻的缘故，也是所以为大众所支持的原因。血脉相通，当然不会被漠视的。所以木刻不但淆乱了雅俗之辨而已，实在还有更光明，更伟大的事业在它的前面。

　　曾被看作高尚的风景和静物画，在新的木刻上是减少了，然而看起出品来，这二者反显着较优的成绩。因为中国旧画，两者最多，耳

1　全国木刻联合展览会：唐诃等以平津木刻研究会名义主办，于1935年元旦起巡回展览，曾在北平、济南、上海等地展出。唐诃（1913—1984），原名田际华，山西汾阳人。1934年与金肇野（1912—1995，辽宁沈阳人）等成立平津木刻研究会。

濡目染，不觉见其久经摄取的所长了，而现在最需要的，也是作者最着力的人物和故事画，却仍然不免有些逊色，平常的器具和形态，也间有不合实际的。由这事实，一面固足见古文化之裨助着后来，也束缚着后来，但一面也可见入"俗"之不易了。

　　这选集，是聚全国出品的精粹的第一本。但这是开始，不是成功，是几个前哨的进行，愿此后更有无尽的旌旗蔽空的大队。

一九三五年六月四日记

　　本篇最初发表于一九三六年十一月天津《文地》月刊第一卷第一期。后收入杂文集《且介亭杂文二集》。

萧红作《生死场》[1]序

　　记得已是四年前的事了，时维二月，我和妇孺正陷在上海闸北的火线中，眼见中国人的因为逃走或死亡而绝迹。后来仗着几个朋友的帮助，这才得进平和的英租界，难民虽然满路，居人却很安闲。和闸北相距不过四五里罢，就是一个这么不同的世界，——我们又怎么会想到哈尔滨。

　　这本稿子的到了我的桌上，已是今年的春天，我早重回闸北，周围又复熙熙攘攘的时候了。但却看见了五年以前，以及更早的哈尔滨。这自然还不过是略图，叙事和写景，胜于人物的描写，然而北方人民的对于生的坚强，对于死的挣扎，却往往已经力透纸背；女性作者的细致的观察和越轨的笔致，又增加了不少明丽和新鲜。精神是健全的，就是深恶文艺和功利有关的人，如果看起来，他不幸得很，他也难免不能毫无所得。

　　听说文学社曾经愿意给她付印，稿子呈到中央宣传部书报检查委员会那里去，搁了半年，结果是不许可。人常常会事后才聪明，回想起来，这正是当然的事：对于生的坚强和死的挣扎，恐怕也确是大背"训政"之道的。今年五月，只为了《略谈皇帝》[2]这一篇文章，这一个

1　萧红（1911—1942）：本名张秀环，后改名张迺莹，笔名萧红、悄吟，黑龙江哈尔滨人，作家。《生死场》：中篇小说，讲述20世纪二三十年代哈尔滨近郊一个村庄的乡民"生"与"死"的故事。

2　《略谈皇帝》：当为《闲话皇帝》。1935年6月，日本驻上海总领事指责上海《新生》周刊发表的《闲话皇帝》一文对天皇"大不敬"，向国民政府提出严重抗议及多种无理要求。当局全部接受，下令封闭刊社，惩办杂志发行人、主编，几名新闻检察官也被革职。

气焰万丈的委员会就忽然烟消火灭，便以"以身作则"的实地大教训。

奴隶社[1]以汗血换来的几文钱，想为这本书出版，却又在我们的上司"以身作则"的半年之后了，还要我写几句序。然而这几天，却又谣言蜂起，闸北的熙熙攘攘的居民，又在抱头鼠窜了，路上是骆驿不绝的行李车和人，路旁是黄白两色的外人，含笑在赏鉴这礼让之邦的盛况。自以为居于安全地带的报馆的报纸，则称这些逃命者为"庸人"或"愚民"。我却以为他们也许是聪明的，至少，是已经凭着经验，知道了煌煌的官样文章之不可信。他们还有些记性。

现在是一九三五年十一月十四的夜里，我在灯下再看完了《生死场》。周围像死一般寂静，听惯的邻人的谈话声没有了，食物的叫卖声也没有了，不过偶有远远的几声犬吠。想起来，英法租界当不是这情形，哈尔滨也不是这情形；我和那里的居人，彼此都怀着不同的心情，住在不同的世界。然而我的心现在却好像古井中水，不生微波，麻木的写了以上那些字。这正是奴隶的心！——但是，如果还是搅乱了读者的心呢？那么，我们还决不是奴才。

不过与其听我还在安坐中的牢骚话，不如快看下面的《生死场》，她才会给你们以坚强和挣扎的力气。

鲁迅

本篇最初印入一九三五年十二月上海容光书局版《生死场》。后收入杂文集《且介亭杂文二集》。

1 奴隶社：1935年鲁迅为编印几位青年作者的作品而拟定的社团名。

孔另境编《当代文人尺牍钞》[1]序

日记或书信，是向来有些读者的。先前是在看朝章国故，丽句清词，如何抑扬，怎样请托，于是害得名人连写日记和信也不敢随随便便。晋人写信，已经得声明"匆匆不暇草书"，今人作日记，竟日日要防传钞，来不及出版。王尔德的自述，至今还有一部分未曾公开，罗曼罗兰的日记，约在死后十年才可发表，这在我们中国恐怕办不到。

不过现在的读文人的非文学作品，大约目的已经有些和古之人不同，是比较的欧化了的：远之，在钩稽文坛的故实，近之，在探索作者的生平。而后者似乎要居多数。因为一个人的言行，总有一部分愿意别人知道，或者不妨给别人知道，但有一部分却不然。然而一个人的脾气，又偏爱知道别人不肯给人知道的一部分，于是尺牍就有了出路。这并非等于窥探门缝，意在发人的阴私，实在是因为要知道这人的全般，就是从不经意处，看出这人——社会的一分子的真实。

就是在"文学概论"上有了名目的创作上，作者本来也掩不住自己，无论写的是什么，这个人总还是这个人，不过加了些藻饰，有了些排场，仿佛穿上了制服。写信固然比较的随便，然而做作惯了的，仍不免带些惯性，别人以为他这回是赤条条的上场了罢，他其实还是穿着肉色紧身小衫裤，甚至于用了平常决不应用的奶罩。话虽如此，

---

1 孔另境（1904—1972）：原名令俊，字若君，笔名东方曦，浙江桐乡乌镇人，作家。《当代文人尺牍钞》：收58位作家的219封书信，1936年5月生活书店出版时改题为《现代作家书简》。

比起峨冠博带的时候来，这一回可究竟较近于真实。所以从作家的日记或尺牍上，往往能得到比看他的作品更其明晰的意见，也就是他自己的简洁的注释。不过也不能十分当真。有些作者，是连帐簿也用心机的，叔本华记账就用梵文，不愿意别人明白。

另境先生的编这部书，我想是为了显示文人的全貌的，好在用心之古奥如叔本华先生者，中国还未必有。只是我的做序，可不比写信，总不免用些做序的拳经：这是要请编者读者，大家心照的。

一九三五年十一月二十五夜，鲁迅记于上海闸北之且介亭

本篇最初印入一九三六年五月生活书店版《现代作家书简》。
后收入杂文集《且介亭杂文二集》。

《死魂灵百图》小引

　　果戈理开手作《死魂灵》第一部的时候，是一八三五年的下半年，离现在足有一百年了。幸而，还是不幸呢，其中的许多人物，到现在还很有生气，使我们不同国度，不同时代的读者，也觉得仿佛写着自己的周围，不得不叹服他伟大的写实的本领。不过那时的风尚，却究竟有了变迁，例如男子的衣服，和现在虽然小异大同，而闺秀们的高髻圆裙，则已经少见；那时的时髦的车子，并非流线形的摩托卡，却是三匹马拉的篷车，照着跳舞夜会的所谓眩眼的光辉，也不是电灯，只不过许多插在多臂烛台上的蜡烛：凡这些，倘使没有图画，是很难想像清楚的。

　　关于《死魂灵》的有名的图画，据里斯珂夫[1]说，一共有三种，而最正确和完备的是阿庚[2]的百图。这图画先有七十二幅，未详何年出版，但总在一八四七年之前，去现在也快要九十年；后来即成为难得之品，新近苏联出版的《文学辞典》里，曾采它为插画，可见已经是有了定评的文献了。虽在它的本国，恐怕也只能在图书馆中相遇，更何况在我们中国。今年秋末，孟十还[3]君忽然在上海的旧书店里看到了这画集，便像孩子望见了糖果似的，立刻奔走呼号，总算弄到手里

1　里斯珂夫：俄国评论家。

2　阿庚（A. A. Agin，1817—1875）：俄国版画家。

3　孟十还（1908—？）：原名显直，又名宪智，辽宁人，俄国文学研究者、作家、翻译。

了，是一八九三年印的第四版，不但百图完备，还增加了收藏家蔼甫列摩夫[1]所藏的三幅，并那时的广告画和第一版封纸上的小图各一幅，共计一百零五图。

这大约是十月革命之际，俄国人带了逃出国外来的；他该是一个爱好文艺的人，抱守了十六年，终于只好拿它来换衣食之资；在中国，也许未必有第二本。藏了起来，对己对人，说不定都是一种罪业，所以现在就设法来翻印这一本书，除绍介外国的艺术之外，第一，是在献给中国的研究文学，或爱好文学者，可以和小说相辅，所谓"左图右史"，更明白十九世纪上半的俄国中流社会的情形，第二，则想献给插画家，借此看看别国的写实的典型，知道和中国向来的"出相"或"绣像"有怎样的不同，或者能有可以取法之处；同时也以慰售出这本画集的人，将他的原本化为千万，广布于世，实足偿其损失而有余，一面也庶几不枉孟十还君的一番奔走呼号之苦。对于木刻家，却恐怕并无大益，因为这虽说是木刻，但画者一人，刻者又别一人，和现在的自画自刻，刻即是画的创作木刻，是已经大有差别的了。

世间也真有意外的运气。当中文译本的《死魂灵》开始发表时，曹靖华君就寄给我一卷图画，也还是十月革命后不多久，在彼得堡得到的。这正是里斯珂夫所说的梭可罗夫[2]画的十二幅。纸张虽然颇为破碎，但图像并无大损，怕它由我而亡，现在就附印在阿庚的百图之后，于是俄国艺术家所作的最写实，而且可以互相补助的两种《死魂灵》的插画，就全收在我们的这一本集子里了。

移译序文和每图的题句的，也是孟十还君的劳作；题句大概依照

1　蔼甫列摩夫：未详。

2　梭可罗夫（P. P. Sokolov, 1821—1899）：通译索科洛夫，俄国插画家。

译本，但有数处不同，现在也不改从一律；最末一图的题句，不见于第一部中，疑是第二部记乞乞科夫免罪以后的事，这是那时俄国文艺家的习尚：总喜欢带点教训的。至于校印装制，则是吴朗西[1]君和另外几位朋友们所经营。这就应该在这里声明谢意。

一九三五年十二月二十四日，鲁迅

本篇最初印入一九三六年七月三闲书屋版《死魂灵百图》。

1　吴朗西（1904—1992）：重庆人，编辑、出版家、翻译家，时任上海文化生活出版社经理。

《死魂灵百图》小引

白莽作《孩儿塔》¹序

　　春天去了一大半了，还是冷；加上整天的下雨，淅淅沥沥，深夜独坐，听得令人有些凄凉，也因为午后得到一封远道寄来的信，要我给白莽的遗诗写一点序文之类；那信的开首说道："我的亡友白莽，恐怕你是知道的罢。……"——这就使我更加惆怅。

　　说起白莽来，——不错，我知道的。四年之前，我曾经写过一篇《为忘却的记念》，要将他们忘却。他们就义了已经足有五个年头了，我的记忆上，早又蒙上许多新鲜的血迹；这一提，他的年青的相貌就又在我的眼前出现，像活着一样，热天穿着大棉袍，满脸油汗，笑笑的对我说道："这是第三回了。自己出来的。前两回都是哥哥保出，他一保就要干涉我，这回我不去通知他了。……"——我前一回的文章上是猜错的，这哥哥才是徐培根²，航空署长，终于和他成了殊途同归的兄弟；他却叫徐白，较普通的笔名是殷夫。

　　一个人如果还有友情，那么，收存亡友的遗文真如捏着一团火，

1　白莽：殷夫（1909—1931），原名徐柏庭，又名徐祖华，别名徐白，笔名一作白莽，浙江象山人，诗人。1931年2月7日被国民党特务秘密杀害于上海龙华。《孩儿塔》：殷夫的第一部诗集，1930年编定，收入其1924年至1929年间的主要作品，共计65首。殷夫牺牲以后，鲁迅保存了诗集手稿，并撰写序言，但一直没有机会出版。直到1958年12月才由人民文学出版社出版这本诗集，但只选其中35首，其余30首随《〈孩儿塔〉未刊诗稿及其他》一文发表于1983年《中国现代文学研究》。

2　徐培根（1895—1991）：字石城，浙江象山人，民国陆军二级上将、军事理论家，1933年7月10日任航空署署长。

常要觉得寝食不安，给它企图流布的。这心情我很了然，也知道有做序文之类的义务。我所惆怅的是我简直不懂诗，也没有诗人的朋友，偶尔一有，也终至于闹开，不过和白莽没有闹，也许是他死得太快了罢。现在，对于他的诗，我一句也不说——因为我不能。

这《孩儿塔》的出世并非要和现在一般的诗人争一日之长，是有别一种意义在。这是东方的微光，是林中的响箭，是冬末的萌芽，是进军的第一步，是对于前驱者的爱的大纛，也是对于摧残者的憎的丰碑。一切所谓圆熟简练，静穆幽远之作，都无须来作比方，因为这诗属于别一世界。

那一世界里有许多许多人，白莽也是他们的亡友。单是这一点，我想，就足够保证这本集子的存在了，又何需我的序文之类。

　　　　　　　　　　　一九三六年三月十一夜，鲁迅记于上海之且介亭

本篇最初发表于一九三六年四月《文学丛报》月刊第一期，发表时题为《白莽遗诗序》。后收入杂文集《且介亭杂文末编》。

白莽作《孩儿塔》序

曹靖华译《苏联作家七人集》[1]序

曾经有过这样的一个时候，喧传有好几位名人都要译《资本论》，自然依据着原文，但有一位还要参照英，法，日，俄各国的译本。到现在，至少已经满六年，还不见有一章发表，这种事业之难可想了。对于苏联的文学作品，那时也一样的热心，英译的短篇小说集一到上海，恰如一胛羊肉坠入狼群中，立刻撕得一片片，或则化为"飞脚阿息普"[2]，或则化为"飞毛腿奥雪伯"；然而到得第二本英译《蔚蓝的城》[3]输入的时候，志士们却已经没有这么起劲，有的还早觉得"伊凡""彼得"，远不如"一洞""八索"[4]之有趣了。

然而也有并不一哄而起的人，当时好像落后，但因为也不一哄而散，后来却成为中坚。靖华就是一声不响，不断的翻译着的一个。他二十年来，精研俄文，默默的出了《三姊妹》[5]，出了《白茶》[6]，出了《烟袋》和《四十一》，出了《铁流》以及其他单行小册很不少，然而不尚广告，至今无煊赫之名，且受挤排，两处受封锁之害。但他依然不

1　《苏联作家七人集》：共收短篇小说15篇，1936年11月由上海良友图书印刷公司出版。

2　"飞脚阿息普"与后文"飞毛腿奥雪伯"是苏联卡萨特金著短篇小说《飞着的奥西普》的两种中译名。

3　《蔚蓝的城》：英译苏联短篇小说集，阿·托尔斯泰（A. N. Tolstoy, 1882—1945）等著。

4　"一洞""八索"：中国麻将牌中的两种牌名。

5　《三姊妹》：俄国作家契诃夫作的四幕剧。

6　《白茶》：苏联独幕剧集，收独幕剧5篇。

7　《烟袋》：苏联短篇小说集，收小说11篇。

8　《四十一》：即《第四十一》，苏联作家拉甫列涅夫（B. A. Lavrenyov, 1891—1959）著中篇小说。

断的在改定他先前的译作，而他的译作，也依然活在读者们的心中。这固然也因为一时自称"革命作家"的过于吊儿郎当，终使坚实者成为硕果，但其实却大半为了中国的读书界究竟有进步，读者自有确当的批判，不再受空心大老的欺骗了。

靖华是未名社中之一员；未名社一向设在北京，也是一个实地劳作，不尚叫嚣的小团体。但还是遭些无妄之灾，而且遭得颇可笑。它被封闭过一次，是由于山东督军张宗昌的电报，听说发动的倒是同行的文人；后来没有事，启封了。出盘之后，靖华译的两种小说都积在台静农家，又和"新式炸弹"[1]一同被收没，后来虽然证明了这"新式炸弹"其实只是制造化装品的机器，书籍却仍然不发还，于是这两种书，遂成为天地之间的珍本。为了我的《呐喊》在天津图书馆被焚毁，梁实秋教授掌青岛大学图书馆时，将我的译作驱除，以及未名社的横祸，我那时颇觉得北方官长，办事较南方为森严，元朝分奴隶为四等，置北人于南人之上，实在并非无故。后来知道梁教授虽居北地，实是南人，以及靖华的小说想在南边出版，也曾被锢多日，就又明白我的决论其实是不确的了。这也是所谓"学问无止境"罢。

但现在居然已经得到出版的机会，闲话休题，是当然的。言归正传：则这是合两种译本短篇小说集而成的书，册去两篇，加入三篇，以篇数论，有增无减。所取题材，虽多在二十年前，因此其中不见水闸建筑，不见集体农场，但在苏联，还都是保有生命的作品，从我们中国人看来，也全是亲切有味的文章。至于译者对于原语的学力的充足和译文之可靠，是读书界中早有定论，不待我多说的了。

1　"新式炸弹"：1932年秋，北平警察查抄台静农寓所时，把一件制造化妆品的器具误认为"新式炸弹"，将台静农拘捕；同时没收了曹靖华译的《烟袋》和《第四十一》的存书。

　　靖华不厌弃我，希望在出版之际，写几句序言，而我久生大病，体力衰惫，不能为文，以上云云，几同塞责。然而靖华的译文，岂真有待于序，此后亦如先前，将默默的有益于中国的读者，是无疑的。倒是我得以乘机打草，是一幸事，亦一快事也。

一九三六年十月十六日，鲁迅记于上海且介亭之东南角

本篇最初印入一九三六年十一月上海良友图书印刷公司版《苏联作家七人集》。
后收入杂文集《且介亭杂文末编》。

陆

·章表

章表是下级官员向上级呈交的陈述意见的文字。鲁迅曾任中华民国政府教育部佥事、社会教育司第一科科长，但负责的是当时并非急务的文化工作，因而呈文不多。

致国务院国徽拟图说明书

　　谨按：西国国徽，由来甚久，其勾萌在个人，而曼衍以赅一国。昔者希腊武人，蒙盾赴战，自择所好，作绘于盾，以示区别。降至罗马，相承不绝。迨十字军兴，聚列国之士而成师，惧其杂糅不可辨析，则各以一队长官之盾徽为识，由此张大，用于一家，更进而用于一族，更进而用于一国。故权舆之象，率为名氏，表个人也；或为十字，重宗教也。及为国徽，亦依史实，因是仍多十字，或摹盾形，复作衮冕旗帜之属，以为藻饰。虽有新造之国，初制徽识，每不能出其环中，盖文献限之矣。今中华民国已定嘉禾为国徽，而图象简质，宜求辅佐，俾足以方驾他徽，无虑朴素。惟历史殊特，异乎欧西，彼所尚者，此不能用。自应远据前史，更立新图，镐有本柢，庶几有当。考诸载籍，源之古者，莫如龙。然已横受抵排，不容作绘。更思其次，则有十二章，上见于《书》，其源亦远。汉唐以来，说经者曰：日月星辰，取其照临也；山，取其镇也；龙，取其变也；华虫，取其文也；宗彝，取其孝也；藻，取其洁也；火，取其明也；粉米，取其养也；黼，取其断也；黻，取其辨也。美德之最，莫不赅备。今即从其说，相度其宜，会合错综，拟为中华民国徽识。作绘之法，为嘉禾在于中，是为中心。嘉禾之状，取诸汉“五瑞图”石刻。干者，所以拟盾也。干后为黼，上缀粉米。黼上为日，其下为山。然因山作真形，虑无所置，则结缕成篆文，而以黻充其隙际。黼之左右，为龙与华虫，各持宗彝。

龙复有火丽其身,月属于角。华虫则其咮衔藻,其首戴星。凡此造作
改为,皆所以求合度而图调和。国徽大体,似已略具。复作五穗嘉禾
简徽一枚,于不求繁缛时用之。又曲线式双穗嘉禾简徽一枚,于笺纸
之属用之。倘更得深于绘事者,别施采色,令其象更美且优,则庶几
可以表华国之令德,而弘施于天下已。

拟国徽图

本篇及拟国徽图最初发表于一九一三年二月《教育部编纂处月刊》第一卷第
一册"文牍录要"栏,无署名。原文为句读。后收入杂文集《集外集拾遗补编》。

致国务院国徽拟图说明书

拟播布美术意见书

一　何为美术

美术为词，中国古所不道，此之所用，译自英之爱忒（art or fine art）。爱忒云者，原出希腊，其谊为艺，是有九神，先民所祈，以冀工巧之具足，亦犹华土工师，无不有崇祀拜祷矣。顾在今兹，则词中函有美丽之意，凡是者不当以美术称。

希腊之民，以美术著于世，然其造作，初无研肆，仅凭直觉之力，以判别天物美恶，惟其为觉敏，故所成就者神。盖凡有人类，能具二性：一曰受，二曰作。受者譬如曙日出海，瑶草作华，若非白痴，莫不领会感动；既有领会感动，则一二才士，能使再现，以成新品，是谓之作。故作者出于思，倘其无思，即无美术。然所见天物，非必圆满，华或槁谢，林或荒秽，再现之际，当加改造，俾其得宜，是曰美化，倘其无是，亦非美术。故美术者，有三要素：一曰天物，二曰思理，三曰美化。缘美术必有此三要素，故与他物之界域极严。刻玉之状为叶，髹[1]漆之色乱金，似矣，而不得谓之美术。象齿方寸，文字千万，核桃一丸，台榭数重，精矣，而不得谓之美术。几案可以弛张，什器轻于携取，便于用矣，而不得谓之美术。太古之遗物，绝域之奇

1　髹：把漆涂在器物上。

器，罕矣，而非必为美术。重碧大赤，陆离斑驳，以其戟刺，夺人目睛，艳矣，而非必为美术，此尤不可不辨者也。

二　美术之类别

由前之言，可知美术云者，即用思理以美化天物之谓。苟合于此，则无间外状若何，咸得谓之美术；如雕塑，绘画，文章，建筑，音乐皆是也。区分之法，始于希腊柏拉图，其类凡二：

（甲）静美术　（乙）动美术

柏氏以雕塑，绘画为静，音乐，文章为动，事属草创，为说不完。后有法人跋多[1]区分为三，德人黑智尔[2]承之。

（甲）目之美术　（乙）耳之美术

（丙）心之美术

属于目者为绘画雕塑，属于耳者为音乐，属于心者为文章，其说之不能具是，无异前古。近时英人珂尔文[3]以为区别之术，可得三种，今具述于次；凡有美术，均可取其一以分隶之。

（一）（甲）形之美术　（乙）声之美术

美术有可见可触者，如绘画，雕塑，建筑，是为形美；有不可见不可触者，如音乐，文章，是为音美。顾中国文章之美，乃为形声二者，是又非此例所能赅括也。

（二）（甲）摹拟美术　（乙）独造美术

1　跋多（C. Batteux, 1713—1780）：法国教士、学者。著有《各种美术归结到一个原则》《文学教程》等。

2　黑智尔（G. Hegel, 1770—1831）：通译黑格尔，德国哲学家。著有《逻辑学》《精神现象学》《美学》等。

3　珂尔文（S. Colvin, 1845—1927）：通译科尔温，英国文艺评论家，剑桥艺术大学教授。

美术有拟象天物者，为雕刻，绘画，诗歌；有独造者，为建筑，音乐。此二者虽间亦微涉天物，而繁复眹会[1]，几于脱离。

（三）（甲）致用美术　（乙）非致用美术

美术之中，涉于实用者，厥惟建筑。他如雕刻，绘画，文章，音乐，皆与实用无所系属者也。

三　美术之目的与致用

言美术之目的者，为说至繁，而要以与人享乐为臬极，惟于利用有无，有所牴午[2]。主美者以为美术目的，即在美术，其于他事，更无关系。诚言目的，此其正解。然主用者则以为美术必有利于世，傥其不尔，即不足存。顾实则美术诚谛，固在发扬真美，以娱人情，比其见利致用，乃不期之成果。沾沾于用，甚嫌执持，惟以颇合于今日国人之公意，故从而略述之如次：

一　美术可以表见文化　凡有美术，皆足以征表一时及一族之思惟，故亦即国魂之现象；若精神递变，美术辄从之以转移。此诸品物，长留人世，故虽武功文教，与时间同其灰灭，而赖有美术为之保存，俾在方来，有所考见。他若盛典侤事[3]，胜地名人，亦往往以美术之力，得以永住。

一　美术可以辅翼道德　美术之目的，虽与道德不尽符，然其力足以渊邃人之性情，崇高人之好尚，亦可辅道德以为治。物质文明，

1　眹会：犹结合，有变化意。
2　牴午：同"抵牾"，意为矛盾。
3　侤事：重大事件。

日益曼衍，人情因亦日趣于肤浅；今以此优美而崇大之，则高洁之情独存，邪秽之念不作，不待惩劝而国乂安。

　　一　美术可以救援经济　方物见斥，外品流行，中国经济，遂以困匮。然品物材质，诸国所同，其差异者，独在造作。美术弘布，作品自胜，陈诸市肆，足越殊方，尔后金资，不虞外溢。故徒言崇尚国货者末，而发挥美术，实其本根。

四　播布美术之方

　　美术之用，大者既得三事，而本有之目的，又在与人以享乐，则实践此目的之方术，自必在于播布。播布云者，谓不更幽秘，而传诸人间，使与国人耳目接，以发美术之真谛，起国人之美感，更以冀美术家之出世也。兹拟应行之事如次：

　　一　建设事业

　　美术馆　当就政府所在地，立中央美术馆，为光复纪念，次更及诸地方。建筑之法，宜广征专家意见，会集图案，择其善者，或即以旧有著名之建筑充之。所列物品，为中国旧时国有之美术品。

　　美术展览会　建筑之法如上。以陈列私人所藏，或美术家新造之品。

　　剧场　建筑之法如上。其所演宜用中国新剧，或翻译外国著名新剧，更不参用古法；复以图书陈说大略，使观者咸喻其意。若中国旧剧，宜别有剧场，不与新剧混淆。

　　奏乐堂　当就公园或公地，设立奏乐之处，定日演奏新乐，不更参以旧乐；惟必先以小书说明，俾听者咸能领会。

　　文艺会　当招致文人学士，设立集会，审国人所为文艺，择其优者加以奖励，并助之流布。且决定域外著名图籍若干，译为华文，布之国内。

一　保存事业

著名之建筑　伽蓝宫殿，古者多以宗教或帝王之威力，令国人成之；故时世既迁，不能更见，所当保存，无令毁坏。其他若史上著名之地，或名人故居，祠宇，坟墓等，亦当令地方议定，施以爱护，或加修饰，为国人观瞻游步之所。

碑碣　椎拓既多，日就漫漶，当申禁令，俾得长存。

壁画及造像　梵刹及神祠中有之，间或出于名手。近时假破除迷信为名，任意毁坏，当考核作手，指定保存。

林野　当审察各地优美林野，加以保护，禁绝剪伐；或相度地势，辟为公园。其美丽之动植物亦然。

一　研究事业

古乐　当立中国古乐研究会，令勿中绝，并择其善者，布之国中。

国民文术　当立国民文术研究会，以理各地歌谣，俚谚，传说，童话等；详其意谊，辨其特性，又发挥而光大之，并以辅翼教育。

本篇最初发表于一九一三年二月北京《教育部编纂处月刊》第一卷第一册，署名周树人。原文为句读。后收入杂文集《集外集拾遗补编》。

6-2

拟播布美术意见书

关于废止《教育纲要》[1]的签注

　　案《教育纲要》虽不过行政首领对于教育之政见，然所列三项，均已现为事实，见于明令，此后分别修改，其余另定办法；在理论上言之，固已无形废弃，然此惟在通都大邑，明达者多，始能有此结果。而乡曲教师，于此种手续关系，多不能十分明瞭。《纲要》所列，又多与旧式思想相合，世人乐于保持，其他无业游民亦可藉此结合团体（如托名研究经学，聚众立社之类），妨害教育。是《纲要》虽若消灭，而在一部份人之心目中，隐然实尚存留。倘非根本取消，恐难杜绝歧见。故窃谓此种《纲要》，应以明文废止，使无论何人均不能发生依坿之见，始于学制上行政上无所妨害。至于法令随政局而屡更，虽易失遵守之信仰，然为正本清源计，此次不得不尔。凡明白之国民，当无不共喻此意。一俟宗旨确定，发号施令均出一辙，则一二年中信仰自然恢复，所失者小，而所得则甚大也。

周树人注

本篇据手稿。约写于一九一六年八月，原无标题和标点。

收入杂文集《集外集拾遗补编》。

1　《教育纲要》：即《特定教育纲要》，袁世凯酝酿复辟帝制期间实施的教育总纲，1915年1月颁布，共5部分，25条。规定各学校均应崇奉古圣贤，尊孔尚孟，习陆王之学，辑学案为教科书；中小学加读经一科，国文教科书添入《国语》《国策》《尚书》。

《欧美名家短篇小说丛刊》[1]评语

凡欧美四十七家著作，国别计十有四，其中意、西、瑞典、荷兰、塞尔维亚，在中国皆属创见，所选亦多佳作，又每一篇署著者名氏，并附小像略传。用心颇为恳挚，不仅志在娱悦俗人之耳目，足为近来译事之光。惟诸篇似因陆续登载杂志，故体例未能统一，命题造语，又系用本国成语，原本固未尝有此，未免不诚。书中所收，以英国小说为最多，唯短篇小说，在英文学中，原少佳制，古尔斯密[2]及兰姆[3]之文，系杂著性质，于小说为不类。欧陆著作，则大抵以不易入手，故尚未能为相当之绍介，又况以国分类，而诸国不以种族次第，亦为小失。然当此淫佚文字充塞坊肆时，得此一书，俾读者知所谓哀情惨情之外，尚有更纯洁之作，则固亦昏夜之微光，鸡群之鸣鹤矣。复核是书，搜讨之勤，选择之善，信如原评所云。足为近年译事之光。似宜给奖，以示模范。

本篇最初发表于一九一七年十一月三十日《教育公报》第四年第十五期"报告"门，原为通俗教育研究会小说股审核报告，未署名。原无标题和标点。后收入杂文集《集外集拾遗补编》。

1　《欧美名家短篇小说丛刊》：周瘦鹃选译，1917年3月上海中华书局初版，共3卷，收小说50篇。周瘦鹃（1895 — 1968），原名国贤，江苏苏州人，作家、翻译家。

2　古尔斯密（O. Goldsmith, 1728—1774）：通译哥尔德斯密斯，英国散文家、诗人、戏剧家。

3　兰姆（C. Lamb, 1775—1834）：英国散文家。

对于北京女子师范大学风潮宣言

溯本校不安之状，盖已半载有余，时有隐显，以至现在，其间亦未见学校当局有所反省，竭诚处理，使之消弭。迨五月七日校内讲演时，学生劝校长杨荫榆先生退席后，杨先生乃于饭馆召集教员若干燕饮[1]，继即以评议部名义，将学生自治会职员六人（文预科四人理预科一人国文系一人）揭示开除，由是全校哗然，有坚拒杨先生长校之事变，而杨先生亦遂遍送感言，又驰书学生家属，其文甚繁。第观其已经公表者，则大概谆谆以品学二字立言，使不谙此事始末者见之，一若此次风潮，为校长整饬风纪之所致，然品性学业，皆有可征。六人学业，俱非不良；至于品性一端，平素尤绝无惩戒记过之迹，以此与开除并论，而又若离若合，殊有混淆黑白之嫌。况六人俱为自治会职员，倘非长才，众人何由公举，不满于校长者倘非公意，则开除之后，全校何至哗然？所罚果当其罪，则本系之两主任何至事前并不与闻，继遂相率引退？可知公论尚在人心，曲直早经显见，偏私谬戾之举，

---

1 燕饮：聚会在一起吃酒饭。

究非空言曲说所能掩饰也。同人忝为教员，因知大概，义难默尔，敢布区区，惟关心教育者察焉。

马裕藻[1]，沈尹默[2]，周树人，李泰棻[3]，钱玄同，沈兼士[4]，周作人

本篇最初发表于一九二五年五月二十七日《京报》。

后收入杂文集《集外集拾遗补编》。

1　马裕藻（1878—1945）：字幼渔，浙江鄞县（今宁波鄞州）人。时任北京大学国文系主任，兼任女师大国文系主任。

2　沈尹默（1883—1971）：原名君默，后改尹默，字中、秋明，祖籍浙江湖州，出生于陕西汉阴。时任北京大学教授，兼任女师大教授。

3　李泰棻（1896—1972）：字革痴，号痴庵，河北张家口人。时任北京大学教授、女师大史学系主任。

4　沈兼士（1887—1947）：名坚士，祖籍浙江湖州，出生于陕西汉阴，沈尹默之弟。时任北京大学研究所国学门主任。

为北京女师大学生代拟呈教育部文二件

一

呈为校长溺职滥罚，全校冤愤，恳请迅速撤换，以安学校事。窃杨荫榆到校一载，毫无设施，本属尸位素餐，贻害学子，屡经呈明大部请予查办，并蒙派员莅校彻查在案。从此杨荫榆即忽现忽隐，不可究诘，自拥虚号，专恋脩金，校务遂愈形败坏，其无耻之行为，为生等久所不齿，亦早不觉尚有杨荫榆其人矣。不料"五七"国耻在校内讲演时，忽又觍然临席，生等婉劝退去，即老羞成怒，大呼警察，幸经教员阻止，始免流血之惨。下午即借宴客为名，在饭店召集不知是否合法之评议员数人，于杯盘狼籍之余，始以开除学生之事含糊相告，亦不言学生为何人。至九日，突有开除自治会职员……等六人之揭示张贴校内。夫自治会职员，乃众所公推，代表全体，成败利钝，生等固同负其责。今乃倒行逆施，罚非其罪，欲乘学潮汹涌之时，施其险毒阴私之计，使世人不及注意，居心下劣，显然可知！继又停止已经预告之运动会，使本校失信于社会，又避匿不知所往，使生等无从与之辩诘，实属视学子如土芥，以大罚为儿戏，天良丧失，至矣尽矣！可知杨荫榆一日不去，即如刀俎在前，学生为鱼肉之不暇，更何论于学业！是以全体冤愤，公决自失踪之日起，即绝对不容其再入学校之门，以御横暴，而延残喘。为此续呈大部，恳即明令迅予撤换，拯本

校于阽危，出学生于水火。不胜迫切待命之至！谨呈

教育部总长

二

呈为续陈杨荫榆氏行踪诡秘，心术叵测，败坏学校，恳即另聘校长，迅予维持事。窃杨氏失踪，业已多日。曾于五月十二日具呈大部，将其阴险横暴实情，沥陈梗概，请予撤换在案。讵杨氏怙恶不悛，仍施诡计。先谋提前放假，又图停课考试。术既不售，乃愈设盛筵，多召党类，密画毁校之策，冀复失位之仇。又四出请托，广播谣诼，致函学生家长，屡以品性为言，与开除时之揭示，措辞不同，实属巧设谰言，阴伤人格，则其良心何在，不问可知。倘使一任诪张，诚为学界大辱，盖不独生等身受摧残，学校无可挽救而已。为此合词续恳即下明令，速任贤明，庶校务有主持之人，暴者失蹂躏之地，学校幸甚！教育幸甚！谨呈

教育部总长

本篇据手稿。原无标题和标点。第一件呈文曾发表于一九二五年六月三日北京女子师范大学学生自治会印行的《驱杨运动特刊》，题为《学生自治会上教育部呈文》。后收入杂文集《集外集拾遗补编》。

柒
·
碑
志

碑志指镌刻于石碑上的书法、文辞。鲁迅所作碑志不多，本章收录2篇。

镰田诚一[1]墓记

　　君以一九三〇年三月至沪，出纳图书，既勤且谨，兼修绘事，斐然有成。中遭艰巨，笃行靡改，扶危济急，公私两全。越三三年七月，因病归国休养，方期再造，展其英才，而药石无灵，终以不起，年仅二十有八。呜呼，昊天难测，蕙荃早摧，晔晔青春，永闷玄壤，忝居友列，衔哀记焉。

　　　　　　　　　　　一九三五年四月二十二日，会稽鲁迅撰

　　本篇据手稿。收入杂文集《且介亭杂文二集》，收入前未在报刊上发表过。

1　镰田诚一（1905—1934）：日本人，上海内山书店职员。

河南卢氏曹先生[1]教泽碑文

　　夫激荡之会，利于乘时，劲风盘空，轻蓬振翻，故以豪杰称一时者多矣，而品节卓异之士，盖难得一。卢氏曹植甫先生名培元，幼承义方，长怀大愿，秉性宽厚，立行贞明。躬居山曲，设校授徒，专心一志，启迪后进，或有未谛，循循诱之，历久不渝，惠流遐迩。又不泥古，为学日新，作时世之前驱，与童冠而俱迈。爰使旧乡丕变，日见昭明。君子自强，永无意必，而韬光里巷，处之怡然。此岂轻才小慧之徒之所能至哉。中华民国二十有三年秋，年届七十，含和守素，笃行如初。门人敬仰，同心立表，冀彰潜德，亦报师恩云尔。铭曰：

　　华土奥衍，代生英贤，或居或作，历四千年，文物有赫，峙于中天。海涛外薄，黄神徙倚，巧黠因时，鹬枪鹊起，然犹飘风，终朝而已。卓哉先生，遗荣崇实，开拓新流，恢弘文术，诲人不倦，惟精惟一。介立或有，恒久则难，敷教翊化，实邦之翰，敢契贞石，以励后昆。

会稽后学鲁迅谨撰

　　本篇最初发表于一九三五年六月十五日北平《细流》杂志第五、六期合刊，发表时题为《曹植甫先生教泽碑碑文》。后收入杂文集《且介亭杂文》。

1　曹先生：曹培元（1869—1958），字植甫，河南卢氏人，曹靖华之父，晚清秀才，教育工作者。

捌
·
书

本章所收录的书，均为鲁迅在写作之初便有意公开发表的，即所谓公开信，共19篇，多为关于文艺问题的问答。鲁迅的私人信件另收录于《鲁迅文集·书信》。

通讯

一

旭生[1]先生：

前天收到《猛进》第一期，我想是先生寄来的，或者是玄伯[2]先生寄来的。无论是谁寄的，总之：我谢谢。

那一期里有论市政的话，使我忽然想起一件不相干的事来。我现在住在一条小胡同里，这里有所谓土车者，每月收几吊钱，将煤灰之类搬出去。搬出去怎么办呢？就堆在街道上，这街就每日增高。有几所老房子，只有一半露出在街上的，就正在豫告着别的房屋的将来。我不知道什么缘故，见了这些人家，就像看见了中国人的历史。

姓名我忘记了，总之是一个明末的遗民，他曾将自己的书斋题作"活埋庵"。谁料现在的北京的人家，都在建造"活埋庵"，还要自己拿出建造费。看看报章上的论坛，"反改革"的空气浓厚透顶了，满车的"祖传"，"老例"，"国粹"等等，都想来堆在道路上，将所有的人家完全活埋下去。"强聒不舍"，也许是一个药方罢，但据我所见，则有些人们——甚至于竟是青年——的论调，简直和"戊戌政变"时候的反对改革者的论调一模一样。你想，二十七年了，还是这样，岂不

8-1

1　旭生：徐炳昶（1888—1976），字旭生，河南唐河人，时为北京大学哲学系教授、《猛进》周刊主编。

2　玄伯：李宗侗（1895—1974），字玄伯，河北高阳人，《猛进》第27期起接任主编。

通
讯

可怕。大约国民如此，是决不会有好的政府的；好的政府，或者反而容易倒。也不会有好议员的；现在常有人骂议员，说他们收贿，无特操，趋炎附势，自私自利，但大多数的国民，岂非正是如此的么？这类的议员，其实确是国民的代表。

我想，现在的办法，首先还得用那几年以前《新青年》上已经说过的"思想革命"。还是这一句话，虽然未免可悲，但我以为除此没有别的法。而且还是准备"思想革命"的战士，和目下的社会无关。待到战士养成了，于是再决胜负。我这种迂远而且渺茫的意见，自己也觉得是可叹的，但我希望于《猛进》的，也终于还是"思想革命"。

鲁迅。三月十二日

鲁迅先生：

你所说底"二十七年了，还是这样，"诚哉是一件极"可怕"的事情。人类思想里面，本来有一种惰性的东西，我们中国人的惰性更深。惰性表现的形式不一，而最普通的，第一就是听天任命，第二就是中庸。听天任命和中庸的空气打不破，我国人的思想，永远没有进步的希望。

你所说底"讲话和写文章，似乎都是失败者的征象。正在和运命恶战的人，顾不到这些。"实在是最痛心的话。但是我觉得从另外一方面看，还有许多人讲话和写文章，还可以证明人心的没有全死。可是这里需要有分别，必需要是一种不平的呼声，不管是冷嘲或热骂，才是人心未全死的证验。如果不是这样，换句话说，如果他的文章里面，不用很多的"！"，不管他说的写的怎么样好听，那人心已经全死，亡国不亡国，倒是第二个问题。

　　"思想革命"，诚哉是现在最重要不过的事情，但是我总觉得《语丝》,《现代评论》和我们的《猛进》，就是合起来，还负不起这样的使命。我有两种希望：第一希望大家集合起来，办一个专讲文学思想的月刊。里面的内容，水平线并无庸过高，破坏者居其六七，介绍新者居其三四。这样一来，大学或中学的学生有一种消闲的良友，与思想的进步上，总有很大的裨益。我今天给适之先生略谈几句，他说现在我们办月刊很难，大约每月出八万字，还属可能，如若想出十一二万字，就几乎不可能。我说你又何必拘定十一二万字才出，有七八万就出七八万，即使再少一点，也未尝不可，要之有它总比没有它好的多。这是我第一个希望。第二我希望有一种通俗的小日报。现在的《第一小报》[1]，似乎就是这一类的。这个报我只看见三两期，当然无从批评起，但是我们的印象：第一，是篇幅太小，至少总要再加一半才敷用；第二，这种小报总要记清是为民众和小学校的学生看的。所以思想虽需要极新，话却要写得极浅显。所有专门术语和新名词，能躲避到什么步田地躲到什么步田地。《第一小报》对于这一点，似还不很注意。这样良好的通俗小日报，是我第二种的希望。拉拉杂杂写来，漫无伦叙。你的意思以为何如？

徐炳昶。三月十六日

---

1 《第一小报》：北京出版的小型日报，1925年2月20日创刊，自创刊起曾连载译自日文的《常识基础》一书。

二

旭生先生：

给我的信早看见了，但因为琐琐的事情太多，所以到现在才能作答。

有一个专讲文学思想的月刊，确是极好的事，字数的多少，倒不算什么问题。第一为难的却是撰人，假使还是这几个人，结果即还是一种增大的某周刊或合订的各周刊之类。况且撰人一多，则因为希图保持内容的较为一致起见，即不免有互相牵就之处，很容易变为和平中正，吞吞吐吐的东西，而无聊之状于是乎可掬。现在的各种小周刊，虽然量少力微，却是小集团或单身的短兵战，在黑暗中，时见匕首的闪光，使同类者知道也还有谁还在袭击古老坚固的堡垒，较之看见浩大而灰色的军容，或者反可以会心一笑。在现在，我倒只希望这类的小刊物增加，只要所向的目标小异大同，将来就自然而然的成了联合战线，效力或者也不见得小。但目下倘有我所未知的新的作家起来，那当然又作别论。

通俗的小日报，自然也紧要的；但此事看去似易，做起来却很难。我们只要将《第一小报》与《群强报》[1]之类一比，即知道实与民意相去太远，要收获失败无疑。民众要看皇帝何在，太妃安否，而《第一小报》却向他们去讲"常识"，岂非悖谬。教书一久，即与一般社会暌离，无论怎样热心，做起事来总要失败。假如一定要做，就得存学者的良心，有市侩的手段，但这类人才，怕教员中间是未必会有

---

1 《群强报》：北京出版的小型日报，1912年创刊，不注重时事新闻，多载消闲文学。

的。我想，现在没奈何，也只好从智识阶级——其实中国并没有俄国之所谓智识阶级，此事说起来话太长，姑且从众这样说——一面先行设法，民众俟将来再谈。而且他们也不是区区文字所能改革的，历史通知过我们，清兵入关，禁缠足，要垂辫，前一事只用文告，到现在还是放不掉，后一事用了别的法，到现在还在拖下来。

单为在校的青年计，可看的书报实在太缺乏了，我觉得至少还该有一种通俗的科学杂志，要浅显而且有趣的。可惜中国现在的科学家不大做文章，有做的，也过于高深，于是就很枯燥。现在要Brehm[1]的讲动物生活，Fabre[2]的讲昆虫故事似的有趣，并且插许多图画的；但这非有一个大书店担任即不能印。至于作文者，我以为只要科学家肯放低手眼，再看看文艺书，就够了。

前三四年有一派思潮，毁了事情颇不少。学者多劝人踱进研究室，文人说最好是搬入艺术之宫，直到现在都还不大出来，不知道他们在那里面情形怎样。这虽然是自己愿意，但一大半也因新思想而仍中了"老法子"的计。我新近才看出这圈套，就是从"青年必读书"事件以来，很收些赞同和嘲骂的信，凡赞同者，都很坦白，并无什么恭维。如果开首称我为什么"学者""文学家"的，则下面一定是漫骂。我才明白这等称号，乃是他们所公设的巧计，是精神的枷锁，故意将你定为"与众不同"，又借此来束缚你的言动，使你于他们的老生活上失去危险性的。不料有许多人，却自囚在什么室什么宫里，岂不可惜。只要掷去了这种尊号，摇身一变，化为泼皮，相骂相打（舆论是以为学者只应该拱手讲讲义的），则世风就会日上，而月刊也办

1　Brehm：勃莱姆（1829—1884），德国动物学家。
2　Fabre：法布尔（1823—1915），法国昆虫学家。

成了。

先生的信上说：惰性表现的形式不一，而最普通的，第一就是听天任命，第二就是中庸。我以为这两种态度的根柢，怕不可仅以惰性了之，其实乃是卑怯。遇见强者，不敢反抗，便以"中庸"这些话来粉饰，聊以自慰。所以中国人倘有权力，看见别人奈何他不得，或者有"多数"作他护符的时候，多是凶残横恣，宛然一个暴君，做事并不中庸；待到满口"中庸"时，乃是势力已失，早非"中庸"不可的时候。一到全败，则又有"命运"来做话柄，纵为奴隶，也处之泰然，但又无往而不合于圣道。这些现象，实在可以使中国人败亡，无论有没有外敌。要救正这些，也只好先行发露各样的劣点，撕下那好看的假面具来。

鲁迅。三月二十九日

鲁迅先生：

你看出什么"踱进研究室"，什么"搬入艺术之宫"，全是"一种圈套"，真是一件重要的发现。我实在告诉你说：我近来看见自命gentleman[1]的人就怕极了。看见玄同先生挖苦gentleman的话（见《语丝》第二十期），好像大热时候，吃一盘冰激零，不晓得有多么痛快。总之这些字全是一种圈套，大家总要相戒，不要上他们的当才好。

我好像觉得通俗的科学杂志并不是那样容易的，但是我对于这个问题完全没有想，所以对于它觉暂且无论什么全不能说。

---

1 gentleman：英语，意为君子、绅士。

　　我对于通俗的小日报有许多的话要说，但因为限于篇幅，止好暂且不说。等到下一期，我要作一篇小东西，专论这件事，到那时候，还要请你指教才好。

徐炳昶。三月三十一日

　　本篇最初分别发表于一九二五年北京《猛进》周刊三月二十日第三期、四月三日第五期。后收入杂文集《华盖集》。

通讯

北京通信

蕴儒[1]，培良两兄：

昨天收到两份《豫报》[2]，使我非常快活，尤其是见了那《副刊》。因为它那蓬勃的朝气，实在是在我先前的豫想以上。你想：从有着很古的历史的中州，传来了青年的声音，仿佛在豫告这古国将要复活，这是一件如何可喜的事呢？

倘使我有这力量，我自然极愿意有所贡献于河南的青年。但不幸我竟力不从心，因为我自己也正站在歧路上，——或者，说得较有希望些：站在十字路口。站在歧路上是几乎难于举足，站在十字路口，是可走的道路很多。我自己，是什么也不怕的，生命是我自己的东西，所以我不妨大步走去，向着我自以为可以走去的路；即使前面是深渊，荆棘，狭谷，火坑，都由我自己负责。然而向青年说话可就难了，如果盲人瞎马，引入危途，我就该得谋杀许多人命的罪孽。

所以，我终于还不想劝青年一同走我所走的路；我们的年龄，境遇，都不相同，思想的归宿大概总不能一致的罢。但倘若一定要问我青年应当向怎样的目标，那么，我只可以说出我为别人设计的话，就是：一要生存，二要温饱，三要发展。有敢来阻碍这三事者，无论是

1　蕴儒：吕琦，生卒年不详，字蕴儒，河南人，鲁迅在北京世界语专门学校任教时的学生。当时他与向培良等在开封编辑《豫报副刊》。

2　《豫报》：河南开封出版的日报，1925年5月4日创刊。

谁，我们都反抗他，扑灭他！

可是还得附加几句话以免误解，就是：我之所谓生存，并不是苟活；所谓温饱，并不是奢侈；所谓发展，也不是放纵。

中国古来，一向是最注重于生存的，什么"知命者不立于岩墙之下"咧，什么"千金之子坐不垂堂"咧，什么"身体发肤受之父母不敢毁伤"咧，竟有父母愿意儿子吸鸦片的，一吸，他就不至于到外面去，有倾家荡产之虞了。可是这一流人家，家业也决不能长保，因为这是苟活。苟活就是活不下去的初步，所以到后来，他就活不下去了。意图生存，而太卑怯，结果就得死亡。以中国古训中教人苟活的格言如此之多，而中国人偏多死亡，外族偏多侵入，结果适得其反，可见我们蔑弃古训，是刻不容缓的了。这实在是无可奈何，因为我们要生活，而且不是苟活的缘故。

中国人虽然想了各种苟活的理想乡，可惜终于没有实现。但我却替他们发现了，你们大概知道的罢，就是北京的第一监狱。这监狱在宣武门外的空地里，不怕邻家的火灾；每日两餐，不虑冻馁；起居有定，不会伤生；构造坚固，不会倒塌；禁卒管着，不会再犯罪；强盗是决不会来抢的。住在里面，何等安全，真真是"千金之子坐不垂堂"了。但阙少的就有一件事：自由。

古训所教的就是这样的生活法，教人不要动。不动，失错当然就较少了，但不活的岩石泥沙，失错不是更少么？我以为人类为向上，即发展起见，应该活动，活动而有若干失错，也不要紧。惟独半死半生的苟活，是全盘失错的。因为他挂了生活的招牌，其实却引人到死路上去！

我想，我们总得将青年从牢狱里引出来，路上的危险，当然是有的，但这是求生的偶然的危险，无从逃避。想逃避，就须度那古人所希求的第一监狱式生活了，可是真在第一监狱里的犯人，都想早些释放，虽然外面并不比狱里安全。

北京暖和起来了；我的院子里种了几株丁香，活了；还有两株榆叶梅，至今还未发芽，不知道他是否活着。

昨天闹了一个小乱子[1]，许多学生被打伤了；听说还有死的，我不知道确否。其实，只要听他们开会，结果不过是开会而已，因为加了强力的迫压，遂闹出开会以上的事来。俄国的革命，不就是从这样的路径出发的么？

夜深了，就此搁笔，后来再谈罢。

鲁迅。五月八日夜

本篇最初发表于一九二五年五月十四日开封《豫报副刊》。

后收入杂文集《华盖集》。

1　1925年5月7日，北京各校学生为纪念国耻（1915年5月7日，日本政府向袁世凯提出最后通牒，要求北洋政府承认"二十一"条）和追悼孙中山，拟在天安门举行集会，与阻拦的警察发生冲突。

答KS¹君

KS兄：

　　我很感谢你的殷勤的慰问，但对于你所愤慨的两点和几句结论，我却并不谓然，现在略说我的意见——

　　第一，章士钊将我免职，我倒并没有你似的觉得诧异，他那对于学校的手段，我也并没有你似的觉得诧异，因为我本就没有预期章士钊能做出比现在更好的事情来。我们看历史，能够据过去以推知未来，看一个人的已往的经历，也有一样的效用。你先有了一种无端的迷信，将章士钊当作学者或智识阶级的领袖看，于是从他的行为上感到失望，发生不平，其实是作茧自缚；他这人本来就只能这样，有着更好的期望倒是你自己的误谬。使我较为感到有趣的倒是几个向来称为学者或教授的人们，居然也渐次吞吞吐吐地来说微温话了，什么"政潮"咧，"党"咧，仿佛他们都是上帝一样，超然象外，十分公平似的。谁知道人世上并没有这样一道矮墙，骑着而又两脚踏地，左右稳妥，所以即使吞吞吐吐，也还是将自己的魂灵枭首通衢，挂出了原想竭力隐瞒的丑态。丑态，我说，倒还没有什么丢人，丑态而蒙着公正的皮，这才催人呕吐。但终于使我觉得有趣的是蒙着公正的皮的丑态，又自己开出帐来发表了。仿佛世界上还有光明，所以即便费尽心

1　KS：未详。

机，结果仍然是一个瞒不住。

第二，你这样注意于《甲寅周刊》，也使我莫明其妙。《甲寅》第一次出版时，我想，大约章士钊还不过熟读了几十篇唐宋八大家文，所以模仿吞剥，看去还近于清通。至于这一回，却大大地退步了，关于内容的事且不说，即以文章论，就比先前不通得多，连成语也用不清楚，如"每下愈况"之类。尤其害事的是他似乎后来又念了几篇骈文，没有融化，而急于捋搴[1]，所以弄得文字庞杂，有如泥浆混着沙砾一样。即如他那《停办北京女子师范大学呈文》中有云，"钊念儿女乃家家所有良用痛心为政而人人悦之亦无是理"，旁加密圈，想是得意之笔了。但比起何栻[2]《齐姜醉遣晋公子赋》的"公子固翩翩绝世未免有情少年而碌碌因人安能成事"来，就显得字句和声调都怎样陋弱可哂。何栻比他高明得多，尚且不能入作者之林，章士钊的文章更于何处讨生活呢？况且，前载公文，接着就是通信，精神虽然是自己广告性的半官报，形式却成了公报尺牍合璧了，我中国自有文字以来，实在没有过这样滑稽体式的著作。这种东西，用处只有一种，就是可以借此看看社会的暗角落里，有着怎样灰色的人们，以为现在是攀附显现的时候了，也都吞吞吐吐的来开口。至于别的用处，我委实至今还想不出来。倘说这是复古运动的代表，那可是只见得复古派的可怜，不过以此当作讣闻，公布文言文的气绝罢了。

所以，即使真如你所说，将有文言白话之争，我以为也该是争的终结，而非争的开头，因为《甲寅》不足称为敌手，也无所谓战斗。倘要开头，他们还得有一个更通古学，更长古文的人，才能胜对垒之

---

1 捋搴：摘取、捡拾，多指剽窃词句或割裂文意。

2 何栻（1816—1872）：字廉昉，又作莲舫，号悔馀，清代学者、藏书家。

任，单是现在似的每周印一回公牍和游谈的堆积，纸张虽白，圈点虽多，是毫无用处的。

鲁迅。八月二十日

本篇最初发表于一九二五年八月二十八日《莽原》周刊第十九期。

后收入杂文集《华盖集》。

答有恒[1]先生

有恒先生：

你的许多话，今天在《北新》上看见了。我感谢你对于我的希望
和好意，这是我看得出来的。现在我想简略地奉答几句，并以寄和你
意见相仿的诸位。

我很闲，决不至于连写字工夫都没有。但我的不发议论，是很久
了，还是去年夏天决定的，我豫定的沉默期间是两年。我看得时光不
大重要，有时往往将它当作儿戏。

但现在沉默的原因，却不是先前决定的原因，因为我离开厦门
的时候，思想已经有些改变。这种变迁的径路，说起来太烦，姑且略
掉罢，我希望自己将来或者会发表。单就近时而言，则大原因之一，
是：我恐怖了。而且这种恐怖，我觉得从来没有经验过。

我至今还没有将这"恐怖"仔细分析。姑且说一两种我自己已经
诊察明白的，则：

一，我的一种妄想破灭了。我至今为止，时时有一种乐观，以为
压迫，杀戮青年的，大概是老人。这种老人渐渐死去，中国总可比较

1　有恒：时有恒（1905—1982），江苏邳州人，曾参加北伐，当时流落上海。他在1927年8月16日《北新》周
　　刊第43、44期合刊上发表的杂感《这时节》中说："久不见鲁迅先生等的对盲目的思想行为下攻击的文
　　字了""在现在的国民革命正沸腾的时候，我们把鲁迅先生的一切创作……读读，当能给我们以新路的认
　　识""我们恳切地祈望鲁迅先生出马。……因为救救孩子要紧呀。"

地有生气。现在我知道不然了，杀戮青年的，似乎倒大概是青年，而且对于别个的不能再造的生命和青春，更无顾惜。如果对于动物，也要算"暴殄天物"。我尤其怕看的是胜利者的得意之笔："用斧劈死"呀，……"乱枪刺死"呀……。我其实并不是急进的改革论者，我没有反对过死刑。但对于凌迟和灭族，我曾表示过十分的憎恶和悲痛，我以为二十世纪的人群中是不应该有的。斧劈枪刺，自然不说是凌迟，但我们不能用一粒子弹打在他后脑上么？结果是一样的，对方的死亡。但事实是事实，血的游戏已经开头，而角色又是青年，并且有得意之色。我现在已经看不见这出戏的收场。

二，我发见了我自己是一个……。是什么呢？我一时定不出名目来。我曾经说过：中国历来是排着吃人的筵宴，有吃的，有被吃的。被吃的也曾吃人，正吃的也会被吃。但我现在发见了，我自己也帮助着排筵宴。先生，你是看我的作品的，我现在发一个问题：看了之后，使你麻木，还是使你清楚；使你昏沉，还是使你活泼？倘所觉的是后者，那我的自己裁判，便证实大半了。中国的筵席上有一种"醉虾"，虾越鲜活，吃的人便越高兴，越畅快。我就是做这醉虾的帮手，弄清了老实而不幸的青年的脑子和弄敏了他的感觉，使他万一遭灾时来尝加倍的苦痛，同时给憎恶他的人们赏玩这较灵的苦痛，得到格外的享乐。我有一种设想，以为无论讨赤军，讨革军，倘捕到敌党的有智识的如学生之类，一定特别加刑，甚于对工人或其他无智识者。为什么呢，因为他可以看见更锐敏微细的痛苦的表情，得到特别的愉快。倘我的假设是不错的，那么，我的自己裁判，便完全证实了。

所以，我终于觉得无话可说。

倘若再和陈源教授之流开玩笑罢，那是容易的，我昨天就写了一点。然而无聊，我觉得他们不成什么问题。他们其实至多也不过吃半只虾或呷几口醉虾的醋。况且听说他们已经别离了最佩服的"孤桐先生"[1]，而到青天白日旗下来革命了。我想，只要青天白日旗插远去，恐怕"孤桐先生"也会来革命的。不成问题了，都革命了，浩浩荡荡。

问题倒在我自己的落伍。还有一点小事情。就是，我先前的弄"刀笔"的罚，现在似乎降下来了。种牡丹者得花，种蒺藜者得刺，这是应该的，我毫无怨恨。但不平的是这罚仿佛太重一点，还有悲哀的是带累了几个同事和学生。

他们什么罪孽呢，就因为常常和我往来，并不说我坏。凡如此的，现在就要被称为"鲁迅党"或"语丝派"，这是"研究系"和"现代派"宣传的一个大成功。所以近一年来，鲁迅已以被"投诸四裔"为原则了。不说不知道，我在厦门的时候，后来是被搬在一所四无邻居的大洋楼上了，陪我的都是书，深夜还听到楼下野兽"唔唔"地叫。但我是不怕冷静的，况且还有学生来谈谈。然而来了第二下的打击：三个椅子要搬去两个，说是什么先生的少爷已到，要去用了。这时我实在很气愤，便问他：倘若他的孙少爷也到，我就得坐在楼板上么？不行！没有搬去，然而来了第三下的打击，一个教授微笑道：又发名士脾气了。厦门的天条，似乎是名士才能有多于一个的椅子的。"又"者，所以形容我常发名士脾气也，《春秋》笔法，先生，你大概明白的罢。还有第四下的打击，那是我临走的时候了，有人说我之所以走，一因为没有酒喝，二因为看见别人的家眷来了，心里不舒服。这还是根据那一次的"名士脾气"的。

1 "孤桐先生"：指章士钊。

　　这不过随便想到一件小事。但，即此一端，你也就可以原谅我吓得不敢开口之情有可原了罢。我知道你是不希望我做醉虾的。我再斗下去，也许会"身心交病"。然而"身心交病"，又会被人嘲笑的。自然，这些都不要紧。但我何苦呢，做醉虾？

　　不过我这回最侥幸的是终于没有被做成为共产党。曾经有一位青年，想以独秀办《新青年》，而我在那里做过文章这一件事，来证成我是共产党。但即被别一位青年推翻了，他知道那时连独秀也还未讲共产。退一步，"亲共派"罢，终于也没有弄成功。倘我一出中山大学即离广州，我想，是要被排进去的；但我不走，所以报上"逃走了""到汉口去了"的闹了一通之后，倒也没有事了。天下究竟还有光明，没有人说我有"分身法"。现在是，似乎没有什么头衔了，但据"现代派"说，我是"语丝派的首领"。这和生命大约并无什么直接关系，或者倒不大要紧的，只要他们没有第二下。倘如"主角"唐有壬[1]似的又说什么"墨斯科的命令"，那可就又有些不妙了。

　　笔一滑，话说远了，赶紧回到"落伍"问题去。我想，先生，你大约看见的，我曾经叹息中国没有敢"抚哭叛徒的吊客"。而今何如？你也看见，在这半年中，我何尝说过一句话？虽然我曾在讲堂上公表过我的意思，虽然我的文章那时也无处发表，虽然我是早已不说话，但这都不足以作我的辩解。总而言之，现在倘再发那些四平八稳的"救救孩子"似的议论，连我自己听去，也觉得空空洞洞了。

　　还有，我先前的攻击社会，其实也是无聊的。社会没有知道我在攻击，倘一知道，我早已死无葬身之所了。试一攻击社会的一分子的

1　唐有壬（1893—1935）：湖南浏阳人，留学日本，归国后受聘为北京大学经济学教授，参加《现代评论》派。

陈源之类，看如何？而况四万万也哉？我之得以偷生者，因为他们
大多数不识字，不知道，并且我的话也无效力，如一箭之入大海。否
则，几条杂感，就可以送命的。民众的罚恶之心，并不下于学者和军
阀。近来我悟到凡带一点改革性的主张，倘于社会无涉，才可以作为
"废话"而存留，万一见效，提倡者即大概不免吃苦或杀身之祸。古今
中外，其揆一也。即如目前的事，吴稚晖先生不也有一种主义的么？
而他不但不被普天同愤，且可以大呼"打倒……严办"者，即因为赤
党要实行共产主义于二十年之后，而他的主义却须数百年之后或者才
行，由此观之，近于废话故也。人那有遥管十余代以后的灰孙子时代
的世界的闲情别致也哉？

话已经说得不少，我想收梢了。我感于先生的毫无冷笑和恶意的
态度，所以也诚实的奉答，自然，一半也借此发些牢骚。但我要声明，
上面的说话中，我并不含有谦虚，我知道我自己，我解剖自己并不比
解剖别人留情面。好几个满肚子恶意的所谓批评家，竭力搜索，都寻
不出我的真症候。所以我这回自己说一点，当然不过一部分，有许多
还是隐藏着的。

我觉得我也许从此不再有什么话要说，恐怖一去，来的是什么
呢，我还不得而知，恐怕不见得是好东西罢。但我也在救助我自己，
还是老法子：一是麻痹，二是忘却。一面挣扎着，还想从以后淡下去
的"淡淡的血痕中"看见一点东西，誊在纸片上。

鲁迅。九，四

本篇最初发表于一九二七年十月一日上海《北新》周刊第四十九、五十期合刊。
后收入杂文集《而已集》。

文坛的掌故（并徐匀[1]来信）

来信

编者先生：

由最近一个上海的朋友告诉我，"沪上的文艺界，近来为着革命文学的问题，闹得十分嚣。"有趣极了！这问题，在去年中秋前后，成都的文艺界，同样也剧烈的争论过。但闹得并不"嚣"，战区也不见扩大，便结束。大约除了成都，别处是很少知道有这一回事的。

现在让我来简约地说一说。

这争论的起原，已经过了长时期的酝酿。双方的主体——赞成革命文学的，是国民日报社。——怀疑他们所谓革命文学的，是九五日报社。最先还仅是暗中的鼎峙；接着因了国民政府在长江一带逐渐发展，成都的革命文学家，便投机似的成立了"革命文艺研究社"，来竭力鼓吹无产阶级的文学。而凑巧有个署名张拾遗君的《谈谈革命文学》一篇论文在那时出现。于是挑起了一班革命文学家的怒，两面的战争，便开始攻击。

至于两方面的战略：革命文学者以为一切都应该革命，要革命才有进步，才顺潮流。不革命便是封建社会的余孽，帝国主义的爪牙。

1　徐匀：赵循伯（1908—1980），又名赵承志，笔名徐匀，四川巴县（今属重庆）人，剧作家。

同样和创造社是以唯物史观为根据的。——可是又无他们的彻底，而把"文学革命"与"革命文学"并为一谈。——反对者承认"革命文学"和"平民文学""贵族文学"同为文学上一种名词，与文学革命无关，而怀疑其像煞有介事的神圣不可侵犯。且文学不应如此狭义；何况革命的题材，未必多。即有，隔靴搔痒的写来，也未必好。是近乎有些"为艺术而艺术"的说法。加入这战团的，革命文学方面，多为"清一色"的会员；而反对系，则半属不相识的朋友。

这一场混战的结果，是由"革命文艺研究社"不欲延长战线，自愿休兵。但何故休兵，局外人是不能猜测的。

关于那次的文件，因"文献不足"，只好从略。

上海这次想必一定很可观。据我的朋友抄来的目录看，已颇有洋洋乎之概！可惜重庆方面，还没有看这些刊物的眼福！

这信只算预备将来"文坛的掌故"起见，并无挑拨，拥护任何方面的意思。

废话已说得不少，就此打住，敬祝

撰安！

徐匀。十七年七月八日，于重庆

回信

徐匀先生：

多谢你写寄"文坛的掌故"的美意。

从年月推算起来，四川的"革命文学"，似乎还是去年出版的一本《革命文学论集》[1]（书名大概如此，记不确切了，是丁丁编的）的余波。上海今年的"革命文学"，不妨说是又一幕。至于"嚣"与不"嚣"，那是要凭耳闻者的听觉的锐钝而定了。

我在"革命文学"战场上，是"落伍者"，所以中心和前面的情状，不得而知。但向他们屁股那面望过去，则有成仿吾司令的《创造月刊》，《文化批判》，《流沙》，蒋光X[2]（恕我还不知道现在已经改了那一字）拜帅的《太阳》，王独清领头的《我们》，青年革命艺术家叶灵凤独唱的《戈壁》；也是青年革命艺术家潘汉年编撰的《现代小说》和《战线》；再加一个真是"跟在弟弟背后说漂亮话"的潘梓年[3]的速成的《洪荒》。但前几天看见 K 君[4]对日本人的谈话（见《战旗》七月号），才知道潘叶之流的"革命文学"是不算在内的。

含混地只讲"革命文学"，当然不能彻底，所以今年在上海所挂出来的招牌却确是无产阶级文学，至于是否以唯物史观为根据，则因为我是外行，不得而知。但一讲无产阶级文学，便不免归结到斗争文学，一讲斗争，便只能说是最高的政治斗争的一翼。这在俄国，是正当的，因为正是劳农专政；在日本也还不打紧，因为究竟还有一点微微的出版自由，居然也还说可以组织劳动政党。中国则不然，所以两月前就变了相，不但改名"新文艺"，并且根据了资产社会的法律，请律师大登其广告，来吓唬别人了。

向"革命的智识阶级"叫打倒旧东西，又拉旧东西来保护自己，要

1　《革命文学论集》：应为《革命文学论》，收入当时讨论革命文学的论文17篇，1927年上海大新书局出版。
　　丁丁：当时的一个投机文人，后来堕落为汉奸。
2　蒋光X：指蒋光慈。
3　潘梓年（1893—1972）：别名宰木、定思，江苏宜兴人，潘汉年堂兄。
4　K君：指郭沫若。

有革命者的名声，却不肯吃一点革命者往往难免的辛苦，于是不但笑啼俱伪，并且左右不同，连叶灵凤所抄袭来的"阴阳脸"[1]，也还不足以淋漓尽致地为他们自己写照，我以为这是很可惜，也觉得颇寂寞的。

　　但这是就大局而言，倘说个人，却也有已经得到好结果的。例如成仿吾，做了一篇"开步走"和"打发他们去"，又改换姓名（石厚生）做了一点"呇鲁迅"[2]之后，据日本的无产文艺月刊《战旗》七月号所载，他就又走在修善寺温泉的近旁（可不知洗了澡没有），并且在那边被尊为"可尊敬的普罗塔利亚特作家"，"从支那的劳动者农民所选出的他们的艺术家"了。

鲁迅。八月十日

　　本篇最初发表于一九二八年八月二十日《语丝》第四卷第三十四期，原题《通信 · 其一》。后收入杂文集《三闲集》，收入时改为现题。

1　"阴阳脸"：《戈壁》第二期（1928年5月）刊有叶灵凤一幅讽刺鲁迅的漫画，并附有说明："鲁迅先生，阴阳脸的老人，挂着他已往的战绩，躲在酒缸的后面，挥着他'艺术的武器'，在抵御着纷然而来的外侮。"

2　"呇鲁迅"：成仿吾在《创造月刊》第一卷第十一期（1928年5月）发表的《毕竟是"醉眼陶然"罢了》中说："我们抱了绝大的好奇心在等待拜见那勇敢的将来的花脸，我们想像最先跳出来的如不是在帝国主义国家学什么鸟文学的教授与名人，必定是在这一类人的影响下少年老成的末将。看呀！阿呀，这却有点奇怪！这位胡子先生倒是我们中国的DonQuixte（呇吉诃德）——呇鲁迅！"

通信（复张孟闻[1]）

孟闻先生：

　　读了来稿之后，我有些地方是不同意的。其一，便是我觉得自己也是颇喜欢输入洋文艺者之一。其次，是以为我们所认为在崇拜偶像者，其中的有一部分其实并不然，他本人原不信偶像，不过将这来做傀儡罢了。和尚喝酒养婆娘，他最不信天堂地狱。巫师对人见神见鬼，但神鬼是怎样的东西，他自己的心里是明白的。

　　但我极愿意将文稿和信刊出，一则，自然是替《山雨》留一个纪念，二则，也给近年的内地的情形留一个纪念，而给人家看看印刷所老板的哲学和那环境，也是很有"趣味"的。

　　我们这"不革命"的《语丝》，在北京是站脚不住了，但在上海，我想，大约总还可以印几本，将来稿登载出来罢。但也得等到印出来了，才可以算数。我们同在中国，这里的印刷所老板也是中国人，先生，你是知道的。

鲁迅。四月十二日

1　张孟闻（1903—1993）：笔名西屏，浙江宁波人，当时是宁波浙江省立第四中学和驿亭私立春晖中学教师、《山雨》半月刊的编者之一。

【备考】
偶像与奴才（白露之什第六）　西屏

七八岁时，那时我的祖母还在世上，我曾经扮了一会犯人，穿红布衣，上了手铐，跟着神像走。神像是抬着走的，我是两脚走的，经过了许多街市，到了一个庙里停止，于是我脱下了那些东西而是一个无罪之人了。据祖母说，这样走了一遍，可以去灾离难；却病延年。可是在后我颇能生病，——但还能活到现在，也许是这扮犯人之功了。那时我听了大人们的妙论，看见了泥菩萨，就有些敬惧，莫名其妙的骇怪的敬惧。后来在学校里听了些"新理"回来，这妙论渐渐站脚不住。十岁时跟了父亲到各"码头"走走，怪论越听越多，于是泥菩萨的尊严，在我脑府里丢了下来。此后看见了红脸黑头的泥像，就不会谨虔的崇奉，而伯母们就叫我是个书呆子。因为听了洋学堂里先生的靠不住说话，实在有些呆气。

这呆气似乎是个妖精，缠上了就摆脱不下，一直到现在，我还是不相信泥菩萨，虽然我还记得"灾离难，难离身，一切灾难化灰尘，救苦救难观世音"等的经语。据说，这并不希奇，现在不信神道的人极多。随意说说，大家想无疑义，——但仔细考究起来，觉得不崇奉偶像的人并不多。穿西装染洋气的人，也俨然是"抬头三尺有神明"，虔虔诚诚的相信救主耶稣坐卧静动守着他们，更无论于着马褂长袍先生们之信奉同善社教主了。

达尔文提倡的进化论在中国也一样的通得过去。自从民国以来，"世道日下，人心不古"，偶像进化到不必定是泥菩萨了。不仅忧时志士，对此太息；就是在我，也觉得邪说中人之毒，颇有淋漓尽致之叹。

我并不是"古道之士"叹惜国粹沦亡，洋教兴旺；我是忧愁偶像太多，崇拜的人随之太多。而清清醒醒的人，愈见其少耳。在这里且先来将偶像分类。

据英国洋鬼子裴根[1]（F. Bacon一五六一———一六二六）说，偶像可分为四类：——

一　种族之偶像Idoles of the Tribe

二　岩穴之偶像Idoles of the Cave

三　市场之偶像Idoles of the Market Place

四　舞台之偶像Idoles of the Theater

凡洋鬼子讲的话，大概都有定义和详细的讨论。然而桐城派的文章，主简朴峭劲，所以我只取第三类偶像来谈谈，略去其他三类。所谓"市场之偶像"者，据许多洋书上所说，是这样的：——

　　　　逐波随流之盲从者，众咻亦咻，众俞亦俞，凡于事初无辨析，惟道听途说，取为珍宝，奉名人之言以为万世经语，放诸天下而皆准，不为审择者，皆信奉市场偶像之徒也。

对于空洞的学说信仰，若德谟克拉西[2]，道尔顿制[3]，……等，此等信徒，犹是市场偶像信徒之上之上者；其下焉者，则惟崇拜某人，于是泥塑的偶像，一变而为肉装骨撑的俗夫凡胎矣。"恶之欲其死，爱

1　裴根：即弗朗西斯·培根（Francis Bacon, 1561—1626），英国文艺复兴时期的散文家、哲学家，现代实验科学的创始人。

2　德谟克拉西：英语Democracy的音译，即民主。

3　道尔顿制：美国教育家柏克赫斯特（H. Parkhurst, 1886—1973）于20世纪初创行的一种个别化教学形式，强调自由与合作。

之欲其生"，凡是胸中对于某人也者，一有成见，便难清白认识。大概看过《列子》[1]的人，总能记得邻人之子窃斧一段文字，就可想到这一层。内省心理学者作试验心理内省报告的，必须经过好好一番训练，——所以要如此这般者，也无非想免去了内心的偶像，防省察有所失真耳。然而主观成见之能免去，实是极难，几乎是不可能的事。不过这是题外文章，且按下不讲；我所奇怪而禁不住要说说者，是自己自谓是"新"人，教人家莫有偶像观念，而自己却偏偏做了市场偶像之下等信徒也。

崇拜泥菩萨的被别人讥嗤为愚氓者，这自然不是希罕的事，因为泥菩萨并不高明，为什么要低首下心的去做这东西的信徒呢？然而，我想起心理分析学者和社会心理学者的求足（Compensation）说，愚夫愚妇之不得于现实世界上，能像聪明人们的攫得地位金钱，而仅能作白日梦（day dreaming）一般，于痴望中求神灵庇佑，自满幻愿也是很可哀怜，很可顾念的了。对于这班无知识的弱者，我们应该深与同情；而且，你如果是从事于社会光明运动者，便有"先觉觉后觉"觉醒他们的必要。——但是知识阶级，有的而且是从事社会光明运动者，假使也自己做起白日梦来，昏昏沉沉的卷着一个偶像，虔心膜拜顶礼，则岂不可叹，岂不可哀呢！

近来颇有人谈谈国民性，于是我就疑心，以为既然彼此同为中华民国国民，所具之国民性当是相同，那末此等偶像崇拜也许是根据于某一种特性罢，虽然此间的对象（偶像）并不相同。这疑心一来就蹊跷，——因为对象之不同，仅是程度高下的分别，不是性质的殊异。

1 《列子》：战国早期列子、列子弟子以及其后学所著。列子（约前450—前375），名寇，又名御寇，郑国（今河南郑州）人，战国前期道家代表人物、思想家、哲学家。

倘使弗罗伊特性欲说（Freud's concept of libido）是真实的说话，化装游戏（Sublimation）这个道理，在此间何尝不可应用？做一会呆子罢，去找寻找寻这特性出来。我当然不敢说我这个研究的结果十分真确，但只要近乎真的，也就不妨供献出来讨论讨论。

F. H. Allport[1]的《社会心理学》第五章《人格论》，"自己表现"（Self expression）这一段里，将"人"分作两类，自尊与自卑（Asendance and Submission）又外展与内讼（Extroversion and Introversion）。他说：

> 最内讼的人，是在幻想中求满足。……隐蔽之欲望，乃于白日梦或夜梦中得偿补之。其结果遂将此伪象与真实生活相混杂连结。真实的现象，都用幻想来曲解，务期与其一己所望吻合，于是事物之真价，都建设在一个奇怪的标准上了。……白痴或癫狂的人，对于细事过分的张扬，即是此例。懦弱，残废，或幼年时与长大之儿童作伴。倘使不幻想满足的事情，就常常保留住自卑的习气。慑服，曲媚于其苛虐之父执，师长或长兄，而成为一卑以自牧之奴儿。不敢对别人表白自己的意见，……逢到别人，往往看得别人非凡伟大，崇高，而自己柔驯屈伏于下。

节译到这里，我想起我国列圣列贤的训诲，都是教人"卑以自牧"的道德话来。向来以谦恭为美德的中国人，连乡下"看牛郎"也知道"吃亏就是便宜"的格言，做做奴才也是正理！——倘使你不相信，可以看看《施公案》《彭公案》"之类之类"的民间通行故事，官员对着皇

1　F. H. Allport：奥耳波特（1890—1948），美国心理学家，实验社会心理学创始人之一。

上也者，不是自称"奴才"吗？这真是国民性自己表现得最透彻的地方。那末于现在偶像崇拜之信徒，也自然不必苛求了，因为国民性生来是如此地奴气十足的。

这样说来，中国国民就可怜得很，差不多是生成的奴才了。新人们之偶像崇拜，固然是个很好的事证，而五卅惨案之非国耻，宁波学生为五卅案罢课是经子渊[1]氏的罪案，以及那些不敢讲几句挺立的话，惧恐得罪于诸帝国主义之英日法美等国家之国家主义者，……诸此议论与事实，何尝不是奴才国民性之表现呢？

如其你是灼见这些的，你能不哀叹吗？但是现在国内连哀叹呻吟都遭禁止的呢！有声望的人来说正义话，就有"流言"；年青一些的说正义话，那更是灭绝人伦，背圣弃道，是非孝公妻赤化的人物了。对于这些自甘于做奴才的人们，你可有办法吗？倘使《聊斋》故事真实，我真想将那些奴才们的脑子来掉换一下呢。此外又有许多想借用别国社会党人的势力来帮助中国脱离奴才地位的，何尝不是看人高大，自视卑下白日梦中求满足的奴才思想呢？自己不想起来，只求别人援手，这就是奴才的本质，而不幸这正是国内知识阶级流行的事实。

要之，自卑和内讼，是我国民的劣根性。此劣性一天不拔去，就一天不能脱离于奴才。

脱离奴才的最好榜样，是德国。在这里请引前德皇威廉二世[2]的话来作结束。他说：——

> 恢复德意志从来之地位，切不可求外界之援助，盖求之未必

---

1 经子渊：经亨颐（1877—1938），字子渊，浙江上虞人。1920年，他在担任浙江第一师范学校校长时，因支持学生宣传新思想而被守旧势力调离一师，后引发学生抗议，导致流血事件，即"浙江一师风潮"。

2 威廉二世（Wilhelm II, 1859—1941）：德意志帝国末代皇帝和普鲁士王国末代国王（1888—1918）。

即行，行矣亦必自隐于奴隶地位。……

自立不倚赖人，此为国民所必具之意识。如国民全阶级中觉悟时，则向上之心，油然而发。……若德国人有全体国民意识时，则同胞互助之精神，祖国尊严之自觉……冈不同来，……自不难再发挥如战前（按此指欧洲大战）之国民气概。……

来　信

鲁迅先生：

从前，我们几个人，曾经发刊过一种半月刊，叫做《大风》，因为各人事情太忙，又苦于贫困，出了不多几期，随即停刊。现在，因为革命过了，许多朋友饭碗革掉了，然而却有机会可以做文章，而且有时还能聚在一起，所以又提起兴致来，重行发刊《大风》。在宁波，我和印刷局去商量，那位经理先生看见了这《大风》两个字就吓慌了。于是再商量过，请夏丏尊先生为我们题签，改称《山雨》。我们自己都是肚里雪亮，晓得这年头儿不容易讲话，一个不好便会被人诬陷，丢了头颅的。所以写文章的时候，是非凡小心在意，谨慎恐惧，惟恐请到监狱里去。——实在的，我们之中已有好几个尝过那味儿了，我自己也便是其一。我们不愿意冤枉尝试第二次，所以写文章和选稿子，是十二分道地的留意，经过好几个人的自己"戒严"，觉得是万无疵累，于是由我送到印刷局去，约定前星期六去看大样。在付印以前，已和上海的开明书店，现代书局，新学会社，以及杭州，汉口，……等处几个书店接洽好代售的事情，所以在礼拜六以前，我们都安心地等待刊物出现。这虽然是小玩意儿，但是自己经营东西，总满是希罕珍爱着的，因而望它产生出来的心情，也颇恳切。

上礼拜六的下午，我跑去校对，印书店的老板却将原稿奉还，我是赶着送终了，而《山雨》也者，便从此寿终正寝。整册稿子，毫无违碍字样，然而竟至于此者，年头儿大有关系。印书店老板奉还稿子时，除了诚恳地道歉求恕之外，并且还有声明，他说："先生，我们无有不要做生意的道理，实在是经不起风浪惊吓。这刊物，无论是怎样地文艺性的或什么性的，我们都不管，总之不敢再印了。去年，您晓得的，也是您的朋友，拿了东西给我们印，结果是身入囹圄，足足地坐了个把月，天天担心着绑去斫头。店里为我拿出了六七百元钱不算外，还得封闭了几天。乡下住着的老年双亲，凄惶地跑上城来，哭着求别人讲情。在军阀时候，乡绅们还有面子好买，那时候是开口就有土豪劣绅的嫌疑。先生，我也吓得够了，我不要再惊动自己年迈的父母，再不愿印刷那些刊物了。收受您的稿子，原是那时别人的糊涂，先生，我也不好说您文章里有甚么，只是求您原谅赐恩，别再赐顾这等生意了。"

看还给我的稿纸，已经有了黑色的手指印，也晓得他们已经上过版，赔了几许排字工钱了。听了这些话，难道还能忍心逼着他们硬印吗？于是《山雨》就此寿终了。

鲁迅先生，我们青年的能力，若低得只能说话时，已经微弱得可哀了；然而却有更可哀的，不敢将别人负责的东西排印。同时，我们也做了非常可哀的弱羊，于是我们就做了无声而待毙的羔羊。倘使有人要绑起我们去宰割时，也许并像鸡或猪一般的哀啼都不敢作一声的。啊，可惊怕的沉默！难道这便是各地方沉默的真相吗？

总之，我们就是这样送了《山雨》的终。并不一定是我们的怯懦，大半却是心中的颓废感情主宰了我们，教我们省一事也好。不过还留有几许落寞怅惘的酸感，所以写了这封信给你。倘使《语丝》有空隙可借，请将这信登载出来。我们顺便在这里揩油道谢，谢各个书局承允代售的好意。

《山雨》最"违碍"的文章，据印书店老板说是《偶像与奴才》那一篇。这是我做的，在三年以前，身在南京，革命军尚在广东，而国府委员经子渊先生尚在宁波第四中学做校长，——然而据说到而今尚是招忌的文字，然而已经革过命了！这信里一并奉上，倘可采登，即请公布，俾国人知文章大不易写。倘使看去太不像文章，也请寄还，因为自己想保存起来，留个《山雨》死后——夭折——的纪念！！

祝您努力！

张孟闻启。三月二十八夜

本篇最初发表于一九二八年四月二十三日《语丝》周刊第四卷第十七期，在《偶像与奴才》和张孟闻来信之后。后收入杂文集《集外集拾遗补编》。

文艺与革命（并冬芬[1]来信）

来信

鲁迅先生：

　　在《新闻报》的《学海》栏内，读到你底一篇《文学和政治的歧途》的讲演，解释文学者和政治者之背离不合，其原因在政治者以得到目前的安宁为满足，这满足，在感觉锐敏的文学者看去，一样是胡涂不彻底，表示失望，终于遭政治家之忌，潦倒一生，站不住脚。我觉得这是世界各国成为定例的事实。最近又在《语丝》上读到《民众主义和天才》和你底《"醉眼"中的朦胧》两篇文字，确实提醒了此刻现在做着似是而非的平凡主义和革命文学的迷梦的人们之朦胧不少，至少在我是这样。

　　我相信文艺思潮无论变到怎样，而艺术本身有无限的价值等级存在，这是不得否认的。这是说，文艺之流，从最初的什么主义到现在的什么主义，所写着的内容，如何不同，而要有精刻熟练的才技，造成一篇优美无媲的文艺作品，终是一样。一条长江，上流和下流所呈现的形相，虽然不同，而长江还是一条长江。我们看它那下流的广大深缓，足以灌田亩，驶巨舶，便忘记了给它形成这广大深缓的来源，

1　冬芬：董秋芳（1898—1977），笔名冬芬、冬奋等，浙江绍兴人，作家、翻译家。

已觉糊涂到透顶。若再断章取义，说：此刻现在，我们所要的是长江的下流，因为可以利用，增加我们的财富，上流的长江可以不要，有着简直无用。这是完全以经济价值去评断长江本身整个的价值了。这种评断，出于着眼在经济价值的商人之口，不足为怪；出于着眼在艺术价值的文艺家之口，未免昏乱至于无可救药了。因为拿艺术价值去评断长江之上流，未始没有意义，或竟比之下流较为自然奇伟，也未可知。

真与美是构成一件成功的艺术品的两大要素。而构成这真与美至于最高等级，便是造成一件艺术品，使它含有最高级的艺术价值，那便非赖最高级的天才不可了。如果这个论断可以否认，那末我们为什么称颂荷马，但丁，沙士比亚和歌德呢？我们为什么不能创造和他们同等的文艺作品呢，我们也有观察现象的眼，有运用文思的脑，有握管伸纸的手？

在现在，离开人生说艺术，固然有躲在象牙塔里忘记时代之嫌；而离开艺术说人生，那便是政治家和社会运动家的本相，他们无须谈艺术了。由此说，热心革命的人，尽可投入革命的群众里去，冲锋也好，做后方的工作也好，何必拿文艺作那既稳当又革命的勾当？

我觉得许多提倡革命文学的所谓革命文艺家，也许是把表现人生这句话误解了。他们也许以为十九世纪以来的文艺，所表现的都是现实的人生，在那里面，含有显著的时代精神。文艺家自惊醒了所谓"象牙之塔"的梦以后，都应该跟着时代环境奔走；离开时代而创造文艺，便是独善主义或贵族主义的文艺了。他们看到易卜生之伟大，看到陀斯妥以夫斯奇的深刻，尤其看到俄国革命时期内的作家叶遂宁和戈理基们的热切动人；便以为现在此后的文艺家都须拿当时的生活现象来诅咒，刻划，予社会以改造革命的机会，使文艺变为民众的和革命的文艺。生在所谓"世纪末"的现代社会里面的人，除非是神经麻木了的，未始不会感到苦闷和悲哀。文艺家终比一般人感觉锐敏一点。摆在他们眼前的既是这么一个社会，蕴在他们心中的当有怎么一种情绪呢！他们有表现或刻划的才技，他们便要如实地写了出来，便无意地成为这时代的社会的呼声了。然而他们还是忠于自己，忠于自己的艺术，忠于自己的情知。易卜生被称颂为改革社会的先驱，陀思妥以夫斯奇[1]被称为人道主义的极致者，还须赖他们自己特有的精妙的才技，经几个真知灼见的批评者为之阐扬而后可。然而，真能懂得他们的艺术的，究竟还是少数。至于叶遂宁是碰死在自己的希望碑上不必说了，戈理基呢，听人说，已有点灰色了。这且不说。便是以艺术本身而论，他何常不崇尚真切精到的才技？我曾看到他的一首讥笑那不切实的诗人的诗。况且我们以艺术价值去衡量他的作品，是否他已是了不得的作家了，究竟还是疑问呵。

实在说，文艺家是不会抛弃社会的，他们是站在民众里面的。有一位否认有条件的文艺批评者，对于泰奴[2]（Taine）的时间条件，认为不确，其理由是：文艺家是看前五十年。我想，看前五十年的文艺家，还是站在那时候，以那时候的生活环境做地盘而出发，所以他毕竟是那时候的民众之一员，而能在朦胧平安中看出残缺和破败。他们便以熟练的才技，写出这种残缺和破败，于艺术上达到高级的价值为止，在他们自己的能力范围之内。在创造时，他们也许只顾到艺术的精细微妙，并没想到如何激动民众，予民众以强烈的刺激，使他们血

1　陀思妥以夫斯奇：即俄国作家陀思妥耶夫斯基。

2　泰奴（1828—1893）：通译泰纳，法国文艺理论家。

脉偾张，而从事于革命。

　　我们如果承认艺术有独立的无限的价值，艺术家有完成艺术本身最终目的之必要，那末我们便不能而且不应该撇开艺术价值去指摘艺术家的态度，这和拿艺术家的现实行为去评断他的艺术作品者一样可笑。波特来耳[1]的诗并不因他的狂放而稍减其价值。浅薄者许要咒他为人群的蛇蝎，却不知道他底厌弃人生，正是他的渴慕人生之反一面的表白。我们平常讥刺一个人，还须观察到他的深处，否则便见得浮薄可鄙。至于拿了自己的似是而非的标准，既没有看到他的深处，又抛弃了衡量艺术价值的尺度，便无的放矢地攻刺一个忠于艺术的人，真的糊涂呢还是别有用意！这不过使我们觉到此刻现在的中国文艺界真不值一谈，因为以批评成名而又是创造自许的所谓文艺家者，还是这样地崇奉功利主义呵！

　　我——自然不是什么文艺家——喜欢读些高级的文艺作品，颇多古旧的东西，很有人说这是迷旧的时代摈弃者。他们告诉我，现在是民众文艺当世了，崭新的专为第四阶级玩味的文艺当世了。我为之愕然者久之，便问他们：民众文艺怎样写法？文艺家用什么手段，使民众都能玩味？现在民众文艺已产生了若干部？革了命之后的民众能够赏识所谓民众文艺者已有几分之几？莫非现在有许多新《三字经》，或新《神童诗》出版了么？我真不知民众化的文艺如何化法，化在内容呢，那我们本有表现民众生活的文艺了的；化在技艺上吧，那末一首国民革命歌尽够充数了，你听："国民革命成功……齐欢唱……"多么宏壮而明白呵！我们为什么还要别的文艺？他们不能明确地回答，而我也糊涂到而今。此刻现在，才从《民众主义与天才》[1]一文里得了答案，是：

> 无论民众艺术如何地主张艺术的普遍性或平等性，但艺术作品无论如何自有无限的价值等差，这个事实是不可否认的。所谓普遍性啦，平等性啦这一类话，意思不外乎是说艺术的内容是关于广众的民间生活或关于人生的普遍事象，而有这种内容的艺术，始可以供给一般民众的玩味。艺术备有像这种意味的普遍性和平等性不待说是不可以否认的，然而艺术作品既有无限的价值等级存在。以上，那些比较高级的艺术品，好，就可以说多少能够供给一般民众的玩味，若要说一切人都能够一样的精细，一样的深刻，一样的微妙——换句话说，绝对平等的来玩味它，那无论如何是不得有的事实。

记得有人说过这样的话：最先进的思想只有站在最高层的先进的少数人能够了解，等到这种思想透入群众里去的时候，已经不是先进的思想了。这些话，是告诉我们芸芸众生，到底有一大部分感觉不敏的。世界上有这样的不平等，除了诅咒造物的不公，我们还能怨谁呢？这是事实。如果不是事实，人类的演进史，可以一笔抹杀，而革命也不能发生了。世界文化的推进，全赖少数先觉之冲锋陷阵，如果各个人的聪明才智，都是相等，文化也早就发达到极致了，世界也就大同了，所谓"螺旋式进行"一句话，还不是等于废话？艺术是文化

---

1 《民众主义和天才》：日本作家金子筑水（1870—1937）作，译文载《语丝》第四卷第十期（1928年3月5日）。

的一部，文化有进退，艺术自不能除外。民众化的艺术，以艺术本身有无限的价值等差来说，简直不能成立。自然，借文艺以革命这梦呓，也终究是一种梦呓罢了！

以上是我的意思，未知先生以为如何？

一九二八，三，二五，冬芬

回信

冬芬先生：

我不是批评家，因此也不是艺术家，因为现在要做一个什么家，总非自己或熟人兼做批评不可，没有一伙，是不行的，至少，在现在的上海滩上。因为并非艺术家，所以并不以为艺术特别崇高，正如自己不卖膏药，便不来打拳赞药一样。我以为这不过是一种社会现象，是时代的人生记录，人类如果进步，则无论他所写的是外表，是内心，总要陈旧，以至灭亡的。不过近来的批评家，似乎很怕这两个字，只想在文学上成仙。

各种主义的名称的勃兴，也是必然的现象。世界上时时有革命，自然会有革命文学。世界上的民众很有些觉醒了，虽然有许多在受难，但也有多少占权，那自然也会有民众文学——说得彻底一点，则第四阶级文学。

中国的批评界怎样的趋势，我却不大了然，也不很注意。就耳目所及，只觉得各专家所用的尺度非常多，有英国美国尺，有德国尺，有俄国尺，有日本尺，自然又有中国尺，或者兼用各种尺。有的说要真正，有的说要斗争，有的说要超时代，有的躲在人背后说几句短短的冷话。还有，是自己摆着文艺批评家的架子，而憎恶别人的鼓吹了创作。倘无创作，将批评什么呢，这是我最所不能懂得的他的心肠的。

别的此刻不谈。现在所号称革命文学家者，是斗争和所谓超时代。超时代其实就是逃避，倘自己没有正视现实的勇气，又要挂革命的招牌，便自觉地或不自觉地必然地要走入那一条路的。身在现世，怎么离去？这是和说自己用手提着耳朵，就可以离开地球者一样地欺人。社会停滞着，文艺决不能独自飞跃，若在这停滞的社会里居然滋长了，那倒是为这社会所容，已经离开革命，其结果，不过多卖几本刊物，或在大商店的刊物上挣得揭载稿子的机会罢了。

斗争呢，我倒以为是对的。人被压迫了，为什么不斗争？正人君子者流深怕这一着，于是大骂"偏激"之可恶，以为人人应该相爱，现在被一班坏东西教坏了。他们饱人大约是爱饿人的，但饿人却不爱饱人，黄巢时候，人相食，饿人尚且不爱饿人，这实在无须斗争文学作怪。我是不相信文艺的旋乾转坤的力量的，但倘有人要在别方面应用他，我以为也可以。譬如"宣传"就是。

美国的辛克来儿[1]说：一切文艺是宣传。我们的革命的文学者曾经当作宝贝，用大字印出过；而严肃的批评家又说他是"浅薄的社会主义者"。但我——也浅薄——相信辛克来儿的话。一切文艺，是宣传，只要你一给人看。即使个人主义的作品，一写出，就有宣传的可能，除非你不作文，不开口。那么，用于革命，作为工具的一种，自然也可以的。

1　辛克来儿：即美国小说家辛克来。

　　但我以为当先求内容的充实和技巧的上达，不必忙于挂招牌。"稻香村""陆稿荐"，已经不能打动人心了，"皇太后鞋店"的顾客，我看见也并不比"皇后鞋店"里的多。一说"技巧"，革命文学家是又要讨厌的。但我以为一切文艺固是宣传，而一切宣传却并非全是文艺，这正如一切花皆有色（我将白也算作色），而凡颜色未必都是花一样。革命之所以于口号，标语，布告，电报，教科书……之外，要用文艺者，就因为它是文艺。

　　但中国之所谓革命文学，似乎又作别论。招牌是挂了，却只在吹嘘同伙的文章，而对于目前的暴力和黑暗不敢正视。作品虽然也有些发表了，但往往是拙劣到连报章记事都不如；或则将剧本的动作辞句都推到演员的"昨日的文学家"身上去。那么，剩下来的思想的内容一定是很革命底了罢？我给你看两句冯乃超[1]的剧本的结末的警句：

　　　野雉：我再不怕黑暗了。

　　　偷儿：我们反抗去！

　　　　　　　　　　　　　　　　　　　　四月四日。鲁迅

　　　　　本篇最初发表于一九二八年四月十六日《语丝》第四卷第十六期。
　　　　　后收入杂文集《三闲集》。

文艺与革命（并冬芬来信）

1　冯乃超（1901—1983）：原籍广东南海，出生于日本横滨，作家、文艺评论家、翻译家。

通信（并Y¹来信）

来信

鲁迅先生：

　　精神和肉体，已被困到这般地步——怕无以复加，也不能形容——的我，不得不撑了病体向"你老"作最后的呼声了！——不，或者说求救，甚而是警告！

　　好在你自己也极明白：你是在给别人安排酒筵，"泡制醉虾"的一个人。我，就是其间被制的一个！

　　我，本来是个小资产阶级里的骄子，温乡里的香花。有吃有着，尽可安闲地过活。只要梦想着的"方帽子"到手了也就满足，委实一无他求。

　　《呐喊》出版了，《语丝》发行了（可怜《新青年》时代，我尚看不懂呢），《说胡须》，《论照相之类》一篇篇连续地戟刺着我的神经。当时，自己虽是青年中之尤青者，然而因此就感到同伴们的浅薄和盲目。"革命！革命！"的叫卖，在马路上呐喊得洋溢，随了所谓革命的势力，也奔腾澎湃了。我，确竟被其吸引。当然也因我嫌弃青年的浅薄，且想在自己生命上找一条出路。那知竟又被我认识了人类的

1　Y：未详。

欺诈，虚伪，阴险……的本性！果然，不久，军阀和政客们弃了身上的蒙皮，而显出本来的狰狞面目！我呢，也随了所谓"清党"之声而把我一颗沸腾着的热烈的心清去。当时想："素以敦厚诚朴"的第四阶级，和那些"遁世之士"的"居士"们，或许尚足为友吧？——唉，真的，"令弟"岂明[1]先生说得是："中国虽然有阶级，可是思想是相同的，都是升官发财"，而且我几疑置身在纪元前的社会里了，那种愚蠢比鹿豕还要愚蠢的言动（或者国粹家正以为这是国粹呢！），真不禁令我茫然——茫然于叫我究竟怎么办呢？

利，莫利于失望之矢。我失望，失望之矢贯穿了我的心，于是乎吐血。转辗床上不能动已几个月！

不错，没有希望之人应该死，然而我没有勇气，而且自己还年青，仅仅廿一岁。还有爱人。不死，则精神和肉体，都在痛苦中挨生活，差不多每秒钟，爱人亦被生活所压迫着。我自己，薄薄的遗产已被"革命"革去了。所以非但不能相慰，相对亦徒唏嘘！

不识不知幸福了，我因之痛苦。然而施这毒药者是先生，我实完全被先生所"泡制"。先生，我既已被引至此，索性请你指示我所应走的最终的道路。不然，则请你麻痹了我的神经，因为不识不知是幸福的，好在你是习医，想必不难"还我头来"！我将效梁遇春[2]先生（？）之言而大呼。

末了，更劝告你的："你老"现在可以歇歇了，再不必为军阀们赶制适口的鲜味，保全几个像我这样的青年。倘为生活问题所驱策，则可以多做些"拥护"和"打倒"的文章，以你先生之文名，正不愁富贵

1　岂明：指周作人。

2　梁遇春（1906—1932）：别署驭聪，又名秋心，福建闽侯人，语言学家、散文家。

之不及,"委员""主任",如操左券也。

　　快呀,请指示我! 莫要"为德不卒"!

　　或《北新》,或《语丝》上答复均可。能免,莫把此信刊出,免笑。

　　原谅我写得草率,因病中,乏极!

一个被你毒害的青年Y。枕上书

三月十三日

回信

Y先生:

　　我当答复之前,先要向你告罪,因为我不能如你的所嘱,不将来信发表。来信的意思,是要我公开答复的,那么,倘将原信藏下,则我的一切所说,便变成"无题诗N百韵",令人莫名其妙了。况且我的意见,以为这也不足耻笑。自然,中国很有为革命而死掉的人,也很有虽然吃苦,仍在革命的人,但也有虽然革命,而在享福的人……。革命而尚不死,当然不能算革命到底,殊无以对死者,但一切活着的人,该能原谅的罢,彼此都不过是靠侥幸,或靠狡滑,巧妙。他们只要用镜子略略一照,大概就可以收起那一副英雄嘴脸来的。

　　我在先前,本来也还无须卖文糊口的,拿笔的开始,是在应朋友的要求。不过大约心里原也藏着一点不平,因此动起笔来,每不免露些愤言激语,近于鼓动青年的样子。段祺瑞执政之际,虽颇有人造了谣言,但我敢说,我们所做的那些东西,决不沾别国的半个卢布,阔人的一文津贴,或者书铺的一点稿费。我也不想充"文学家",所以也从不连络一班同伙的批评家叫好。几本小说销到上万，是我想也没有想到的。

至于希望中国有改革，有变动之心，那的确是有一点的。虽然有人指定我为没有出路——哈哈，出路，中状元么——的作者，"毒笔"的文人，但我自信并未抹杀一切。我总以为下等人胜于上等人，青年胜于老头子，所以从前并未将我的笔尖的血，洒到他们身上去。我也知道一有利害关系的时候，他们往往也就和上等人老头子差不多了，然而这是在这样的社会组织之下，势所必至的事。对于他们，攻击的人又正多，我何必再来助人下石呢，所以我所揭发的黑暗是只有一方面的，本意实在并不在欺蒙阅读的青年。

以上是我尚在北京，就是成仿吾所谓"蒙在鼓里"做小资产阶级时候的事。但还是因为行文不慎，饭碗敲破了，并且非走不可了，所以不待"无烟火药"来轰，便辗转跑到了"革命策源地"。住了两月，我就骇然，原来往日所闻，全是谣言，这地方，却正是军人和商人所主宰的国土。于是接着是清党，详细的事实，报章上是不大见的，只有些风闻。我正有些神经过敏，于是觉得正像是"聚而歼旃"[1]，很不免哀痛。虽然明知道这是"浅薄的人道主义"，不时髦已经有两三年了，但因为小资产阶级根性未除，于心总是戚戚。那时我就想到我恐怕也是安排筵宴的一个人，就在答有恒先生的信中，表白了几句。

先前的我的言论，的确失败了，这还是因为我料事之不明。那原因，大约就在多年"坐在玻璃窗下，醉眼朦胧看人生"的缘故。然而那么风云变幻的事，恐怕世界上是不多有的，我没有料到，未曾描写，

---

1 "聚而歼旃"：出自《左传·襄公二十八年》。旃，助词，"之""焉"二字合读。

可见我还不很有"毒笔"。但是，那时的情形，却连在十字街头，在民间，在官间，前看五十年的超时代的革命文学家也似乎没有看到，所以毫不先行"理论斗争"。否则，该可以救出许多人的罢。我在这里引出革命文学家来，并非要在事后讥笑他们的愚昧，不过是说，我的看不到后来的变幻，乃是我还欠刻毒，因此便发生错误，并非我和什么人协商，或自己要做什么，立意来欺人。

但立意怎样，于事实是无干的。我疑心吃苦的人们中，或不免有看了我的文章，受了刺戟，于是挺身出而革命的青年，所以实在很苦痛。但这也因为我天生的不是革命家的缘故，倘是革命巨子，看这一点牺牲，是不算一回事的。第一是自己活着，能永远做指导，因为没有指导，革命便不成功了。你看革命文学家，就都在上海租界左近，一有风吹草动，就有洋鬼子造成的铁丝网，将反革命文学的华界隔离，于是从那里面掷出无烟火药——约十万两——来，轰然一声，一切有闲阶级便都"奥伏赫变"[1]了。

那些革命文学家，大抵是今年发生的，有一大串。虽然还在互相标榜，或互相排斥，我也分不清是"革命已经成功"的文学家呢，还是"革命尚未成功"的文学家。不过似乎说是因为有了我的一本《呐喊》或《野草》，或我们印了《语丝》，所以革命还未成功，或青年懒于革命了。这口吻却大家大略一致的。这是今年革命文学界的舆论。对于这些舆论，我虽然又好气又好笑，但也颇有些高兴。因为虽然得了延误革命的罪状，而一面却免去诱杀青年的内疚了。那么，一切死者，伤者，吃苦者，都和我无关。先前真是擅负责任。我先前是立意

1　"奥伏赫变"：德语aufheben的音译，意为扬弃。

要不讲演，不教书，不发议论，使我的名字从社会上死去，算是我的赎罪的，今年倒心里轻松了，又有些想活动。不料得了你的信，却又使我的心沉重起来。

但我已经没有去年那么沉重。近大半年来，征之舆论，按之经验，知道革命与否，还在其人，不在文章的。你说我毒害了你了，但这里的批评家，却明明说我的文字是"非革命"的。假使文学足以移人，则他们看了我的文章，应该不想做革命文学了，现在他们已经看了我的文章，断定是"非革命"，而仍不灰心，要做革命文学者，可见文字于人，实在没有什么影响，——只可惜是同时打破了革命文学的牌坊。不过先生和我素昧平生，想来决不至于诬栽我，所以我再从别一面来想一想。第一，我以为你胆子太大了，别的革命文学家，因为我描写黑暗，便吓得屁滚尿流，以为没有出路了，所以他们一定要讲最后的胜利，付多少钱终得多少利，像人寿保险公司一般。而你并不计较这些，偏要向黑暗进攻，这是吃苦的原因之一。既然太大胆，那么，第二，就是太认真。革命是也有种种的。你的遗产被革去了，但也有将遗产革来的，但也有连性命都革去的，也有只革到薪水，革到稿费，而倒捐了革命家的头衔的。这些英雄，自然是认真的，但若较原先更有损了，则我以为其病根就在"太"。第三，是你还以为前途太光明，所以一碰钉子，便大失望，如果先前不期必胜，则即使失败，苦痛恐怕会小得多罢。

那么，我没有罪戾么？有的，现在正有许多正人君子和革命文学家，用明枪暗箭，在办我革命及不革命之罪，将来我所受的伤的总计，我就划一部分赔偿你的尊"头"。

这里添一点考据："还我头来"这话，据《三国志演义》，是关云长夫子说的，似乎并非梁遇春先生。

以上其实都是空话。一到先生个人问题的阵营，倒是十分难于动手了，这决不是什么"前进呀，杀呀，青年呵"那样英气勃勃的文字所能解决的。真话呢，我也不想公开，因为现在还是言行不大一致的好。但来信没有住址，无法答复，只得在这里说几句。第一，要谋生，谋生之道，则不择手段。且住，现在很有些没分晓汉，以为"问目的不问手段"是共产党的口诀，这是大错的。人们这样的很多，不过他们不肯说出口。苏俄的学艺教育人民委员卢那却尔斯奇[1]所作的《被解放的吉诃德先生》里，将这手段使一个公爵使用，可见也是贵族的东西，堂皇冠冕。第二，要爱护爱人。这据舆论，是大背革命之道的。但不要紧，你只要做几篇革命文字，主张革命青年不该讲恋爱就好了。只是假如有一个有权者或什么敌前来问罪的时候，这也许仍要算一条罪状，你会后悔轻信了我的话。因此，我得先行声明：等到前来问罪的时候，倘没有这一节，他们就会找别一条的。盖天下的事，往往决计问罪在先，而搜集罪状（普通是十条）在后也。

先生，我将这样的话写出，可以略蔽我的过错了罢。因为只这一点，我便可以又受许多伤。先是革命文学家就要哭骂道："虚无主义者呀，你这坏东西呀！"呜呼，一不谨慎，又在新英雄的鼻子上抹了一点粉了。趁便先辩几句罢：无须大惊小怪，这不过不择手段的手段，还不是主义哩。即使是主义，我敢写出，肯写出，还不算坏东西。等到我坏起来，就一定将这些宝贝放在肚子里，手头集许多钱，住在安全地带，而主张别人必须做牺牲。

1　卢那却尔斯奇：即苏联文艺批评家卢那察尔斯基。

　　先生，我也劝你暂时玩玩罢，随便弄一点糊口之计，不过我并不希望你永久"没落"，有能改革之处，还是随时可以顺手改革的，无论大小。我也一定遵命，不但"歇歇"，而且玩玩。但这也并非因为你的警告，实在是原有此意的了。我要更加讲趣味，寻闲暇，即使偶然涉及什么，那是文字上的疏忽，若论"动机"或"良心"，却也许并不这样的。

　　纸完了，回信也即此为止。并且顺颂

痊安，又祝

　　令爱人不挨饿。

　　　　　　　　　　　　　　　　　　　　　鲁迅　四月十日

　　　　　　　本篇最初发表于一九二八年四月二十三日《语丝》第四卷第十七期。

　　　　　　　　　　　　　　　　　　　　后收入杂文集《三闲集》。

文学的阶级性（并恺良¹来信）

来信

鲁迅先生：

侍桁²先生译林癸未夫³著的《文学上之个人性与阶级性》，本来这是一篇绝好的文章，但可惜篇末涉及唯物史观的问题，理论未免是勉强一点，也许是著者的误解唯物史观。他说：

> 以这种理由若推论下去，有产者的个人性与无产者的个人性，"全个"是不相同的了。就是说不承认有产者与无产者之间有共同的人性。再换一句话说，有产者与无产者只是有阶级性，而全然缺少个人性的。

这是什么话！唯物史观的理论，岂是这样简单的。它的理论并不否认个人性，因此，也不否认思想，道德，感情，艺术。但以性格，思想，道德，感情，艺术，都是受支配于经济的。林氏的文章是着意于个人性，我们就以个人性而论。譬如农村经济宗法社会里拿妻子为男

1　恺良：未详。

2　侍桁：韩侍桁（1908—1987），原名云浦，天津人，作家、翻译家。

3　林癸未夫（1883—1947）：日本经济学家、社会学家。

子的财产，但是文化进步到今日的社会，就承认妻子有相当的人格。这个观念，当然是有产者和无产者所共同的。虽然是共同，却并非天赋的，仍然逃不了经济的支配。有产者和无产者物质生活上受经济的影响而有差等，个人性同样地受经济的影响而却是共同的。并不是有产者和无产者人性的共同而就是不受经济制度的影响了。

林氏以此而可以驳唯物史观，那末，何以不拿"人是同样的是圆顶方趾，要吃饭，要睡觉，是有产者和无产者所共同的"而来驳唯物史观，爽快得多了。

最后，我须声明：我是个资本主义制度下的职工。因为是职工，所以学识的谫陋是谁都可以肯定的。这文中自然有不少不能达意和不妥之处。但我希望有更了解马克思学说的人来为唯物史观打一打仗。

因为避学者嫌疑起见，以信底形式而写给鲁迅先生。能否发表，是编者的特权了。

恺良于上海，一九二八，七，二八

回信

恺良先生：

我对于唯物史观是门外汉，不能说什么。但就林氏的那一段文字而论，他将话两次一换，便成为"只有"和"全然缺少"，却似乎决定得太快一点了。大概以弄文学而又讲唯物史观的人，能从基本的书籍上一一钩剔出来的，恐怕不很多，常常是看几本别人的提要就算。而这种提要，又因作者的学识意思而不同，有些作者，意在使阶级意识明了锐利起来，就竭力增强阶级性说，而别一面就也容易招人误解。作为本文根据的林氏别一篇论文，我没有见，不能说他是否因此而走了相反的极端，但中国却有此例，竟会将个性，共同的人性（即林氏之所谓个人性），个人主义即利己主义混为一谈，来加以自以为唯物史观底申斥，倘再有人据此来论唯物史观，那真是糟糕透顶了。

来信的"吃饭睡觉"的比喻，虽然不过是讲笑话，但脱罗兹基[1]曾以对于"死之恐怖"为古今人所共同，来说明文学中有不带阶级性的分子，那方法其实是差不多的。在我自己，是以为若据性格感情等，都受"支配于经济"（也可以说根据于经济组织或依存于经济组织）之说，则这些就一定都带着阶级性。但是"都带"，而非"只有"。所以不相信有一切超乎阶级，文章如日月的永久的大文豪，也不相信住洋房，喝咖啡，却道"唯我把握住了无产阶级意识，所以我是真的无产者"的革命文学者。

有马克斯学识的人来为唯物史观打仗，在此刻，我是不赞成的。我只希望有切实的人，肯译几部世界上已有定评的关于唯物史观的书——至少，是一部简单浅显的，两部精密的——还要一两本反对的著作。那么，论争起来，可以省说许多话。

鲁迅。八月十日

本篇最初发表于一九二八年八月二十日《语丝》第四卷第三十四期，原题《通信·其二》。后收入杂文集《三闲集》，收入时改为现题。

文学的阶级性（并恺良来信）

1　脱罗兹基（L. Trotsky, 1879—1940）：通译托洛茨基，俄国无产阶级革命家，十月革命的直接领导人。

关于小说题材的通信（并Y[1]及T[2]来信）

来信

L. S. 先生：

　　要这样冒昧地麻烦先生的心情，是抑制得很久的了，但像我们心目中的先生，大概不会淡漠一个热忱青年的请教的吧。这样几度地思量之后，终于唐突地向你表示我们在文艺上——尤其是短篇小说上的迟疑和犹豫了。

　　我们曾手写了好几篇短篇小说，所采取的题材：一个是专就其熟悉的小资产阶级的青年，把那些在现时代所显现和潜伏的一般的弱点，用讽刺的艺术手腕表示出来；一个是专就其熟悉的下层人物——在现时代大潮流冲击圈外的下层人物，把那些在生活重压下强烈求生的欲望的朦胧反抗的冲动，刻划在创作里面。——不知这样内容的作品，究竟对现时代，有没有配说得上有贡献的意义？我们初则迟疑，继则提起笔又犹豫起来了。这须请先生给我们一个指示，因为我们不愿意在文艺上的努力，对于目前的时代，成为白费气力，毫无意义的。

　　我们决定在这一个时代里，把我们的精力放在有意义的文艺上，借此表示我们应有的助力和贡献，并不是先生所说的那一辈略有小

1　Y：沙汀（1904—1992），原名杨朝熙，又名杨子青，四川安县人，作家。

2　T：艾芜（1904—1992），原名汤道耕，四川成都人，作家。

名，便去而之他的文人。因此，目前如果先生愿给我们以指示，这指示便会影响到我们终身的。虽然也曾看见过好些普罗作家的创作，但总不愿把一些虚构的人物使其翻一个身就革命起来，却喜欢捉几个熟悉的模特儿，真真实实地刻划出来——这脾气是否妥当，确又没有十分的把握了。所以三番五次的思维，只有冒昧地来唐突先生了。即祝

　　近好！

Ts–c.Y.及 Y–f.T.上　十一月廿九日

回信

Y及T先生：

　　接到来信后，未及回答，就染了流行性感冒，头重眼肿，连一个字也不能写，近几天总算好起来了，这才来写回信。同在上海，而竟拖延到一个月，这是非常抱歉的。

　　两位所问的，是写短篇小说的时候，取来应用的材料的问题。而作者所站的立场，如信上所写，则是小资产阶级的立场。如果是战斗的无产者，只要所写的是可以成为艺术品的东西，那就无论他所描写的是什么事情，所使用的是什么材料，对于现代以及将来一定是有贡献的意义的。为什么呢？因为作者本身便是一个战斗者。

　　但两位都并非那一阶级，所以当动笔之先，就发生了来信所说似的疑问。我想，这对于目前的时代，还是有意义的，然而假使永是这样的脾气，却是不妥当的。

　　别阶级的文艺作品，大抵和正在战斗的无产者不相干。小资产

阶级如果其实并非与无产阶级一气，则其憎恶或讽刺同阶级，从无产者看来，恰如较有聪明才力的公子憎恨家里的没出息子弟一样，是一家子里面的事，无须管得，更说不到损益。例如法国的戈兼，痛恨资产阶级，而他本身还是一个道道地地资产阶级的作家。倘写下层人物（我以为他们是不会"在现时代大潮流冲击圈外"的）罢，所谓客观其实是楼上的冷眼，所谓同情也不过空虚的布施，于无产者并无补助。而且后来也很难言。例如也是法国人的波特莱尔，当巴黎公社初起时，他还很感激赞助，待到势力一大，觉得于自己的生活将要有害，就变成反动了。但就目前的中国而论，我以为所举的两种题材，却还有存在的意义。如第一种，非同阶级是不能深知的，加以袭击，撕其面具，当比不熟悉此中情形者更加有力。如第二种，则生活状态，当随时代而变更，后来的作者，也许不及看见，随时记载下来，至少也可以作这一时代的记录。所以对于现在以及将来，还是都有意义的。不过即使"熟悉"，却未必便是"正确"，取其有意义之点，指示出来，使那意义格外分明，扩大，那是正确的批评家的任务。

　　因此我想，两位是可以各就自己现在能写的题材，动手来写的。不过选材要严，开掘要深，不可将一点琐屑的没有意思的事故，便填成一篇，以创作丰富自乐。这样写去，到一个时候，我料想必将觉得写完，——虽然这样的题材的人物，即使几十年后，还有作为残滓而存留，但那时来加以描写刻划的，将是别一种作者，别一样看法了。然而两位都是向着前进的青年，又抱着对于时代有所助力和贡献的意志，那时也一定能逐渐克服自己的生活和意识，看见新路的。

　　总之，我的意思是：现在能写什么，就写什么，不必趋时，自然更不必硬造一个突变式的革命英雄，自称"革命文学"；但也不可苟

安于这一点，没有改革，以致沉没了自己——也就是消灭了对于时代的助力和贡献。此复，即颂

　　近佳。

　　　　　　　　　　　　　　　　　L.S.启。十二月二十五日

　　　　本篇最初发表于一九三二年一月五日《十字街头》第三期。

　　　　后收入杂文集《二心集》。

关于翻译的通信（并J. K.[1]来信）

来信

敬爱的同志：

你译的《毁灭》出版，当然是中国文艺生活里面的极可纪念的事迹。翻译世界无产阶级革命文学的名著，并且有系统的介绍给中国读者，（尤其是苏联的名著，因为它们能够把伟大的十月，国内战争，五年计画的"英雄"，经过具体的形象，经过艺术的照耀，而供献给读者。）——这是中国普罗文学者的重要任务之一。虽然，现在做这件事的，差不多完全只是你个人和Z同志[2]的努力；可是，谁能够说：这是私人的事情？！谁？！《毁灭》《铁流》等等的出版，应当认为一切中国革命文学家的责任。每一个革命的文学战线上的战士，每一个革命的读者，应当庆祝这一个胜利；虽然这还只是小小的胜利。

你的译文，的确是非常忠实的，"决不欺骗读者"这一句话，决不是广告！这也可见得一个诚挚，热心，为着光明而斗争的人，不能够不是刻苦而负责的。二十世纪的才子和欧化名士可以用"最少的劳力求得最大的"声望；但是，这种人物如果不彻底的脱胎换骨，始终只

1　J. K.：即瞿秋白（1899—1935），江苏常州人，中国共产党早期领导人之一。

2　Z同志：指曹靖华。

是"纱笼"[1]（Salon）里的哈叭狗。现在粗制滥造的翻译，不是这班人干的，就是一些书贾的投机。你的努力——我以及大家都希望这种努力变成团体的，——应当继续，应当扩大，应当加深。所以我也许和你自己一样，看着这本《毁灭》，简直非常的激动：我爱它，像爱自己的儿女一样。咱们的这种爱，一定能够帮助我们，使我们的精力增加起来，使我们的小小的事业扩大起来。

翻译——除出能够介绍原本的内容给中国读者之外——还有一个很重要的作用：就是帮助我们创造出新的中国的现代言语。中国的言语（文字）是那么穷乏，甚至于日常用品都是无名氏的。中国的言语简直没有完全脱离所谓"姿势语"的程度——普通的日常谈话几乎还离不开"手势戏"。自然，一切表现细腻的分别和复杂的关系的形容词，动词，前置词，几乎没有。宗法封建的中世纪的余孽，还紧紧的束缚着中国人的活的言语，（不但是工农群众！）这种情形之下，创造新的言语是非常重大的任务。欧洲先进的国家，在二三百年四五百年以前已经一般的完成了这个任务。就是历史上比较落后的俄国，也在一百五六十年以前就相当的结束了"教堂斯拉夫文"。他们那里，是资产阶级的文艺复兴运动和启蒙运动做了这件事。例如俄国的洛莫洛莎夫[2]……普希金。中国的资产阶级可没有这个能力。固然，中国的欧化的绅商，例如胡适之之流，开始了这个运动。但是，这个运动的结果等于它的政治上的主人。因此，无产阶级必须继续去彻底完成这个任务，领导这个运动。翻译，的确可以帮助我们造出许多新的字

---

1 "纱笼"：通译沙龙，旧时作家、艺术家等在名流家中定期举行的聚会。

2 洛莫洛莎夫（M. V. Lomonosov，1711—1765）：通译罗蒙诺索夫，俄国科学家、语言学家、哲学家、诗人。他在纯洁俄罗斯语言、使文学语言接近口语方面贡献很大，被后世称为"俄罗斯语言之父"。

眼，新的句法，丰富的字汇和细腻的精密的正确的表现。因此，我们既然进行着创造中国现代的新的言语的斗争，我们对于翻译，就不能够不要求：绝对的正确和绝对的中国白话文。这是要把新的文化的言语介绍给大众。

严几道的翻译，不用说了。他是：

译须信雅达，

文必夏殷周。

其实，他是用一个"雅"字打消了"信"和"达"。最近商务还翻印"严译名著"，我不知道这是"是何居心"！这简直是拿中国的民众和青年来开玩笑。古文的文言怎么能够译得"信"，对于现在的将来的大众读者，怎么能够"达"！

现在赵景深之流，又来要求：

宁错而务顺，

毋拗而仅信！

赵老爷的主张，其实是和城隍庙里演说西洋故事的，一鼻孔出气。这是自己懂得了（？）外国文，看了些书报，就随便拿起笔来乱写几句所谓通顺的中国文。这明明白白的欺侮中国读者，信口开河的来乱讲海外奇谈。第一，他的所谓"顺"，既然是宁可"错"一点儿的"顺"，那么，这当然是迁就中国的低级言语而抹杀原意的办法。这不是创造新的言语，而是努力保存中国的野蛮人的言语程度，努力阻挡它的发展。第二，既然要宁可"错"一点儿，那就是要蒙蔽读者，使读者不能够知道作者的原意。所以我说：赵景深的主张是愚民政策，是垄断智识的学阀主义，——一点儿也没有过分的。还有，第三，他显然是暗示的反对普罗文学（好个可怜的"特殊走狗"）！他这是反对普罗文学，暗指着普罗文学的一些理论著作的翻译和创作的翻译。这是普罗文学敌人的话。但是，普罗文学的中文书籍之中，的确有许多翻译是不"顺"的。这是我们自己的弱点，敌人乘这个弱点来进攻。我们的胜利的道路当然不仅要迎头痛打，打击敌人的军队，而且要更加整顿自己的队伍。我们的自己批评的勇敢，常常可以解除敌人的武装。现在，所谓翻译论战的结论，我们的同志却提出了这样的结语：

> 翻译绝对不容许错误。可是，有时候，依照译品内容的性质，为着保存原作精神，多少的不顺，倒可以容忍。

这是只是个"防御的战术"。而蒲力汗诺夫说：辩证法的唯物论者应当要会"反守为攻"。第一，当然我们首先要说明：我们所认识的所谓"顺"，和赵景深等所说的不同。第二，我们所要求的是：绝对的正确和绝对的白话。所谓绝对的白话，就是朗诵起来可以懂得的。第三，我们承认：一直到现在，普罗文学的翻译还没有做到这个程度，我们要继续努力。第四，我们揭穿赵景深等自己的翻译，指出他们认为是"顺"的翻译，其实只是梁启超和胡适之交媾出来的杂种——半文不白，半死不活的言语，对于大众仍旧是不"顺"的。

这里，讲到你最近出版的《毁灭》，可以说：这是做到了"正确"，还没有做到"绝对的白话"。

翻译要用绝对的白话，并不就不能够"保存原作的精神"。固然，这是很困难，很费功夫的。但是，我们是要绝对不怕困难，努力去克服一切的困难。

一般的说起来，不但翻译，就是自己的作品也是一样，现在的文学家，哲学家，政论家，以及一切普通人，要想表现现在中国社会已经有的新的关系，新的现象，新的事物，新的观念，就差不多人人都要做"仓颉"。这就是说，要天天创造新的字眼，新的句法。实际生活的要求是这样。难道一九二五年初我们没有在上海小沙渡替群众造出"罢工"这一个字眼吗？还有"游击队"，"游击战争"，"右倾"，"左倾"，"尾巴主义"，甚至于普通的"团结"，"坚决"，"动摇"等等等类……这些说不尽的新的字眼，渐渐的容纳到群众的口头上的言语里去了，即使还没有完全容纳，那也已经有了可以容纳的可能了。讲到新的句法，比较起来要困难一些，但是，口头上的言语里面，句法也已经有了很大的改变，很大的进步，只要拿我们自己演讲的言语和旧小说里的对白比较一下，就可以看得出来。可是，这些新的字眼和句法的创造，无意之中自然而然的要遵照着中国白话的文法公律。凡是"白话文"里面，违反这些公律的新字眼，新句法，——就是说不上口的——自然淘汰出去，不能够存在。

　　所以说到什么是"顺"的问题，应当说：真正的白话就是真正通顺的现代中国文，这里所说的白话，当然不限于"家务琐事"的白话，这是说：从一般人的普通谈话，直到大学教授的演讲的口头上的白话。中国人现在讲哲学，讲科学，讲艺术……显然已经有了一个口头上的白话。难道不是如此？如果这样，那么，写在纸上的说话（文字），就应当是这一种白话，不过组织得比较紧凑，比较整齐罢了。这种文字，虽然现在还有许多对于一般识字很少的群众，仍旧是看不懂的，因为这种言语，对于一般不识字的群众，也还是听不懂的。——可是，第一，这种情形只限于文章的内容，而不在文字的本身，所以，第二，这种文字已经有了生命，它已经有了可以被群众容纳的可能性。它是活的言语。

所以，书面上的白话文，如果不注意中国白话的文法公律，如果不就着中国白话原来有的公律去创造新的，那就很容易走到所谓"不顺"的方面去。这是在创造新的字眼新的句法的时候，完全不顾普通群众口头上说话的习惯，而用文言做本位的结果。这样写出来的文字，本身就是死的言语。

因此，我觉得对于这个问题，我们要有勇敢的自己批评的精神，我们应当开始一个新的斗争。你以为怎么样？

我的意见是：翻译应当把原文的本意，完全正确的介绍给中国读者，使中国读者所得到的概念等于英俄日德法……读者从原文得来的概念，这样的直译，应当用中国人口头上可以讲得出来的白话来写。为着保存原作的精神，并用不着容忍"多少的不顺"。相反的，容忍着"多少的不顺"（就是不用口头上的白话），反而要多少的丧失原作的精神。

当然，在艺术的作品里，言语上的要求是更加苛刻，比普通的论文要更加来得精细。这里有各种人不同的口气，不同的字眼，不同的声调，不同的情绪，……并且这并不限于对白。这里，要用穷乏的中国口头上的白话来应付，比翻译哲学，科学……的理论著作，还要来得困难。但是，这些困难只不过愈加加重我们的任务，可并不会取消我们的这个任务的。

现在，请你允许我提出《毁灭》的译文之中的几个问题。我还没有能够读完，对着原文读的只有很少几段。这里，我只把弗理契[1]序

1　弗理契（K. L. Friche, 1870—1927）：苏联文艺评论家、文史学家，曾为法捷耶夫的长篇小说《毁灭》写了《代序——一个新人的故事》。

文里引的原文来校对一下。（我顺着序文里的次序，编着号码写下去，不再引你的译文，请你自己照着号码到书上去找罢。序文的翻译有些错误，这里不谈了。）

（一）结算起来，还是因为他心上有一种——

"对于新的极好的有力量的慈善的人的渴望，这种渴望是极大的，无论什么别的愿望都比不上的。"

更正确些：

结算起来，还是因为他心上——

"渴望着一种新的极好的有力量的慈善的人，这个渴望是极大的，无论什么别的愿望都比不上的。"

（二）"在这种时候，极大多数的几万万人，还不得不过着这种原始的可怜的生活，过着这种无聊得一点儿意思都没有的生活，——怎么能够谈得上什么新的极好的人呢。"

（三）"他在世界上，最爱的始终还是他自己，——他爱他自己的雪白的肮脏的没有力量的手，他爱他自己的唉声叹气的声音，他爱他自己的痛苦，自己的行为——甚至于那些最可厌恶的行为。"

（四）"这算收场了，一切都回到老样子，仿佛什么也不曾有过，——华理亚想着，——又是旧的道路，仍旧是那一些纠葛——一切都要到那一个地方……可是，我的上帝，这是多么没有快乐呵！"

（五）"他自己都从没有知道过这种苦恼，这是忧愁的疲倦的，老年人似的苦恼，——他这样苦恼着的想：他已经二十七岁了，过去的每一分钟，都不能够再回过来，重新换个样子再过它一过，而以后，看来也没有什么好的……（这一段，你的译文有错误，也就特别来得"不顺"。）现在木罗式加觉得，他一生一世，用了一切力量，都只是竭力要走上那样的一条道路，他看起来是一直的明白的正当的道路，像莱奋生，巴克拉诺夫，图蟠夫那样的人，他们所走的正是这样的道路；然而似乎有一个什么人在妨碍他走上这样的道路呢。而因为他无论什么时候也想不到这个仇敌就在他自己的心里面，所以，他想着他的痛苦是因为一般人的卑鄙，他就觉得特别的痛快和伤心。"

（六）"他只知道一件事——工作。所以，这样正当的人，是不能够不信任他，不能够不服从他的。"

（七）"开始的时候，他对于他生活的这方面的一些思想，很不愿意去思索，然而，渐渐的他起劲起来了，他竟写了两张纸……在这两张纸上，居然有许多这样的字眼——谁也想不到莱奋生会知道这些字眼的。"（这一段，你的译文里比俄文原文多了几句副句，也许是你引了相近的另外一句了罢？或者是你把莿理契空出的虚点填满了？）

（八）"这些受尽磨难的忠实的人，对于他是亲近的，比一切其他的东西都更加亲近，甚至于比他自己还要亲近。"

（九）"……沉默的，还是潮湿的眼睛，看了一看那些打麦场上的疏远的人，——这些人，他应当很快就把他们变成功自己的亲近的人，像那十八个人一样，像那不做声的，在他后面走着的人一样。"（这里，最后一句，你的译文有错误。）

这些译文请你用日本文和德文校对一下，是否是正确的直译，可以比较得出来的。我的译文，除出按照中国白话的句法和修辞法，有些比起原文来是倒装的，或者主词，动词，宾词是重复的，此外，完完全全是直译的。

这里，举一个例：第（八）条"……甚至于比他自己还要亲近。"这句话的每一个字母都和俄文相同。同时，这在口头上说起来的时候，原文的口气和精神完全传达得出。而你的译文："较之自己较之别人，还要亲近的人们"，是有错误的（也许是日德文的错误）。错误是在于：（一）丢掉了"甚至于"这一个字眼；（二）用了中国文言的文法，就不能够表现那句话的神气。

所有这些话，我都这样不客气的说着，仿佛自称自赞的。对于一班庸俗的人，这自然是"没有礼貌"。但是，我们是这样亲密的人，没有见面的时候就这样亲密的人。这种感觉，使我对于你说话的时候，和对自己说话一样，和自己商量一样。

再则，还有一个例子，比较重要的，不仅仅关于翻译方法的。这就是第（一）条的"新的……人"的问题。

《毁灭》的主题是新的人的产生。这里，莱理契以及法捷耶夫自己用的俄文字眼，是一个普通的"人"字的单数。不但不是人类，而且不是"人"字的复数。这意思是指着革命，国内战争……的过程之中产生着一种新式的人，一种新的"路数"（Type）——文雅的译法叫做典型，这是在全部《毁灭》里面看得出来的。现在，你的译文，写着"人类"。莱奋生渴望着一种新的……人类。这可以误会到另外一个主题。仿佛是一般的渴望着整个的社会主义的社会。而事实上，《毁灭》的"新人"，是当前的战斗的迫切的任务：在斗争过程之中去创造，去锻炼，去改造成一种新式的人物，和木罗式加，美谛克……等等不同的人物。这可是现在的人，是一些人，是做群众之中的骨干的人，而不是一般的人类，不是笼统的人类，正是群众之中的一些人，领导的人，新的整个人类的先辈。

这一点是值得特别提出来说的。当然，译文的错误，仅仅是一个字眼上的错误："人"是一个字眼，"人类"是另外一个字眼。整本的书仍旧在我们面前，你的后记也很正确的了解到《毁灭》的主题。可是翻译要精确，就应当估量每一个字眼。

《毁灭》的出版，始终是值得纪念的。我庆祝你。希望你考虑我的意见，而对于翻译问题，对于一般的言语革命问题，开始一个新的斗争。

J. K. 一九三一，十二，五

回信

敬爱的 J. K. 同志：

看见你那关于翻译的信以后，使我非常高兴。从去年的翻译洪水泛滥以来，使许多人攒眉叹气，甚而至于讲冷话。我也是一个偶而译书的人，本来应该说几句话的，然而至今没有开过口。"强聒不舍"虽然是勇壮的行为，但我所奉行的，却是"不可与言而与之言，失言"这一句古老话。况且前来的大抵是纸人纸马，说得耳熟一点，那便是"阴兵"，实在是也无从迎头痛击。就拿赵景深教授老爷来做例子罢，他一面专门攻击科学的文艺论译本之不通，指明被压迫的作家匿名之可笑，一面却又大发慈悲，说是这样的译本，恐怕大众不懂得。好像他倒天天在替大众计划方法，别的译者来搅乱了他的阵势似的。这正如俄国革命以后，欧美的富家奴去看了一看，回来就摇头皱脸，做出文章，慨叹着工农还在怎样吃苦，怎样忍饥，说得满纸凄凄惨惨。仿佛惟有他却是极希望一个筋斗，工农就都住王宫，吃大菜，躺安乐椅子享福的人。谁料还是苦，所以俄国不行了，革命不好了，阿呀阿呀了，可恶之极了。对着这样的哭丧脸，你同他说什么呢？假如觉得讨厌，我想，只要拿指头轻轻的在那纸糊架子上挖一个窟窿就可以了。

赵老爷评论翻译，拉了严又陵，并且替他叫屈，于是累得他在你的信里也挨了一顿骂。但由我看来，这是冤枉的，严老爷和赵老爷，在实际上，有虎狗之差。极明显的例子，是严又陵为要译书，曾经查过汉晋六朝翻译佛经的方法，赵老爷引严又陵为地下知己，却没有看这严又陵所译的书。现在严译的书都出版了，虽然没有什么意义，但他所用的工夫，却从中可以查考。据我所记得，译得最费力，也令人看起来最吃力的，是《穆勒名学》[1]和《群己权界论》[2]的一篇作者自序，其次就是这论，后来不知怎地又改称为《权界》，连书名也很费解了。最好懂的自然是《天演论》，桐城气息十足，连字的平仄也都留心，摇头晃脑的读起来，真是音调铿锵，使人不自觉其头晕。这一点竟感动了桐城派老头子吴汝纶[3]，不禁说是"足与周秦诸子相上下"了。然而严又陵自己却知道这太"达"的译法是不对的，所以他不称为"翻译"，而写作"侯官严复达恉"；序例上发了一通"信达雅"之类的议论之后，结末却声明道："什法师云，'学我者病'。来者方多，慎勿以是书为口实也！"好像他在四十年前，便料到会有赵老爷来谬

1　《穆勒名学》：即约翰·穆勒的《逻辑学体系》。

2　《群己权界论》：即约翰·穆勒的《论自由》。

3　吴汝纶（1840—1903）：字挚甫，一字挚父，安徽桐城人，晚清文学家、教育家。

托知己，早已毛骨悚然一样。仅仅这一点，我就要说，严赵两大师，实有虎狗之差，不能相提并论的。

那么，他为什么要干这一手把戏呢？答案是：那时的留学生没有现在这么阔气，社会上大抵以为西洋人只会做机器——尤其是自鸣钟——留学生只会讲鬼子话，所以算不了"士"人的。因此他便来铿锵一下子，铿锵得吴汝纶也肯给他作序，这一序，别的生意也就源源而来了，于是有《名学》[1]，有《法意》[2]，有《原富》[3]等等。但他后来的译本，看得"信"比"达雅"都重一些。

他的翻译，实在是汉唐译经历史的缩图。中国之译佛经，汉末质直，他没有取法。六朝真是"达"而"雅"了，他的《天演论》的模范就在此。唐则以"信"为主，粗粗一看，简直是不能懂的，这就仿佛他后来的译书。译经的简单的标本，有金陵刻经处汇印的三种译本《大乘起信论》，也是赵老爷的一个死对头。

但我想，我们的译书，还不能这样简单，首先要决定译给大众中的怎样的读者。将这些大众，粗粗的分起来：甲，有很受了教育的；乙，有略能识字的；丙，有识字无几的。而其中的丙，则在"读者"的范围之外，启发他们是图画，演讲，戏剧，电影的任务，在这里可以不论。但就是甲乙两种，也不能用同样的书籍，应该各有供给阅读的相当的书。供给乙的，还不能用翻译，至少是改作，最好还是创作，而这创作又必须并不只在配合读者的胃口，讨好了，读的多就

---

1 《名学》：即前文《穆勒名学》。

2 《法意》：即孟德斯鸠的《论法的精神》。孟德斯鸠（Montesquieu，1689—1755），法国启蒙思想家、社会学家。

3 《原富》：即亚当·斯密的《国富论》。亚当·斯密（Adam Smith，1723—1790），英国经济学家、哲学家、作家，被誉为"经济学之父"。

够。至于供给甲类的读者的译本，无论什么，我是至今主张"宁信而不顺"的。自然，这所谓"不顺"，决不是说"跪下"要译作"跪在膝之上"，"天河"要译作"牛奶路"的意思，乃是说，不妨不像吃茶淘饭一样几口可以咽完，却必须费牙来嚼一嚼。这里就来了一个问题：为什么不完全中国化，给读者省些力气呢？这样费解，怎样还可以称为翻译呢？我的答案是：这也是译本。这样的译本，不但在输入新的内容，也在输入新的表现法。中国的文或话，法子实在太不精密了，作文的秘诀，是在避去熟字，删掉虚字，就是好文章，讲话的时候，也时时要辞不达意，这就是话不够用，所以教员讲书，也必须借助于粉笔。这语法的不精密，就在证明思路的不精密，换一句话，就是脑筋有些胡涂。倘若永远用着胡涂话，即使读的时候，滔滔而下，但归根结蒂，所得的还是一个胡涂的影子。要医这病，我以为只好陆续吃一点苦，装进异样的句法去，古的，外省外府的，外国的，后来便可以据为己有。这并不是空想的事情。远的例子，如日本，他们的文章里，欧化的语法是极平常的了，和梁启超做《和文汉读法》时代，大不相同；近的例子，就如来信所说，一九二五年曾给群众造出过"罢工"这一个字眼，这字眼虽然未曾有过，然而大众已都懂得了。

我还以为即便为乙类读者而译的书，也应该时常加些新的字眼，新的语法在里面，但自然不宜太多，以偶尔遇见，而想一想，或问一问就能懂得为度。必须这样，群众的言语才能够丰富起来。

什么人全都懂得的书，现在是不会有的，只有佛教徒的"唵"字，据说是"人人能解"，但可惜又是"解各不同"。就是数学或化学书，里面何尝没有许多"术语"之类，为赵老爷所不懂，然而赵老爷并不提及者，太记得了严又陵之故也。

说到翻译文艺，倘以甲类读者为对象，我是也主张直译的。我自己的译法，是譬如"山背后太阳落下去了"，虽然不顺，也决不改作"日落山阴"，因为原意以山为主，改了就变成太阳为主了。虽然创作，我以为作者也得加以这样的区别。一面尽量的输入，一面尽量的消化，吸收，可用的传下去了，渣滓就听他剩落在过去里。所以在现在容忍"多少的不顺"，倒并不能算"防守"，其实也还是一种的"进攻"。在现在民众口头上的话，那不错，都是"顺"的，但为民众口头上的话搜集来的话胚，其实也还是要顺的，因此我也是主张容忍"不顺"的一个。

但这情形也当然不是永远的，其中的一部分，将从"不顺"而成为"顺"，有一部分，则因为到底"不顺"而被淘汰，被踢开。这最要紧的是我们自己的批判。如来信所举的译例，我都可以承认比我译得更"达"，也可推定并且更"信"，对于译者和读者，都有很大的益处。不过这些只能使甲类的读者懂得，于乙类的读者是太艰深的。由此也可见现在必须区别了种种的读者层，有种种的译作。

为乙类读者译作的方法，我没有细想过，此刻说不出什么来。但就大体看来，现在也还不能和口语——各处各种的土话——合一，只能成为一种特别的白话，或限于某一地方的白话。后一种，某一地方以外的读者就看不懂了，要它分布较广，势必至于要用前一种，但因此也就仍然成为特别的白话，文言的分子也多起来。我是反对用太限于一处的方言的，例如小说中常见的"别闹""别说"等类罢，假使我没有到过北京，我一定解作"另外捣乱""另外去说"的意思，实在远不如较近文言的"不要"来得容易了然，这样的只在一处活着的口语，倘不是万不得已，也应该回避的。还有章回体小说中的笔法，即使眼熟，也不必尽是采用，例如"林冲笑道：原来，你认得。"和"原来，你认得。——林冲笑着说。"这两条，后一例虽然看去有些洋气，其实我们讲话的时候倒常用，听得"耳熟"的。但中国人对于小说是看的，所以还是前一例觉得"眼熟"，在书上遇见后一例的笔法，反而好像生疏了。没有法子，现在只好采说书而去其油滑，听闲谈而去其散漫，博取民众的口语而存其比较的大家能懂的字句，成为四不像的白话。这白话得是活的，活的缘故，就因为有些是从活的民众的口头取来，有些是要从此注入活的民众里面去。

临末，我很感谢你信末所举的两个例子。一，我将"……甚至于比自己还要亲近"译成"较之自己较之别人，还要亲近的人们"，是直译德日两种译本的说法的。这恐怕因为他们的语法中，没有像"甚至于"这样能够简单而确切地表现这口气的字眼的缘故，转几个弯，就成为这么拙笨了。二，将"新的……人"的"人"字译成"人类"，那是我的错误，是太穿凿了之后的错误。莱奋生望见的打麦场上的人，他要造他们成为目前的战斗的人物，我是看得很清楚的，但当他默想"新的……人"的时候，却也很使我默想了好久：（一）"人"的原文，日译本是"人间"，德译本是"Mensch"，都是单数，但有时也可作"人们"解；（二）他在目前就想有"新的极好的有力量的慈善的人"，希望似乎太奢，太空了。我于是想到他的出身，是商人的孩子，是智识分子，由此猜测他的战斗，是为了经过阶级斗争之后的无阶级社会，于是就将他所设想的目前的人，跟着我的主观的错误，搬往将来，并且成为"人们"——人类了。在你未曾指出之前，我还自以为这见解是很高明的哩，这是必须对于读者，赶紧声明改正的。

总之，今年总算将这一部纪念碑的小说，送在这里的读者们的面前了。译的时候和印的时候，颇经过了不少艰难，现在倒也退出了记忆的圈外去，但我真如你来信所说那样，就像亲生的儿子一般爱他，并且由他想到儿子的儿子。还有《铁流》，我也很喜欢。这两部小说，虽然粗制，却并非滥造，铁的人物和血的战斗，实在够使描写多愁善病的才子和千娇百媚的佳人的所谓"美文"，在这面前淡到毫无踪影。不过我也和你的意思一样，以为这只是一点小小的胜利，所以也很希望多人合力的更来绍介，至少在后三年内，有关于内战时代和建设时代的纪念碑的的文学书八种至十种，此外更译几种虽然往往被称为无产者文学，然而还不免含有小资产阶级的偏见（如巴比塞[1]）和基督教社会主义的偏见（如辛克莱）的代表作，加上了分析和严正的批评，好在那里，坏在那里，以备对比参考之用，那么，不但读者的见解，可以一天一天的分明起来，就是新的创作家，也得了正确的师范了。

鲁迅 一九三一，十二，二八

本篇最初发表于一九三二年六月《文学月报》第一卷第一号。发表时题为《论翻译》，副标题为《答 J. K. 论翻译》。J. K. 即瞿秋白，他给鲁迅的这封信曾以《论翻译》为题，发表于一九三一年十二月十一日、二十五日《十字街头》第一、二期。后收入杂文集《二心集》。

1　巴比塞（H. Barbusse, 1873—1935）：法国作家。

辱骂和恐吓决不是战斗
——致《文学月报》编辑的一封信

起应[1]兄：

前天收到《文学月报》第四期，看了一下。我所觉得不足的，并非因为它不及别种杂志的五花八门，乃是总还不能比先前充实。但这回提出了几位新的作家来，是极好的，作品的好坏我且不论，最近几年的刊物上，倘不是姓名曾经排印过了的作家，就很有不能登载的趋势，这么下去，新的作者要没有发表作品的机会了。现在打破了这局面，虽然不过是一种月刊的一期，但究竟也扫去一些沉闷，所以我以为是一种好事情。但是，我对于芸生[2]先生的一篇诗，却非常失望。

这诗，一目了然，是看了前一期的别德纳衣的讽刺诗[3]而作的。然而我们来比一比罢，别德纳衣的诗虽然自认为"恶毒"，但其中最甚的也不过是笑骂。这诗怎么样？有辱骂，有恐吓，还有无聊的攻击：其实是大可以不必作的。

例如罢，开首就是对于姓的开玩笑。一个作者自取的别名，自然可以窥见他的思想，譬如"铁血"，"病鹃"之类，固不妨由此开一点

1　起应：周扬（1908—1989），原名运宜，字起应，湖南益阳人，作家、现代文艺理论家，1932年10月接编左翼刊物《文学月报》。

2　芸生：邱九如，生卒年不详，浙江宁波人。《文学月报》第一卷第四期（1932年11月）发表他的诗《汉奸的供状》，诗中讽刺自称"自由人"的胡秋原的反动言论，但其中有鲁迅在本文中所指出的严重缺点和错误。

3　别德纳衣的讽刺诗：指苏联别德纳衣讽刺托洛茨基的长诗《没工夫唾骂》（瞿秋白译，载1932年10月《文学月报》第一卷第三期）。

小玩笑。但姓氏籍贯，却不能决定本人的功罪，因为这是从上代传下来的，不能由他自主。我说这话还在四年之前，当时曾有人评我为"封建余孽"，其实是捧住了这样的题材，欣欣然自以为得计者，倒是十分"封建的"。不过这种风气，近几年颇少见了，不料现在竟又复活起来，这确不能不说是一个退步。

尤其不堪的是结末的辱骂。现在有些作品，往往并非必要而偏在对话里写上许多骂语去，好像以为非此便不是无产者作品，骂詈愈多，就愈是无产者作品似的。其实好的工农之中，并不随口骂人的多得很，作者不应该将上海流氓的行为，涂在他们身上的。即使有喜欢骂人的无产者，也只是一种坏脾气，作者应该由文艺加以纠正，万不可再来展开，使将来的无阶级社会中，一言不合，便祖宗三代的闹得不可开交。况且即是笔战，就也如别的兵战或拳斗一样，不妨伺隙乘虚，以一击制敌人的死命，如果一味鼓噪，已是《三国志演义》式战法，至于骂一句爹娘，扬长而去，还自以为胜利，那简直是"阿Q"式的战法了。

接着又是什么"剖西瓜"之类的恐吓，这也是极不对的，我想。无产者的革命，乃是为了自己的解放和消灭阶级，并非因为要杀人，即使是正面的敌人，倘不死于战场，就有大众的裁判，决不是一个诗人所能提笔判定生死的。现在虽然很有什么"杀人放火"的传闻，但这只是一种诬陷。中国的报纸上看不出实话，然而只要一看别国的例子也就可以恍然：德国的无产阶级革命（虽然没有成功），并没有乱杀人；俄国不是连皇帝的宫殿都没有烧掉么？而我们的作者，却将革命的工农用笔涂成一个吓人的鬼脸，由我看来，真是卤莽之极了。

自然，中国历来的文坛上，常见的是诬陷，造谣，恐吓，辱骂，

辱骂和恐吓决不是战斗

翻一翻大部的历史，就往往可以遇见这样的文章，直到现在，还在应用，而且更加厉害。但我想，这一份遗产，还是都让给叭儿狗文艺家去承受罢，我们的作者倘不竭力的抛弃了它，是会和他们成为"一丘之貉"的。

不过我并非主张要对敌人陪笑脸，三鞠躬。我只是说，战斗的作者应该注重于"论争"；倘在诗人，则因为情不可遏而愤怒，而笑骂，自然也无不可。但必须止于嘲笑，止于热骂，而且要"喜笑怒骂，皆成文章"，使敌人因此受伤或致死，而自己并无卑劣的行为，观者也不以为污秽，这才是战斗的作者的本领。

刚才想到了以上的一些，便写出寄上，也许于编辑上可供参考。总之，我是极希望此后的《文学月报》上不再有那样的作品的。

专此布达，并问

好。

鲁迅。十二月十日

本篇最初发表于一九三二年十二月十五日《文学月报》第一卷
第五、六号合刊。后收入杂文集《南腔北调集》。

辱骂和恐吓决不是战斗

论"赴难"和"逃难"
——寄《涛声》编辑的一封信

编辑先生：

我常常看《涛声》，也常常叫"快哉！"但这回见了周木斋[1]先生那篇《骂人与自骂》，其中说北平的大学生"即使不能赴难，最低最低的限度也应不逃难"，而致慨于五四运动时代式锋芒之销尽，却使我如骨鲠在喉，不能不说几句话。因为我是和周先生的主张正相反，以为"倘不能赴难，就应该逃难"，属于"逃难党"的。

周先生在文章的末尾，"疑心是北京改为北平的应验"，我想，一半是对的。那时的北京，还挂着"共和"的假面，学生嚷嚷还不妨事；那时的执政，是昨天上海市十八团体为他开了"上海各界欢迎段公芝老大会"的段祺瑞先生，他虽然是武人，却还没有看过《莫索理尼[2]传》。然而，你瞧，来了呀。有一回，对着请愿的学生毕毕剥剥的开枪了，兵们最爱瞄准的是女学生，这用精神分析学来解释，是说得过去的，尤其是剪发的女学生，这用整顿风俗的学说来解说，也是说得过去的。总之是死了一些"莘莘学子"。然而还可以开追悼会；还可以游行过执政府之门，大叫"打倒段祺瑞"。为什么呢？因为这时又还挂着"共和"的假面。然而，你瞧，又来了呀。现为党国大教授的陈源先生，在《现代评论》上哀悼死掉的学生，说可惜他们为几个

1　周木斋（1910—1941）：又名周朴，号树榆，江苏武进人，作家。

2　莫索理尼：即墨索里尼（Mussolini，1883—1945），意大利国家法西斯党党魁、二战元凶之一。

卢布送了性命；《语丝》反对了几句，现为党国要人的唐有壬先生在《晶报》上发表一封信，说言动是受墨斯科的命令的。这实在已经有了北平气味了。

后来，北伐成功了，北京属于党国，学生们就都到了进研究室的时代，五四式是不对了。为什么呢？因为这是很容易为"反动派"所利用的。为了矫正这种坏脾气，我们的政府，军人，学者，文豪，警察，侦探，实在费了不少的苦心。用诰谕，用刀枪，用书报，用煅炼，用逮捕，用拷问，直到去年请愿之徒，死的都是"自行失足落水"，连追悼会也不开的时候为止，这才显出了新教育的效果。

倘使日本人不再攻榆关，我想，天下是太平了的，"必先安内而后可以攘外"。但可恨的是外患来得太快一点，太繁一点，日本人太不为中国诸公设想之故也，而且也因此引起了周先生的责难。

看周先生的主张，似乎最好是"赴难"。不过，这是难的。倘使早先有了组织，经过训练，前线的军人力战之后，人员缺少了，副司令下令召集，那自然应该去的。无奈据去年的事实，则连火车也不能白坐，而况平日所学的又是债权论，土耳其文学史，最小公倍数之类。去打日本，一定打不过的。大学生们曾经和中国的兵警打过架，但是"自行失足落水"了，现在中国的兵警尚且不抵抗，大学生能抵抗么？我们虽然也看见过许多慷慨激昂的诗，什么用死尸堵住敌人的炮口呀，用热血胶住倭奴的刀枪呀，但是，先生，这是"诗"呵！事实并不这样的，死得比蚂蚁还不如，炮口也堵不住，刀枪也胶不住。孔子曰："以不教民战，是谓弃之。"我并不全拜服孔老夫子，不过觉得这话是对的，我也正是反对大学生"赴难"的一个。

那么，"不逃难"怎样呢？我也是完全反对。自然，现在是"敌人未到"的，但假使一到，大学生们将赤手空拳，骂贼而死呢，还是躲在屋里，以图幸免呢？我想，还是前一着堂皇些，将来也可以有一本烈士传。不过于大局依然无补，无论是一个或十万个，至多，也只能又向"国联"报告一声罢了。去年十九路军的某某英雄怎样杀敌，大家说得眉飞色舞，因此忘却了全线退出一百里的大事情，可是中国其实还是输了的。而况大学生们连武器也没有。现在中国的新闻上大登"满洲国"的虐政，说是不准私藏军器，但我们大中华民国人民来藏一件护身的东西试试看，也会家破人亡，——先生，这是很容易"为反动派所利用"的呵。

施以狮虎式的教育，他们就能用爪牙，施以牛羊式的教育，他们到万分危急时还会用一对可怜的角。然而我们所施的是什么式的教育呢，连小小的角也不能有，则大难临头，惟有兔子似的逃跑而已。自然，就是逃也不见得安稳，谁都说不出那里是安稳之处来，因为到处繁殖了猎狗，诗曰："趯趯毚兔，遇犬获之"[1]，此之谓也。然则三十六计，固仍以"走"为上计耳。

总之，我的意见是：我们不可看得大学生太高，也不可责备他们太重，中国是不能专靠大学生的；大学生逃了之后，却应该想想此后怎样才可以不至于单是逃，脱出诗境，踏上实地去。

但不知先生以为何如？能给在《涛声》上发表，以备一说否？谨听裁择，并请
文安

罗怃顿首。一月二十八夜。

1　"趯趯毚兔，遇犬获之"：出自《诗经·小雅·巧言》。趯趯，原作"躍躍"。

　　再：顷闻十来天之前，北平有学生五十多人因开会被捕，可见不逃的还有，然而罪名是"借口抗日，意图反动"，又可见虽"敌人未到"，也大以"逃难"为是也。

二十九日补记

　　本篇最初发表于一九三三年二月十一日上海《涛声》第二卷第五期，署名罗怃。原题为《三十六计走为上计》。后收入杂文集《南腔北调集》。

给文学社¹信

编辑先生：

《文学》第二号，伍实²先生写的《休士³在中国》中，开首有这样的一段——

> ……萧翁⁴是名流，自配我们的名流招待，且唯其是名流招待名流，这才使鲁迅先生和梅兰芳博士有千载一时的机会得聚首于一堂。休士呢，不但不是我们的名流心目中的那种名流，且还加上一层肤色上的顾忌！

是的，见萧的不只我一个，但我见了一回萧，就被大小文豪一直笑骂到现在，最近的就是这回因此就并我和梅兰芳为一谈的名文。然而那时是招待者邀我去的。这回的招待休士，我并未接到通知，时间地址，全不知道，怎么能到？即使邀而不到，也许有别种的原因，当口诛笔伐之前，似乎也须略加考察。现在并未相告，就责我不到，因这不到，就断定我看不起黑种。作者是相信的罢，读者不明事实，大

1　文学社：即《文学》月刊社。

2　伍实：傅东华（1893—1971），本姓黄，又名则黄，笔名伍实等，浙江金华人，翻译家、《文学》编者之一。

3　休士（L. Hughes, 1902—1967）：美国黑人作家。1933年7月访苏返美途经上海时，上海的文学社、现代杂志社、中外新闻社等曾联合为他举行招待会。

4　萧翁：指萧伯纳。

概也可以相信的，但我自己还不相信我竟是这样一个势利卑劣的人！

给我以诬蔑和侮辱，是平常的事；我也并不为奇：惯了。但那是小报，是敌人。略具识见的，一看就明白。而《文学》是挂着冠冕堂皇的招牌的，我又是同人之一，为什么无端虚构事迹，大加奚落，至于到这地步呢？莫非缺一个势利卑劣的老人，也在文学戏台上跳舞一下，以给观众开心，且催呕吐么？我自信还不至于是这样的脚色，我还能够从此跳下这可怕的戏台。那时就无论怎样诬辱嘲骂，彼此都没有矛盾了。

我看伍实先生其实是化名，他一定也是名流，就是招待休士，非名流也未必能够入座。不过他如果和上海的所谓文坛上的那些狐鼠有别，则当施行人身攻击之际，似乎应该略负一点责任，宣布出和他的本身相关联的姓名，给我看看真实的嘴脸。这无关政局，决无危险，况且我们原曾相识，见面时倒是装作十分客气的也说不定的。

临末，我要求这封信就在《文学》三号上发表。

鲁迅。七月二十九日

本篇最初发表于一九三三年九月一日《文学》第一卷第三号。
后收入杂文集《南腔北调集》。

答杨邨人[1]先生公开信的公开信

　　《文化列车》[2]破格的开到我的书桌上面，是十二月十日开车的第三期，托福使我知道了近来有这样一种杂志，并且使我看见了杨邨人先生给我的公开信，还要求着答复。对于这一种公开信，本没有一定给以答复的必要的，因为它既是公开，那目的其实是在给大家看，对我个人倒还在其次。但是，我如果要回答也可以，不过目的也还是在给大家看，要不然，不是只要直接寄给个人就完了么？因为这缘故，所以我在回答之前，应该先将原信重抄在下面——

　　鲁迅先生：

　　　　读了李儵[3]先生（不知道是不是李又燃[4]先生，抑或曹聚仁先生的笔名）的《读伪自由书》一文，近末一段说：

　　　　"读着鲁迅《伪自由书》，便想到鲁迅先生的人。那天，见鲁迅先生吃饭，咀嚼时牵动着筋肉，连胸肋骨也拉拉动的，鲁迅先生是老了！我当时不禁一股酸味上心头。记得从前看到父亲的老态时有过这样的情绪，现在看了鲁迅先生的老态又重温了一次。这都是使司马懿

1　杨邨人（1901—1955）：广东潮安人，作家，文学团体"太阳社"的主要创建人之一。

2　《文化列车》：文艺性五日刊，1933年12月1日在上海创刊，1934年3月25日出至第12期停刊。

3　李儵：当为李儵，即曹艺（1909—2001），原名聚义，笔名李儵，浙江浦江人，曹聚仁之四弟。

4　李又燃：李又然（1906—1984），原名家齐，笔名又燃等，浙江慈溪人，作家。

之流，快活的事，何况旁边早变心了魏延。"（这末一句照原文十个字抄，一字无错，确是妙文！）

不禁令人起了两个感想：一个是我们敬爱的鲁迅先生老了，一个是我们敬爱的鲁迅先生为什么是诸葛亮？先生的"旁边"那里来的"早变心了魏延"？无产阶级大众何时变成了阿斗？

第一个感想使我惶恐万分！我们敬爱的鲁迅先生老了，这是多么令人惊心动魄的事！记得《呐喊》在北京最初出版的时候（大概总在十年前），我拜读之后，景仰不置，曾为文介绍颂扬，揭登于张东荪[1]先生编的《学灯》[2]，在当时我的敬爱先生甚于敬爱创造社四君子。其后一九二八年《语丝》上先生为文讥诮我们，虽然两方论战绝无感情，可是论战是一回事，私心敬爱依然如昔。一九三〇年秋先生五十寿辰的庆祝会上，我是参加庆祝的一个，而且很亲切地和先生一起谈天，私心很觉荣幸。左联有一次大会在一个日本同志家里开着，我又和先生见面，十分快乐。可是今年我脱离共产党以后，在左右夹攻的当儿，《艺术新闻》与《出版消息》都登载着先生要"嘘"我的消息，说是书名定为：《北平五讲与上海三嘘》，将对我"用嘘的方式加以袭击"，而且将我与梁实秋张若谷[3]同列，这自然是引起我的反感，所以才有《新儒林外史第一回》[4]之作。但在《新儒林外史第一回》里头只说先生出阵交战用的是大刀一词加以反攻的讽刺而已。其中引文的情绪与态度都是敬爱先生的。文中的意义却是以为先生对我加以"嘘"

1　张东荪（1886—1973）：原名万田，字东荪，浙江杭州人，哲学家、政治活动家、政论家、报人。

2　《学灯》：上海《时事新报》副刊，1918年3月4日创刊。

3　张若谷：生卒年不详，上海的文学评论家。

4　《新儒林外史第一回》：杨邨人化名柳丝所作攻击鲁迅的文章，载1933年6月17日《大晚报·火炬》。

的袭击未免看错了敌人吧了。到了拜读大著《两地书》以后为文介绍，笔下也十分恭敬并没半点漫骂的字句，可是先生于《我的种痘》一文里头却有所误会似地顺笔对我放了两三枝冷箭儿，特别地说是有人攻击先生的老，在我呢，并没有觉得先生老了，而且那篇文章也没有攻击先生的老，先生自己认为是老了吧了。伯纳萧的年纪比先生还大，伯纳萧的鬓毛比先生还白如丝吧，伯纳萧且不是老了，先生怎么这样就以为老了呢？我是从来没感觉到先生老了的，我只感觉到先生有如青年而且希望先生永久年青。然而，读了李儵先生的文章，我惶恐，我惊讶，原来先生真的老了。李儵先生因为看了先生老了而"不禁一股酸味上心头"有如看他的令尊的老态的时候有过的情绪，我虽然也时常想念着我那年老的父亲，但并没有如人家攻击我那样地想做一个"孝子"，不过是天性所在有时未免兴感而想念着吧了，所以我看了李儵先生的文章并没有联想到我的父亲上面去。然而先生老了，我是惶恐与惊讶。我惶恐与惊讶的是，我们敬爱的文坛前辈老了，他将因为生理上的缘故而要停止他的工作了！在这敬爱的心理与观念上，我将今年来对先生的反感打个粉碎，竭诚地请先生训诲。可是希望先生以严肃的态度出之，如"嘘"，如放冷箭儿等却请慎重，以令对方心服。

第二个感想使我……因为那是李儵先生的事，这里不愿有扰清听。

假如这信是先生觉得有答复的价值的话，就请寄到这里《文化列车》的编者将它发表，否则希望先生为文给我一个严正的批判也可以。发表的地方我想随处都欢迎的。

专此并竭诚地恭敬地问了一声安好并祝

康健。

杨邨人谨启。一九三三, 一二, 三

末了附带声明一句, 我作这信是出诸至诚, 并非因为鬼儿子骂我和先生打笔墨官司变成小鬼以后向先生求和以……"大鬼"的意思。邨人又及。

以下算是我的回信。因为是信的形式, 所以开头照例是——

邨人先生：

先生给我的信是没有答复的价值的。我并不希望先生"心服", 先生也无须我批判, 因为近二年来的文字, 已经将自己的形象画得十分分明了。自然, 我决不会相信"鬼儿子"们的胡说, 但我也不相信先生。

这并非说先生的话是一样的叭儿狗式的猖狂；恐怕先生是自以为永久诚实的罢, 不过因为急促的变化, 苦心的躲闪, 弄得左支右绌, 不能自圆其说, 终于变成废话了, 所以在听者的心中, 也就失去了重量。例如先生的这封信, 倘使略有自知之明, 其实是不必写的。

先生首先问我"为什么是诸葛亮？"这就问得稀奇。李儇先生我曾经见过面, 并非曹聚仁先生, 至于是否李又燃先生, 我无从确说, 因为又燃先生我是没有豫先见过的。我"为什么是诸葛亮"呢？别人的议论, 我不能, 也不必代为答复, 要不然, 我得整天的做答案了。也有人说我是"人群的蟊贼"的。"为什么？"——我都由它去。但据我所知道，魏延变心，是在诸葛亮死后，我还活着，诸葛亮的头衔是不能加到我这里来的，所以"无产阶级大众何时变成了阿斗？"的问题也就落了空。那些废话，如果还记得《三国志演义》或吴稚晖先生的话，是不至于说出来的，书本子上及别人，并未说过人民是阿斗。现在请放心罢。但先生站在"小资产阶级文学革命"的旗下，还是什么"无产阶级大众"，自己的眼睛看见了这些字，不觉得可羞或可笑么？不要再提这些字，怎么样呢？

其次是先生"惊心动魄"于我的老，可又"惊心动魄"得很稀奇。我没有修炼仙丹，自然的规则，一定要使我老下去，丝毫也不足为奇的，请先生还是镇静一点的好。而且我后来还要死呢，这也是自然的规则，豫先声明，请千万不要"惊心动魄"，否则，逐渐就要神经衰弱，愈加满口废话了。我即使老，即使死，却决不会将地球带进棺材里去，它还年青，它还存在，希望正在将来，目前也还可以插先生的旗子。这一节我敢保证，也请放心工作罢。

于是就要说到"三嘘"问题了。这事情是有的，但和新闻上所载的有些两样。那时是在一个饭店里，大家闲谈，谈到有几个人的文章，我确曾说：这些都只要以一嘘了之，不值得反驳。这几个人们中，先生也在内。我的意思是，先生在那冠冕堂皇的"自白"里，明明的告白了农民的纯厚，小资产阶级的智识者的动摇和自私，却又要来竖起小资产阶级革命文学的旗，就自己打着自己的嘴。不过也并未说出，走散了就算完结了。但不知道是辗转传开去的呢，还是当时就有新闻记者在座，不久就张大其辞的在报上登了出来，并请读者猜测。近五六年来，关于我的记载多极了，无论是毁为誉，是假是真，我都置之不理，因为我没有聘定律师，常登广告的巨款，也没有遍看各种刊物的工夫。况且新闻记者为要哄动读者，会弄些夸张的手段，是大家知道的，甚至于还全盘捏造。例如先生还在做"革命文学家"的时候，用了"小记者"的笔名，在一种报上说我领到了南京中央党部的文学奖金，大开筵宴，祝孩子的周年，不料引起了郁达夫先生对于亡儿的记忆，悲哀了起来。这真说得栩栩如生，连出世不过一年的婴儿，也和我一同被喷满了血污。然而这事实的全出于创作，我知道，达夫先生知道，记者兼作者的您杨邨人先生当然也不会不知道的。

　　当时我一声不响。为什么呢？革命者为达目的，可用任何手段的话，我是以为不错的，所以即使因为我罪孽深重，革命文学的第一步，必须拿我来开刀，我也敢于咬着牙关忍受。杀不掉，我就退进野草里，自己舐尽了伤口的血痕，决不烦别人傅药。但是，人非圣人，为了麻烦而激动起来的时候也有的，我诚然讥诮过先生"们"，这些文章，后来都收在《三闲集》中，一点也不删去，然而和先生"们"的造谣言和攻击文字的数量来比一比罢，不是不到十分之一么？不但此也，在讲演里，我有时也曾嘲笑叶灵凤先生或先生，先生们以"前卫"之名，雄赳赳出阵的时候，我是祭旗的牺牲，则战不数合便从火线上爬了开去之际，我以为实在也难以禁绝我的一笑。无论在阶级的立场上，在个人的立场上，我都有一笑的权利。然而我从未傲然的假借什么"良心"或"无产阶级大众"之名，来凌压敌手，我接着一定声明：这是因为我和他有些个人的私怨的。先生，这还不够退让么？

　　但为了不能使我负责的新闻记事，竟引起先生的"反感"来了，然而仍蒙破格的优待，在《新儒林外史》里，还赏我拿一柄大刀。在礼仪上，我是应该致谢的，但在实际上，却也如大张筵宴一样，我并无大刀，只有一枝笔，名曰"金不换"。这也并不是在广告不收卢布的意思，是我从小用惯，每枝五分的便宜笔。我确曾用这笔碰着了先生，不过也只如运用古典一样，信手拈来，涉笔成趣而已，并不特别含有报复的恶意。但先生却又给我挂上"三枝冷箭"了。这可不能怪先生的，因为这只是陈源教授的余唾。然而，即使算是我在报复罢，由上面所说的原因，我也还不至于走进"以怨报德"的队伍里面去。

至于所谓《北平五讲与上海三嘘》，其实是至今没有写，听说北平有一本《五讲》出版，那可并不是我做的，我也没有见过那一本书。不过既然闹了风潮，将来索性写一点也难说，如果写起来，我想名为《五讲三嘘集》，但后一半也未必正是报上所说的三位。先生似乎羞与梁实秋张若谷两位先生为伍，我看是排起来倒也并不怎样辱没了先生，只是张若谷先生比较的差一点，浅陋得很，连做一"嘘"的材料也不够，我大概要另换一位的。

对于先生，照我此刻的意见，写起来恐怕也不会怎么坏。我以为先生虽是革命场中的一位小贩，却并不是奸商。我所谓奸商者，一种是国共合作时代的阔人，那时颂苏联，赞共产，无所不至，一到清党时候，就用共产青年，共产嫌疑青年的血来洗自己的手，依然是阔人，时势变了，而不变其阔；一种是革命的骁将，杀土豪，倒劣绅，激烈得很，一有蹉跌，便称为"弃邪归正"，骂"土匪"，杀同人，也激烈得很，主义改了，而仍不失其骁。先生呢，据"自白"，革命与否以亲之苦乐为转移，有些投机气味是无疑的，但并没有反过来做大批的买卖，仅在竭力要化为"第三种人"，来过比革命党较好的生活。既从革命阵线上退回来，为辩护自己，做稳"第三种人"起见，总得有一点零星的忏悔，对于统治者，其实是颇有些益处的，但竟还至于遇到"左右夹攻的当儿"者，恐怕那一方面，还嫌先生门面太小的缘故罢，这和银行雇员的看不起小钱店伙计是一样的。先生虽然觉得抱屈，但不信"第三种人"的存在不独是左翼，却因先生的经验而证明了，这也是一种很大的功德。

平心而论，先生是不算失败的，虽然自己觉得被"夹攻"，但现在只要没有马上杀人之权的人，有谁不遭人攻击。生活当然是辛苦的罢，不过比起被杀戮，被囚禁的人们来，真有天渊之别；文章也随处能够发表，较之被封锁，压迫，禁止的作者，也自由自在得远了。和阔人骁将比，那当然还差得很远，这就因为先生并不是奸商的缘故。这是先生的苦处，也是先生的好处。

话已经说得太多了，就此完结。总之，我还是和先前一样，决不肯造谣说谎，特别攻击先生，但从此改变另一种态度，却也不见得，本人的"反感"或"恭敬"，我是毫不打算的。请先生也不要因为我的"将因为生理上的缘故而要停止工作"而原谅我，为幸。

专此奉答，并请

著安。

　　　　　　　　　　　　　　　鲁迅。一九三三，一二，二八

　　　　本篇后收入杂文集《南腔北调集》，收入前未在报刊上发表过。

答曹聚仁先生信

聚仁先生：

　　关于大众语的问题，提出得真是长久了，我是没有研究的，所以一向没有开过口。但是现在的有些文章觉得不少是"高论"，文章虽好，能说而不能行，一下子就消灭，而问题却依然如故。

　　现在写一点我的简单的意见在这里：

　　一，汉字和大众，是势不两立的。

　　二，所以，要推行大众语文，必须用罗马字拼音（即拉丁化，现在有人分为两件事，我不懂是怎么一回事），而且要分为多少区，每区又分为小区（譬如绍兴一个地方，至少也得分为四小区），写作之初，纯用其地的方言，但是，人们是要前进的，那时原有方言一定不够，就只好采用白话，欧字，甚而至于语法。但，在交通繁盛，言语混杂的地方，又有一种语文，是比较普通的东西，它已经采用着新字汇，我想，这就是"大众语"的雏形，它的字汇和语法，即可以输进穷乡僻壤去。中国人是无论如何，在将来必有非通几种中国语不可的运命的，这事情，由教育与交通，可以办得到。

　　三，普及拉丁化，要在大众自掌教育的时候。现在我们所办得到的是：（甲）研究拉丁化法；（乙）试用广东话之类，读者较多的言语，做出东西来看；（丙）竭力将白话做得浅豁，使能懂的人增多，但精密的所谓"欧化"语文，仍应支持，因为讲话倘要精密，中国原有的语法是不够的，而中国的大众语文，也决不会永久含胡下去。譬如罢，反对欧化者所说的欧化，就不是中国固有字，有些新字眼，新语法，是会有非用不可的时候的。

四，在乡僻处启蒙的大众语，固然应该纯用方言，但一面仍然要改进。譬如"妈的"一句话罢，乡下是有许多意义的，有时骂骂，有时佩服，有时赞叹，因为他说不出别样的话来。先驱者的任务，是在给他们许多话，可以发表更明确的意思，同时也可以明白更精确的意义。如果也照样的写着"这妈的天气真是妈的，妈的再这样，什么都要妈的了"，那么于大众有什么益处呢？

五，至于已有大众语雏形的地方，我以为大可以依此为根据而加以改进，太僻的土语，是不必用的。例如上海叫"打"为"吃生活"，可以用于上海人的对话，却不必特用于作者的叙事中，因为说"打"，工人也一样的能够懂。有些人以为如"像煞有介事"之类，已经通行，也是不确的话，北方人对于这句话的理解，和江苏人是不一样的，那感觉并不比"俨乎其然"切实。

语文和口语不能完全相同；讲话的时候，可以夹许多"这个这个""那个那个"之类，其实并无意义，到写作时，为了时间，纸张的经济，意思的分明，就要分别删去的，所以文章一定应该比口语简洁，然而明了，有些不同，并非文章的坏处。

所以现在能够实行的，我以为是（一）制定罗马字拼音（赵元任的太繁，用不来的）；（二）做更浅显的白话文，采用较普通的方言，姑且算是向大众语去的作品，至于思想，那不消说，该是"进步"的；（三）仍要支持欧化文法，当作一种后备。

还有一层，是文言的保护者，现在也有打了大众语的旗子的了，他一方面，是立论极高，使大众语悬空，做不得；别一方面，借此攻击他当面的大敌——白话。这一点也须注意的。要不然，我们就会自己缴了自己的械。专此布复，即颂

时绥。

迅上。八月二日

本篇最初发表于一九三四年八月上海《社会月报》第一卷第三期。后收入杂文集《且介亭杂文》。

答《戏》周刊[1]编者信

鲁迅先生鉴：

　　《阿Q》的第一幕已经登完了，搬上舞台实验虽还不是马上可以做到，但我们的准备工作是就要开始发动了。我们希望你能在第一幕刚登完的时候先发表一点意见，一方面对于我们的公演准备或者也有些帮助，另方面本刊的丛书计划一实现也可以把你的意见和《阿Q》剧本同时付印当作一篇序。这是编者的要求，也是作者，读者和演出的同志们的要求。

祝健！

编者

编辑先生——

　　在《戏》周刊上给我的公开信，我早看见了；后来又收到邮寄的一张周刊，我知道这大约是在催促我的答复。对于戏剧，我是毫无研究的，我的最可靠的答复，是一声也不响。但如果先生和读者们都肯豫先了解我不过是一个外行人的随便谈谈，那么，我自然也不妨说一点我个人的意见。

　　《阿Q》在每一期里，登得不多，每期相隔又有六天，断断续续的

1　《戏》周刊：《中华日报》副刊之一，1934年8月19日创刊。

看过，也陆陆续续的忘记了。现在回忆起来，只记得那编排，将《呐喊》中的另外的人物也插进去，以显示未庄或鲁镇的全貌的方法，是很好的。但阿Q所说的绍兴话，我却有许多地方看不懂。

现在我自己想说几句的，有两点——

一，未庄在那里？《阿Q》的编者已经决定：在绍兴。我是绍兴人，所写的背景又是绍兴的居多，对于这决定，大概是谁都同意的。但是，我的一切小说中，指明着某处的却少得很。中国人几乎都是爱护故乡，奚落别处的大英雄，阿Q也很有这脾气。那时我想，假如写一篇暴露小说，指定事情是出在某处的罢，那么，某处人恨得不共戴天，非某处人却无异隔岸观火，彼此都不反省，一班人咬牙切齿，一班人却飘飘然，不但作品的意义和作用完全失掉了，还要由此生出无聊的枝节来，大家争一通闲气——《闲话扬州》是最近的例子。为了医病，方子上开人参，吃法不好，倒落得满身浮肿，用萝卜子来解，这才恢复了先前一样的瘦，人参白买了，还空空的折贴了萝卜子。人名也一样，古今文坛消息家，往往以为有些小说的根本是在报私仇，所以一定要穿凿书上的谁，就是实际上的谁。为免除这些才子学者们的白费心思，另生枝节起见，我就用"赵太爷"，"钱大爷"，是《百家姓》上最初的两个字；至于阿Q的姓呢，谁也不十分了然。但是，那时还是发生了谣言。还有排行，因为我是长男，下有两个兄弟，为豫防谣言家的毒舌起见，我的作品中的坏脚色，是没有一个不是老大，或老四，老五的。

上面所说那样的苦心，并非我怕得罪人，目的是在消灭各种无聊的副作用，使作品的力量较能集中，发挥得更强烈。果戈理作《巡按使》，使演员直接对看客道："你们笑自己！"（奇怪的是中国的译本，却将这极要紧的一句删去了。）我的方法是在使读者摸不着在写自己以外的谁，一下子就推诿掉，变成旁观者，而疑心到像是写自己，又像是写一切人，由此开出反省的道路。但我看历来的批评家，是没有一个注意到这一点的。这回编者的对于主角阿Q所说的绍兴话，取了这样随手胡调的态度，我看他的眼睛也是为俗尘所蔽的。

但是，指定了绍兴也好。于是跟着起来的是第二个问题——

二，阿Q该说什么话？这似乎无须问，阿Q一生的事情既然出在绍兴，他当然该说绍兴话。但是第三个疑问接着又来了——

三，《阿Q》是演给那里的人们看的？倘是演给绍兴人看的，他得说绍兴话无疑。绍兴戏文中，一向是官员秀才用官话，堂倌狱卒用土话的，也就是生，旦，净大抵用官话，丑用土话。我想，这也并非全为了用这来区别人的上下，雅俗，好坏，还有一个大原因，是警句或炼话，讥刺和滑稽，十之九是出于下等人之口的，所以他必用土话，使本地的看客们能够彻底的了解。那么，这关系之重大，也就可想而知了。其实，倘使演给绍兴的人们看，别的脚色也大可以用绍兴话，因为同是绍兴话，所谓上等人和下等人说的也并不同，大抵前者句子简，语助词和感叹词少，后者句子长，语助词和感叹词多，同一意思的一句话，可以冗长到一倍。但如演给别处的人们看，这剧本的作用却减弱，或者简直完全消失了。据我所留心观察，凡有自以为深通绍兴话的外县人，他大抵是像目前标点明人小品的名人一样，并不怎么懂得的；至于北方或闽粤人，我恐怕他听了之后，不会比听外国马戏里的打诨更有所得。

我想，普遍，永久，完全，这三件宝贝，自然是了不得的，不过也是作家的棺材钉,会将他钉死。譬如现在的中国,要编一本随时随地,无不可用的剧本,其实是不可能的,要这样编,结果就是编不成。所以我以为现在的办法,只好编一种对话都是比较的容易了解的剧本,倘在学校之类这些地方扮演,可以无须改动,如果到某一省县,某一乡村里面去,那么,这本子就算是一个底本,将其中的说白都改为当地的土话,不但语言,就是背景,人名,也都可变换,使看客觉得更加切实。譬如罢,如果这演剧之处并非水村,那么,航船可以化为大车,七斤也可以叫作"小辫儿"的。

我的意见说完了,总括一句,不过是说,这剧本最好是不要专化,却使大家可以活用。

临末还有一点尾巴,当然决没有叭儿君的尾巴的有趣。这是我十分抱歉的,不过还是非说不可。记得几个月之前,曾经回答过一个朋友的关于大众语的质问,这信后来被发表在《社会月报》上了,末了是杨邨人先生的一篇文章。一位绍伯先生就在《火炬》上说我已经和杨邨人先生调和,并且深深的感慨了一番中国人之富于调和性。这一回,我的这一封信,大约也要发表的罢,但我记得《戏》周刊上已曾发表过曾今可叶灵凤两位先生的文章;叶先生还画了一幅阿Q像,好像我那一本《呐喊》还没有在上茅厕时候用尽,倘不是多年便秘,那一定是又买了一本新的了。如果我被绍伯先生的判决所震慑,这回是应该不敢再写什么的,但我想,也不必如此。只是在这里要顺便声明:我并无此种权力,可以禁止别人将我的信件在刊物上发表,而且另外还有谁的文章,更无从豫先知道,所以对于同一刊物上的任何作者,都没有表示调和与否的意思;但倘有同一营垒中人,化了装从背后给我一刀，则我的对于他的憎恶和鄙视，是在明显的敌人之上的。

这倒并非个人的事情，因为现在又到了绍伯先生可以施展老手段的时候，我若不声明，则我所说过的各节，纵非买办意识，也是调和论了，还有什么意思呢？

专此布复，即请

文安。

鲁迅。十一月十四日

本篇最初发表于一九三四年十一月二十五日上海《中华日报》副刊《戏》周刊第十五期。后收入杂文集《且介亭杂文》。

答《戏》周刊编者信

寄《戏》周刊编者信

编辑先生：

今天看《戏》周刊第十四期,《独白》上"抱憾"于不得我的回信,但记得这信已于前天送出了,还是病中写的,自以为巴结得很,现在特地声明,算是讨好之意。

在这周刊上,看了几个阿Q像,我觉得都太特别,有点古里古怪。我的意见,以为阿Q该是三十岁左右,样子平平常常,有农民式的质朴,愚蠢,但也很沾了些游手之徒的狡猾。在上海,从洋车夫和小车夫里面,恐怕可以找出他的影子来的,不过没有流氓样,也不像瘪三样。只要在头上戴上一顶瓜皮小帽,就失去了阿Q,我记得我给他戴的是毡帽。这是一种黑色的,半圆形的东西,将那帽边翻起一寸多,戴在头上的;上海的乡下,恐怕也还有人戴。

报上说要图画,我这里有十张,是陈铁耕君刻的,今寄上,如不要,仍请寄回。他是广东人,所用的背景有许多大约是广东。第二,第三之二,第五,第七这四幅,比较刻的好;第三之一和本文不符;第九更远于事实,那时那里有摩托车给阿Q坐呢?该是大车,有些地方叫板车,是一种马拉的四轮的车,平时是载货物的。但绍兴也并没有这种车,我用的是那时的北京的情形,我在绍兴,其实并未见过这样的盛典。

又,今天的《阿Q正传》上说:"小D大约是小董罢?"并不是的。他叫"小同"，大起来，和阿Q一样。

　　专此布达，并请

撰安。

　　　　　　　　　　　　鲁迅上。十一月十八日

　　　　　本篇最初发表于一九三四年十一月二十五日《中华日报》副刊
　　　　　　　　　　　《戏》周刊第十五期。

答徐懋庸并关于抗日统一战线问题

鲁迅先生：

贵恙已痊愈否？念念。自先生一病，加以文艺界的纠纷，我就无缘再亲聆教诲，思之常觉怆然！

我现因生活困难，身体衰弱，不得不离开上海，拟往乡间编译一点卖现钱的书后，再来沪上。趁此机会，暂作上海"文坛"的局外人，仔细想想一切问题，也许会更明白些的罢。

在目前，我总觉得先生最近半年来的言行，是无意地助长着恶劣的倾向的。以胡风[1]的性情之诈，以黄源[2]的行为之谄，先生都没有细察，永远被他们据为私有，眩惑群众，若偶像然，于是从他们的野心出发的分离运动，遂一发而不可收拾矣。胡风他们的行动，显然是出于私心的，极端的宗派运动，他们的理论，前后矛盾，错误百出。即如"民族革命战争的大众文学"这口号，起初原是胡风提出来用以和"国防文学"对立的，后来说一个是总的，一个是附属的，后来又说一个是左翼文学发展到现阶段的口号，如此摇摇荡荡，即先生亦不能替他们圆其说。对于他们的言行，打击本极易，但徒以有先生作着他们的盾牌，人谁不爱先生，所以在实际解决和文字斗争上都感到绝大的困难。

1　胡风（1902—1985）：原名张光人，笔名谷非、高荒、张果等，湖北蕲春人，文艺理论家、诗人、翻译家。

2　黄源（1905—2003）：名启元，字河清，浙江海盐人，编辑、翻译家。

　　我很知道先生的本意，先生是唯恐参加统一战线的左翼战友，放弃原来的立场，而看到胡风们在样子上尚左得可爱；所以赞同了他们的。但我要告诉先生，这是先生对于现在的基本的政策没有了解之故。现在的统一战线——中国的和全世界的都一样——固然是以普洛为主体的，但其成为主体，并不由于它的名义，它的特殊地位和历史，而是由于它的把握现实的正确和斗争能力的巨大。所以在客观上，普洛之为主体，是当然的。但在主观上，普洛不应该挂起明显的徽章，不以工作，只以特殊的资格去要求领导权，以至吓跑别的阶层的战友。所以，在目前的时候，到联合战线中提出左翼的口号来，是错误的，是危害联合战线的。所以先生最近所发表的《病中答客问》，既说明"民族革命战争的大众文学"是普洛文学到现在的一发展，又说这应该作为统一战线的总口号，这是不对的。

　　再说参加"文艺家协会"的"战友"，未必个个右倾堕落，如先生所疑虑者；况集合在先生的左右的"战友"，既然包括巴金[1]和黄源之流，难道先生以为凡参加"文艺家协会"的人们，竟个个不如巴金和黄源么？我从报章杂志上，知道法西两国"安那其"[2]之反动，破坏联合战线，无异于托派[3]，中国的"安那其"的行为，则更卑劣。黄源是一个根本没有思想，只靠捧名流为生的东西。从前他奔走于傅郑[4]门下之时，一副谄佞之相，固不异于今日之对先生效忠致敬。先生可与此辈为伍，而不屑与多数人合作，此理我实不解。

1　巴金（1904—2005）：原名李尧棠，四川成都人，作家、翻译家、社会活动家。

2　"安那其"：英文Anarchism的音译，意为无政府主义。

3　托派：托洛茨基主义理论流派，源于俄国十月革命的主要领导人之一托洛茨基。该派反对斯大林主义对于列宁主义的修改，以主张工人阶级先锋的马克思主义理论，反对斯大林主义、布哈林主义和社会民主主义。

4　傅郑：指傅东华和郑振铎。

　　我觉得不看事而只看人，是最近半年来先生的错误的根由。先生的看人又看得不准。譬如，我个人，诚然是有许多缺点的，但先生却把我写字糊涂这一层当作大缺点，我觉得实在好笑。（我为什么故意要把"邱韵铎[1]"三字，写成像"郑振铎"的样子呢？难道郑振铎是先生所喜欢的人么？）为此小故，遽拒一个人于千里之外，我实以为不对。

　　我今天就要离沪，行色匆匆，不能多写了，也许已经写得太多。以上所说，并非存心攻击先生，实在很希望先生仔细想一想各种事情。

　　拙译《斯太林传》[2]快要出版，出版后当寄奉一册，此书甚望先生细看一下，对原意和译文，均望批评。敬颂

痊安。

　　　　　　　　　　　　　　　　　　　　　　　　懋庸上。八月一日

　　以上，是徐懋庸给我的一封信，我没有得他同意就在这里发表了，因为其中全是教训我和攻击别人的话，发表出来，并不损他的威严，而且也许正是他准备我将它发表的作品。但自然，人们也不免因此看得出：这发信者倒是有些"恶劣"的青年！

　　但我有一个要求：希望巴金，黄源，胡风诸先生不要学徐懋庸的样。因为这信中有攻击他们的话，就也报答以牙眼，那恰正中了他的诡计。在国难当头的现在，白天里讲些冠冕堂皇的话，暗夜里进行一些离间，挑拨，分裂的勾当的，不就正是这些人么？这封信是有计划

1　邱韵铎（1907—1992）：上海人，作家，曾任创造社出版部主任。

2　《斯太林传》：法国巴比塞著，斯太林即斯大林。徐懋庸译时改书名为原著副题《从一个人看一个新世界》，
　　1936年9月上海大陆书社出版。

的，是他们向没有加入"文艺家协会"的人们的新的挑战，想这些人们去应战，那时他们就加你们以"破坏联合战线"的罪名，"汉奸"的罪名。然而我们不，我们决不要把笔锋去专对几个个人，"先安内而后攘外"，不是我们的办法。

但我在这里，有些话要说一说。首先是我对于抗日的统一战线的态度。其实，我已经在好几个地方说过了，然而徐懋庸等似乎不肯去看一看，却一味的咬住我，硬要诬陷我"破坏统一战线"，硬要教训我说我"对于现在基本的政策没有了解"。我不知道徐懋庸们有什么"基本的政策"。（他们的基本政策不就是要咬我几口么？然而中国目前的革命的政党向全国人民所提出的抗日统一战线的政策，我是看见的，我是拥护的，我无条件地加入这战线，那理由就因为我不但是一个作家，而且是一个中国人，所以这政策在我是认为非常正确的，我加入这统一战线，自然，我所使用的仍是一枝笔，所做的事仍是写文章，译书，等到这枝笔没有用了，我可自己相信，用起别的武器来，决不会在徐懋庸等辈之下！

其次，我对于文艺界统一战线的态度。我赞成一切文学家，任何派别的文学家在抗日的口号之下统一起来的主张。我也曾经提出过我对于组织这种统一的团体的意见过，那些意见，自然是被一些所谓"指导家"格杀了，反而即刻从天外飞来似地加我以"破坏统一战线"的罪名。这首先就使我暂不加入"文艺家协会"了，因为我要等一等，看一看，他们究竟干的什么勾当；我那时实在有点怀疑那些自称"指导家"以及徐懋庸式的青年，因为据我的经验，那种表面上扮着"革命"的面孔，而轻易诬陷别人为"内奸"，为"反革命"，为"托派"，以至为"汉奸"者，大半不是正路人；因为他们巧妙地格杀革命的民族的力量，不顾革命的大众的利益，而只借革命以营私，老实说，我甚至怀疑过他们是否系敌人所派遣。我想，我不如暂避无益于人的危险，暂不听他们指挥罢。自然，事实会证明他们到底的真相，我决不愿来断定他们是什么人，但倘使他们真的志在革命与民族，而不过心术的不正当，观念的不正确，方式的蠢笨，那我就以为他们实有自行改正一下的必要。我对于"文艺家协会"的态度，我认为它是抗日的作家团体，其中虽有徐懋庸式的人，却也包含了一些新的人；但不能以为有了"文艺家协会"，就是文艺界的统一战线告成了，还远得很，还没有将一切派别的文艺家都联为一气。那原因就在"文艺家协会"还非常浓厚的含有宗派主义和行帮情形。不看别的，单看那章程，对于加入者的资格就限制得太严；就是会员要缴一元入会费，两元年费，也就表示着"作家阀"的倾向，不是抗日"人民式"的了。在理论上，如《文学界》创刊号上所发表的关于"联合问题"和"国防文学"的文章，是基本上宗派主义的；一个作者引用了我在一九三〇年讲的话，并以那些话为出发点，因此虽声声口口说联合任何派别的作家，而仍自己一相情愿的制定了加入的限制与条件。这是作者忘记了时代。我以为文艺家在抗日问题上的联合是无条件的，只要他不是汉奸，愿意或赞成抗日，则不论叫哥哥妹妹，之乎者也，或鸳鸯蝴蝶无妨。但在文学问题上我们仍可以互相批判。这个作者又引例了法国的人民阵线，然而我以为这又是作者忘记了国度，因为我们的抗日人民统一战线是比法国的人民阵线还要广泛得多的。另一个作者解释"国防文学"，说"国防文学"必须有正确的创作方法，又说现在不是"国防文学"就是"汉奸文学"，欲以"国防文学"一口号去统一作家，也先豫备了"汉奸文学"这名词作为后日批评别人之用。这实在是出色的宗派主义的理论。我以为应当说：作家在"抗日"的旗帜，或者在"国防"的旗帜之下联合起来；不能说：作家在"国防文学"的口号下联合起来，因为有些作者不写"国防为主题"的作品，仍可从各方面来参加抗日的联合战线；即使他像我一样没有加入"文艺家协会"，也未必就是"汉奸"。"国防文学"不能包括一切文学，因为在"国防文学"与"汉奸文学"之外，确有既非前者也非后者的文学，除非他们有本领也证明了《红楼梦》，《子夜》[1]，《阿Q正传》是"国防文学"或"汉奸文学"。这种文学存在着，但它不是杜衡，韩侍桁，杨邨人之流的什么"第三种文学"。因此，我很同意郭沫若先生的"国防文艺是广义的爱国主义的文学"和"国防文艺是作家关系间的标帜，不是作品原则上的标帜"的意见。我提议"文艺家协会"应该克服它的理论上与行动上的宗派主义与行帮现象，把限度放得更宽些，同时最好将所谓"领导权"移到那些确能认真做事的作家和青年手里去，不能专让徐懋庸之流的人在包办。至于我个人的加入与否，却并非重要的事。

其次，我和"民族革命战争的大众文学"这口号的关系。徐懋庸之流的宗派主义也表现在对于这口号的态度上。他们既说这是"标新立异"，又说是与"国防文学"对抗。我真料不到他们会宗派到这样的地步。只要"民族革命战争的大众文学"的口号不是"汉奸"的口号，那就是一种抗日的力量；为什么这是"标新立异"？你们从那里看出这是与"国防文学"对抗？拒绝友军之生力的，暗暗的谋杀抗日

1　《子夜》：茅盾创作长篇小说，1933年1月上海开明书店出版。小说以1930年的上海为背景，以民族资本家吴荪甫为中心，描写了当时中国社会的各种矛盾和斗争。茅盾（1896—1981），原名沈德鸿，字雁冰，浙江嘉兴人，作家、文学评论家、文化活动家、社会活动家。

的力量的，是你们自己的这种比"白衣秀士"王伦[1]还要狭小的气魄。我以为在抗日战线上是任何抗日力量都应当欢迎的，同时在文学上也应当容许各人提出新的意见来讨论，"标新立异"也并不可怕；这和商人的专卖不同，并且事实上你们先前提出的"国防文学"的口号，也并没到南京政府或"苏维埃"政府去注过册。但现在文坛上仿佛已有"国防文学"牌与"民族革命战争大众文学"牌的两家，这责任应该徐懋庸他们来负，我在病中答访问者的一文里是并没有把它们看成两家的。自然，我还得说一说"民族革命战争的大众文学"这口号的无误及其与"国防文学"口号之关系。——我先得说，前者这口号不是胡风提的，胡风做过一篇文章是事实，但那是我请他做的，他的文章解释得不清楚也是事实。这口号，也不是我一个人的"标新立异"，是几个人大家经过一番商议的，茅盾先生就是参加商议的一个。郭沫若先生远在日本，被侦探监视着，连去信商问也不方便。可惜的就只是没有邀请徐懋庸们来参加议讨。但问题不在这口号由谁提出，只在它有没有错误。如果它是为了推动一向囿于普洛革命文学的左翼作家们跑到抗日的民族革命战争的前线上去，它是为了补救"国防文学"这名词本身的在文学思想的意义上的不明了性，以及纠正一些注进"国防文学"这名词里去的不正确的意见，为了这些理由而被提出，那么它是正当的，正确的。如果人不用脚底皮去思想，而是用过一点脑子，那就不能随便说句"标新立异"就完事。"民族革命战争的大众文学"这名词，在本身上，比"国防文学"这名词，意义更明确，更深刻，更有内容。"民族革命战争的大众文学"，主要是对前进的一

1　王伦：小说《水浒传》中的人物。他在柴进资助下成为梁山泊首任寨主，为人心胸狭窄，屡次刁难前来投奔的林冲、晁盖等人。后来在晁盖的送行宴上，被林冲火并。

向称左翼的作家们提倡的，希望这些作家们努力向前进，在这样的意义上，在进行联合战线的现在，徐懋庸说不能提出这样的口号，是胡说！"民族革命战争的大众文学"，也可以对一般或各派作家提倡的，希望的，希望他们也来努力向前进，在这样的意义上，说不能对一般或各派作家提这样的口号，也是胡说！但这不是抗日统一战线的标准，徐懋庸说我"说这应该作为统一战线的总口号"，更是胡说！我问徐懋庸究竟看了我的文章没有？人们如果看过我的文章，如果不以徐懋庸他们解释"国防文学"的那一套来解释这口号，如聂绀弩等所致的错误，那么这口号和宗派主义或关门主义是并不相干的。这里的"大众"，即照一向的"群众"，"民众"的意思解释也可以，何况在现在，当然有"人民大众"这意思呢。我说"国防文学"是我们目前文学运动的具体口号之一，为的是"国防文学"这口号，颇通俗，已经有很多人听惯，它能扩大我们政治的和文学的影响，加之它可以解释为作家在国防旗帜下联合，为广义的爱国主义的文学的缘故。因此，它即使曾被不正确的解释，它本身含义上有缺陷，它仍应当存在，因为存在对于抗日运动有利益。我以为这两个口号的并存，不必像辛人先生的"时期性"与"时候性"的说法，我更不赞成人们以各种的限制加到"民族革命战争的大众文学"上。如果一定要以为"国防文学"提出在先，这是正统，那么就将正统权让给要正统的人们也未始不可，因为问题不在争口号，而在实做；尽管喊口号，争正统，固然也可作为"文章"，取点稿费，靠此为生，但尽管如此，也到底不是久计。

最后，我要说到我个人的几件事。徐懋庸说我最近半年的言行，助长着恶劣的倾向。我就检查我这半年的言行。所谓言者，是发表过四五篇文章，此外，至多对访问者谈过一些闲天，对医生报告我的病状之类；所谓行者，比较的多一点，印过两本版画，一本杂感，译过几章《死魂灵》，生过三个月的病，签过一个名，此外，也并未到过咸肉庄或赌场，并未出席过什么会议。我真不懂我怎样助长着，以及助长什么恶劣倾向。难道因为我生病么？除了怪我生病而竟不死以外，我想就只有一个说法：怪我生病，不能和徐懋庸这类恶劣的倾向来搏斗。

其次，是我和胡风，巴金，黄源诸人的关系。我和他们，是新近才认识的，都由于文学工作上的关系，虽然还不能称为至交，但已可以说是朋友。不能提出真凭实据，而任意诬我的朋友为"内奸"，为"卑劣"者，我是要加以辩正的，这不仅是我的交友的道义，也是看人看事的结果。徐懋庸说我只看人，不看事，是诬枉的，我就先看了一些事，然后看见了徐懋庸之类的人。胡风我先前并不熟识，去年的有一天，一位名人约我谈话了，到得那里，却见驶来了一辆汽车，从中跳出四条汉子：田汉[1]，周起应[2]，还有另两个，一律洋服，态度轩昂，说是特来通知我：胡风乃是内奸，官方派来的。我问凭据，则说是得自转向以后的穆木天口中。转向者的言谈，到左联就奉为圣旨，这真使我口呆目瞪。再经几度问答之后，我的回答是：证据薄弱之极，我不相信！当时自然不欢而散，但后来也不再听人说胡风是"内奸"了。然而奇怪，此后的小报，每当攻击胡风时，便往往不免拉上我，或由我而涉及胡风。最近的则如《现实文学》发表了O. V. 笔录的我的主张以后，《社会日报》就说O. V. 是胡风，笔录也和我的本意不合，稍

1　田汉（1898—1968）：本名田寿昌，湖南长沙人，剧作家、词作家、文艺活动家。

2　周起应：周扬（1908—1989），原名运宜，字起应，湖南益阳人，作家、翻译家、文艺理论家、文艺活动家。

远的则如周文[1]向傅东华抗议删改他的小说时，同报也说背后是我和胡风。最阴险的则是同报在去年冬或今年春罢，登过一则花边的重要新闻：说我就要投降南京，从中出力的是胡风，或快或慢，要看他的办法。我又看自己以外的事：有一个青年，不是被指为"内奸"，因而所有朋友都和他隔离，终于在街上流浪，无处可归，遂被捕去，受了毒刑的么？又有一个青年，也同样的被诬为"内奸"，然而不是因为参加了英勇的战斗，现在坐有苏州狱中，死活不知么？这两个青年就是事实证明了他们既没有像穆木天等似的做过堂皇的悔过的文章，也没有像田汉似的在南京大演其戏。同时，我也看人：即使胡风不可信，但对我自己这人，我自己总还可以相信的，我就并没有经胡风向南京讲条件的事。因此，我倒明白了胡风鲠直，易于招怨，是可接近的，而对于周起应之类，轻易诬人的青年，反而怀疑以至憎恶起来了。自然，周起应也许别有他的优点。也许后来不复如此，仍将成为一个真的革命者；胡风也自有他的缺点，神经质，繁琐，以及在理论上的有些拘泥的倾向，文字的不肯大众化，但他明明是有为的青年，他没有参加过任何反对抗日运动或反对过统一战线，这是纵使徐懋庸之流用尽心机，也无法抹杀的。

至于黄源，我以为是一个向上的认真的译述者，有《译文》这切实的杂志和别的几种译书为证。巴金是一个有热情的有进步思想的作家，在屈指可数的好作家之列的作家，他固然有"安那其主义者"之称，但他并没有反对我们的运动，还曾经列名于文艺工作者联名的战斗的宣言。黄源也签了名的。这样的译者和作家要来参加抗日的统

1　周文（1907—1952）：原名何稻玉，笔名何谷天、谷天、周文等，四川荥经人，作家。

一战线，我们是欢迎的，我真不懂徐懋庸等类为什么要说他们是"卑劣"？难道因为有《译文》存在碍眼？难道连西班牙的"安那其"的破坏革命，也要巴金负责？

还有，在中国近来已经视为平常，而其实不但"助长"，却正是"恶劣的倾向"的，是无凭无据，却加给对方一个很坏的恶名。例如徐懋庸的说胡风的"诈"，黄源的"谄"，就都是。田汉周起应们说胡风是"内奸"，终于不是，是因为他们发昏；并非胡风诈作"内奸"，其实不是，致使他们成为说谎。《社会日报》说胡风拉我转向，而至今不转，是撰稿者有意的诬陷；并非胡风诈作拉我，其实不拉，以致记者变了造谣。胡风并不"左得可爱"，但我以为他的私敌，却实在是"左得可怕"的。黄源未尝作文捧我，也没有给我做过传，不过专办着一种月刊，颇为尽责，舆论倒还不坏，怎么便是"谄"，怎么便是对于我的"效忠致敬"？难道《译文》是我的私产吗？黄源"奔走于傅郑门下之时，一副谄佞之相"，徐懋庸大概是奉谕知道的了，但我不知道，也没有见过，至于他和我的往还，却不见有"谄佞之相"，而徐懋庸也没有一次同在，我不知道他凭着什么，来断定和谄佞于傅郑门下者"无异"？当这时会，我也就是证人，而并未实见的徐懋庸，对于本身在场的我，竟可以如此信口胡说，含血喷人，这真可谓横暴恣肆，达于极点了。莫非这是"了解"了"现在的基本的政策"之故吗？"和全世界都一样"的吗？那么，可真要吓死人！

其实"现在的基本政策"是决不会这样的好像天罗地网的。不是只要"抗日"，就是战友吗？"诈"何妨，"谄"又何妨？又何必定要剿灭胡风的文字，打倒黄源的《译文》呢，莫非这里面都是"二十一条"和"文化侵略"吗？首先应该扫荡的，倒是拉大旗作为虎皮，包着自己，去吓呼别人；小不如意，就倚势（！）定人罪名，而且重得可怕的横暴者。自然，战线是会成立的，不过这吓成的战线，作不得战。先前已有这样的前车，而覆车之鬼，至死不悟，现在在我面前，就附着徐懋庸的肉身而出现了。

在左联结成的前后，有些所谓革命作家，其实是破落户的漂零子弟。他也有不平，有反抗，有战斗，而往往不过是将败落家族的妇姑勃豀，叔嫂斗法的手段，移到文坛上，喊喊嚓嚓，招是生非，搬弄口舌，决不在大处着眼。这衣钵流传不绝。例如我和茅盾，郭沫若两位，或相识，或未尝一面，或未冲突，或曾用笔墨相讥，但大战斗却都为着同一的目标，决不日夜记着个人的恩怨。然而小报却偏喜欢记些鲁比茅如何，郭对鲁又怎样，好像我们只在争座位，斗法宝。就是《死魂灵》，当《译文》停刊后，《世界文库》上也登完第一部的，但小报却说"郑振铎腰斩《死魂灵》"，或鲁迅一怒中止了翻译。这其实正是恶劣的倾向，用谣言来分散文艺界的力量，近于"内奸"的行为的。然而也正是破落文学家最末的道路。

我看徐懋庸也正是一个喊喊嚓嚓的作者，和小报是有关系了，但还没有坠入最末的道路。不过也已经胡涂得可观。（否则，便是骄横了。）例如他信里说："对于他们的言行，打击本极易，但徒以有先生作他们的盾牌，……所以在实际解决和文字斗争上都感到绝大的困难。"是从修身上来打击胡风的诈，黄源的诳，还是从作文上来打击胡风的论文，黄源的《译文》呢？——这我倒并不急于知道；我所要问的是为什么我认识他们，"打击"就"感到绝大的困难"？对于造谣生事，我固然决不肯附和，但若徐懋庸们义正词严，我能替他们一手掩尽天下耳目的吗？而且什么是"实际解决"？是充军，还是杀头呢？

在"统一战线"这大题目之下，是就可以这样锻炼人罪，戏弄威权
的？我真要祝祷"国防文学"有大作品，倘不然，也许又是我近半年
来，"助长着恶劣的倾向"的罪恶了。

　　临末，徐懋庸还叫我细细读《斯太林传》。是的，我将细细的读，
倘能生存，我当然仍要学习；但我临末也请他自己再细细的去读几
遍，因为他翻译时似乎毫无所得，实有从新细读的必要。否则，抓到
一面旗帜，就自以为出人头地，摆出奴隶总管的架子，以鸣鞭为唯一
的业绩——是无药可医，于中国也不但毫无用处，而且还有害处的。

八月三——六日

本篇最初发表于一九三六年八月《作家》月刊第一卷第五期。
后收入杂文集《且介亭杂文末编》。

玖
·
对
话

本章所收录的3篇对话体文章皆发表于1925年。《过客》出自散文诗集《野草》,采用戏剧剧本形式;《牺牲谟》《评心雕龙》是讽刺性对话体。

过客

时：或一日的黄昏。

地：或一处。

人：老翁——约七十岁，白须发，黑长袍。

女孩——约十岁，紫发，乌眼珠，白地黑方格长衫。

过客——约三四十岁，状态困顿倔强，眼光阴沉，黑须，乱发，黑色短衣裤皆破碎，赤足著破鞋，胁下挂一个口袋，支着等身的竹杖。

东，是几株杂树和瓦砾；西，是荒凉破败的丛葬；其间有一条似路非路的痕迹。一间小土屋向这痕迹开着一扇门；门侧有一段枯树根。

（女孩正要将坐在树根上的老翁搀起。）

翁　孩子。喂，孩子！怎么不动了呢？

孩　（向东望着，）有谁走来了，看一看罢。

翁　不用看他。扶我进去罢。太阳要下去了。

孩　我，——看一看。

翁　唉，你这孩子！天天看见天，看见土，看见风，还不够好看么？什么也不比这些好看。你偏是要看谁。太阳下去时候出现的东西，不会给你什么好处的。……还是进去罢。

孩　可是，已经近来了。阿阿，是一个乞丐。

翁　乞丐？不见得罢。

（过客从东面的杂树间跄跄走出，暂时踌躇之后，慢慢地走近老翁去。）

客　老丈，你晚上好？

翁　阿，好！托福。你好？

客　老丈，我实在冒昧，我想在你那里讨一杯水喝。我走得渴极了。这地方又没有一个池塘，一个水洼。

翁　唔，可以可以。你请坐罢。（向女孩）孩子，你拿水来，杯子要洗干净。

（女孩默默地走进土屋去。）

翁　客官，你请坐。你是怎么称呼的。

客　称呼？——我不知道。从我还能记得的时候起，我就只一个人。我不知道我本来叫什么。我一路走，有时人们也随便称呼我，各式各样地，我也记不清楚了，况且相同的称呼也没有听到过第二回。

翁　阿阿。那么，你是从那里来的呢？

客　（略略迟疑，）我不知道。从我还能记得的时候起，我就在这么走。

翁　对了。那么，我可以问你到那里去么？

客　自然可以。——但是，我不知道。从我还能记得的时候起，我就这么走，要走到一个地方去，这地方就在前面。我单记得走了许多路，现在来到这里了。我接着就要走向那边去，（西指，）前面！

（女孩小心地捧出一个木杯来，递去。）

客　（接杯，）多谢，姑娘。（将水两口喝尽，还杯，）多谢，姑娘。
　　这真是少有的好意。我真不知道应该怎样感激！

翁　不要这么感激。这于你是没有好处的。

客　是的，这于我没有好处。可是我现在很恢复了些力气了。我
　　就要前去。老丈，你大约是久住在这里的，你可知道前面是
　　怎么一个所在么？

翁　前面？前面，是坟。

客　（诧异地，）坟？

孩　不，不，不的。那里有许多许多野百合，野蔷薇，我常常去
　　玩，去看他们的。

客　（西顾，仿佛微笑，）不错。那些地方有许多许多野百合，野
　　蔷薇，我也常常去玩过，去看过的。但是，那是坟。（向老
　　翁，）老丈，走完了那坟地之后呢？

翁　走完之后？那我可不知道。我没有走过。

客　不知道？！

孩　我也不知道。

翁　我单知道南边；北边；东边，你的来路。那是我最熟悉的
　　地方，也许倒是于你们最好的地方。你莫怪我多嘴，据我看
　　来，你已经这么劳顿了，还不如回转去，因为你前去也料不
　　定可能走完。

客　料不定可能走完？……（沉思，忽然惊起，）那不行！我只得
　　走。回到那里去，就没一处没有名目，没一处没有地主，没
　　一处没有驱逐和牢笼，没一处没有皮面的笑容，没一处没有

眶外的眼泪。我憎恶他们，我不回转去！

翁　那也不然。你也会遇见心底的眼泪，为你的悲哀。

客　不。我不愿看见他们心底的眼泪，不要他们为我的悲哀！

翁　那么，你，（摇头，）你只得走了。

客　是的，我只得走了。况且还有声音常在前面催促我，叫唤我，使我息不下。可恨的是我的脚早经走破了，有许多伤，流了许多血。（举起一足给老人看，）因此，我的血不够了；我要喝些血。但血在那里呢？可是我也不愿意喝无论谁的血。我只得喝些水，来补充我的血。一路上总有水，我倒也并不感到什么不足。只是我的力气太稀薄了，血里面太多了水的缘故罢。今天连一个小水洼也遇不到，也就是少走了路的缘故罢。

翁　那也未必。太阳下去了，我想，还不如休息一会的好罢，像我似的。

客　但是，那前面的声音叫我走。

翁　我知道。

客　你知道？你知道那声音么？

翁　是的。他似乎曾经也叫过我。

客　那也就是现在叫我的声音么？

翁　那我可不知道。他也就是叫过几声，我不理他，他也就不叫了，我也就记不清楚了。

客　唉唉，不理他……。（沉思，忽然吃惊，倾听着，）不行！我还是走的好。我息不下。可恨我的脚早经走破了。（准备走路。）

孩　给你！（递给一片布，）裹上你的伤去。

客　多谢，（接取，）姑娘。这真是……。这真是极少有的好意。

这能使我可以走更多的路。（就断砖坐下，要将布缠在踝上，）但是，不行！（竭力站起，）姑娘，还了你罢，还是裹不下。况且这太多的好意，我没法感激。

翁　你不要这么感激，这于你没有好处。

客　是的，这于我没有什么好处。但在我，这布施是最上的东西了。你看，我全身上可有这样的。

翁　你不要当真就是。

客　是的。但是我不能。我怕我会这样：倘使我得到了谁的布施，我就要像兀鹰看见死尸一样，在四近徘徊，祝愿她的灭亡，给我亲自看见；或者咒诅她以外的一切全都灭亡，连我自己，因为我就应该得到咒诅。但是我还没有这样的力量；即使有这力量，我也不愿意她有这样的境遇，因为她们大概总不愿意有这样的境遇。我想，这最稳当。（向女孩，）姑娘，你这布片太好，可是太小一点了，还了你罢。

孩　（惊惧，退后，）我不要了！你带走！

客　（似笑，）哦哦，……因为我拿过了？

孩　（点头，指口袋，）你装在那里，去玩玩。

客　（颓唐地退后，）但这背在身上，怎么走呢？……

翁　你息不下，也就背不动。——休息一会，就没有什么了。

客　对咧，休息……。（默想，但忽然惊醒，倾听。）不，我不能！我还是走好。

翁　你总不愿意休息么？

客　我愿意休息。

翁　那么，你就休息一会罢。

客　但是，我不能……。

翁　你总还是觉得走好么？

客　是的。还是走好。

翁　那么，你也还是走好罢。

客　（将腰一伸，）好，我告别了。我很感谢你们。（向着女孩，）
　　姑娘，这还你，请你收回去。

（女孩惊惧，敛手，要躲进土屋里去。）

翁　你带去罢。要是太重了，可以随时抛在坟地里面的。

孩　（走向前，）阿阿，那不行！

客　阿阿，那不行的。

翁　那么，你挂在野百合野蔷薇上就是了。

孩　（拍手，）哈哈！好！

客　哦哦……。

（极暂时中，沉默。）

翁　那么，再见了。祝你平安。（站起，向女孩，）孩子，扶我进
　　去罢。你看，太阳早已下去了。（转身向门。）

客　多谢你们。祝你们平安。（徘徊，沉思，忽然吃惊，）然而我不能！
　　我只得走。我还是走好罢……。（即刻昂了头，奋然向西走去。）

（女孩扶老人走进土屋，随即阖了门。过客向野地里跄踉地闯进
去，夜色跟在他后面。）

一九二五年三月二日

本篇最初发表于一九二五年三月九日《语丝》周刊第十七期。
后收入散文诗集《野草》。

牺牲谟

——"鬼画符"失敬失敬章第十三

"阿呀阿呀，失敬失敬！原来我们还是同志。我开初疑心你是一个乞丐，心里想：好好的一个汉子，又不衰老，又非残疾，为什么不去做工，读书的？所以就不免露出'责备贤者'的神色来，请你不要见气，我们的心实在太坦白了，什么也藏不住，哈哈！可是，同志，你也似乎太……。

"哦哦！你什么都牺牲了？可敬可敬！我最佩服的就是什么都牺牲，为同胞，为国家。我向来一心要做的也就是这件事。你不要看得我外观阔绰，我为的是要到各处去宣传。社会还太势利，如果像你似的只剩一条破裤，谁肯来相信你呢？所以我只得打扮起来，宁可人们说闲话，我自己总是问心无愧。正如'禹入裸国亦裸而游'一样，要改良社会，不得不然，别人那里会懂得我们的苦心孤诣。但是，朋友，你怎么竟奄奄一息到这地步了？

"哦哦！已经九天没有吃饭？！这真是清高得很哪！我只好五体投地。看你虽然怕要支持不下去，但是——你在历史上一定成名，可贺之至哪！现在什么'欧化''美化'的邪说横行，人们的眼睛只看见物质，所缺的就是你老兄似的模范人物。你瞧，最高学府的教员们，也居然一面教书，一面要起钱来，他们只知道物质，中了物质的毒了，难得你老兄以身作则，给他们一个好榜样看，这于世道人心，一定大有神益的。你想，现在不是还嚷着什么教育普及么？教育普及起来，要有多少教员；如果都像他们似的定要吃饭，在这四郊多垒时候，那里来这许多饭？像你这样清高，真是浊世中独一无二的中流砥柱：可敬可敬！你读过书没有？如果读过书，我正要创办一个大学，就请你当教务长去。其实你只要读过'四书'就好，加以这样品格，已经很够做'莘莘学子'的表率了。

"不行？没有力气？可惜可惜！足见一面为社会做牺牲，一面也该自己讲讲卫生。你于卫生可惜太不讲究了。你不要以为我的胖头胖脸是因为享用好，我其实是专靠卫生，尤其得益的是精神修养，'君子忧道不忧贫'呀！但是，我的同志，你什么都牺牲完了，究竟也大可佩服，可惜你还剩一条裤，将来在历史上也许要留下一点白璧微瑕……。

"哦哦，是的。我知道，你不说也明白：你自然连这裤子也不要，你何至于这样地不彻底；那自然，你不过还没有牺牲的机会罢了。敝人向来最赞成一切牺牲，也最乐于'成人之美'，况且我们是同志，我当然应该给你想一个完全办法，因为一个人最紧要的是'晚节'，一不小心，可就前功尽弃了！

"机会凑得真好：舍间一个小鸦头，正缺一条裤……。朋友，你不要这么看我，我是最反对人身买卖的，这是最不人道的事。但是，那女人是在大旱灾时候留下的，那时我不要，她的父母就会把她卖到妓院里去。你想，这何等可怜。我留下她，正为的讲人道。况且那也不算什么人身买卖，不过我给了她父母几文，她的父母就把自己的女儿留在我家里就是了。我当初原想将她当作自己的女儿看，不，简直当作姊妹，同胞看；可恨我的贱内是旧式，说不通。你要知道旧式的女人顽固起来，真是无法可想的，我现在正在另外想点法子……。

　　"但是，那娃儿已经多天没有裤子了，她是灾民的女儿。我料你一定肯帮助的。我们都是'贫民之友'呵。况且你做完了这一件事情之后，就是全始全终；我保你将来铜像巍巍，高入云表，呵，一切贫民都鞠躬致敬……。

　　"对了，我知道你一定肯，你不说我也明白。但你此刻且不要脱下来。我不能拿了走，我这副打扮，如果手上拿一条破裤子，别人见了就要诧异，于我们的牺牲主义的宣传会有妨碍的。现在的社会还太胡涂，——你想，教员还要吃饭，——那里能懂得我们这纯洁的精神呢，一定要误解的。一经误解，社会恐怕要更加自私自利起来，你的工作也就'非徒无益而又害之'了，朋友。

　　"你还能勉强走几步罢？不能？这可叫人有点为难了，——那么，你该还能爬？好极了！那么，你就爬过去。你趁你还能爬的时候赶紧爬去，万不要'功亏一篑'。但你须用趾尖爬，膝髁不要太用力；裤子擦着沙石，就要更破烂，不但可怜的灾民的女儿受不着实惠，并且连你的精神都白扔了。先行脱下了也不妥当，一则太不雅观，二则恐怕巡警要干涉，还是穿着爬的好。我的朋友，我们不是外人，肯给你上当的么？舍间离这里也并不远，你向东，转北，向南，看路北有两株大槐树的红漆门就是。你一爬到，就脱下来，对号房说：这是老爷叫我送来的，交给太太收下。你一见号房，应该赶快说，否则也许将你当作一个讨饭的，会打你。唉唉，近来讨饭的太多了，他们不去做工，不去读书，单知道要饭。所以我的号房就借痛打这方法，给他们一个教训，使他们知道做乞丐是要给人痛打的，还不如去做工读书好……。

　　"你就去么？好好！但千万不要忘记：交代清楚了就爬开，不要停在我的屋界内。你已经九天没有吃东西了，万一出了什么事故，免不了要给我许多麻烦，我就要减少许多宝贵的光阴，不能为社会服务。我想，我们不是外人，你也决不愿意给自己的同志许多麻烦的，我这话也不过姑且说说。

"你就去罢！好，就去！本来我也可以叫一辆人力车送你去，但我知道用人代牛马来拉人，你一定不赞成的，这事多么不人道！我去了。你就动身罢。你不要这么萎靡不振，爬呀！朋友！我的同志，你快爬呀，向东呀！……"

本篇最初发表于一九二五年三月十六日《语丝》周刊第十八期。
后收入杂文集《华盖集》。

牺牲谟

评心雕龙

甲　A-a-a-ch！

乙　你搬到外国去！并且带了你的家眷！你可是黄帝子孙？中国话里叹声尽多，你为什么要说洋话？敌人是不怕的，敢说：要你搬到外国去！

丙　他是在骂中国，奚落中国人，替某国间接宣传咱们中国的坏处。他的表兄的侄子的太太就是某国人。

丁　中国话里这样的叹声倒也有的，他不过是自然地喊。但这就证明了他是一个死尸！现在应该用表现法；除了表现地喊，一切声音都不算声音。这"A-a-a"倒也有一点成功了，但那"ch"就没有味。——自然，我的话也许是错的；但至少我今天相信我的话并不错。

戊　那么，就须说"嗟"，用这样"引车卖浆者流"的话，是要使自己的身分成为下等的。况且现在正要读经了……。

己　胡说！说"唉"也行。但可恨他竟说过好几回，将"唉"都"垄断"了去，使我们没有来说的余地了。

庚　曰"唉"乎？予蔑闻之。何也？噫嘻吗呢为之障也。

辛　然哉！故予素主张而文言者也。

壬　嗟夫！余曩者之曾为白话，盖痰迷心窍者也，而今悔之矣。

癸　他说"呸"么？这是人格已经破产了！我本就看不起他，正如他的看不起我。现在因为受了庚先生几句抢白，便"呸"起来；非人格破产是甚么？我并非赞成庚先生，我也批评过他的。可是他不配"呸"庚先生。我就是爱说公道话。

　　子　但他是说"嗳"。

　　丑　你是他一党！否则，何以替他来辩？我们是青年，我们就有这个脾气，心爱吹毛求疵。他说"呸"或说"嗳"，我固然没有听到；但即使他说的真是"嗳"，又何损于癸君的批评的价值呢？可是你既然是他的一党，那么，你就也人格破产了！

　　寅　不要破口就骂。满口谩骂，不成其为批评，Gentleman决不如此。至于说批评全不能骂，那也不然。应该估定他的错处，给以相当的骂，像塾师打学生的手心一样，要公平。骂人，自然也许要得到回报的，可是我们也须有这一点不怕事的胆量：批评本来是"精神的冒险"呀！

　　卯　这确是一条熹微翠朴的硬汉！王九妈妈的崚嶒小提囊，杜鹃叫道"行不得也哥哥"儿。瀺然"哀哈"之蓝缕的蒺藜，劣马样儿。这口风一滑溜，凡有绯刚的评论都要逼得翘辫儿了。

　　辰　并不是这么一回事。他是窃取着外国人的声音，翻译着。喂！你为什么不去创作？

　　巳　那么，他就犯了罪了！研究起来，字典上只有"Ach"，没有什么"A-a-a-ch"。我实在料不到他竟这样杜撰。所以我说：你们都得买一本字典，坐在书房里看看，这才免得为这类脚色所欺。

　　午　他不再往下说，他的话流产了。

　　未　夫今之青年何其多流产也，岂非因为急于出风头之故么？所以我奉劝今之青年，安分守己，切莫动弹，庶几可以免于流产，……

　　申　夫今之青年何其多误译也，还不是因为不买字典之故么？且夫……

  酉 这实在"唉"得不行！中国之所以这样"世风日下"，就是他说了"唉"的缘故。但是诸位在这里，我不妨明说，三十年前，我也曾经"唉"过的，我何尝是木石，我实在是开风气之先。后来我觉得流弊太多了，便绝口不谈此事，并且深恶而痛绝之。并且到了今年，深悟读经之可以救国，并且深信白话文之应该废除。但是我并不说中国应该守旧……。

  戌 我也并且到了今年，深信读经之可以救国……。

  亥 并且深信白话文之应当废除……。

十一月十八日

本篇最初发表于一九二五年十一月二十七日《莽原》周刊第三十二期。

后收入杂文集《华盖集》。

拾
·
启
事

本章收录鲁迅所作启事共25篇，多为出版物、展览会的广告，另有一些鲁迅的自我告白。

《中国矿产志》[1]征求资料广告

中国不患无矿产，而患无研究矿产之人；不患无研究矿产之人，而患不确知矿产之地。近者我国于矿务一事，虽有争条约，废合同，集资本，立公司等法，以求保存此命脉。然命脉岂幽玄杳渺，得诸臆说者乎？其关系于地层地质者，必有其实据确证之所在。得其实据确证，而后施以保存方法，乃得有所措手，以济于事。仆等有感于斯，爰搜辑东西秘本数十种，采取名师讲义若干帙，撮精删芜，已成是书。岂有他哉？亦欲使我国国民，知其省其地之矿产而已，知其省其地之命脉而已，知其省其地之命脉所在而已。然仆等求学他邦，羁留异国，足迹不能遍履内地，广为调查，其遗漏而不详赡者，盖所不免。惟望披阅是书者，念吾国宝藏之将亡，怜仆等才力之不逮，一为援手而饮助焉。凡有知某省某地之矿产所在者，或以报告，或以函牍，惠示仆等，赞成斯举，则不第仆等之私幸，亦吾国之大幸也。其已经开采者，务详记其现用资本若干，现容矿夫若干，每日平均产额若干，销路之旺否，出路之便否，一以供吾国民前鉴之资，一以为吾国民后日开拓之助；其未经开采者，现有外人垂涎与否，产状若何？各就乡

---

1 《中国矿产志》：中国第一部地质矿产专著，署名江宁顾琅、会稽周树人，1906年5月出版。

土所知，详实记录。如蒙赐书，请寄至上海三马路昼锦里本书发行所普及书局，不胜企盼之至。

丙午年十二月　编纂者谨白

本篇初刊于一九〇七年二月二十七日《中国矿产志》封底，原题《本书征求资料广告》。后收入杂文集《集外集拾遗补编》。

《苦闷的象征》广告

这其实是一部文艺论，共分四章。现经我以照例的拙涩的文章译出，并无删节，也不至于很有误译的地方。印成一本，插图五幅，实价五角，在初出版两星期中，特价三角五分。但在此期内，暂不批发。北大新潮社代售。

鲁迅告白

本篇最初刊于一九二五年三月十日《京报副刊》。

后收入杂文集《集外集拾遗补编》。

《莽原》出版预告

　　本报原有之《图画周刊》(第五种),现在团体解散,不能继续出版,故另刊一种,是为《莽原》。闻其内容大概是思想及文艺之类,文字则或撰述,或翻译,或稗贩,或窃取,来日之事,无从预知。但总期率性而言,凭心立论,忠于现世,望彼将来云。由鲁迅先生编辑,于本星期五出版。以后每星期五随《京报》附送一张,即为《京报》第五种周刊。

　　　　　　　　本篇最初刊于一九二五年四月二十一日《京报》广告栏。
　　　　　　　　后收入杂文集《集外集拾遗补编》。

《莽原》半月刊出版预告

　　这本是已经出了大半年了的周刊，想什么就说什么，能什么就做什么，笑和骂那边好，冷和热那样对，绅士和暴徒那边妥，创作和翻译那样贵，都满不在乎心里。现在要改半月刊了，每期出版四十余面，用纸洁白，明年一月出第一期。目录续登。

　　本篇最初发表于一九二五年十二月二十五日北京《国民新报副刊》广告栏。

启事

　　我于四月二十七日接到向君[1]来信后，以为造谣是中国社会上的常事，我也亲见过厌恶学校的人们，用了这一类方法来中伤各方面的，便写好一封信，寄到《京副》去。次日，两位C君[2]来访，说这也许并非谣言，而本地学界中人为维持学校起见，倒会虽然受害，仍加隐瞒，因为倘一张扬，则群众不责加害者，而反指摘被害者，从此学校就会无人敢上；向君初到开封，或者不知底细；现在切实调查去了。我便又发一信，请《京副》将前信暂勿发表。五月二日Y君[3]来，通知我开封的信已转，那确乎是事实。这四位都是我所相信的诚实的朋友，我又未曾亲自调查，现既所闻不同，自然只好姑且存疑，暂时不说什么。但当我又写信，去抽回前信时，则已经付印，来不及了。现在只得在此声明我所续得的矛盾的消息，以供读者参考。

鲁迅。五月四日

　　　　　　　　本篇最初发表于一九二五年五月六日《京报副刊》。
　　　　　　　　后收入杂文集《集外集拾遗》。

1　向君：指向培良。

2　两位C君：指尚钺、高长虹。

3　Y君：指荆有麟（1903—1951），山西猗氏人。1923年结识鲁迅，1925年鲁迅推荐荆有麟去京报馆当校对，并参与《莽原》周刊的编辑工作，常至鲁迅家取送校样。

《未名丛刊》与《乌合丛书》广告

所谓《未名丛刊》者，并非无名丛书之意，乃是还未想定名目，然而这就作为名字，不再去苦想他了。

这也并非学者们精选的宝书，凡国民都非看不可。只要有稿子，有印费，便即付印，想使萧索的读者，作者，译者，大家稍微感到一点热闹。内容自然是很庞杂的，因为希图在这庞杂中略见一致，所以又一括而为相近的形式，而名之曰《未名丛刊》。

大志向是丝毫也没有。所愿的：无非（1）在自己，是希望那印成的从速卖完，可以收回钱来再印第二种；（2）对于读者，是希望看了之后，不至于以为太受欺骗了。

以上是一九二四年十二月间的话。

现在将这分为两部分了。《未名丛刊》专收译本；另外又分立了一种单印不阔气的作者的创作的，叫作《乌合丛书》。

本篇最初印入一九二六年七月未名社出版的台静农所编《关于鲁迅及其著作》版权页后。后收入杂文集《集外集拾遗》。

所谓"思想界先驱者"鲁迅启事

《新女性》八月号登有"狂飙社广告",说:"狂飙运动的开始远在二年之前……去年春天本社同人与思想界先驱者鲁迅及少数最进步的青年文学家合办《莽原》……兹为大规模地进行我们的工作起见于北京出版之《乌合》《未名》《莽原》《弦上》四种出版物外特在上海筹办《狂飙丛书》及一篇幅较大之刊物"云云。我在北京编辑《莽原》,《乌合丛书》,《未名丛刊》三种出版物,所用稿件,皆系以个人名义送来;对于狂飙运动,向不知是怎么一回事:如何运动,运动甚么。今忽混称"合办",实出意外;不敢掠美,特此声明。又,前因有人不明真相,或则假借虚名,加我纸冠,已非一次,业经先有陈源在《现代评论》上,近有长虹在《狂飙》上,迭加嘲骂,而狂飙社一面又锡以第三顶"纸糊的假冠",真是头少帽多,欺人害己,虽"世故的老人",亦身心之交病矣。只得又来特此声明:我也不是"思想界先驱者"即英文Forerunner之译名。此等名号,乃是他人暗中所加,别有作用,本人事前并不知情,事后亦未尝高兴。倘见者因此受愚,概与本人无涉。

本篇最初发表于一九二六年十二月十日《莽原》半月刊第二十三期,又同时发表于《语丝》《北新》《新女性》等期刊。后收入杂文集《华盖集续编》。

《唐宋传奇集》广告

上卷出版定价六角

鲁迅校录。共九卷。唐人作者五卷三十二篇，宋人作者三卷十六篇。末一卷为稗边小缀，即鲁迅所作考证，文言一万五六千字。是一部小心谨慎，用许多善本，校订编成的书。编者在序例上说："本集篇卷无多，而成就颇亦非易。……广赖众力，才成此编。"则其不草率从事也可想。治文学史则资为材料，嗜文艺则玩其词华，有此一编，诚为两得，现已付印，不日出版。

北新书局启

本篇最初发表于一九二七年十二月十七日《语丝》第四卷第一期。

在上海的鲁迅启事

　　大约一个多月以前，从开明书店转到M女士[1]的一封信，其中有云：

　　　　自一月十日在杭州孤山别后，多久没有见面了。前蒙允时常
　　通讯及指导……。

　　我便写了一封回信，说明我不到杭州，已将十年，决不能在孤山
和人作别，所以她所看见的，是另一人。两礼拜前，蒙M女士和两位
曾经听过我的讲义的同学见访，三面证明，知道在孤山者，确是别一
"鲁迅"。但M女士又给我看题在曼殊[2]师坟旁的四句诗：

　　　　我来君寂居，唤醒谁氏魂？
　　　　飘萍山林迹，待到它年随公去。
　　　　　　鲁迅游杭　吊老友
　　　　曼殊句　　　　　一，一○，十七年。

　　我于是写信去打听寓杭的H君[3]，前天得到回信，说确有人见过这

1　M女士：指马湘影，生卒年不详，当时上海法政大学的学生。

2　曼殊：指苏曼殊。

3　H君：指许钦文。

样的一个人，就在城外教书，自说姓周，曾做一本《彷徨》，销了八万部，但自己不满意，不远将有更好的东西发表云云。

中国另有一个本姓周或不姓周，而要姓周，也名鲁迅，我是毫没法子的。但看他自叙，有大半和我一样，却有些使我为难。那首诗的不大高明，不必说了，而硬替人向曼殊说"待到它年随公去"，也未免太专制。"去"呢，自然总有一天要"去"的，然而去"随"曼殊，却连我自己也梦里都没有想到过。但这还是小事情，尤其不敢当的，倒是什么对别人豫约"指导"之类……。

我自到上海以来，虽有几种报上说我"要开书店"，或"游了杭州"。其实我是书店也没有开，杭州也没有去，不过仍旧躲在楼上译一点书。因为我不会拉车，也没有学制无烟火药，所以只好这样用笔来混饭吃。因为这样在混饭吃，于是忽被推为"前驱"，忽被挤为"落伍"，那还可以说是自作自受，管他娘的去。但若再有一个"鲁迅"，替我说教，代我题诗，而结果还要我一个人来担负，那可真不能"有闲，有闲，第三个有闲"，连译书的工夫也要没有了。

所以这回再登一个启事。要声明的是：我之外，今年至少另外还有一个叫"鲁迅"的在，但那些个"鲁迅"的言动，和我也曾印过一本《彷徨》而没有销到八万本的鲁迅无干。

三月二十七日，在上海

本篇最初发表于一九二八年四月二日《语丝》第四卷第十四期。
后收入杂文集《三闲集》。

10-9

在上海的鲁迅启事

《思想·山水·人物》广告

日本鹤见祐辅著，鲁迅译。

这是一部论文和游记集，著意于政治，其中关于英美现势的观察及人物的评论，都有明快切中的地方，滔滔如瓶泻水，使人不觉终卷。选译二十篇，全编三百页，插图九幅，实价九角半。

本篇最初发表于一九二八年六月十八日上海《语丝》第四卷第二十五期。

敬贺新禧

"爆竹一声除旧，桃符万户更新。"过了一夜，又是一年，人既突变为新人，文也突进为新文了。多种刊物，闻又大加改革，焕然一新，内容既丰，外面更美，以在报答惠顾诸君之雅意。惟敝志原落后方，自仍故态，本卷之内，一切如常，虽能说也要突飞，但其实并无把握。为辩解起见，只好说自信未曾偷懒于旧年，所以也无从振作于新岁而已。倘读者诸君以为尚无不可，仍要看看，那是我们非常满意的，于是就要——敬贺新禧了！

奔流社同人

本篇最初发表于一九二八年十二月三十日上海《奔流》月刊第一卷第七期。后收入杂文集《集外集拾遗补编》。

《艺苑朝华》广告

　　虽然材力很小，但要绍介些国外的艺术作品到中国来，也选印中国先前被人忘却的还能复生的图案之类。有时是重提旧时而今日可以利用的遗产，有时是发掘现在中国时行艺术家的在外国的祖坟，有时是引入世界上的灿烂的新作。每期十二辑，每辑十二图，陆续出版。每辑实洋四角，预定一期实洋四元四角。目录如下：

　　　　1.《近代木刻选集》(1)

　　　　2.《蕗谷虹儿画选》

　　　　3.《近代木刻选集》(2)

　　　　4.《比亚兹莱画选》

　　　　　　以上四辑已出版

　　　　5.《新俄艺术图录》

　　　　6.《法国插画选集》

　　　　7.《英国插画选集》

　　　　8.《俄国插画选集》

　　　　9.《近代木刻选集》(3)

　　　　10.《希腊瓶画选集》

11.《近代木刻选集》（4）

12.《罗丹雕刻选集》

朝花社出版。

本篇最初印入一九二九年四月朝花社出版的《近代世界短篇小说集》

第一集《奇剑及其他》书后。后收入杂文集《集外集拾遗》。

《文艺研究》例言

一、《文艺研究》专载关于研究文学，艺术的文字，不论译著，并且延及文艺作品及作者的绍介和批评。

二、《文艺研究》意在供已治文艺的读者的阅览，所以文字的内容力求其较为充实，寿命力求其较为久长，凡泛论空谈及启蒙之文，倘是陈言，俱不选入。

三、《文艺研究》但亦非专载今人作品，凡前人旧作，倘于文艺史上有重大关系，划一时代者，仍在绍介之例。

四、《文艺研究》的倾向，在究明文艺与社会之关系，所以凡社会科学上的论文，倘其中有若干部分涉及文艺者，有时亦仍在绍介之列。

五、《文艺研究》甚愿于中国新出之关于文艺及社会科学书籍，有简明的绍介和批评，以便利读者。但同人见识有限，力不从心，倘蒙专家惠寄相助，极所欣幸。

六、《文艺研究》又甚愿文与艺相钩连，因此微志，所以在此亦试加插图，并且在可能范围内，多载塑绘及雕刻之作。

七、《文艺研究》于每年二月，五月，八月，十一月十五日各印行一本；每四本为一卷。每本约二百余页，十万至十二万字。倘多得应当流布的文章，即随时增页。

八、《文艺研究》上所载诸文，此后均不再印造单行本子，所以此种杂
　　志即为荟萃单篇要论之丛书，可以常资参考。

　　本篇最初发表于一九三〇年上海《文艺研究》创刊号，未署名。据一九三〇
年二月八日鲁迅日记："午寄陈望道信并《文艺研究》例言草稿八条。"后收入杂文
集《集外集拾遗补编》。

鲁迅启事

　　顷见十月十八日《申报》上，有现代书局印行鲁迅等译《果树园》广告，末云："鲁迅先生他从许多近代世界名作中，特地选出这样地六篇，印成第一辑，将来再印第二辑"云云。《果树园》系往年郁达夫先生编辑《大众文艺》时，译出揭载之作，又另有《农夫》一篇。此外我与现代书局毫无关系，更未曾为之选辑小说，而且也没有看过这"许多世界名作"。这一部书是别人选的。特此声明，以免掠美。

　　　　　本篇最初刊于一九三一年十月二十六日上海《文艺新闻》
　　　　　第三十三号"广告"栏。后收入杂文集《集外集拾遗补编》。

《毁灭》和《铁流》的出版预告

毁　灭　为法捷耶夫所作之名著，鲁迅译，除本文外，并有作者自传，藏原惟人和弗理契序文，译者跋语，及插图六幅，三色版作者画像一幅。售价一元二角，准于十一月卅日出版。

铁　流　为绥拉菲摩维支所作之名著，批评家称为"史诗"，曹靖华译，除本文外，并有极详确之序文，注释，地图，及作者照相和三色版画像各一幅，笔迹一幅，书中主角照相两幅，三色版《铁流图》一幅。售价一元四角，准于十二月十日出版。

外埠读者　购买以上二书，每种均外加邮寄挂号费各一角，无法汇款者，得以邮票代价，并不打扣，但请寄一角以下的邮票来。

特价券　以上二书曾各特印"特价券"四百枚，系为没有钱的读者起见，并无营业的推销作用在内，因此希望此种券尽为没有钱的读者所得。《毁灭》特价六角，《铁流》八角，外埠每种外加邮寄挂号费各一角，同时购二种者共一角五分。

代售处　上海北四川路底内山书店

　　　　上海四马路五一二号文艺新闻社代理部

　　　　（此二代售处，特价券均发生效力。）

　　　　　　　　　　　　　　　　上海三闲书屋谨启

　　本篇最初刊于一九三一年十一月二十三日《文艺新闻》第三十七号。

　　　　　　后收入杂文集《集外集拾遗补编》。

三闲书屋校印书籍

现在只有三种，但因为本书屋以一千现洋，三个有闲，虚心绍介诚实译作，重金礼聘校对老手，宁可折本关门，决不偷工减料，所以对于读者，虽无什么奖金，但也决不欺骗的。除《铁流》外，那二种是：

毁灭 作者法捷耶夫，是早有定评的小说作家，本书曾经鲁迅从日文本译出，登载月刊，读者赞为佳作。可惜月刊中途停印，书亦不完。现又参照德英两种译本，译成全书，并将上半改正，添译藏原惟人，莱理契序文，附以原书插画六幅，三色版印作者画像一张，亦可由此略窥新的艺术。不但所写的农民矿工以及知识阶级，皆栩栩如生，且多格言，汲之不尽，实在是新文学中的一个大炬火。全书三百十余页，实价大洋一元二角。

士敏土之图 这《士敏土》是革拉特珂夫[1]的大作，中国早有译本；德国有名的青年木刻家凯尔·梅斐尔德曾作图画十幅，气象雄伟，旧艺术家无人可以比方。现据输入中国之唯一的原版印本，复制玻璃版，用中国夹层宣纸，影印二百五十部，大至尺余，神彩不爽。

1　革拉特珂夫（F. V. Gladkov, 1883—1958）：通译格拉特科夫，苏联作家。

出版以后，已仅存百部，而几乎尽是德日两国人所购，中国读者只二十余人。出版者极希望中国也从速购置，售完后决不再版，而定价低廉，较原版画便宜至一百倍也。图十幅，序目两页，中国式装，实价大洋一元五角。

代售处：内山书店

（上海，北四川路底，施高塔路口。）

本篇最初印于一九三一年十一月三闲书屋版《铁流》版权页后。

后收入杂文集《集外集拾遗补编》。

《〈铁流〉图》特价告白

当本书刚已装成的时候，才得译者来信并木刻《铁流》图像的原版印本，是终于找到这位版画大家 Piskarev[1] 了。并承作者好意，不收画价，仅欲得中国纸张，以作印刷木刻之用。惜得到迟了一点，不及印入书中，现拟用锌版复制单片，计四小幅（其一已见于书面，但仍另印）为一套，于明年正月底出版，对于购读本书者，只收制印及纸费大洋一角。倘欲并看插图的读者，可届时持特价券至代售处购取。无券者每份售价二角二分，又将专为研究美术者印玻璃版本二百五十部。价未定。

一九三一年十二月八日，三闲书屋谨启

本篇最初印于木刻《〈铁流〉图》的"特价券"背面，原题《告白》。后收入杂文集《集外集拾遗补编》。

---

1 Piskarev：毕斯凯莱夫，苏联版画家。

介绍德国作家版画展

　　世界上版画出现得最早的是中国，或者刻在石头上，给人模拓，或者刻在木版上，分布人间。后来就推广而为书籍的绣像，单张的花纸，给爱好图画的人更容易看见，一直到新的印刷术传进了中国，这才渐渐的归于消亡。

　　欧洲的版画，最初也是或用作插画，或印成单张，和中国一样的。制作的时候，也是画手一人，刻手一人，印手又是另一人，和中国一样的。大家虽然借此娱目赏心，但并不看作艺术，也和中国一样。但到十九世纪末，风气改变了，许多有名的艺术家，都来自己动手，用刀代了笔，自画，自刻，自印，使它确然成为一种艺术品，而给人赏鉴的量，却比单能成就一张的油画之类还要多。这种艺术，现在谓之"创作版画"，以别于古时的木刻，也有人称之为"雕刀艺术"。

　　但中国注意于这种艺术的人，向来是很少的。去年虽然开过一个小小的展览会，而至今并无继起。近闻有德国的爱好美术的人们，已筹备开一"创作版画展览会"。其版类有木，有石，有铜。其作家都是现代德国的，或寓居德国的各国的名手，有许多还是已经跨进美术史里去了的人们。例如亚尔启本珂[1]（Archipenko），珂珂式加[2]（O.

1　亚尔启本珂（1887—1964）：通译阿尔基边克，美国雕刻家、画家，原籍俄国，曾在德国从事美术活动。

2　珂珂式加（1886—1980）：通译柯克西卡，奥地利画家、戏剧家，1908年侨居德国。

Kokoschka），法宁该尔[1]（L. Feininger），沛息斯坦因[2]（M. pechstein），都是只要知道一点现代艺术的人，就很熟识的人物。此外还有当表现派文学运动之际，和文学家一同协力的霍夫曼[3]（L. von Hofmann），梅特那[4]（L. Meidner）的作品。至于新的战斗的作家如珂勒惠支夫人（K. Kollwitz），格罗斯[5]（G. Grosz），梅斐尔德（C. Meffert），那是连留心文学的人也就知道，更可以无须多说的了。

这展览会里，连上述各家以及别的作者的版画，闻共有百余幅之多，大者至二三尺，且都有作者亲笔的署名，和翻印的画片，简直有天渊之别，是很值得美术学生和爱好美术者的研究的。

本篇最初发表于一九三一年十二月七日《文艺新闻》第三十九号，署名乐贲。

后收入杂文集《集外集拾遗补编》。

---

1 亚法宁该尔（1871—1956）：通译费宁格，美国画家、雕刻家、音乐家，大部分时间住在德国。

2 沛息斯坦因（1881—1955）：通译佩希斯泰因，德国画家。

3 霍夫曼（1861—1945）：德国画家。

4 梅特那（1884—1966）：德国画家。

5 格罗斯（1893—1959）：德国画家，后移居美国。

德国作家版画展延期举行真像

　　此次版画展览会，原定于本月七日举行，闻搜集原版画片，颇为不少，大抵大至尺余，如格罗斯所作石版《席勒剧本〈群盗〉警句图》十张，珂勒惠支夫人所作铜板画《农民图》七张，则大至二尺以上，因此镜框遂成问题。有志于美术的人，既无力购置，而一时又难以另法备办，现筹备人方四出向朋友商借，一俟借妥，即可开会展览。

　　又闻俄国木刻名家毕斯凯莱夫（N. Piskarev）有《铁流图》四小幅，自在严寒中印成，赠与小说《铁流》之中国译者，昨已由译者寄回上海，是为在东亚唯一之原版画，传闻三闲书屋为之制版印行。并拟先在展览会陈列，以供爱好美术者之赏鉴。

　　本篇最初刊于一九三一年十二月十四日《文艺新闻》第四十号，原题《铁流图·版画展 延期举行真像》，未署名。后收入杂文集《集外集拾遗补编》。

《引玉集》广告

最新木刻　　　限定版二百五十本

原拓精印　　　每本实价一元五角

敝书屋搜集现代版画，已历数年，西欧重价名作，所得有限，而新俄单幅及插画木刻，则有一百余幅之多，皆用中国白纸换来，所费无几。且全系作者从原版手拓，与印入书中及锌版翻印者，有霄壤之别。今为答作者之盛情，供中国青年艺术家之参考起见，特选出五十九幅，嘱制版名手，用玻璃版精印，神采奕奕，殆可乱真，并加序跋，装成一册，定价低廉，近乎赔本，盖近来中国出版界之创举也。但册数无多，且不再版，购宜从速，庶免空回。上海北四川路底施高塔路十一号内山书店代售，函购须加邮费一角四分。

三闲书屋谨白

本篇最初刊于一九三四年六月一日《文学》月刊第二卷第六号"广告"栏，原题《引玉集》。后收入杂文集《集外集拾遗补编》。

《萧伯纳在上海》广告

萧伯纳一到香港，就给了中国一个冲击，到上海后，可更甚了，定期出版物上几乎都有记载或批评，称赞的也有，嘲骂的也有。编者便用了剪刀和笔墨，将这些都择要汇集起来，又一一加以解剖和比较，说明了萧是一面平面的镜子，而一向在凹凸镜里见得平正的脸相的人物，这回却露出了他们的歪脸来。是一部未曾有过先例的书籍。编的是乐雯，鲁迅作序。

每本实价大洋五角。

本篇最初刊载于一九三四年上海联华书局版《解放了的董吉珂德》书末。后收入杂文集《集外集拾遗补编》。

《木刻纪程》告白

一、本集为不定期刊，一年两本，或数年一本，或只有这一本。

二、本集全仗国内木刻家协助，以作品印本见寄，拟选印者即由本社通知，借用原版。画之大小，以纸幅能容者为限。彩色及已照原样在他处发表者不收。

三、本集入选之作，并无报酬，只每一幅各赠本集一册。

四、本集因限于资力，只印一百二十本，除赠送作者及选印关系人外，以八十本发售，每本实价大洋一元正。

五、代售及代收信件处，为：上海北四川路底内山书店。

铁木艺术社谨告

本篇最初印于一九三四年鲁迅以铁木艺术社名义自费印行的《木刻纪程》附页，原题《告白》。后收入杂文集《集外集拾遗补编》。

《俄罗斯的童话》[1]广告

高尔基所做的大抵是小说和戏剧，谁也决不说他是童话作家，然而他偏偏要做童话。他所做的童话里，再三再四的教人不要忘记这是童话，然而又偏偏不大像童话。说是做给成人看的童话罢，那自然倒也可以的，然而又可恨做的太出色，太恶辣了。

作者在地窖子里看了一批人，又伸出头来在地面上看了一批人，又伸进头去在沙龙里看了一批人，看得熟透了，都收在历来的创作里。这种童话里所写的却全不像真的人，所以也不像事实，然而这是呼吸，是痱子，是疮疤，都是人所必有的，或者是会有的。

短短的十六篇，用漫画的笔法，写出了老俄国人的生态和病情，但又不只写出了老俄国人，所以这作品是世界的；就是我们中国人看起来，也往往会觉得他好像讲着周围的人物，或者简直自己的顶门上给扎了一大针。

但是，要全愈的病人不辞热痛的针灸，要上进的读者也决不怕恶辣的书！

本篇最初印入一九三五年八月上海文化生活出版社出版的《俄罗斯的童话》一书版权页后，未署名。后收入杂文集《集外集拾遗补编》。

1 《俄罗斯的童话》：高尔基著，发表于1912年。鲁迅于1934年9月至1935年4月间译出。前9篇曾陆续发表于《译文》月刊第一卷第二至第四期及第二卷第二期（1934年10月至12月及1935年4月）。后7篇则因"得检查老爷批云意识欠正确"未能继续刊登。后来与已发表过的9篇同印入本广告之单行本。

《死魂灵百图》广告

平	一元二角
装	
精	二元四角

果戈理的《死魂灵》一书，早已成为世界文学的典型作品，各国均有译本。汉译本出，读书界因之受一震动，顿时风行，其魅力之大可见。此书原有插图三种，以阿庚所作的《死魂灵百图》为最有名，因其不尚夸张，一味写实，故为批评家所赞赏。惜久已绝版，虽由俄国收藏家视之，亦已为不易入手的珍籍。三闲书屋曾于去年获得一部，不欲自秘，商请文化生活出版社协助，全部用平面复写版精印，纸墨皆良。并收梭河罗夫所作插画十二幅附于卷末，以集《死魂灵》画像之大成。读者于读译本时，并翻此册，则果戈理时代的俄国中流社会情状，历历如在目前，介绍名作兼及如此多数的插图，在中国实为空前之举。但只印一千本，且难再版，主意非在贸利，定价竭力从廉。精装本所用纸张极佳，故贵至一倍，且只有一百五十本发售，是特供图书馆和佳本爱好者藏庋的，订购似乎尤应从速也。

本篇最初刊于一九三六年三月《译文》月刊新一卷第一期，原题《死魂灵百图》，未署名。后收入杂文集《集外集拾遗补编》。

绍介《海上述林》[1] 上卷

　　本卷所收，都是文艺论文，作者既系大家，译者又是名手，信而且达，并世无两。其中《写实主义文学论》与《高尔基论文选集》两种，尤为煌煌巨制。此外论说，亦无一不佳，足以益人，足以传世。全书六百七十余页，玻璃版插画九幅。仅印五百部，佳纸精装，内一百部皮脊麻布面，金顶，每本实价三元五角；四百部全绒面，蓝顶，每本实价二元五角，函购加邮费二角三分。好书易尽，欲购从速。下卷亦已付印，准于本年内出书。上海北四川路底内山书店代售。

　　本篇最初刊载于一九三六年十一月二十日《中流》第一卷第六期，原题《〈海上述林〉上卷出版》。后收入杂文集《集外集拾遗》。

1　《海上述林》：瞿秋白的译文集，在瞿秋白被国民党反动派杀害后，由鲁迅搜集、编辑、出版，分上下两卷。上卷版权页署1936年5月出版，收马克思、恩格斯、列宁、普列汉诺夫、拉法格等人的文学论文，以及高尔基论文选集和拾补等。

拾
壹
·
题
识

题识包括题跋、题款等，多写在
图书、艺术品上，作为批注或赠言。
本章共收录题识22篇。

重订《徐霞客游记》目录及跋

《徐霞客游记》四册

一　独

序　四库提要　例言　目次

天台　雁宕　白岳　黄山　武夷　庐山

九鲤湖　黄山后　嵩山　太华　太和　闽前

闽后　天台后　雁宕后　五台

恒山　浙　江右　楚　粤西一之二

二　鹤

粤西三之四　黔一之二　滇一之四

三　与

滇五之九

四　飞

滇十之十三

书牍　墓志　传　考异　辩伪　补编

戊戌正月二十九日晨购于武林申昌书画室，原八册，重订为四。庚子冬杪重阅一过，拟以"独鹤与飞"四字为次。

稽山戞剑生挑灯志

本篇据手稿。收入杂文集《集外集拾遗补编》。

题照赠仲弟

　　会稽山下之平民，日出国中之游子，弘文学院之制服，铃木真一[1]之摄影，二十余龄之青年，四月中旬之吉日，走五千余里之邮筒，达星杓仲弟之英盼。

兄树人顿首

　　本篇据周作人《鲁迅的故家》，系鲁迅一九〇二年六月从日本寄回的照片上的题句，原无标题和标点。后收入杂文集《集外集拾遗补编》。

1　铃木真一（1835—1918）：日本摄影家。

自绘明器略图题识

一

二月二日所得北邙土偶略图

鸭一，黄土制，高一寸。

猪啰一，亦土制，外搽青色，长二寸。叫三声而有威仪，妙极，妙极。

羊一，白土制，高二寸。

人一，黄土制，高二寸，其帽之后面为🎀，不知何等样人。

莫名其妙之物一，亦土制，曾搽过红色，今已剥落。独角有翼，高约一尺，疑所以辟邪者，如现在之泰山石敢当及瓦将军也。与此相类者尚甚多，有首如龙者，有羊身一角（无须）者，均不知何用。

此须翘起如洋鬼子，亦奇。今已与我对面而坐于桌上矣。

此公样子讨厌，不必示别人也。

二

偶人象一，圆领披风而小袖，其裙之襞积系红色颜料所绘，尚可辨，高约八寸，其眉目经我描而略增美。

陶制什器一，上加黄色釉，据云碓也。然仅作俯视图之形，而不能动。与此仿佛者，傅阿三店中尚有之，长约二寸。此一突起，似即以丁住捣杵之物，用以表其下尚有捣杵也。

　　此处以足踏之。

　　以上二种，二月三日在琉璃厂购之，价共一圆半。

本篇据手稿。收入杂文集《集外集拾遗补编》。

《墨经正文》[1]重阅后记

　　邓氏殁于清光绪末年，不详其仕履。此《墨经正文》三卷，在南通州季自求[2]天复处见之，本有注，然无甚异，故不复录。唯重行更定之文，虽不尽确，而用心甚至，因录之，以备省览。六年写出，七年八月三日重阅记之。

　　　　　　　　本篇据手稿，原无标题和标点。收入杂文集《集外集拾遗补编》。

1　《墨经正文》：全名《墨经正文解义》，清代邓云昭（生卒年不详）校注。《墨经》：战国时后期墨家哲学、科学著作，原为《墨子》的一部分。

2　季自求（1887—1944）：名天复，字自求，江苏南通人，当时在北洋政府参谋本部及陆军部任职。

《云谷杂记》跋

　　右单父张淏[1]清源撰《云谷杂记》一卷，从《说郛》[2]写出。证以《大典》本[3]，重见者廿五条，然小有殊异，余皆《大典》本所无。《说郛》残本五册，为明人旧抄，假自京师图书馆，与见行本绝异，疑是南村原书也。《云谷杂记》在第三十卷。以二夕写毕，唯讹夺甚多，不敢轻改，当于暇日细心校之。

癸丑六月一日夜半记

　　本篇据手稿，原无标题和标点。写于一九一三年六月一日。

1　张淏：生卒年不详，约1216年前后在世，字清源，本开封人，侨居婺州。

2　《说郛》：元末明初学者陶宗仪所编纂的文言大丛书，多选录汉魏至宋元的各种笔记汇集而成。"说郛"意思就是五经众说。陶宗仪（1329—约1412），字九成，号南村，浙江黄岩人，元末明初文学家、史学家。

3　《大典》本：指清乾隆时从《永乐大典》中辑刊的《云谷杂记》四卷本。

《大云寺弥勒重阁碑》校记

　　大云寺弥勒重阁碑，唐天授[1]三年立，在山西猗氏县仁寿寺。全文见胡聘之[2]《山右石刻丛编》。胡氏言，今拓本多磨泐[3]，故所录全文颇有阙误，首一行书撰人尤甚。余于乙卯[4]春从长安买得新拓本，殊不然，以校《丛编》，为补正二十余所，疑碑本未泐，胡氏所得拓本恶耳。其末三行泐失甚多，今亦不复写出。

　　本篇据手稿，原无标题和标点。鲁迅手写的《大云寺弥勒重阁碑》释文前署："乙卯十一月十八日以精拓本校"。收入杂文集《集外集拾遗补编》。

1　天授：武则天称帝后的第一个年号。天授三年为692年。

2　胡聘之（1840—1912）：字蕲生、萃臣，号景伊，湖北竟陵人，曾任晚清山西巡抚。

3　泐：石头依纹理裂开。

4　乙卯：1915年。

《寰宇贞石图》[1]整理后记

　　右总计二百卅一种，宜都杨守敬之所印也。乙卯春得于京师，大小四十余纸，又目录三纸，极草率。后见它本，又颇有出入，其目录亦时时改刻，莫可究竟。明代书估刻丛，每好变幻其目，以眩买者，此盖似之。入冬无事，即尽就所有，略加次第，帖为五册。审碑额阴侧，往往不具，又时袭翻刻本，殊不足凭信。以世有此书，亦聊复存之云尔。

　　本篇据手稿，原在鲁迅整理本《寰宇贞石图》目录之后，无标题和标点。当写于一九一六年一月。

1　《寰宇贞石图》：汇集历代重要石刻拓本的影印图录，清代杨守敬编。杨守敬（1839—1915），湖北宜都人，历史地理学家、金石学家、书法家、藏书家。

《吕超墓志铭》跋

　　吕超墓志石[1]，于民国六年出山阴兰上乡。余从陈君古遗[2]得打本
一枚，以漫患难读，久置箧中。明年，徐昌孙[3]先生至京师，又与一
本，因得校写。其文仅存百十余字，国号年号俱泐，无可冯[4]证。唯据
郡名及岁名考之，疑是南齐永明[5]中刻也。按随国，晋武帝分义阳立，
宋齐为郡，隋为县。此云隋郡，当在隋前。南朝诸王分封于随者，惟
宋齐有之。此云隋郡王国，则又当在梁陈以前。《通鉴目录》[6]，宋文
帝元嘉[7]六年，齐武帝永明七年，并太岁在己巳。《宋书·文帝记》，元
嘉二十六年冬十月，广陵王诞[8]改封随郡王。又《顺帝纪》，升明[9]二年
十二月，改封南阳王翔[10]为随郡王，改随阳郡。其时皆在己巳后。《南
齐书·武帝记》，建元[11]四年六月，进封枝江公子隆[12]为随郡王。子隆

1　吕超墓志石：出土于1916年12月，原石"超"字之下有"静"字残画可辨，当定名为《吕超静墓志石》。

2　陈古遗（1875—1943）：字伯翔，又作伯祥，号古遗，浙江绍兴人。

3　徐昌孙（1866—1922）：名维则，字昌孙，浙江绍兴人，金石收藏家、目录学家。

4　冯：古同"凭"。

5　永明：南朝齐武帝萧赜（440—493）的年号，时间为483年正月至493年十二月。

6　《通鉴目录》：全称《资治通鉴目录》，北宋司马光创作的历史工具书，共30卷。

7　元嘉：南朝宋文帝刘义隆（407—453）的年号，时间为424年至453年。

8　广陵王诞：刘诞（433—459），字休文，宋文帝刘义隆第六子。

9　升明：南朝宋顺帝刘准（467—479）的年号，时间为477年七月至479年四月。

10　南阳王翔：刘翔（470—479），字仲仪，宋明帝刘彧（439—472）第十子。

11　建元：齐高帝萧道成（427—482）的年号，时间为479年四月至482年十二月。

12　枝江公子隆：萧子隆（474—494），字云兴，齐武帝第八子。

本传云，永明三年为辅国将军，南琅琊彭城二郡太守，明年迁江州刺史，未拜，唐寓之[1]贼平，迁为持节，督会稽东阳新安临海永嘉五郡东中郎将，会稽太守。《祥瑞志》[2]云："永明五年，山阴县孔广家园柽树十二层，会稽太守随王子隆献之"，与传合。子隆尝守会稽，则其封国之中军，因官而居山阴，正事理所有。故此己巳者，当为永明七年，而五月廿五为卒日。□一年者，十一年。《通鉴目录》，永明十一年十月戊寅，十二月丁丑朔，则十一月为戊申朔，丙寅为十九日，其葬日也。和帝[3]为皇子时，亦封随郡王，于时不合。唐开元[4]十八年己巳，二十一年十一月丙寅朔，与志中之□一年冬十一月丙寅颇近，然官号郡名，无不格迕，若为迁窆[5]，则年代相去又过远，殆亦非矣。永明中，为中军将军见于纪传者，南郡王长懋[6]，王敬则[7]，阴智伯[8]，庐陵王子卿[9]。此云刘□，泐其名，无可考。"□志风烈者云"以下无字。次为铭辞，有字可见者四行，其后余石尚小半。六朝志例，铭大抵不溢于志，或当记妻息名字，今亦俱泐。志书"随"为"隋"，罗泌[10]云，随文帝[11]恶随从辵[12]改之。王伯厚[13]亦讥帝不学。后之学者，或以为初

1　唐寓之（？—486）：吴郡富春（今属浙江）人，南朝齐农民起义领袖。

2　《祥瑞志》：指《南齐书·祥瑞志》。

3　和帝：指齐和帝萧宝融（488—502），字智昭，齐明帝萧鸾（452—498）第八子，南朝齐最后一位皇帝。

4　开元：唐玄宗李隆基（685—762）的年号，时间为713年十二月至741年十二月。

5　迁窆：迁葬。

6　南郡王长懋：萧长懋（458—493），字云乔，小字白泽，齐武帝萧赜长子。

7　王敬则（435—498）：晋陵南沙（今江苏常熟）人，南朝齐开国将领。

8　阴智伯：生卒年不详，南朝梁武威（今属甘肃）人，官至梁州、秦州刺史。

9　庐陵王子卿：萧子卿（468—494），字云长，齐武帝萧赜第三子。

10　罗泌（1131—1189）：字长源，号归愚，吉州庐陵（今江西吉安）人，南宋文学家。

11　随文帝：即隋文帝杨坚（541—604），弘农郡华阴（今属陕西）人，隋朝开国皇帝。

12　辵：同"辶"，用作偏旁，俗称"走之旁"。

13　王伯厚（1223—1296）：名应麟，字伯厚，庆元（今浙江宁波）人，南宋学者。

《吕超墓志铭》跋

无定制，或以为音同可通用，至征委蛇委随作证。今此石远在前，已如此作，知非随文所改。《隶释·张平子碑颂》[1]，有"在珠咏隋，于壁称和"语。隋字收在刘球《隶韵》[2]正无讹，则晋世已然。作随作隋作隋，止是省笔而已。东平本兖州所领郡，宋末没于魏，《南齐书·州郡志》言永明七年，因光禄大夫吕安国[3]启立于北兖州。启有云"臣贱族桑梓，愿立此邦"，则安国与超盖同族矣。与石同出圹中者，尚有瓦罌铜竟各一枚。竟有铭云"郑氏[4]作镜幽涷三商幽明镜"十一字，篆书，俱为谁何毁失。附识于此，使后有考焉。

本篇据手稿，原无标点。据《鲁迅日记》，当写于一九一八年六月十一日。此文曾发表于一九一八年六月二十五日《北京大学日刊》第一七一号"文艺"栏，题为《新出土吕超墓志铭考证》，署名周树人。一九一九年又曾印入顾鼎梅编刊的《吕超墓志拓片专集》，题为《南齐〈吕超墓志〉跋》，末署"绍兴周树人跋"。后收入杂文集《集外集拾遗补编》。

《吕超墓志铭》跋

---

1 《隶释》：南宋洪适（1117—1184）著，成书于乾道三年（1166年），录汉魏隶书石刻文字183种，并附辑《水经注》中的汉魏碑目和欧阳修（1007—1072）《集古录》、欧阳棐（1047—1113）《集古录目》、赵明诚（1081—1129）《金石录》和不著撰人《天下碑录》中的汉魏部分，是现存最早的一部集录和考释汉魏晋石刻文字的专著。张平子：张衡（78—139），字平子，南阳西鄂（今河南南阳市石桥镇）人，东汉天文学家、数学家、发明家、地理学家、文学家。

2 刘球（1392—1443）：字求乐，更字廷振，江西安福人，明代学者。《隶韵》：刘球著字书，10卷，钩摹宋代以前出土汉碑隶字，按韵分类。

3 吕安国（427—490）：广陵（今属江苏扬州）人，南朝宋将军。

4 郑氏：郑蔓，生卒年不详，汉代吴郡（治所在今江苏苏州）人，著名铸镜人。后人造镜多假托其名。

《遂初堂书目》[1]抄校说明

　　明抄《说郛》原本与见行刻本绝异，京师图书馆有残本十余卷。此目在第二十八卷，注云：一卷，全抄，海昌张阆声[2]。又叚得别本，因复叚以迻录，并注二本违异者于字侧。虽敚误甚多，而甚有胜于海山仙馆[3]刻本者，倘加雠校，则为一佳书矣。

　　　　　　　　　　　　　　　十一年八月三日俟堂灯右写讫记之

　　《说郛》无总目，海山仙馆本有之，今据本文补写。

　　　　　　　　　　　　　　　　　　　　　　　　八月三日夜记

　　本篇据手稿，原无标题和标点。前一部分写于抄录稿的封面，后一部分则在抄录稿正文之后。收入杂文集《集外集拾遗补编》。

1　《遂初堂书目》：又名《益斋书目》，宋代尤袤家藏图书的目录。
2　张阆声：张宗祥（1882—1965），原名思曾，后改名宗祥，字阆声，号冷僧，浙江海宁人，学者、书法家。
3　海山仙馆：清代商人潘仕成（1804—1873）的室名。该室刊有《海山仙馆丛书》，《遂初堂书目》列为第一种，道光二十六年（1864）印行。

题《中国小说史略》赠川岛

请你
从"情人的拥抱里",
暂时汇出一只手来,
接收这干燥无味的
中国小说史略。
我所敬爱的
一撮毛哥哥呀!

鲁迅(印)

二三,十二,十三

本篇据手迹,分行题于赠与川岛的《中国小说史略》上卷扉页,原无标题。
后收入杂文集《集外集拾遗补编》。

新镌李氏¹藏本《忠义水浒全书》题跋

　　新镌李氏藏本《忠义水浒全书》，一百二十回，别有引首一篇，题"施耐庵集撰，罗贯中纂修"，卷首有楚人凤里杨定见²序，自云事李卓吾，后游吴而得袁无涯³求卓老⁴遗言甚力，求卓老所批阅之遗书又甚力，因付以批定《忠义水浒传》及《杨升庵集》⁵，而先以《水浒》公诸世云云。无年月，次为发凡十则，次《宣和遗事》⁶，次水浒忠义一百八人籍贯出身，次目录，次图，次引首及本文。偶有批语，皆简陋，盖伪托也。

　　本篇据手稿。原稿写在鲁迅所抄李氏藏本《忠义水浒全书》"发凡"文字之后。约写于一九二三年十二月。原无标题和标点。后收入杂文集《集外集拾遗补编》。

1　李氏：指李贽（1527—1602），初姓林，名载贽，后改姓李，名贽，字宏甫，号卓吾，福建泉州人，明代思想家、文学家。

2　杨定见：生卒年不详，明代文人，李贽的学生。

3　袁无涯（约16世纪末—17世纪初）：原名或为袁叔度，江苏苏州人，晚明书坊主、出版家。

4　求卓老：未详。

5　《杨升庵集》：李贽创作的一篇古文。杨升庵（1488—1559）：杨慎，字用修，四川成都人，明代文学家。

6　《宣和遗事》，全称《大宋宣和遗事》，宋代无名氏作讲史话本，元人或有增益，被认为是《水浒传》的蓝本。

《俟堂专文杂集》¹题记

　　曩尝欲著《越中专录》，颇锐意蒐集乡邦专甓及拓本，而资力薄劣，俱不易致。以十余年之勤，所得仅古专二十余及杠本少许而已。迁徙以后，忽遭寇劫，孑身逭遁，止携大同十一年者一枚出，余悉委盗窟中。日月除矣，意兴亦尽，纂述之事，渺焉何期？聊集爰余，以为永念哉！

甲子八月廿三日，宴之敖者手记

　　本篇据手稿，写于一九二四年九月二十一日，原无标题和标点。

---

1 《俟堂专文杂集》：鲁迅所藏古砖拓本的辑集，收汉魏六朝170件、隋2件、唐1件。鲁迅生前编定，但未印行。俟堂，鲁迅早年的别号。

《外套》[1]题记

　　此素园病重时特装相赠者，岂自以为将去此世耶，悲夫！越二年余，发箧见此，追记之。

三十二年四月三十日，迅

　　本篇据手稿，原题于一九二六年九月未名社出版的《外套》精装本扉页。

1　《外套》：果戈理的短篇小说。

题《陶元庆的出品》[1]

　　此璇卿当时手订见赠之本也。倏忽已逾三载，而作者亦久已永眠于湖滨。草露易晞，留此为念。乌呼！

一九三一年八月十四夜，鲁迅记于上海

　　本篇据手稿，原题在鲁迅所藏画集《陶元庆的出品》空白页上，
　　无标题和标点。后收入杂文集《集外集拾遗补编》。

1　《陶元庆的出品》：陶元庆在上海立达学园美术院西画系第二届绘画展览会上展出的作品选集，1928年5月
　　7日赠给鲁迅。

谷中安规《少年画集》[1]题记

《少年画集》，谷中安规木刻八帧，鲁迅得之，留给后来者。

一九三三年一月十二日，三闲书屋购藏。是夜，迅记

本篇据手稿。

1　谷中安规（1897—1946）：日本版画家。

题《淞隐漫录》[1]

　　《淞隐漫录》十二卷

　　原附上海《点石斋画报》印行，后有汇印本，即改称《后聊斋志异》。此尚是好事者从画报析出者，颇不易觏。戌年盛夏，陆续得二残本，并合为一部存之。

　　　　　　　　　　　　　　　　　　　　　　　　九月三日南窗记

　　本篇据手稿，原题于《淞隐漫录》重装本首册扉页，无标题和标点。末钤"旅隼"印。收入杂文集《集外集拾遗补编》。

题《淞隐漫录》

---

1 《淞隐漫录》：清代王韬著笔记小说，共12卷，多记花精狐魅、奇女名娼故事。光绪十三年（1887）秋附《点石斋画报》印行时，配有吴友如、田子琳绘制的插图。鲁迅购藏的画报本，重装为6册。王韬（1828—1897），原名利宾，字兰瀛，后改名瀚，字懒今，号天南遁叟等，生于江苏苏州，清末思想家、政论家。

题《淞隐续录》[1]残本

《淞隐续录》残本

　　自序云十二卷，然四卷以后即不著卷数，盖终亦未全也。光绪癸巳排印本《淞滨琐话》亦十二卷，亦丁亥中元后三日序，与此序仅数语不同，内容大致如一；惟十七则为此本所无，实一书尔。

九月三日上海寓楼记

　　本篇据手稿，题于《淞隐续录》重装本首册扉页，无标题和标点。末钤"旅隼"印。收入杂文集《集外集拾遗补编》。

1　《淞隐续录》：清代王韬著笔记小说，原附《点石斋画报》印行，前4卷每卷10则故事，另有11则不分卷，张志瀛绘图。汇印本改题《淞滨琐话》，12卷，共收故事68则，于光绪癸巳（1893）秋九月由淞隐庐出版。

题《漫游随录图记》¹残本

《漫游随录图记》残本

此亦《点石斋画报》附录。序云图八十幅，而此本止五十幅，是否后有续作，或中止于此，亦未详。图中异域风景，皆出画人臆造，与实际相去远甚，不可信也。

狗儿年六月收得，九月重装并记

本篇据手稿，原题于《漫游随录图记》重装本扉页，无标题和标点。
末钤"鲁迅"印。收入杂文集《集外集拾遗补编》。

---

1 《漫游随录图记》：清代王韬著，内容多记其在西欧、日本及国内游历时所见名胜古迹、风土人情。原附《点石斋画报》印行，张志瀛绘图。鲁迅购藏的画报本重装1册，内收游记50则，插图50幅。

题《风筝误》[1]

李笠翁《风筝误》

亦《点石斋画报》附录也；盖欲画《笠翁十种曲》而遂未全，余亦仅得此一种，今以附之天南遁叟著作之末。画人金桂，字蟾香，与吴友如同时，画法亦相类，当时石印绣像或全图小说甚多，其作风大率如此。

戊年九月将付装订因记

本篇据手稿，原题于《风筝误》重装本扉页，无标题和标点。

末钤"鲁迅"印。收入杂文集《集外集拾遗补编》。

1 《风筝误》：清代李渔著传奇剧本，共30出。李笠翁（1611—约1680），名渔，号笠翁，浙江兰溪人，清初戏曲作家。

题《芥子园画谱三集》[1]赠许广平

　　此上海有正书局翻造本。其广告谓研究木刻十余年，始雕是书。实则兼用木版，石版，波黎版及人工著色，乃日本成法，非尽木刻也。广告夸耳！然原刻难得，翻本亦无胜于此者。因致一部，以赠广平，有诗为证：

　　　　十年携手共艰危，以沫相濡亦可哀；

　　　　聊借画图怡倦眼，此中甘苦两心知。

戌年冬十二月九日之夜，鲁迅记

　　本篇据手稿，原题于赠许广平的《芥子园画谱三集》首册扉页，无标题和标点。末钤 "鲁迅" "旅隼" 印。收入杂文集《集外集拾遗补编》。

1 《芥子园画谱》：又称《芥子园画传》，中国画技法图谱。该书第三集为花卉草虫禽鸟谱，共4卷。

题曹白所刻像[1]

　　曹白刻。一九三五年夏天，全国木刻展览会在上海开会，作品先由市党部审查，"老爷"就指着这张木刻说："这不行！"剔去了。

本篇据手稿，原无标题，约写于一九三六年三月。

收入杂文集《集外集拾遗补编》。

1　曹白（1914—2007）：原名刘萍若、冯二郎，江苏江阴人。1933年春在杭州国立艺术专科学校学习时，参加该校学生组织的木铃木刻社。同年秋被国民党当局逮捕，1934年底出狱。不久，他刻了《鲁迅像》和《鲁迅遇见祥林嫂》两幅木刻，送交全国木刻联合展览会，但《鲁迅像》被国民党上海市党部检查官禁止展出。次年3月，他将这幅木刻像寄给鲁迅，鲁迅在左侧空白处题了这段文字。

题《凯绥·珂勒惠支版画选集》赠季市

　　印造此书，自去年至今年，自病前至病后，手自经营，才得成就，持赠季市一册，以为记念耳。

一九三六年七月二十七日

旅隼

上海

　　本篇据手稿，原无标题和标点。收入杂文集《集外集拾遗补编》。

拾
贰
·
寓
言

寓言常用假托的故事或自然物的拟人手法来说明道理或教训。本章收录的两篇寓言均为动物寓言。

夏三虫

夏天近了，将有三虫：蚤，蚊，蝇。

假如有谁提出一个问题，问我三者之中，最爱什么，而且非爱一个不可，又不准像"青年必读书"那样的缴白卷的。

我便只得回答道：跳蚤。

跳蚤的来吮血，虽然可恶，而一声不响地就是一口，何等直截爽快。蚊子便不然了，一针叮进皮肤，自然还可以算得有点彻底的，但当未叮之前，要哼哼地发一篇大议论，却使人觉得讨厌。如果所哼的是在说明人血应该给它充饥的理由，那可更其讨厌了，幸而我不懂。

野雀野鹿，一落在人手中，总时时刻刻想要逃走。其实，在山林间，上有鹰鹯，下有虎狼，何尝比在人手里安全。为什么当初不逃到人类中来，现在却要逃到鹰鹯虎狼间去？或者，鹰鹯虎狼之于它们，正如跳蚤之于我们罢。肚子饿了，抓着就是一口，决不谈道理，弄玄虚。被吃者也无须在被吃之前，先承认自己之理应被吃，心悦诚服，誓死不二。人类，可是也颇擅长于哼哼的了，害中取小，它们的避之惟恐不速，正是绝顶聪明。

苍蝇嗡嗡地闹了大半天，停下来也不过舐一点油汗，倘有伤痕或疮疖，自然更占一些便宜；无论怎么好的，美的，干净的东西，又总喜欢一律拉上一点蝇矢。但因为只舐一点油汗，只添一点腌臜，在麻木的人们还没有切肤之痛，所以也就将它放过了。中国人还不很知道它能够传播病菌，捕蝇运动大概不见得兴盛。它们的运命是长久的；还要更繁殖。

但它在好的，美的，干净的东西上拉了蝇矢之后，似乎还不至于欣欣然反过来嘲笑这东西的不洁：总要算还有一点道德的。

古今君子，每以禽兽斥人，殊不知便是昆虫，值得师法的地方也多着哪。

四月四日

本篇最初发表于一九二五年四月七日《京报》附刊《民众文艺周刊》第十六号。后收入杂文集《华盖集》。

一点比喻

在我的故乡不大通行吃羊肉，阖城里，每天大约不过杀几匹山羊。北京真是人海，情形可大不相同了，单是羊肉铺就触目皆是。雪白的群羊也常常满街走，但都是胡羊，在我们那里称绵羊的。山羊很少见；听说这在北京却颇名贵了，因为比胡羊聪明，能够率领羊群，悉依它的进止，所以畜牧家虽然偶而养几匹，却只用作胡羊们的领导，并不杀掉它。

这样的山羊我只见过一回，确是走在一群胡羊的前面，脖子上还挂着一个小铃铎，作为智识阶级的徽章。通常，领的赶的却多是牧人，胡羊们便成了一长串，挨挨挤挤，浩浩荡荡，凝着柔顺有余的眼色，跟定他匆匆地竞奔它们的前程。我看见这种认真的忙迫的情形时，心里总想开口向它们发一句愚不可及的疑问——

"往那里去？！"

人群中也很有这样的山羊，能领了群众稳妥平静地走去，直到他们应该走到的所在。袁世凯明白一点这种事，可惜得不大巧，大概因为他是不很读书的，所以也就难于熟悉运用那些的奥妙。后来的武人可更蠢了，只会自己乱打乱割，乱得哀号之声，洋洋盈耳，结果是除了残虐百姓之外，还加上轻视学问，荒废教育的恶名。然而"经一事，长一智"，二十世纪已过了四分之一，脖子上挂着小铃铎的聪明人是总要交到红运的，虽然现在表面上还不免有些小挫折。

那时候，人们，尤其是青年，就都循规蹈矩，既不嚣张，也不浮动，一心向着"正路"前进了，只要没有人问——

"往那里去？！"

君子若曰："羊总是羊，不成了一长串顺从地走，还有什么别的法子呢？君不见夫猪乎？拖延着，逃着，喊着，奔突着，终于也还是被捉到非去不可的地方去，那些暴动，不过是空费力气而已矣。"

这是说：虽死也应该如羊，使天下太平，彼此省力。

这计划当然是很妥帖，大可佩服的。然而，君不见夫野猪乎？它以两个牙，使老猎人也不免于退避。这牙，只要猪脱出了牧豕奴所造的猪圈，走入山野，不久就会长出来。

Schopenhauer[1]先生曾将绅士们比作豪猪，我想，这实在有些失体统。但在他，自然是并没有什么别的恶意的，不过拉扯来作一个比喻。《Parerga und Paralipomena》里有着这样意思的话：有一群豪猪，在冬天想用了大家的体温来御寒冷，紧靠起来了，但它们彼此即刻又觉得刺的疼痛，于是乎又离开。然而温暖的必要，再使它们靠近时，却又吃了照样的苦。但它们在这两种困难中，终于发见了彼此之间的适宜的间隔，以这距离，它们能够过得最平安。人们因为社交的要求，聚在一处，又因为各有可厌的许多性质和难堪的缺陷，再使他们分离。他们最后所发见的距离，——使他们得以聚在一处的中庸的距

---

1 Schopenhauer：叔本华（1788—1860），德国哲学家。后文《Parerga und Paralipomena》即其著作《附录与补遗》。

离，就是"礼让"和"上流的风习"。有不守这距离的，在英国就这样叫，"Keep your disatance！"[1]

但即使这样叫，恐怕也只能在豪猪和豪猪之间才有效力罢，因为它们彼此的守着距离，原因是在于痛而不在于叫的。假使豪猪们中夹着一个别的，并没有刺，则无论怎么叫，它们总还是挤过来。孔子说：礼不下庶人。照现在的情形看，该是并非庶人不得接近豪猪，却是豪猪可以任意刺着庶人而取得温暖。受伤是当然要受伤的，但这也只能怪你自己独独没有刺，不足以让他守定适当的距离。孔子又说：刑不上大夫。这就又难怪人们的要做绅士。

这些豪猪们，自然也可以用牙角或棍棒来抵御的，但至少必须拚出背一条豪猪社会所制定的罪名："下流"或"无礼"。

一月二十五日

本篇最初发表于一九二六年二月二十五日《莽原》半月刊第四期。
后收入杂文集《华盖集续编》。

一点比喻

---

1 "Keep your disatance！"：保持距离！。

出 品

地球旅馆

 全国总经销

捧 读 文 化
触及身心的阅读

出 品 人_张进步

策划编辑_程 碧

特约编辑_孟令堃

编辑助理_周俊雄

装帧设计_UNLOOK · @广岛Alvin

法律顾问_天津益清（北京）律师事务所 王彦玲

出版投稿、合作交流，请发邮件至：innearth@foxmail.com

了解新书，图书邮购、团购、采购等，请联系发行电话：010-85805570

 新 浪 微 博

 微信公众号